LUMIÈRE DES JOURS ENFUIS

ARTHUR C. CLARKE
STEPHEN BAXTER

LUMIÈRE DES JOURS ENFUIS

Traduit de l'anglais par Guy Abadia

ÉDITIONS DU
ROCHER
Jean-Paul Bertrand

Titre original : *The Light of Other Days*, Tor Books, New York, 2000.

Tous droits de traduction, de reproduction et d'adaptation réservés pour tous pays.
© 2000, Arthur C. Clarke et Stephen Baxter.
© Éditions du Rocher, 2000, pour la traduction française.
ISBN 2 268 03772 X

À Bob Shaw

Ne serait-il pas possible – souvent je me pose la question – que les choses que nous avons ressenties avec une grande intensité possèdent une expérience indépendante de notre pensée ? Qu'elles conservent, en fait, une existence propre ? Et, dans ce cas, ne se pourrait-il pas que quelqu'un trouve, avec le temps, une méthode pour s'y brancher ? (…) Au lieu de me remémorer une scène par-ci, un bruit par-là, j'enficherais un cordon dans une prise murale, et je n'aurais plus qu'à écouter le passé…

VIRGINIA WOOLF (1882-1941)

Prologue

Bobby voyait la Terre, dans sa totalité, sereine, à l'intérieur de sa cage de lumière argentée.

Des langues de vert et de bleu s'avançaient dans les nouveaux déserts d'Asie et du Middle West nord-américain. Des barrières de récifs artificielles jetaient des éclats de lumière dans les Caraïbes, bleu pâle au milieu de l'océan plus foncé. De grosses machines à l'aspect léger travaillaient aux pôles pour réparer l'atmosphère. L'air était limpide comme du cristal. Aujourd'hui, en effet, l'humanité tirait toute son énergie du cœur de la Terre.

Et Bobby savait qu'il lui suffirait, s'il voulait, d'un simple effort de volonté pour regarder dans le passé.

Il aurait pu voir les cités fleurir à la surface patiente de la Terre, pour s'étioler ensuite et disparaître comme une rosée couleur de rouille. Il aurait pu voir les espèces se flétrir et régresser comme des feuilles qui se replient en bourgeon. Il aurait pu assister à la lente danse des continents tandis que la Terre rentrait son feu primitif dans son cœur de fer. Le présent était une bulle scintillante, en expansion, de vie et de conscience active, renfermant le passé piégé comme un insecte dans un bloc d'ambre.

Longtemps, sur une Terre prospère et riche de son évolution, imprégnée par la connaissance, l'humanité améliorée avait connu la paix, une paix inimaginable à l'époque où il était né.

Et tout cela était issu de l'ambition d'un seul homme, un homme corrompu et vénal, un homme qui n'avait jamais compris, en fait, où allaient conduire ses rêves.

Tout à fait remarquable, se disait-il.

Il regarda dans son passé, et regarda dans le fond de son cœur.

11

LIVRE 1

LE BOCAL AUX POISSONS ROUGES

Nous savons (...) combien [la vérité] est souvent cruelle et nous nous demandons si l'illusion n'est pas (...) plus consolante...

HENRI POINCARÉ (1864-1912)

1

Le moteur Casimir

Peu après le point du jour, Vitali Keldich grimpa, le dos raide, dans sa voiture, enclencha l'Autopic et laissa le véhicule s'éloigner à toute vitesse de l'hôtel délabré.

Les rues de Léninsk étaient désertes, et la chaussée craquelée. De nombreuses fenêtres étaient obstruées par des planches. Il se souvenait de l'époque où ces lieux brillaient de toute leur splendeur, dans les années 70, peut-être. C'était une cité scientifique grouillante d'activité, avec plusieurs dizaines de milliers d'habitants, des écoles, des cinémas, une piscine, un stade, des cafés, restaurants, hôtels, et même sa propre station de télé.

Quand il franchit la porte principale de la ville, au nord, il vit qu'il y avait toujours l'ancien panneau bleu avec sa flèche proclamant : BAÏKONOUR, ce vieux nom trompeur. C'était ici, au cœur désolé de l'Asie, que les Russes assemblaient leurs vaisseaux spatiaux pour les lancer dans le ciel.

Mais cela n'avait pas duré longtemps, se dit-il tristement.

Le soleil s'était enfin levé, bannissant les étoiles. Toutes sauf une, constata Vitali. La plus brillante de toutes. Elle se déplaçait tranquillement, mais à une vitesse inhabituelle, dans le ciel du sud. C'était l'épave de la Station Spatiale Internationale, jamais achevée, abandonnée en 2010, après le crash d'une navette spatiale par trop vieillissante. La Station continuait de tourner à la dérive autour de la Terre, invitée indésirable à une réception depuis longtemps révolue.

Le paysage derrière la cité était désolé. Il passa devant un chameau qui attendait patiemment au bord de la route, à côté d'une vieille femme ratatinée en haillons. Spectacle auquel il aurait pu assister à n'importe quel moment au cours des mille dernières années, se disait-il, comme si tous les bouleversements politiques, techniques et sociaux qui s'étaient produits à travers ce pays ne comptaient pas. Ce qui correspondait finalement, peut-être, à la réalité.

Dans la lumière croissante de cette aube printanière, cependant, la steppe se parait d'un vert parsemé de petites fleurs jaune vif. Il baissa sa glace et essaya de humer le parfum de la prairie qui était resté si vivace dans son souvenir. Mais son nez, usé par toute une vie de tabagie, lui fit défaut. Il sentit un pincement de mélancolie, comme toujours à cette époque de l'année. L'herbe et les fleurs allaient bientôt disparaître. Le printemps, sur la steppe, était bref, aussi tragiquement bref que la vie elle-même.

Il arriva au complexe.

Il y avait partout des tours d'acier pointant vers le ciel, des blocs de béton énormes. Le cosmodrome, beaucoup plus étendu que ses concurrents occidentaux, couvrait des milliers de kilomètres carrés au milieu de la désolation. Presque toutes les installations étaient aujourd'hui à l'abandon, naturellement. Les portiques géants rouillaient lentement à l'air libre. Certains avaient été démantelés par des ferrailleurs, avec ou sans l'accord des autorités.

Ce matin, pourtant, il régnait une activité fébrile autour de l'une des aires de lancement. Il apercevait des techniciens en combinaison protectrice et casque orange en train de s'activer devant la haute tour de lancement, tels des fidèles au pied de la statue de quelque divinité géante.

Une voix flotta au-dessus de la steppe, diffusée par les haut-parleurs d'une tour.

– *Gotovnosty dyesyat minut.* Dix minutes et le temps court.

Le trajet à pied de la voiture au poste d'observation, bien que très limité, le fatigua considérablement. Il s'efforça d'ignorer les martèlements de son cœur récalcitrant, le picotement de la sueur sur sa nuque et son front, sa respiration saccadée, hors d'haleine, et la rigidité douloureuse qui commençait à investir son bras et son cou.

Tandis qu'il prenait place, ceux qui se trouvaient déjà là lui souhaitèrent respectueusement la bienvenue. C'étaient les hommes et

16

les femmes à la carrure massive, débonnaires, qui, dans cette nouvelle Russie, évoluaient sans raccord entre l'autorité légitime et la pègre interlope. Et il y avait aussi les jeunes techniciens qui, comme toute la nouvelle génération, portaient sur leur visage les stigmates de la faim qui avait ravagé le pays depuis la chute de l'Union soviétique.

Il accepta les marques de déférence, mais fut heureux de pouvoir s'isoler aussitôt dans un anonymat relatif. Les hommes et les femmes de ce futur difficile se souciaient peu de lui et de ses souvenirs d'un passé meilleur.

Ils ne se souciaient pas tellement non plus de ce qui était sur le point de se passer ici. Ils ne bavardaient que d'événements extérieurs : Hiram Patterson et ses trous de ver, sa promesse de rendre la Terre aussi transparente que du verre.

Il était évident pour Vitali que c'était lui le doyen de toutes les personnes présentes. Le dernier survivant de l'ancienne époque, peut-être. Cette pensée l'emplit d'un certain plaisir teinté d'amertume.

Cela faisait, en réalité, presque exactement soixante-dix ans que le lancement du premier *Molniya* – « L'Éclair » – avait eu lieu en 1965. Mais cela aurait pu faire aussi bien soixante-dix jours tant le souvenir était encore vivace dans sa mémoire. Toute une armée de jeunes scientifiques, ingénieurs en astronautique, techniciens, ouvriers, cuisiniers, charpentiers et maçons étaient venus s'installer dans cette steppe ingrate et, logés sous la tente ou dans des cabanes de fortune, gelant et cuisant tour à tour, forts uniquement de leur enthousiasme et du génie de Korolev, avaient construit et lancé les premiers vaisseaux spatiaux de l'humanité.

La conception des satellites *Molniya* était particulièrement ingénieuse. Les gros lanceurs de Korolev n'étaient pas assez puissants pour placer un satellite en orbite géosynchrone, c'est-à-dire en position haute où la station demeurerait fixe par rapport à un point donné de la Terre. Il avait donc imaginé de les injecter sur des trajectoires elliptiques d'une durée de huit heures. Sur de telles orbites, soigneusement déterminées, trois *Molniya* couvraient la quasi-totalité de l'Union soviétique. Durant plusieurs décennies, l'URSS puis la Russie avaient maintenu des constellations de *Molniya* sur orbite excentrique, fournissant à la grande nation en expansion l'unité sociale et économique dont elle avait essentiellement besoin.

Vitali considérait les satcoms de type *Molniya* comme la plus grande réussite de Korolev, surpassant même l'exploit qui avait consisté à lancer des robots et des humains dans l'espace, à atteindre Mars et Vénus et même à défier les Américains dans la course à la Lune.

Aujourd'hui, cependant, le besoin de ces merveilleux gros oiseaux se faisait peut-être moins sentir.

La grosse tour de lancement se retira sur ses roues ; les derniers câbles ombilicaux retombèrent en se tortillant comme d'épais serpents noirs. La forme effilée du lanceur proprement dit fut révélée, telle une aiguille au profil baroque, typique des créations anciennes, merveilleuses et parfaitement fiables de Korolev. Le soleil était maintenant haut dans le ciel, mais la fusée était encore baignée d'une lumière artificielle éclatante, auréolée des vapeurs exhalées par la masse des ergols cryotechniques de ses énormes réservoirs.

Tri. Dva. Odin. Zashiganiye !

Allumage...

En arrivant devant le campus de OurWorld, Kate Manzoni se demanda si elle n'avait pas inconsciemment fait en sorte d'avoir, en bonne femme du monde, juste ce qu'il fallait de retard pour se faire remarquer en cette spectaculaire occasion, sous un ciel de l'État de Washington illuminé par le spectacle son et lumière de Hiram Patterson.

De petits avions sillonnaient le ciel, entretenant un nuage de poussière (probablement sans danger pour l'environnement) sur lequel des lasers peignaient des images virtuelles de la Terre en train de tourner. Toutes les vingt secondes à peu près, le globe devenait transparent, laissant voir, gravé à l'intérieur, le logo familier de OurWorld. Tout cela était parfaitement ringard, naturellement, et ne servait qu'à occulter la beauté réelle de cette claire et splendide nuit étoilée.

Elle opacifia le toit de la voiture, et les images rémanentes continuèrent de défiler dans sa vision.

Un drone flotta jusqu'à la voiture. C'était encore un globe terrestre qui tournait lentement sur lui-même. Il parla d'une voix douce, totalement synthétique, dépourvue de toute émotion.

— Par ici, je vous prie, mademoiselle Manzoni.

— Un instant, murmura-t-elle. Moteur de recherche. Miroir.

Une image d'elle se cristallisa au centre de son champ de vision, s'inscrivant en surimpression, de manière déconcertante, sur le drone en rotation. Elle rajusta sa robe, devant et derrière, activa les tatouages reprogrammables qui lui ornaient l'épaule, et remit en place deux ou trois mèches de cheveux rebelles. Son reflet virtuel, synthétisé à partir de sources primaires provenant des caméras de la voiture, puis relayé à ses implants rétiniens, avait du grain et une certaine tendance à se résoudre en pixels quand elle faisait des mouvements trop brusques, mais elle acceptait volontiers cette limitation d'une technologie d'implantation d'organes sensoriels quelque peu dépassée. Mieux valait supporter un petit flou artistique que se laisser trifouiller le crâne par quelque charlatan spécialiste des adjuvants SNC.

Quand elle fut prête, elle fit disparaître l'image et descendit de voiture avec toute la grâce élégante que lui permettait sa robe ridiculement serrée et pas pratique pour deux sous.

Le campus de OurWorld se révéla être un tapis de quadrilatères de pelouse alignés au cordeau au milieu de bâtiments administratifs à deux étages, gros cubes de verre bleuté à l'ossature fine en poutrelles de béton armé. L'ensemble était particulièrement moche et bizarre, très chic d'entreprise des années 1990. Le rez-de-chaussée de chaque immeuble constituait un parking ouvert, et sa voiture s'était garée d'elle-même sous l'un d'eux.

Elle se mêla au flot des invités qui s'engouffraient dans la cafétéria du campus, où des nuées de drones flottaient au-dessus des têtes.

L'endroit était un modèle d'architecture, un cylindre de verre à plusieurs niveaux bâti autour d'un authentique fragment du mur de Berlin, couvert de graffitis. Curieusement, un cours d'eau coulait au milieu du hall, enjambé par de petits ponts de pierre. Ce soir, il devait y avoir au moins un millier de personnes agglutinées sur le sol de verre, par petits groupes sans cesse défaits et refaits, entourés d'un brouhaha de conversations.

Des têtes se tournèrent sur son passage, parfois parce qu'on la reconnaissait, souvent aussi – c'était valable aussi bien pour les hommes que pour les femmes – pour lui jeter un regard lubriquement calculateur.

Elle scruta les visages l'un après l'autre, et eut un choc quand elle en reconnut quelques-uns. Il y avait là des présidents, des dictateurs, des personnes royales, des magnats de l'industrie et de la finance, ainsi que la cohorte habituelle de célébrités du cinéma, de la musique et des autres arts. Elle ne vit pas la présidente Juarez, mais plusieurs membres de son cabinet étaient présents. Elle était obligée de reconnaître que Hiram avait rassemblé tout le gratin pour son spectacle.

Naturellement, elle savait qu'elle n'était pas là uniquement pour son brillant talent de journaliste ou pour son art de la conversation, mais pour son équation personnelle de beauté et de célébrité relative à la suite de sa divulgation de la découverte d'Absinthe. À dire vrai, c'était un créneau qu'elle avait pris plaisir, elle aussi, à exploiter depuis son coup d'éclat.

Des drones volaient partout, proposant des amuse-gueules et des boissons. Elle prit un cocktail. Certains drones affichaient des images issues de l'un des canaux de Hiram, mais presque personne ne leur prêtait attention au milieu de l'excitation générale, pas même quand elles étaient particulièrement spectaculaires. Il y en avait une, par exemple, qui montrait une fusée spatiale au bord du lancement, probablement dans une steppe poussiéreuse d'Asie. Elle ne pouvait nier, cependant, que les effets cumulés de tout ce déploiement de technologie fussent impressionnants, comme pour illustrer le fameux slogan de Hiram selon lequel la mission de OurWorld était d'informer toute la planète.

Elle se rapprocha, mine de rien, de l'un des groupes les plus importants, pour essayer de voir qui, ou quoi, se trouvait au centre de l'attention. Elle aperçut un jeune homme maigre aux cheveux bruns, à la moustache de morse et aux lunettes rondes, vêtu d'un uniforme carnavalesque de militaire d'opérette, couleur vert tilleul, gansé de rouge. Il semblait tenir dans ses bras un instrument de musique en cuivre, peut-être un euphonium. Elle reconnut aussitôt sa nature, bien sûr, et perdit tout intérêt pour lui. Ce n'était qu'un virtuel. Elle se mit à observer la foule autour de lui, en s'étonnant de voir la fascination puérile avec laquelle elle entourait ce simulacre d'une sacro-sainte célébrité depuis longtemps trépassée.

Un homme plus âgé était en train de la regarder, avec un peu trop d'attention, lui sembla-t-il. Il avait des yeux étranges, d'un gris anormalement pâle. Elle se demanda s'il ne portait pas l'un de ces fameux implants rétiniens dont on avait récemment parlé. Fonctionnant sur une longueur d'onde millimétrique, ils étaient censés rendre les textiles transparents et permettre à leur propriétaire, avec un rien d'amélioration d'image électronique, de voir à travers les vêtements. Il fit un pas hésitant vers elle, et son adjuvant orthoptique, sa prothèse de marche invisible, laissa entendre un léger grincement.

Elle se détourna...

– C'est un simple virtuel, vous savez. Je parle de notre jeune sergent là-bas. Et il a trois copains répartis dans la salle. Même mon père n'a pas encore réussi à ressusciter les morts. Mais vous vous en étiez déjà aperçue, j'en suis sûr.

La voix à son oreille l'avait fait sursauter. Elle se retourna pour se trouver face à face avec un jeune homme qui devait avoir dans les vingt-cinq ans, aux cheveux d'un noir de jais, au nez aquilin, au menton fendu d'une adorable fossette. Son origine mixte se lisait dans la couleur brun pâle de sa peau et dans ses épais sourcils bruns surmontant des prunelles d'un bleu laiteux. Mais son regard était sans cesse en mouvement, même dans ces quelques secondes où ils avaient établi le contact, comme s'il avait de la difficulté à fixer quelqu'un dans les yeux.

– Vous êtes en train de me dévisager, lui dit-il.

Elle se rebiffa.

– Vous m'avez fait sursauter. Mais je sais très bien qui vous êtes.

C'était Bobby Patterson, le fils unique et seul héritier de Hiram, prédateur sexuel notoire. Elle aurait été curieuse de savoir combien d'autres femmes non accompagnées il avait déjà repérées ce soir.

— Moi aussi, je sais qui vous êtes, mademoiselle Manzoni. Ou puis-je vous appeler Kate ?

— Pourquoi pas ? J'appelle bien votre père Hiram, comme tout le monde, sans l'avoir jamais rencontré.

— Ça vous plairait ? Je peux arranger ça.

— Je n'en doute pas.

Il l'étudia d'un peu plus près. Visiblement, il se délectait de ce duel verbal bon enfant.

— De toute manière, j'aurais vite deviné que vous étiez journaliste. Écrivain, tout au moins. À votre façon d'observer les réactions des gens face au bonhomme virtuel plutôt que le virtuel lui-même. J'ai vu ce que vous avez sorti sur Absinthe, à propos. Vous avez fait un grand boum.

— Pas autant que l'original, quand il percutera le Pacifique, le 27 mai 2534.

Il sourit, exhibant des dents comme une double rangée de perles.

— Vous m'intriguez, Kate Manzoni, dit-il. Vous êtes en train d'interroger le Moteur de Recherche, pas vrai ? Pour lui demander des renseignements sur moi.

— Pas du tout, protesta-t-elle, irritée par sa suggestion. Je suis journaliste, je n'ai pas besoin de béquilles de mémoire.

— Moi si, par contre. Je me suis souvenu de votre visage, de votre histoire, mais pas de votre nom. Je ne vous ai pas offensée ?

Elle se hérissa.

— Pourquoi donc ? À vrai dire...

— À vrai dire, je sens comme une petite bouffée de parfum sexuel dans l'air, fit une autre voix. Ou est-ce que je me trompe ?

En même temps, un bras puissant lui entoura l'épaule, accompagné d'une forte odeur d'eau de Cologne à bon marché. C'était Hiram Patterson en personne, l'un des hommes les plus puissants de la planète.

Avec un sourire un peu forcé, Bobby repoussa doucement le bras de son père.

— Papa, une fois de plus, tu me mets terriblement dans l'embarras.

— Oh, écrase ! La vie est trop courte pour qu'on s'en fasse, tu ne crois pas ?

Il avait un accent prononcé qui trahissait ses origines, avec les longues voyelles nasales du comté de Norfolk, en Angleterre. Il ressemblait beaucoup à son fils, mais en plus brun et chauve à l'exception d'une couronne de cheveux noirs. Ses yeux étaient d'un bleu intense au-dessus du même nez proéminent que son fils. Il avait le sourire facile, découvrant des dents tachées par la nicotine. Il semblait plein d'énergie, bien plus jeune que les presque soixante-dix ans qu'il avait.

— Mademoiselle Manzoni, dit-il, je fais partie de vos fervents admirateurs. Permettez-moi de vous dire que vous êtes superbe.

— C'est la raison de ma présence ici, je suppose.

Il se mit à rire, content de lui.

— Entre autres, c'est vrai. Mais je voulais surtout m'assurer qu'il y aurait au moins une personne intelligente au milieu des politiciens tocards et des belles écervelées qui encombrent ce genre de soirée. Quelqu'un qui serait capable d'enregistrer pour la postérité ce moment historique.

— Très flattée.

— Je n'en crois pas un mot, riposta Hiram de but en blanc. Vous essayez plutôt de faire de l'ironie. Vous avez eu vent de ce que je dois annoncer ce soir. Vous êtes peut-être même en partie à l'origine des bruits qui courent. Vous me considérez comme un crétin mégalo...

— Je ne crois pas que j'exprimerais la chose ainsi. Ce que je vois devant moi, c'est un homme qui a trouvé un nouveau gadget. Vous croyez sincèrement, Hiram, qu'un gadget peut changer la face du monde ?

— Mais c'est déjà arrivé, figurez-vous ! Il y a eu la roue, l'agriculture, le travail du fer... Des inventions qui ont mis des milliers d'années pour faire le tour de la planète. Alors qu'aujourd'hui, il suffit d'une génération ou moins. Voyez l'automobile, la télévision. Quand j'étais gamin, les ordinateurs étaient des armoires géantes dans lesquelles il fallait entrer, servies par toute une prêtrise brandissant des cartes perforées. Aujourd'hui, nous passons la moitié de notre existence connectés à des Écransouples. Quant à *mon gadget*, comme vous dites, il va dépasser tout ça. Enfin... vous jugerez par vous-même. (Il lança à Kate un regard évaluateur.) Amusez-vous bien ce soir. Et si ce jeune chenapan ne vous a pas déjà invitée, restez dîner, et nous vous en montrerons davantage, tout ce que vous rêvez de voir. Je suis sérieux. Demandez à un drone. À présent, veuillez m'excuser...

Il posa rapidement la main sur son épaule, exerçant une légère pression, puis s'éloigna à travers la foule des invités, souriant, saluant de la main, disant un mot par-ci, par-là sur son passage.

Kate prit une profonde inspiration.

— J'ai l'impression qu'une bombe vient d'exploser.

Bobby se mit à rire.

— C'est l'effet qu'il fait, en général. À propos...

— Oui ?

— J'allais vous inviter quand ce vieux schnock est arrivé. Venez souper avec nous. Vous verrez, ce sera marrant, et on pourra faire plus ample connaissance, peut-être...

Tandis que Bobby poursuivait son bavardage, elle le mit en sourdine et se concentra sur ce qu'elle savait sur Hiram Patterson et OurWorld.

Né Hirdamani Patel, il s'était sorti à la force des poignets du milieu défavorisé d'où il était issu, au cœur des Fens de l'est de l'Angleterre, dont les basses terres avaient aujourd'hui disparu sous les flots de la mer du Nord. Il s'était constitué une première fortune en utilisant les techniques de clonage japonaises pour produire certains ingrédients des médecines traditionnelles, naguère tirés des carcasses de tigres : moustaches, pattes, griffes, et même les os, et en les exportant vers différentes communautés chinoises réparties à travers le monde. Ce qui lui avait valu une notoriété à plus d'un titre : vilipendé pour s'être servi de technologies avancées afin de satisfaire des besoins primitifs, encensé pour avoir réduit la pression qui s'exerçait sur les dernières populations de tigres en Inde, en Chine, en Russie et en Indonésie. (Le problème étant réglé aujourd'hui, de toute manière, puisque les tigres avaient complètement disparu.)

Après quoi Hiram avait diversifié ses activités. Il avait fabriqué le premier Écransouple capable de fonctionner correctement, un système d'imagerie flexible à base de pixels polymères émettant une lumière multicolore. Le succès commercial de son Écransouple l'avait considérablement enrichi. Bientôt, sa compagnie, OurWorld, était devenue un phare dans le monde des technologies avancées, de la radio et télédiffusion, de l'information, du sport et des spectacles.

Mais la Grande-Bretagne était sur le déclin. En tant que membre de l'Europe unifiée, privé des instruments traditionnels de sa politique macroéconomique comme le contrôle des changes et des taux d'intérêt, et cependant dépourvu du parapluie d'une économie plus vaste imparfaitement intégrée, le gouvernement britannique fut incapable d'endiguer un effondrement économique majeur. Finalement, en 2010, l'agitation sociale et le dérèglement climatique forcèrent la Grande-Bretagne à se retirer de l'Union européenne, et le Royaume-Uni se désintégra, l'Écosse ayant choisi de faire cavalier seul. À travers toutes ces vicissitudes, Hiram s'était battu pour préserver la prospérité de OurWorld.

En 2019, l'Angleterre et le pays de Galles cédèrent l'Irlande du Nord à l'Eire, expédièrent la famille royale en Australie – où elle était toujours la bienvenue – et devinrent le cinquante-deuxième État des USA. Grâce à la mobilité de l'emploi, aux transferts financiers interrégionaux et à d'autres éléments protecteurs de l'économie américaine réellement unifiée, l'Angleterre se remit à prospérer.

Mais sans Hiram.

Désormais citoyen américain, celui-ci n'avait pas tardé à profiter de l'occasion pour déménager dans les faubourgs de Seattle, État de Washington, et établir son nouveau siège dans les locaux de l'ancien campus Microsoft. Il se plaisait à proclamer qu'il voulait devenir le Bill Gates du XXIᵉ siècle. De fait, son pouvoir personnel et celui de son entreprise n'avaient jamais cessé, sur le riche terreau de l'économie américaine, de croître de manière exponentielle.

Kate n'ignorait pas, cependant, qu'il n'était que l'un des puissants acteurs en présence sur un marché saturé où la concurrence était sans pitié. Elle était là ce soir parce que, selon la rumeur – comme il venait de le lui rappeler –, Hiram était sur le point de faire une révélation importante, une révélation qui allait tout changer.

Bobby Patterson, par contre, avait grandi dans un cocon douillet que son père avait tissé autour de lui.

Éduqué à Eton, Cambridge et Harvard, il occupait différents postes dans les compagnies de son père et menait l'existence tapageuse d'un play-boy international. C'était sans conteste le plus beau parti du monde. À la connaissance de Kate, il n'avait jamais fait montre de la moindre étincelle d'esprit d'initiative, n'avait jamais cherché à échapper à l'emprise de son père, et encore moins à le supplanter.

Kate regarda son visage aux traits harmonieusement parfaits. Voilà un oiseau qui ne quitterait pour rien au monde sa cage dorée, se dit-elle. Un vrai fils à papa gâté pourri.

Mais elle se sentit rougir sous son regard, et maudit pour cela sa physiologie.

Elle était restée plusieurs secondes sans rien dire. Bobby attendait encore sa réponse à l'invitation à souper.

— Je vais y réfléchir, Bobby.

Il parut surpris. Comme s'il n'avait jamais reçu jusque-là de réponse aussi hésitante.

— Il y a un problème ? Si vous voulez, je peux...

— Mesdames et messieurs...

Toutes les têtes se tournèrent. Kate se sentit soulagée.

Hiram était monté sur un podium à l'autre bout de la cafétéria. Derrière lui, un Écransouple géant affichait l'image agrandie de sa tête et de ses épaules. Il adressait à tous un large sourire, tel un dieu bienveillant, tandis que les drones évoluaient autour de sa tête, porteurs d'images à facettes, comme des joyaux, des différents canaux de OurWorld.

— Je voudrais tout d'abord vous remercier tous d'être venus assister à cet instant historique. Merci de votre patience. Et maintenant, attention ! Le spectacle commence !

Le dandy virtuel en uniforme vert tilleul se matérialisa sur le podium à côté de Hiram. Ses lunettes à l'ancienne jetaient des éclats à la lumière artificielle. Il fut rejoint par les trois autres virtuels, habillés de bleu, de rose et de vermeil, chacun tenant à la main un instrument de musique : hautbois, trompette et piccolo. Il

26

y eut quelques salves d'applaudissements. Les quatre personnages s'inclinèrent pour saluer le public, puis se retirèrent discrètement au fond du podium, où une batterie et trois guitares électriques les attendaient.

— Ces images nous parviennent, ici à Seattle, d'une station de Brisbane, Australie, annonça Hiram d'une voix tranquille. Elles sont relayées par différents satcoms avec un décalage de quelques secondes. Je n'ai pas besoin de vous préciser que ces garçons se sont fait un paquet de fric au cours de ces deux dernières années. Leur nouveau tube, *Let Me Love You*, est resté en tête du hit-parade pour le monde entier pendant quatre semaines, autour des fêtes de fin d'année, et tous les bénéfices ont été versés à des œuvres de charité.

— *Nouveau tube*..., ironisa Kate à voix basse.

— Vous n'aimez pas les V-Fabs ?

— Allons, allons ! Les originaux ont disparu il y a soixante-cinq ans. Deux sont morts avant ma naissance. Les guitares et la batterie sonnent comme des casseroles, complètement dépassées si on pense aux nouveaux groupes aériens où la musique émane de la danse des interprètes. Mais de toute façon, tous ces nouveaux tubes ne sont que des merdes extrapolées par des systèmes experts.

— Et qui font partie de notre... comment dites-vous dans vos articles polémiques ? Décadence culturelle, murmura-t-il d'une voix douce.

— Exactement, oui.

Elle était cependant un peu gênée, devant sa gentillesse pleine de grâce, d'avoir manifesté son dépit de cette manière.

— ... pas seulement pour l'esbroufe, était en train de dire Hiram sur le podium. Je suis né en 1967, pendant l'été de l'amour. Certains disent, naturellement, que les années 60 ont été une révolution culturelle qui n'a mené nulle part. C'est peut-être vrai, au premier degré, mais cette révolution, avec sa musique d'amour et d'espoir, a joué un grand rôle dans l'élaboration de ma personnalité et de beaucoup d'autres de ma génération.

Bobby capta le regard de Kate. Il fit le geste de vomir, la tête en avant, la main à plat devant la bouche, et elle dut se retenir de pouffer de rire.

– ... Au début de cet été 1967, le 25 juin exactement, il y eut un grand spectacle télévisé qui montra l'importance du réseau de communication naissant. (Derrière Hiram, le batteur V-Fab compta une mesure, et le groupe se mit à jouer une sorte de parodie funèbre de la *Marseillaise* qui donna lieu à de beaux accords harmoniques à trois voix.) Ce fut la contribution de la Grande-Bretagne, reprit la voix de Hiram sur fond musical. Un chant d'amour, qui s'adressait à deux cents millions de personnes à travers le monde. Et cette émission avait pour nom *OurWorld*. Mais oui, c'est parfaitement exact ! C'est de là que j'ai tiré le nom. Je sais que ça paraît un peu ringard aujourd'hui, mais dès le jour où j'ai regardé la cassette de l'émission, à l'âge de dix ans, j'ai su ce que je voulais faire dans la vie.

Ringard, peut-être, se disait Kate, mais indéniablement efficace. L'assistance regardait, hypnotisée, l'image géante de Hiram, tandis que la musique d'un été vieux de sept décennies se réverbérait dans la cafétéria.

– Et aujourd'hui, tonna Hiram avec un moulinet de show-man accompli, je pense avoir atteint l'objectif de toute ma vie. Je vous suggère de bien vous accrocher – ne serait-ce qu'au bras de votre voisin ou voisine...

Le sol devint alors transparent.

Soudain en suspens au-dessus du vide, Kate se sentit vaciller, trompée par ce qu'elle voyait en dépit de la solidité du plancher sous ses pieds. Il y eut une vague de rires nerveux, quelques cris, le tintement d'un verre tombé par terre.

Elle s'aperçut qu'elle avait agrippé instinctivement le bras de Bobby. Elle sentait ses muscles noueux sous le tissu. Il avait posé sa main sur la sienne, apparemment sans préméditation.

Elle n'essaya pas de retirer sa main. Pour le moment.

Elle avait l'impression d'être en suspens au-dessus d'un ciel étoilé, comme si la cafétéria était dans l'espace, entièrement transparente. Mais ces « étoiles », disposées contre un ciel noir, étaient massées et confinées à l'intérieur d'un treillis parallélépipédique formé par un subtil entrelacs de rayons lumineux multicolores.

Lorsqu'elle voulut regarder dans les profondeurs du treillis, dont les lignes s'éloignaient à perte de vue, elle eut l'impression de mettre la tête dans l'entrée d'un tunnel de longueur infinie.

Tandis que la musique montait toujours autour d'eux, subtilement différente de l'enregistrement original, Hiram poursuivit son discours.

— Ce n'est pas le ciel ni l'espace que vous êtes en train de regarder. Vous êtes en train de regarder vers le bas, à travers la structure profonde de la matière. Il s'agit de cristal de diamant. Les points blancs que vous apercevez sont des atomes de carbone. Les traits sont les forces de valence qui les relient. Je voudrais insister sur le fait que les images que vous allez voir maintenant, bien qu'enrichies, ne constituent en aucune manière une simulation. La technologie moderne – la microscopie à effet tunnel à balayage, en particulier – nous permet d'obtenir des images réelles de la matière, même à ce niveau de base. *Tout ce que vous voyez en ce moment est authentique*. Et ce n'est pas tout.

Des images holographiques surgirent dans toute la salle, donnant l'impression que la cafétéria et ses occupants s'enfonçaient à l'intérieur du treillis tout en devenant plus petits. Les atomes de carbone grossirent autour de la tête de Kate comme de gros ballons gris pâle. On voyait par transparence, à l'intérieur, des amorces de lignes de structure intrigantes. Tout autour d'elle, l'espace crépitait d'étincelles. Des points de lumière naissaient pour être étouffés aussitôt. C'était extraordinairement beau, comme si elle nageait à travers un nuage de lucioles.

— C'est l'espace que vous êtes en train de regarder maintenant, expliqua Hiram. L'espace « vide ». La substance même dont est fait l'univers. Mais nous l'observons en ce moment à des résolutions bien plus fines que les limites de l'œil humain, à un niveau où les électrons individuels sont visibles et où les effets quantiques deviennent importants. L'espace « vide » est en réalité bien rempli, rempli de champs d'énergie fluctuante. Et ces champs se manifestent sous la forme de particules : protons, paires électron-positron, quarks, etc. Ils apparaissent pour une période de temps très brève, étoffés par une masse-énergie d'emprunt, avant de disparaître lorsque la loi de la conservation de l'énergie reprend ses droits. Nous les humains, nous voyons l'espace, la matière et l'énergie de très haut, comme un astronaute survolant l'océan. Trop haut pour distinguer les vagues, et à plus forte raison les traînées d'écume qu'elles charrient, mais elles sont bien présentes. Attention, nous ne sommes pas encore arrivés au bout du voyage. Agrippez-vous bien à vos verres, mes amis.

L'échelle, de nouveau, explosa. Kate se retrouva projetée à l'intérieur de l'enveloppe transparente, en peau d'oignon, de l'un des atomes de carbone. Il y avait une masse dure et brillante au centre, un amas de sphères déformées. Était-ce le noyau ? Et ces petites sphères intérieures étaient-elles les protons et les neutrons ?

Tandis que le noyau se précipitait sur elle, Kate entendit crier autour d'elle. Sans lâcher le bras de Bobby, elle essaya de garder son calme en se réfugiant à l'intérieur de l'un des nucléons.

Puis, tout à coup...

Il n'y avait plus de formes à l'endroit où elle se trouvait. Plus de contours ni de lumière particulière, plus de couleur excepté un rouge sang vif. Il y avait cependant du mouvement, comme un tourbillon lent, insidieux, sans fin, ponctué de bulles qui montaient, montaient puis éclataient. Cela faisait penser à quelque liquide épais, nauséabond, en train de bouillir lentement.

– Nous avons atteint, reprit Hiram, ce que les physiciens appellent le niveau de Planck. Nous sommes plus bas que tout à l'heure dans un rapport de vingt puissance dix. À ce niveau, nous ne connaissons plus avec certitude la structure de l'espace. La topologie et la géométrie sont sans objet, l'espace et le temps se dissocient.

À ce niveau fondamental, le temps n'était plus séquentiel, l'espace n'était plus ordonné. L'unification de l'espace-temps était déchirée par les forces de gravité quantique, et l'espace devenait une simple écume probabiliste en effervescence piquetée de trous de ver.

– Des trous de ver, continua Hiram avec emphase. Ce que nous voyons là, ce sont des entrées de trous de ver qui se sont formées spontanément, résillées de champs électriques. L'espace est ce qui évite aux objets d'occuper la même place, n'est-ce pas ? Mais à ce niveau, il est granuleux, et ne remplit plus son rôle de manière aussi fiable. De sorte qu'un trou de ver peut relier n'importe quel point, dans cette région minuscule de l'espace-temps, à n'importe quel autre point, *où qu'il soit* : au centre de Seattle, à Brisbane, en Australie, ou sur une planète d'Alpha du Centaure. Tout se passe comme si des passerelles d'espace-temps naissaient et disparaissaient continuellement de manière spontanée. (Hiram adressa à l'assistance un large sourire qui se voulait rassurant. *Je ne comprends pas plus que vous toutes ces choses, semblait dire son image, mais faites-moi confiance.*) Mon équipe technique est là pour vous donner tout à l'heure autant d'explications que vous serez capable d'en assimiler. La question la plus importante est de savoir ce que nous allons faire avec cette découverte. En termes très simples, voici la réponse. Nous allons plonger la main dans cette écume quantique pour en extirper le trou de ver dont nous avons besoin : un trou de ver qui reliera notre laboratoire, ici à Seattle, à des installations identiques situées à Brisbane, Australie. Et lorsque nous l'aurons stabilisé, ce trou de ver constituera un moyen de liaison à travers lequel nous enverrons des signaux, *plus vite que la lumière elle-même.*

Cette expérience, mesdames et messieurs, va constituer le fondement d'une nouvelle révolution dans les communications. Finis les satellites coûteux râpés par les micrométéorites, quittant peu à peu leur orbite pour retomber du ciel. Finies les attentes frustrantes, les coûts exorbitants. Le monde – notre monde – va pouvoir enfin communiquer vraiment.

Tandis que les virtuels continuaient de jouer, un brouhaha naquit, et les questions et commentaires fusèrent.

– Impossible ! s'écria quelqu'un. Les trous de ver sont instables par nature. Tous le monde sait cela.

– Les radiations entrantes font s'effondrer les trous de ver dès qu'ils apparaissent.

– On ne peut pas...

La figure géante de Hiram était penchée sur l'écume quantique effervescente. Il fit claquer ses doigts. L'écume disparut, pour être aussitôt remplacée par un objet unique, en suspens dans l'obscurité à leurs pieds.

Un murmure courut parmi l'assistance.

Kate vit naître un essaim de points lumineux légèrement rougeoyants. Des atomes ? Ils formèrent une sphère géodésique qui se referma sur elle-même et se mit à tourner lentement. À l'intérieur, on distinguait une deuxième sphère, mais qui tournait en sens inverse. Et à l'intérieur, il y en avait encore une autre, et ainsi de suite, jusqu'à la limite de la vision. On aurait dit un mécanisme d'horlogerie, un planétaire fait d'atomes. Toute la structure pulsait d'une pâle lumière bleutée, et l'on sentait un grand rassemblement d'énergies.

Elle devait admettre que c'était un très beau spectacle.

– Cela s'appelle un moteur Casimir, continua Hiram. C'est peut-être la machine la plus exquisément construite que l'homme ait jamais fabriquée. Nous travaillons dessus depuis des années, et elle n'a pourtant que quelques centaines de diamètres atomiques de large.

Comme vous pouvez le voir, les coquilles sont faites d'atomes. Des atomes de carbone, plus précisément. Leur structure est apparentée à celle, naturellement stable, des fullerènes de carbone C60. On les fabrique en exposant du graphite à un faisceau laser. Nous avons soumis le moteur à une charge électrique à l'aide de cages appelées pièges de Penning : des champs électromagnétiques. L'ensemble de la structure est maintenu par de puissants champs magnétiques. Les différentes coquilles sont tenues séparées, aux endroits où elles se touchent presque, seulement à quelques diamètres d'électrons de distance. Et c'est dans ces interstices minimes que se produit un miracle...

Kate, fatiguée des descriptions dithyrambiques de Hiram, consulta rapidement le Moteur de Recherche. Elle y apprit que l'« effet Casimir » était apparenté aux particules virtuelles qu'elle avait vues apparaître puis disparaître. Dans l'intervalle étroit séparant les coquilles atomiques, en raison des phénomènes de résonance, seuls certains types de particules pouvaient exister. En conséquence, ces intervalles étaient plus vides que le « vide » et donc moins énergétiques.

L'effet d'énergie négative ainsi produit pouvait, entre autres, mener à l'antigravité.

Les différents niveaux de la structure se mirent à tourner plus rapidement. De petits cadrans de montre apparurent tout autour de l'image du moteur, affichant patiemment un compte à rebours, dix, neuf, huit, sept... L'impression d'énergie en train de s'accumuler était presque palpable.

– La concentration d'énergie dans les intervalles de Casimir s'accroît, poursuivit Hiram. Nous allons maintenant injecter l'énergie négative de l'effet Casimir dans le trou de ver de l'écume quantique. Les effets antigravité stabiliseront et agrandiront les trous de ver.

Nous avons calculé que la probabilité de découvrir un trou de ver reliant Seattle à Brisbane avec une précision acceptable était de l'ordre de un sur dix millions. Cela signifie qu'il nous faudra faire en moyenne dix millions de tentatives avant de tomber sur le bon trou de ver. Mais il s'agit d'une mécanique atomique, et les choses vont très vite à ce niveau. Même cent millions d'essais ne devraient pas prendre plus d'une seconde. Le plus beau, c'est que, au niveau quantique, les liaisons avec tout endroit que nous pourrions sélectionner existent *déjà*. Tout ce que nous avons à faire, c'est les trouver.

La musique des virtuels en était au crescendo final. Kate contemplait la machine de Frankenstein, sous ses pieds, en train de tourner à une vitesse folle, illuminée d'énergie presque palpable.

Les petits cadrans avaient fini leur compte à rebours.

Il y eut un éclair aveuglant. Des cris fusèrent.

Lorsqu'il y eut de nouveau quelque chose à voir, Kate s'aperçut que la machine, qui tournait toujours, n'était plus seule. Une perle argentée, parfaitement sphérique, flottait à côté d'elle. La bouche d'un trou de ver ?

Et la musique avait changé. Les V-Fabs étaient arrivés au refrain, qu'ils entonnaient comme une mélopée. Mais la musique était déformée par un autre type de mélodie, plus grossière, qui précédait de quelques secondes les sons plus distincts qui leur parvenaient.

Excepté cette musique, la salle était plongée dans le silence le plus absolu.

Hiram laissa échapper un petit cri, comme s'il avait retenu sa respiration.

– Voilà, dit-il. Ce nouveau signal que vous entendez, c'est la même interprétation, mais qui nous arrive à travers le trou de ver, *sans décalage de temps significatif.* Nous avons réussi. Ce soir, pour la première fois dans l'histoire, l'humanité a réussi à faire passer un signal à travers un trou de ver stable.

Bobby se pencha vers Kate pour murmurer d'une voix sarcastique :

– Pour la première fois à part une bonne série d'essais.

– Ah oui ?

– Évidemment. Vous ne croyez tout de même pas qu'il aurait laissé les choses au hasard ? Mon père·a le sens du spectacle. Mais on ne peut pas trop lui reprocher cette heure de gloire.

L'écran géant montrait le sourire épanoui de Hiram.

– Mesdames et messieurs, n'oubliez jamais ce que vous venez de voir. Il s'agit bel et bien du début d'une révolution dans les communications.

Des applaudissements se firent entendre, diffus au début, mais qui se transformèrent très vite en un véritable tonnerre d'ovation.

Kate ne put résister à y joindre les siens. *Je me demande où tout cela va mener*, se disait-elle. Ce qui était sûr, c'était que les possibilités de cette nouvelle technologie, basée, finalement, sur la manipulation de l'espace et du temps eux-mêmes, n'allaient pas se limiter à de simples transferts de données. Elle se doutait que plus rien, désormais, ne serait comme avant.

Son regard fut attiré par un éclat de lumière aveuglant, quelque part au-dessus de sa tête. L'un des drones affichait l'image de la fusée qu'elle avait déjà remarquée. Elle grimpait dans son coin de ciel bleu-gris d'Asie centrale, totalement silencieuse. Elle paraissait étrangement démodée, comme si elle avait surgi du passé plutôt que du futur.

Personne d'autre ne s'y intéressait, et elle détourna la tête au bout d'un moment.

Des flammes rouge et vert roulaient sur les parois courbes de béton et d'acier. La lumière pulsait à travers la steppe dans la direction de Vitali. Elle était aveuglante et rendait pâle non seulement le halo des projecteurs illuminant encore l'assemblage vertical du lanceur, mais aussi celui du soleil qui brillait sur la steppe. Avant que le vaisseau spatial eût quitté le sol, cependant, son rugissement arriva jusqu'à lui, comme un tonnerre qui fit vibrer sa poitrine.

Ignorant la douleur grandissante à son bras et à son épaule ainsi que l'engourdissement de ses mains et de ses pieds, Vitali se leva, ouvrit sa bouche aux lèvres craquelées et ajouta sa voix au tonnerre divin. Il s'était toujours comporté en idiot sentimental dans des moments pareils.

Il y avait pas mal d'agitation autour de lui. Les personnes présentes, les techniciens affamés, incompétents, comme les petits chefs gras et corrompus, se détournaient du lancement. Ils se pressaient autour des postes de radio et des télés portatives dont les Écransouples, brillants comme des joyaux, leur montraient des images surprenantes de l'Amérique. Vitali ignorait les détails, et cela ne l'intéressait pas de les connaître, mais il était clair que Hiram Patterson avait réussi à réaliser sa promesse, ou sa menace.

Au moment même où il quittait le sol, son bel oiseau, le dernier *Molniya*, était déjà dépassé.

Vitali demeura droit comme un piquet, décidé à ne pas le perdre des yeux, jusqu'à ce que le point lumineux au sommet de la longue colonne de fumée se soit fondu dans l'espace...

Mais, soudain, la douleur à son bras et dans sa poitrine atteignit un sommet, comme si une main osseuse s'était refermée sur lui. Il étouffa un cri. Il essaya néanmoins de rester debout. Mais il y avait maintenant une nouvelle lumière qui montait tout autour de lui, encore plus forte que celle de la fusée qui baignait la steppe du Kazakhstan, et il fut incapable d'en supporter davantage.

2
L'Œilmental

Tandis que Kate roulait à travers la colline, elle s'avisa qu'elle se trouvait dans un environnement typique de la région de Seattle : des versants de collines verdoyants léchés par l'océan sous un ciel d'automne gris et bas.

Mais la demeure de Hiram, un dôme géodésique géant percé d'ouvertures de tous les côtés, donnait l'impression qu'elle venait juste d'être posée sur son versant de colline, et Kate avait rarement vu une construction aussi laide et aussi tape-à-l'œil.

À son arrivée, elle tendit son manteau à un drone. Son identité fut vérifiée. Pas seulement par la lecture de ses implants, mais aussi, probablement, par le balayage comparatif de son visage et même, en quelques secondes, un séquençage discret de son ADN. Après quoi les serviteurs robots de Hiram la firent entrer.

Hiram n'était pas encore revenu de son travail. Cela ne la surprit guère. Les six mois qui venaient de s'écouler depuis le lancement de sa technologie Dataflux des trous de ver avaient été les plus actifs de sa vie, et la réussite de OurWorld était totale, de l'avis de tous les experts. Mais il allait rentrer pour le dîner, déclara le drone.

On la conduisit auprès de Bobby.

La pièce était vaste, la température agréable, les murs aussi nus et lisses qu'une coquille d'œuf. La lumière était tamisée, les bruits assourdis, étouffés. Les seuls meubles consistaient en un alignement de fauteuils relax en cuir noir, chacun avec sa petite table basse, son lavabo et son support de goutte-à-goutte attenants.

Bobby Patterson était là, allongé dans la pénombre, les yeux ouverts mais le regard vide. Inerte, il avait un bandeau de métal aux tempes.

Elle s'assit à côté de lui et l'observa attentivement. Elle vit qu'il respirait lentement et que le goutte-à-goutte fixé par un cathéter à son avant-bras alimentait lentement son corps déserté.

Il portait un short et une chemise noire. Là où le tissu lui collait à la peau, on devinait des masses de muscles durs. Mais cela ne disait rien quant à son style de vie. Il était facile de sculpter le corps à l'aide de traitements hormonaux et de stimulations électriques. Il pouvait même le faire tout en demeurant allongé ici, comme s'il était dans le coma sur un lit d'hôpital.

Il avait des traces de bave au coin des lèvres. Elle les essuya du doigt et lui ferma doucement la bouche.

– Merci.

Elle se retourna en sursautant. Bobby, un autre Bobby, habillé exactement de la même manière que le premier, se tenait devant elle, un large sourire aux lèvres. Furieuse, elle lui donna un coup de poing dans l'abdomen. Sa main, comme elle s'y attendait, passa à travers lui sans qu'il ait de réaction.

– Vous me voyez, dit-il.

– Je vous vois, en effet.

– Ça signifie que vous avez des implants rétiniens et cochléaires, n'est-ce pas ? Cette pièce est conçue de manière à produire des virtuels compatibles avec toutes les dernières générations d'adjuvants SNC. Naturellement, pour moi, vous êtes assise sur le dos d'un affreux phytosaure.

– Un quoi ?

Un crocodile du trias. Qui commence à se rendre compte de votre présence. Soyez la bienvenue, mademoiselle Manzoni.

– Kate.

– Oui, Kate. Heureux que vous ayez accepté mon – notre – invitation à dîner. Mais je ne pensais pas que vous mettriez six mois à répondre.

Elle haussa les épaules.

– *Hiram s'enrichit encore et encore*, ce n'est pas terrible comme titre d'article.

— Hum. Ce qui implique que vous avez entendu dire qu'il y a du nouveau.

Bien évidemment, il avait raison. Mais elle ne répondit pas.

— Ou bien, poursuivit-il, c'est que vous avez finalement succombé à mon charme.

— Ce serait une explication, si vous n'aviez pas tant de bave aux lèvres.

Bobby se pencha pour regarder son corps inanimé.

— Vanité ! Il faut aussi se soucier de son apparence quand on est en train d'explorer un monde virtuel ? (Il fronça les sourcils.) Naturellement, si c'est vous qui avez raison, il y aurait une étude à faire pour mon service de marketing.

— *Votre* service ?

— Bien sûr.

Il « ramassa » un frontal en métal sur un fauteuil voisin. C'était une copie virtuelle de l'original, qui demeura à sa place.

— Il s'agit de l'Œilmental, dit-il. La toute dernière création RV de OurWorld. Vous voulez l'essayer ?

— Non, merci.

Il l'observa, les sourcil froncés.

— Vous n'êtes plus une néophyte en matière de RV, Kate. Vous avez des implants sensoriels qui...

— Qui représentent le minimum requis pour pouvoir évoluer dans notre monde moderne. Avez-vous déjà *essayé* de prendre l'avion à l'aéroport de SeaTac sans avoir un minimum de capacités RV ?

Il se mit à rire.

— En général, j'ai une escorte officielle. Vous vous dites probablement que tout cela fait partie d'une vaste conspiration organisée par les multinationales ?

— Naturellement. Quoi d'autre ? L'invasion technologique de nos demeures, véhicules et lieux de travail a depuis longtemps atteint le point de saturation. Aujourd'hui, c'est à notre corps qu'ils en veulent.

— Quelle amertume ! (Il lui tendit le frontal. L'instant était curieusement récursif, se dit-elle machinalement : une copie virtuelle de Bobby en train de lui donner un exemplaire virtuel d'un générateur virtuel.) Mais ça, ce n'est pas la même chose. Essayez donc. Faites un petit tour avec moi.

Elle hésita. Puis, pour ne pas le vexer, elle accepta. Elle était ici en invitée, après tout. Mais elle refusa son offre de perfusion.

– Juste un petit tour, dit-elle, et on ressort avant que nos corps ne tombent en décrépitude, d'accord ?

– D'accord. Allongez-vous. Mettez le frontal sur vos tempes. Comme ça.

Il releva lentement son propre frontal pour lui montrer comment faire. Son visage à l'expression intense était indéniablement très beau. On aurait dit le Christ avec sa couronne d'épines.

Elle se coucha sur un fauteuil voisin et posa l'Œilmental sur sa tête. Il était chaud et élastique au contact. Quand elle le fit glisser sur ses cheveux, il sembla se mettre en place tout seul.

Son crâne, sous le métal, se mit à picoter vivement.

– Ouille !

Bobby s'était assis sur sa couche.

– Ce sont les infuseurs. Ne vous inquiétez pas. La plupart des données arrivent par stimulation magnétique transcrânienne. Dès que nous aurons réinitialisé le système, vous ne sentirez plus rien.

Il se coucha à son tour, et elle vit ses deux corps, celui de chair et celui de pixels, se fondre en un.

L'obscurité se fit dans la pièce. L'espace d'un battement de cœur, puis de deux, elle ne vit plus rien, n'entendit plus rien. Elle ne sentait plus son corps. Elle avait l'impression que son cerveau avait quitté sa boîte crânienne.

Avec un choc intangible, elle se sentit tomber de nouveau dans son corps. Mais cette fois-ci, elle était sur ses pieds.

Dans une espèce de boue.

Lumière et chaleur explosèrent tout autour d'elle, en bleu, vert et brun. Elle se tenait au bord d'un fleuve, dans une espèce de gadoue noire et dense qui lui arrivait aux chevilles.

Le ciel était d'un bleu délavé. Elle se trouvait à la lisière d'une forêt de fougères luxuriantes, de pins et de conifères géants. Leur feuillage dense et opaque empêchait la lumière de pénétrer. La chaleur et l'humidité étaient étouffantes. Elle sentait la transpiration traverser sa chemise et son pantalon, lui plaquer les cheveux sur le front. Le fleuve voisin, au cours large et paresseux, était d'un brun boueux.

Elle grimpa un peu plus haut dans la forêt, à la recherche d'un sol plus ferme. La végétation était très épaisse ; les feuilles et les branches lui fouettaient le visage et les bras. Il y avait des insectes partout, y compris de grosses libellules bleues, et la jungle bruissait de tous côtés : pépiements, caquètements, grognements...

L'impression de réalité était frappante ; le sentiment d'authenticité dépassait de loin tout ce qu'elle avait connu jusque-là dans le domaine de la RV.

— Très convaincant, n'est-ce pas ? demanda Bobby, qui se tenait à côté d'elle.

Il portait un short et une chemise de couleur kaki, avec un chapeau à large bord, style safari. Il avait une carabine d'aspect vieillot à l'épaule.

— Où sommes-nous ? Je veux dire...

— *À quelle époque ?* Arizona, fin du trias, il y a quelque deux cents millions d'années. Ça ressemble plutôt à l'Afrique, n'est-ce pas ? C'est cette période qui nous a donné les strates du « désert peint ». Nous avons là des prêles géantes, des fougères, des cycadées, des lycopodiacées... mais c'est un monde terne, tout compte fait. L'évolution des fleurs est encore loin dans l'avenir. Ça donne à réfléchir, n'est-ce pas ?

Elle posa le pied sur un tronc et s'efforça d'enlever avec les mains la gadoue qui lui collait aux jambes. La chaleur était très inconfortable, et une soif ardente la tenaillait. Son bras nu était couvert d'une myriade de perles de sueur qui luisaient de manière authentique, si brûlantes qu'elles paraissaient sur le point d'entrer en ébullition.

Bobby pointa l'index vers le haut.

— Regardez.

C'était un oiseau, qui battait lourdement des ailes entre les branches d'un arbre. Ou plutôt non. Il était bien trop gros et maladroit pour être un oiseau. Et il n'avait pas de plumes. Ce devait être plutôt une sorte de reptile volant. Il se déplaçait avec un bruissement de cuir mauve, furtif. Kate frissonna.

— Avouez que vous êtes impressionnée, chuchota Bobby.

Elle remua les bras, les jambes, essaya quelques flexions.

— Je sens très bien mon corps. J'ai le contrôle de tous mes membres, je sens de la résistance quand je me baisse. Mais je suppose que je suis toujours couchée dans mon fauteuil, un filet de bave au coin des lèvres, comme vous.

— Oui. Les caractéristiques proprioceptives de l'Œilmental sont étonnantes. Vous ne transpirez même pas. Enfin, sans doute pas. Il arrive qu'il y ait des fuites. Cette technologie RV est de quatrième génération, si l'on compte à partir des simples gants derrière une paroi vitrée. Ensuite, il y a eu les implants sensoriels – comme le vôtre –, puis les implants corticaux, qui permettaient de créer une interface directe entre des systèmes extérieurs et le système nerveux central humain...

— Technique barbare ! lança-t-elle.

— Possible, répliqua-t-il avec douceur. Mais cela nous amène à l'Œilmental. Le frontal produit des champs magnétiques capables de stimuler des zones précises du cerveau. Tout cela sans la moindre intervention physique. Mais ce n'est pas l'aspect redondant des implants qui est admirable, c'est la précision et la portée de la simulation à laquelle nous parvenons. En cet instant même, par exemple, une carte à 180° du décor qui vous entoure est gravée directement dans votre cortex visuel. Nous stimulons le noyau amygdalien et l'insula, dans le lobe temporal, pour vous donner un sens de l'odorat. C'est essentiel à l'authenticité de l'expérience. Les odeurs semblent aller droit dans le système limbique cérébral, le siège de nos émotions. C'est la raison pour laquelle les parfums en général ont un tel pouvoir évocateur, vous comprenez ? Nous pouvons même communiquer de légères stimulations de douleur en excitant le cortex cingulaire antérieur, qui est le centre, non pas de la douleur elle-même, mais de la sensation consciente de la douleur. En fait, nous travaillons beaucoup sur le système limbique, afin que tout ce que vous voyez ait une forte charge émotionnelle.

Ensuite, il y a la proprioception, qui est le sens que l'on a de son corps. Cette notion complexe fait intervenir des informations sensorielles, venues de la peau, des muscles et des tendons, visuelles et motrices, fournies par le cerveau, ou concernant l'équilibre, par l'intermédiaire de l'oreille interne. Il aura fallu pas mal de cartographie cérébrale pour y arriver. Mais nous pouvons maintenant vous faire tomber, voler, exécuter des sauts périlleux, tout cela sans quitter votre fauteuil. Et nous pouvons aussi vous faire voir des merveilles, comme celle-ci...

– Vous avez l'air de bien connaître votre sujet. Et vous en êtes fier, n'est-ce pas ?

– Normal, c'est moi qui ai produit le système.

Il battit des paupières. Elle s'avisa que c'était la première fois qu'il la regardait dans les yeux depuis plusieurs minutes ; même ici, dans cette jungle triasique, il la mettait vaguement mal à l'aise, bien qu'elle fût, sur un autre plan, indubitablement attirée par lui.

– Bobby, ça veut dire quoi, *je l'ai produit* ? Vous l'avez lancé ? Vous l'avez financé ?

– Je suis le fils de mon père. Je travaille pour sa compagnie. Mais c'est moi qui supervise toute la recherche sur l'Œilmental. C'est moi qui teste le matériel sur le terrain.

– Sur le terrain ? Vous voulez dire que vous venez ici jouer à la chasse au dinosaure ?

– Ce n'est pas un jeu, protesta-t-il gentiment. Venez, je vais vous montrer.

Bombant le torse, il s'élança à travers la jungle.

Tant bien que mal, elle s'efforça de le suivre. Mais elle n'avait pas de machette, et les branches et les ronces transpercèrent bientôt ses vêtements jusqu'à la peau. Cela faisait mal, mais pas trop, naturellement. Ce n'était pas réel. C'était juste un foutu jeu d'aventures. Elle plongea dans les fourrés sur les traces de Bobby, en fulminant contre les excès de l'argent et de la technologie décadente.

Ils arrivèrent à l'orée d'une clairière où de gros arbres calcinés étaient tombés, entre lesquels de jeunes rejetons verts essayaient d'émerger. La foudre avait dû frapper ici.

Bobby leva un doigt pour lui faire signe de ne plus avancer.

— Regardez !

Un animal était en train de remuer, avec ses pattes et son museau, les fragments de bois mort. Il devait mesurer deux mètres de long, et il avait une tête qui le faisait ressembler à un loup, avec de grosses canines apparentes. Malgré cet aspect, il grognait comme un cochon.

— Un cynodonte, chuchota Bobby. Un protomammifère.

— Notre ancêtre ?

— Non. Les vrais mammifères ont suivi un autre embranchement. Les cynodontes représentent un cul-de-sac évolutionnaire... Merde !

On entendait un grand bruit de branches brisées dans les fourrés de l'autre côté de la clairière. C'était un dinosaure de type *Jurassic Park*, qui faisait au moins deux mètres de haut ; il sortit de la forêt en bondissant sur des pattes arrière massives, ses énormes mâchoires béantes, ses écailles luisantes.

Le cynodonte parut se figer, les yeux fixés sur le prédateur.

Le dinosaure sauta sur le dos du cynodonte, qui fut écrasé sous le poids de son assaillant. Les deux bêtes roulèrent à terre, écrasant les jeunes arbres qui poussaient là. Le cynodonte glapissait désespérément.

Kate recula dans la jungle, agrippant le bras de Bobby avec force. Elle sentait le sol trembler sous elle tant la lutte était puissante. Impressionnant, sans le moindre doute.

Le carnosaure avait le dessus. Maintenant sa proie par son seul poids, il se pencha vers le cou du protomammifère et, d'un seul claquement de mâchoire, le transperça. Le cynodonte se débattait encore, mais ses os apparurent dans son cou déchiré d'où le sang jaillissait à flots. Et lorsque le carnosaure fit éclater l'estomac de sa proie, une telle puanteur se répandit dans l'air que Kate faillit vomir.

Elle faillit, mais ne vomit pas. Évidemment. De même qu'en y regardant de plus près, elle vit que le jaillissement de sang n'était pas tout à fait naturel et que les écailles du dinosaure brillaient un peu trop. Les représentations RV étaient toujours comme ça : spectaculaires, mais limitées. Même les bruits et la puanteur semblaient calculés pour le confort du participant. Tout était aussi inoffensif

– et, par conséquent, inutile – qu'une promenade en famille dans un parc à thème.

– Je pense que c'est un dilophosaure, murmura Bobby. Fantastique ! C'est pour cela que j'aime tellement cette période. C'est une sorte de gare de triage de l'évolution. Tout se recoupe ici, l'ancien et le nouveau, nos ancêtres et les premiers dinosaures...

– Je comprends, fit Kate, qui récupérait de ses émotions. L'ennui, c'est que tout ça n'est pas réel.

Bobby se frappa le crâne.

– Comme pour toute œuvre de fiction, nous devons mettre nos croyances en veilleuse.

– Mais ce n'est qu'un champ magnétique qui me titille le bulbe rachidien. Nous ne sommes même pas dans le trias authentique, bon Dieu ! Ce n'est rien de plus qu'une mauvaise supposition universitaire, avec un peu de couleur rajoutée pour le plaisir du touriste virtuel.

Il était en train de lui sourire.

– Vous vous emportez facilement. Vous voulez prouver quoi ?

Elle croisa le regard de ses grands yeux bleus vides d'expression. Jusqu'à présent, c'était lui qui avait fixé le programme. *Si tu veux avancer*, se dit-elle, *si tu veux te rapprocher de l'objectif pour lequel tu es venue ici, il va falloir que tu le défies.*

– Bobby, n'oubliez pas qu'en ce moment vous êtes couché dans le noir. Ce qui nous entoure ne compte pas.

– On dirait que vous avez pitié de moi.

Sa curiosité semblait éveillée.

– J'ai l'impression que toute votre existence est ainsi. Malgré vos beaux discours sur vos projets RV et sur vos responsabilités dans l'entreprise, vous n'exercez aucun contrôle réel, n'est-ce pas ? Le monde dans lequel vous vivez est aussi éloigné de la réalité que n'importe quelle simulation virtuelle. Réfléchissez. Avant mon arrivée, vous étiez virtuellement seul.

Il médita quelques instants sur ce qu'elle venait de dire.

– Peut-être, mais vous êtes venue, et ça change tout, murmura-t-il en mettant sa carabine à l'épaule. Rentrons. C'est l'heure de dîner avec papa. (Il plissa un sourcil.) Peut-être qu'on aura l'occasion de se revoir, même quand vous aurez obtenu ce je-ne-sais-quoi que vous êtes venue chercher ici.

– Bobby...

Mais il avait déjà porté ses deux mains à son frontal pour le faire glisser.

Le dîner fut assez pénible.

Ils avaient pris place tous les trois sous la coupole vitrée qui dominait la demeure de Hiram. Les étoiles et un maigre croissant de lune étaient visibles à travers les déchirures de la couverture de nuages en mouvement. Le ciel n'aurait pas pu être plus spectaculaire, mais l'idée la frappa soudain que, avec sa technologie Dataflux des trous de ver, Hiram allait le rendre bientôt beaucoup plus terne, lorsque le dernier des satcoms sur orbite basse serait retombé dans l'atmosphère.

Les plats étaient présentés avec raffinement, comme elle s'y attendait, et servis par des drones silencieux. Mais les produits étaient standard : fruits de mer comme on pouvait en trouver dans une bonne douzaine de restaurants à Seattle, vin de Californie, un chardonnay honnête. Aucune trace des origines complexes de Hiram, aucune originalité ni marque de personnalité d'aucune sorte.

Et pendant tout le temps, le regard de Hiram était posé sur elle, intense et tenace. Il la mitraillait de questions et de demandes de précisions sur ses origines, sa famille, sa carrière. À plusieurs reprises, elle se prit à en dire plus qu'elle n'aurait dû.

Son hostilité envers elle, sous un vernis de courtoisie mondaine, était évidente. *Il sait ce que je suis venue faire*, se disait-elle.

Bobby demeurait silencieux. Il mangeait peu. Bien qu'évitant toujours, à sa manière déconcertante, de croiser le regard de Kate, il semblait avoir un peu plus conscience qu'avant de sa présence. Elle percevait une certaine attirance (ce n'était pas difficile à déchiffrer), mais également une certaine fascination. Elle avait peut-être réussi à percer sa carapace glissante de suffisance, comme elle l'avait espéré. Ou, plus vraisemblablement, admettait-elle, il était simplement dérouté par ses propres réactions face à elle.

Peut-être encore se faisait-elle simplement des idées. Elle aurait eu intérêt à s'abstenir de jouer avec ce qu'il y avait dans la tête des gens, surtout elle qui condamnait vivement cette pratique chez les autres.

— Je ne comprends pas, était en train de dire Hiram. Comment a-t-on pu attendre jusqu'en 2033 pour s'apercevoir de l'existence d'Absinthe, un objet de quatre cents kilomètres de diamètre ? Je sais qu'il est encore derrière Uranus, mais tout de même...

— Il est très sombre et se déplace très lentement, expliqua Kate. C'est une comète, apparemment, mais plus grosse que toutes celles que nous avons connues à ce jour. Nous ignorons totalement d'où il vient. Si ça se trouve, il y a tout un essaim d'objets de ce genre, quelque part au-delà de Neptune. Et personne ne regardait spécialement de ce côté-là, il faut bien le dire. Même Spaceguard se concentre sur l'observation de l'espace voisin de la Terre, pour détecter des objets susceptibles de tomber sur nous dans un avenir proche. Absinthe a été découvert par un réseau d'astronomes amateurs.

— Hum, fit Hiram. Et maintenant il se dirige vers nous.

— Oui. Pour nous percuter dans cinq cents ans.

Bobby agita une main musclée, soigneusement manucurée.

— C'est si loin. Il doit bien y avoir des mesures à prendre.

— Quelles mesures, Bobby ? demanda-t-elle. Absinthe est un géant. Nous ne connaissons aucune technologie capable de le dévier de sa trajectoire, pas même en théorie. Quand ce rocher nous tombera dessus, nous n'aurons nulle part où nous cacher.

— *Nous* ne connaissons aucun moyen ? demanda Bobby assez sèchement.

— Je veux dire les astronomes...

— À vous entendre, on croirait que c'est vous qui l'avez découvert. (Il cherchait à la piquer au vif, peut-être pour se venger du traitement qu'elle lui avait infligé un peu plus tôt.) C'est si facile de confondre ses propres accomplissements avec ceux des gens sur lesquels on s'appuie, n'est-ce pas ?

Hiram gloussa.

— Je vois que vous vous entendez à merveille, tous les deux, si vous vous chamaillez déjà... Et vous, naturellement, mademoiselle

Manzoni, vous estimez que les gens ont le droit de savoir que la fin du monde arrivera dans cinq cents ans ?

— Ce n'est pas votre avis ?

Ce fut Bobby qui répondit :

— Vous ne vous souciez pas des conséquences. Les suicides, le nombre des avortements grimpant en flèche, l'abandon des différents programmes de préservation de l'environnement...

— J'ai apporté la mauvaise nouvelle, dit-elle d'une voix tendue. Je n'ai pas apporté Absinthe. Comprenez que, si l'information ne circule pas, nous ne pouvons pas agir, ni pour le meilleur ni pour le pire. Nous ne pourrons pas assumer nos responsabilités, durant le peu de temps qui nous reste. Ce n'est pas que les possibilités soient réjouissantes. Le mieux que nous serons capables de faire, sans doute, consistera à envoyer une poignée de gens à l'abri je ne sais où, sur la Lune ou sur Mars, ou sur un astéroïde quelconque. Mais même ainsi, nous n'aurons pas la certitude de sauver l'espèce, si nous sommes incapables d'établir une colonie qui puisse se reproduire. Et ceux que nous enverrons, ajouta-t-elle dans un souffle, seront sans doute ceux qui nous gouvernent et leur progéniture, à moins que nous ne soyons capables de secouer notre anesthésie électronique actuelle.

Hiram repoussa son fauteuil en arrière et éclata d'un rire tonitruant.

— Anesthésie électronique. Comme c'est bien dit ! Et c'est moi, naturellement, qui la commercialise, je suppose. (Il la regarda dans les yeux.) Vous me plaisez bien, mademoiselle Manzoni.

Menteur.

— Merci, dit-elle à haute voix.

— Pourquoi êtes-vous ici ?

Il y eut un silence prolongé.

— Pour répondre à votre invitation.

— Qui date de six mois et sept jours. Pourquoi juste aujourd'hui ? Vous travaillez pour mes concurrents ?

— Non, protesta-t-elle en se hérissant. Je suis indépendante.

Il hocha la tête.

— Il y a quand même ici quelque chose que vous voulez. Un article, naturellement. Absinthe fait déjà pour vous partie du passé.

Il vous faut un nouveau triomphe, un nouveau scoop. C'est ce qui vous fait vivre. Pas vrai, mademoiselle Manzoni ? Mais qu'est-ce que ça peut bien être ? Rien de personnel, je suppose. À peu près tout ce qui me concerne est du domaine public.

Elle choisit ses mots pour murmurer :

– Peut-être pas tout... (Elle prit une profonde inspiration.) En vérité, j'ai entendu dire que vous aviez un nouveau projet. Une nouvelle application des trous de ver, qui va bien au-delà de la simple technologie Dataflux et qui...

– Vous êtes venue me tirer les vers du nez.

– Écoutez, Hiram, le monde entier est en train de se connecter à vos trous de ver. Si je pouvais savoir ce qui...

– Mais vous ne savez rien du tout pour le moment.

Elle se cabra.

Je vais te montrer ce que je sais.

– Votre vrai nom est Hirdamani Patel. Avant votre naissance, votre famille du côté de votre père a été forcée de fuir l'Ouganda. Nettoyage ethnique. Vrai ou faux ?

Hiram la fusilla du regard.

– Ces faits sont connus du public. En Ouganda, mon père était directeur de banque. Dans le comté de Norfolk, il était conducteur de bus. Personne ne voulait reconnaître ses qualifications.

– Vous avez eu une jeunesse malheureuse en Angleterre, fit Kate en s'engouffrant dans la brèche. Vous avez été incapable de surmonter les barrières de classe et de race. Vous êtes donc parti pour l'Amérique, où vous avez anglicisé votre nom. Vous êtes vite devenu un modèle pour les Asiatiques vivant en Amérique. Vos deux épouses étaient des protestantes anglo-saxonnes blanches.

Bobby avait sursauté.

– *Deux*, papa ?

– La famille, c'est tout pour vous, continua Kate en les forçant à lui prêter attention. Vous avez essayé d'établir une dynastie, semble-t-il, à travers la personne de Bobby ici présent. C'est peut-être parce que vous avez abandonné votre propre famille, votre propre père, là-bas en Angleterre.

— Ah ! s'exclama Hiram en tapant dans ses mains avec un sourire forcé. Je me demandais combien de temps il allait falloir à papa Freud pour se joindre à nous autour de cette table. Voilà donc l'article que vous avez en tête. Hiram Patterson édifie OurWorld parce qu'il ressent une vieille culpabilité envers son père ?

Mais Bobby avait froncé les sourcils.

— Kate, de quoi parlez-vous ? Quel nouveau projet ?

Se pouvait-il qu'il ne fût pas au courant ? Elle soutint le regard de Hiram, savourant son soudain pouvoir.

— Un projet suffisamment important pour qu'il fasse revenir votre frère de France.

— Mon *frère* ?

— Et pour prendre Billybob Meeks comme associé commanditaire. Meeks, celui qui a fondé RevelationLand. Vous savez ce que c'est, Bobby ? La dernière perversion abêtissante pseudo-religieuse à la mode pour soutirer du fric à la malheureuse et nombreuse population de gogos d'Amérique...

— Ça n'a rien à voir ! lança Hiram. Je travaille avec Meeks, c'est vrai. Je travaille avec tous ceux qui veulent bien m'acheter mon système RV. S'ils veulent s'en servir pour voir Jésus et ses Apôtres en train de faire des claquettes, je m'en bats l'œil. Ce n'est pas à moi de juger. Nous ne sommes pas aussi vertueux que vous, mademoiselle Manzoni. Il n'est pas donné à tout le monde de s'offrir ce luxe.

Mais Bobby le regardait avec de grands yeux.

— Mon *frère* ?

Stupéfaite, Kate repassa la conversation dans sa tête.

— Bobby... Vous n'étiez donc pas au courant ? Je ne parle pas seulement du projet, mais de son autre femme, son autre enfant... (Elle se tourna vers Hiram, sincèrement choquée.) Comment peut-on garder un secret pareil ?

Hiram plissa les lèvres. Le regard qu'il jeta à Kate était plein de mépris.

— Ton *demi*-frère, Bobby. Rien que ton demi-frère.

Cyniquement, Kate enfonça le clou.

— Il s'appelle David. Sa mère était française. Il a trente-deux ans. Sept de plus que vous, Bobby. Et c'est un physicien. Il se débrouille assez bien. On l'a surnommé le Hawking de sa génération. Et puis c'est un catholique. Dévot, semble-t-il.

Bobby avait l'air plus abasourdi que furieux. Il demanda à Hiram :

— Pourquoi ne m'as-tu rien dit ?

— Tu n'avais pas besoin de savoir.

— Et ce nouveau projet, quel qu'il soit, pourquoi ne m'en as-tu pas parlé ?

Hiram se leva brusquement.

— Merci de votre charmante compagnie, mademoiselle Manzoni. Un drone va vous raccompagner.

Elle se leva à son tour.

— Vous ne pouvez pas m'empêcher de publier ce que je sais.

— Publiez tout ce que vous voudrez. Vous ne détenez aucun renseignement important.

Et elle savait qu'il avait raison.

Elle s'éloigna vers la porte, son euphorie s'estompant rapidement.

J'ai tout fait foirer, se dit-elle. Je voulais m'attirer les bonnes grâces de Hiram, et je n'ai pas pu résister, au lieu de ça, à prendre mon pied. Je m'en suis fait un ennemi, à présent.

Elle regarda par-dessus son épaule. Bobby était demeuré assis. Il la regardait partir avec des yeux comme des vitraux, écarquillés.

On se reverra, toi et moi, se dit-elle.

Tout n'était peut-être pas encore perdu.

Lorsque la porte se referma, sa dernière vision fut celle de la main de Hiram en train de couvrir, tendrement, celle de son fils.

Hiram attendait David Curzon dans l'aérogare de SeaTac.

Sa présence était tout simplement écrasante. Il saisit immédiatement son fils par les épaules pour l'attirer contre lui. Une puissante odeur d'eau de Cologne émanait de sa personne, mêlée à un parfum de tabac synthétique avec des traces d'épices. Hiram n'avait pas loin de soixante-dix ans, mais ne les paraissait guère, sans doute en raison de traitements anti-âge et de subtiles retouches chirurgicales. Il était grand et brun alors que David, qui ressemblait plutôt à sa mère, était trapu, blond, avec une tendance à l'embonpoint.

Il y avait cette voix que David n'avait pas entendue depuis l'âge de cinq ans, et ce visage aux yeux bleus et au nez proéminent qui s'était jadis penché sur lui comme une lune géante.

– Mon fils... Il y a si longtemps... Viens. Nous avons un sacré bout de temps à rattraper...

David avait passé la plus grande partie du voyage Londres-Seattle à se préparer psychologiquement à cette rencontre. Tu as trente-deux ans, se disait-il. Tu as un poste de titulaire à Oxford. Tes articles et ton livre de vulgarisation sur les mathématiques exotiques de la physique quantique ont reçu un excellent accueil. Cet homme est ton père, peut-être, mais il t'a abandonné, et il n'a plus aucun droit sur toi.

Tu es un adulte, à présent. Tu as ta foi pour te protéger. Tu n'as rien à craindre.

Mais Hiram, comme il en avait eu très certainement l'intention, avait enfoncé les défenses de David en cinq secondes. Et David, médusé, se laissa emmener.

Hiram conduisit directement son fils à son centre de recherche – son Technivers, comme il l'appelait – dans les quartiers nord de Seattle. Le trajet à bord d'une Rolls Autopic fut rapide et effrayant. Commandés par des satellites de positionnement et des logiciels de pilotage intelligent, les véhicules se suivaient sur l'autoroute à plus de 150 à l'heure, pratiquement pare-chocs contre pare-chocs. C'était bien plus agressif que tout ce que David avait vu d'analogue en Europe.

Mais la cité, ce qu'il en voyait, tout au moins, le frappait par son air européen. Les maisons y étaient cossues, bien entretenues, avec une vue somptueuse sur les collines et sur la mer. Les quartiers modernes s'intégraient raisonnablement à l'atmosphère générale des lieux. Le centre avait l'air animé. Il est vrai que les fêtes de fin d'année n'étaient pas loin.

Il n'avait pas gardé beaucoup de souvenirs de Seattle à part quelques fragments tirés de son enfance : le petit bateau à bord duquel Hiram sortait du Puget Sound, les excursions à la neige, l'hiver. Il était revenu plusieurs fois en Amérique, bien sûr. La physique théorique était une discipline internationale. Mais il n'était jamais retourné à Seattle depuis le jour mémorable où sa mère avait fait ses valises et avait quitté Hiram en claquant la porte.

Hiram ne cessait de parler. Il bombardait son fils de questions.

– Tu te sens chez toi en Angleterre ?

– Il y a le climat. Mais même glaciale, Oxford est une ville agréable. Surtout depuis qu'ils ont interdit la circulation des voitures privées sur le boulevard de ceinture et...

– Ces péteux de rosbifs ne te font pas chier avec ton accent français ?

– Mais, papa, je suis français ! C'est mon identité !

– Mais pas ta nationalité ! (Il tapa sur la cuisse de David.) Tu es américain, ne l'oublie pas. (Lui jetant un regard un peu plus circonspect.) Et tu pratiques toujours ?

David sourit.

– Tu veux savoir si je suis toujours catholique ? Oui, père.

Hiram émit un grognement.

– Ta foutue mère, encore. La plus grosse connerie de ma vie, je l'ai faite en me collant avec elle sans tenir compte de sa religion. Et maintenant, elle t'a refilé le virus.

Les narines de David frémirent.

– Ton langage m'offense.

– Oui... Excuse-moi. Et donc, l'Angleterre, c'est un pays où il fait bon être catholique, aujourd'hui ?

– Depuis la séparation de l'Église et de l'État, l'Angleterre s'est constitué l'une des plus saines communautés catholiques du monde.

De nouveau, Hiram grogna.

– Ce n'est pas souvent qu'on accole les deux termes « catholique » et « sain » dans la même phrase... On y est.

Ils étaient arrivés sur un immense parking. La voiture s'arrêta. David descendit à la suite de son père. Ils ne devaient pas être très loin de l'océan, car il se sentit aussitôt assailli par une brise marine glacée, chargée de sel et d'iode.

Le parking était en bordure d'un grand bâtiment en béton et tôle ondulée. Cela ressemblait à un hangar d'aéroport. Il y avait un énorme rideau en métal ondulé à un bout, à moitié levé, et des camions robots transportaient à l'intérieur des caisses empilées au-dehors.

Hiram guida son fils vers une porte latérale que la grande dimension du hangar faisait paraître plus petite que la réalité.

– Bienvenue au centre de l'univers, lui dit Hiram, qui semblait soudain un peu gêné. Désolé, je t'ai amené ici sans réfléchir. Après ton voyage, tu as peut-être envie de souffler un peu, de te doucher...

Il s'inquiétait sincèrement de son bien-être, et David ne résista pas à l'envie de lui sourire.

– Une tasse de café, peut-être, tout à l'heure. Montre-moi d'abord ton nouveau jouet.

L'intérieur du hangar était froid comme une caverne. Leurs pas résonnaient sur le sol poussiéreux en béton. Le plafond était nervuré, et il y avait des néons qui pendaient partout, emplissant le vaste volume d'une lumière grise, froide et diffuse. Le silence ambiant évoquait plus, pour David, une cathédrale qu'un bâtiment technique.

Au centre, des machines dominaient un groupe de techniciens à l'œuvre. David était surtout théoricien, mais il reconnut dans le fouillis des appareils une station expérimentale sur les hautes énergies. Il y avait des détecteurs de particules subatomiques – des assemblages de cubes de cristal sur une hauteur et une profondeur impressionnantes –, et des boîtiers électroniques empilés comme des briques blanches et à moitié cachés par l'appareillage, mais chacun de la taille d'un mobile home.

Les techniciens n'avaient pas le look d'usage dans une station de recherche en physique des hautes énergies, cependant. Ils semblaient relativement âgés, la soixantaine en moyenne, compte tenu de la difficulté qu'il y avait, par les temps qui couraient, à donner un âge aux gens.

Il fit part à Hiram de ses réflexions.

– Je sais. La politique de OurWorld a toujours été d'engager des ouvriers un peu plus âgés. Ils sont consciencieux, aussi compétents que jamais grâce aux produits psychotropes qu'on nous fait avaler aujourd'hui, et, qui plus est, reconnaissants qu'on les emploie. Dans ce cas précis, la plupart des gens qui travaillent pour nous ont été victimes de la mise au rancart du projet SSC.

– Le SSC ? Le supercollisionneur supraconducteur ?

Ce projet de plusieurs milliards de dollars, s'il n'avait pas été repoussé par le Congrès dans les années 1990, aurait permis la réalisation d'un accélérateur de particules géant sous un champ de maïs texan.

– Toute une génération de physiciens américains des particules a été durement touchée par cette décision, murmura Hiram. Pour survivre, ils ont dû se reconvertir dans l'industrie, à Wall Street et ainsi de suite. Mais la plupart n'ont jamais réussi à surmonter leur déception.

– Le SSC aurait été une erreur. La technologie des accélérateurs linéaires, adoptée quelques années plus tard, était beaucoup plus performante, et meilleur marché. Sans compter que la plupart des résultats fondamentaux en physique des particules depuis 2010 viennent de l'étude des événements cosmologiques à très hautes énergies.

– Ça n'a pas d'importance pour eux. Le SSC aurait peut-être été une erreur, mais une erreur à laquelle ils avaient *droit*. Quand j'ai retrouvé tous ces gens pour leur offrir une chance de travailler de nouveau dans le domaine de pointe des hautes énergies, ils ont sauté sur l'occasion. (Il regarda gravement son fils.) Tu sais, tu es quelqu'un de bien, mon garçon.

— Je ne suis plus un enfant.

— Tu as reçu le genre d'éducation à laquelle je n'aurais même pas pu rêver. Mais cela n'empêche pas que j'aurais pas mal de choses à t'apprendre encore. Par exemple, à être un bon meneur d'hommes. (Il agita la main en direction des techniciens.) Regarde ces types. Ils travaillent pour réaliser une promesse. Pour réaliser un rêve de jeunesse, une aspiration, un accomplissement. Si tu trouves le moyen de te brancher *là-dessus*, tu peux obtenir d'eux qu'ils bossent comme des bêtes de somme, et pour des cacahuètes.

David lui emboîta le pas en fronçant les sourcils.

Ils arrivèrent à hauteur d'un garde-fou devant lequel un technicien aux cheveux gris, avec un signe de tête respectueux, leur remit des casques de chantier. David posa le sien d'un geste hésitant sur sa tête.

Il se pencha sur le garde-fou. Une odeur d'huile de machine, d'isolants et de solvants monta jusqu'à lui. De l'endroit où il se trouvait, il voyait que le détecteur était ancré en profondeur à une bonne distance de la surface. Au centre de la fosse, il découvrit toute une machinerie sombre et dense, qui ne lui rappelait rien de ce qu'il connaissait. Un nuage de vapeur, comme un cocon filamenteux, montait en bouillonnant du cœur de la machine. Peut-être une émanation cryotechnique. Il y eut un sifflement dans les hauteurs. Il leva les yeux pour voir une grue en action, avec sa longue poutre d'acier terminée par un bras muni d'une pince de préhension en suspens au-dessus de l'ensemble de détection.

— La plupart de ces appareils, murmura Hiram, sont des détecteurs d'un genre ou d'un autre, qui devraient nous permettre de comprendre ce qui se passe, particulièrement quand il y a quelque chose qui cloche. (Il désigna l'assemblage de machines au centre du dispositif.) C'est là que tout se passe. Il s'agit d'un ensemble d'aimants supraconducteurs.

— D'où la cryogénie.

– Oui. C'est ici que nous produisons nos champs électromagnétiques géants, qui nous servent à fabriquer nos moteurs Casimir à fullerènes.

Il y avait de la fierté dans sa voix, à juste titre, se disait David.

– C'est ici même, poursuivit Hiram, que nous avons ouvert le premier trou de ver, au printemps dernier. Je vais faire apposer une plaque, d'ailleurs, pour marquer ce moment historique. Pas très modeste de ma part, j'en conviens, mais c'est comme ça. Aujourd'hui, ces installations nous servent à approfondir cette technologie, aussi loin et aussi vite que nous le pourrons.

David se tourna brusquement vers lui.

– Pourquoi m'as-tu fait venir ici ? demanda-t-il.

– ... Exactement ce que j'allais lui demander.

La voix, inattendue, avait fait sursauter Hiram.

Une silhouette sortit de l'ombre du détecteur pour s'avancer vers les deux hommes. Un instant, les battements de cœur de David s'accélérèrent, car il aurait pu s'agir du frère jumeau de Hiram – ou de son fantôme avant l'heure. Mais en le regardant de plus près, il vit que le nouveau venu était considérablement plus jeune, moins massif, peut-être un peu plus grand, et que ses cheveux étaient encore fournis, d'un noir luisant.

Mais le regard glacé de ses yeux bleus, inhabituels chez quelqu'un qui avait une ascendance asiatique, était indubitablement celui de Hiram.

– Je vous connais, lui dit David.

– Vous m'avez vu à la télé ?

David eut un sourire forcé.

– Vous êtes Bobby.

– Et vous, je suppose que vous êtes David, le demi-frère dont j'ignorais l'existence jusqu'à l'indiscrétion récente d'une journaliste.

Bobby, visiblement, n'était pas content, mais il conservait un calme de glace.

David comprit qu'il avait atterri au milieu d'une histoire de famille compliquée. Le plus terrible, c'était qu'il s'agissait de sa propre famille.

Le regard de Hiram ne cessait d'aller de l'un à l'autre de ses deux fils. Il soupira.

– Je crois qu'il serait temps que je te paye ce café, David, murmura-t-il.

Il avait rarement bu quelque chose d'aussi insipide. Mais le technicien qui leur avait apporté les trois cafés resta planté là jusqu'à ce que David porte la tasse à ses lèvres. Je suis à Seattle, se souvint David. Ici, le café de qualité est un symbole, depuis une génération, pour les classes sociales qui font tourner des installations comme celle-là.

– Fameux, dit-il avec un sourire forcé.

Le technicien s'éloigna, rayonnant.

La cafétéria du centre de recherche était nichée dans un recoin de la « salle des comptes », le centre informatique où les données provenant des diverses expériences en cours étaient analysées. Cette salle des comptes, caractéristique des conceptions minimalistes de Hiram dès qu'il s'agissait d'investir dans le tertiaire, n'était rien de plus qu'un module de chantier avec un revêtement de sol en plastique, des plafonniers fluorescents et des panneaux de séparation en plastique façon bois. Le local était encombré de terminaux d'ordinateurs, d'Écransouples, d'oscilloscopes et de tout un appareillage électronique. Des faisceaux de câbles et de fibres optiques serpentaient partout sur le sol ou étaient scotchés au mur et au plafond. Il flottait dans l'air une odeur complexe d'ozone, d'équipement électrique, de vieux café et de transpiration.

La cafétéria proprement dite n'était rien d'autre qu'une sinistre baraque avec des tables en plastique et des distributeurs automatiques supervisés par un robot-drone en piteux état. Hiram était assis à une table avec ses deux fils. Les bras croisés, chacun s'efforçait d'éviter de rencontrer le regard des autres.

Hiram mit la main dans sa poche pour en sortir un Écransouple de la taille d'un mouchoir, qu'il lissa patiemment sur la table.

– Venons-en au fait, dit-il. Allume. Défile. Le Caire.

David regarda l'écran avec curiosité. Après une succession rapide de scènes banales sous un soleil de plomb dans la capitale égyptienne, la caméra montra un attroupement dans la rue, avec des ambulanciers qui évacuaient des victimes devant différents immeubles, un hôpital où on ne savait plus où mettre les cadavres, des familles en larmes, des médecins débordés, des mères agrippant leur enfant mort en hurlant de désespoir.

– Dieu du ciel !

– Dieu devait regarder ailleurs, fit Hiram, sarcastique. C'est arrivé ce matin. Encore la guerre de l'eau. L'un des voisins de l'Égypte a déversé un produit toxique dans le Nil. Deux mille morts, selon les premières estimations. Dix mille personnes atteintes, et on s'attend à beaucoup d'autres victimes.

– Et maintenant, fit-il en tapant du doigt sur l'écran de poche, regardez bien la qualité de l'image. Certaines de ces vues sont prises par des caméras à l'épaule, d'autres par des drones. Toutes datent de *moins de dix minutes* après le premier communiqué d'une agence d'information locale. Et voilà où le bât blesse...

Il toucha de l'ongle le coin de l'image, où s'affichait un logo : ENO, le réseau Earth News Online, l'un de ses plus âpres rivaux dans le domaine de l'information.

– Nous avons essayé de conclure un accord avec l'agence locale, poursuivit-il, mais ENO nous a évincés. (Il regarda ses fils.) Cela arrive tout le temps. En fait, plus je grandis, plus les petits roquets de ce genre en ont après moi. J'entretiens des équipes de cameramen et de journalistes un peu partout dans le monde, à grands frais. J'ai des accords avec des agences locales à chaque coin de rue dans toute la planète. Mais nous ne pouvons pas être partout à la fois. Et il faut des heures, parfois des jours, pour envoyer une équipe sur les lieux. Dans le domaine de l'information vingt-quatre heures sur vingt-quatre, croyez-moi, même un retard d'une seule minute peut être fatal.

David fronça les sourcils.

– Je ne comprends pas très bien. Tu parles de compétitivité alors qu'il y a des milliers de gens qui sont en train de mourir sous tes yeux ?

– Il y a des gens qui meurent partout sans arrêt. Dans des guerres de ressources, comme ici, au Caire, ou pour des histoires complexes de différences ethniques ou religieuses, ou à cause d'une foutue tornade, d'une inondation, de la sécheresse, parce que le climat est détraqué. Ils meurent même de mort naturelle. Je n'y peux rien. Mon boulot, c'est de montrer les images. Si je ne le fais pas, quelqu'un d'autre le fera à ma place. Je ne suis pas là pour discuter de moralité. La seule chose qui m'intéresse, c'est l'avenir de mon entreprise. Et pour le moment, je suis en train de perdre. C'est la raison pour laquelle j'ai besoin de vous. Tous les deux.

De but en blanc, Bobby demanda :

– Parle-nous d'abord de nos mères.

David retenait sa respiration.

Hiram avala sa dernière goutte de café. Lentement, il murmura :

– D'accord. Mais il n'y a pas grand-chose à dire. Ève – la mère de David – a été ma première femme.

– Et ta première fortune, fit sèchement David.

Hiram haussa les épaules.

– Nous avons utilisé son héritage comme mise de fonds initiale. Mais il faut que tu comprennes bien ça, David. Je n'ai pas du tout dépouillé ta mère. Au début, nous étions associés. Nous avions des projets à long terme. Je me souviens que nous avons écrit tout ça au dos d'un menu à notre réception de mariage. Je peux te dire que nous avons atteint chaque objectif fixé, et bien davantage. La petite fortune de ta mère a été multipliée par dix. Nous t'avons eu ensuite.

– Mais tu l'as trompée, et votre mariage s'est brisé.

Hiram lui jeta un regard glacé.

– Tu as vite fait de juger. Comme ta mère.

– Continue, papa, le pressa Bobby.

Hiram hocha la tête.

– C'est vrai. J'ai eu une liaison. Avec ta mère, Bobby. Elle s'appelait Heather. Je n'aurais pas voulu que ça se passe comme ça... Mais ma relation avec Ève avait foiré depuis longtemps, David. À cause de sa foutue religion.

– Alors tu l'as mise à la porte.

– C'est *moi* qu'elle a essayé de mettre à la porte. Je voulais m'arranger avec elle à l'amiable, entre gens civilisés. Finalement, c'est elle qui a fichu le camp. En t'emmenant avec elle.

David se pencha en avant.

– Et tu lui as coupé les vivres. Alors que tu avais fait fortune avec son argent.

Hiram haussa les épaules.

– Je t'ai dit que j'avais proposé un arrangement. Mais elle voulait tout. Elle n'acceptait aucun compromis. (Son regard se durcit.) Je n'allais pas lui abandonner tout ce que j'avais bâti de mes propres mains. Je ne pouvais pas céder au caprice d'une illuminée pétrie de bondieuseries. Même si c'était ma femme, ta mère. Après avoir perdu son procès tout ou rien, elle est partie en France avec toi, et elle a disparu de la circulation. Ou plutôt (il sourit) elle a essayé. Ça n'a pas été difficile de vous retrouver. (Il avança la main pour la poser sur le bras de David, mais celui-ci eut un mouvement de recul.) Tu ne l'as jamais su, David, mais j'ai toujours été là, penché sur toi. J'ai trouvé des moyens de... heu... t'aider sans qu'elle le sache. Je n'irai pas jusqu'à dire que tu me dois tout, mais...

David sentit monter en lui la colère.

– Qu'est-ce qui te fait croire que je désirais ton aide ?

Bobby demanda :

– Où est ta mère, à présent ?

David fit un effort sur lui-même pour se calmer.

– Elle est morte, dit-il. D'un cancer. Les choses n'ont pas été faciles pour elle. Nous n'avions même pas les moyens de...

– Elle refusait obstinément toute aide de ma part, murmura Hiram. Même à la fin de ses jours, elle m'a toujours repoussé.

– Qu'est-ce que tu croyais ? fulmina David. Tu lui avais tout pris...

Hiram secoua la tête.

– Elle m'a pris quelque chose qui comptait énormément pour moi. Toi.

– Et donc, déclara froidement Bobby, tu as concentré toute ton ambition sur moi.

Hiram haussa les épaules.

– Que puis-je te dire, Bobby ? Je t'ai tout donné... tout ce que je vous aurais donné à tous les deux... Je vous ai préparés de mon mieux.

– *Préparés* ? répéta David avec un petit rire médusé. Ça veut dire quoi, ce mot ?

Hiram tapa du poing sur la table.

– Si le père Kennedy l'a fait pour ses enfants, pourquoi pas moi ? Vous ne comprenez donc pas ? Il n'y a pas de limite à ce que nous pouvons réaliser, si nous travaillons ensemble tous les trois.

– Tu veux te lancer dans la politique, maintenant ? demanda David en jetant un coup d'œil oblique à Bobby, qui avait l'air aussi étonné que lui. C'est cela que tu lui réserves ? La présidence, peut-être ? (Il éclata de rire.) Tu es exactement tel que je t'ai imaginé, papa.

– C'est-à-dire ?

– Arrogant. Manipulateur.

Hiram était de plus en plus furieux.

– Et toi, tu es comme je m'y attendais. Aussi orgueilleux et bigot que l'était ta mère.

Sidéré, Bobby regardait son père avec des yeux grands comme des soucoupes.

– Je pense que nous en avons assez dit, fit David en se levant.

La fureur de Hiram se dissipa aussitôt.

– Non, mon fils. Attends. Je regrette ce que je viens de dire. Tu as raison. Je ne t'ai pas fait venir jusqu'ici pour me quereller avec toi. Assieds-toi et laisse-moi parler jusqu'au bout. S'il te plaît.

David resta debout.

– Que me veux-tu ?

Hiram se renversa sur son siège et l'étudia un instant.

– Je veux que tu me fabriques un trou de ver plus grand.

– De quelle taille ?

Hiram prit une inspiration profonde.

– Assez grand pour qu'on voie à travers.

Il y eut un long silence. Puis David se rassit en hochant la tête.

– C'est...

– Impossible, je sais. Mais laisse-moi continuer quand même.

Hiram se leva et se mit à marcher dans la cafétéria encombrée en parlant avec de grands gestes excités.

– Supposons que nous puissions ouvrir instantanément un trou de ver de ma salle de rédaction de Seattle au site de cet événement, au Caire... et supposons que ce trou de ver soit assez large pour transmettre des images de ce qui se passe. Je pourrais alimenter le réseau en images de toutes provenances, de manière quasi instantanée, n'est-ce pas ? Réfléchis bien. Je n'aurais plus besoin d'une armée de correspondants locaux. Mes coûts seraient considérablement réduits. Je pourrais même établir un système de recherche automatique, un dispositif de veille à travers des trous de ver intermittents et aléatoires, dans l'attente de l'événement, n'importe où sur la planète. Il n'y a pas de limite à ce qu'on peut imaginer...

Bobby eut un sourire pâle.

— Et plus personne ne pourrait te souffler l'information sous le nez.

— Tu as fichtrement raison. (Se tournant vers David.) C'est ça mon rêve. Explique-moi, maintenant, pourquoi la chose est impossible.

David fronça les sourcils.

— Je ne sais par où commencer. Disons que, pour le moment, tu as réussi à établir des liaisons Dataflux métastables entre deux points fixes. C'est déjà en soi une prouesse considérable. Mais il est nécessaire d'avoir toute une machinerie massive à chaque extrémité pour ancrer les deux entrées du trou de ver. Je ne me trompe pas ? Et maintenant, tu voudrais ouvrir une sortie stable à l'autre bout de ton trou de ver, sur le site même de l'information, sans point d'ancrage d'aucune sorte. C'est bien ça ?

— C'est ça.

— Bon. C'est la première impossibilité. Ton équipe technique a dû te l'expliquer, je suppose.

— Oui. Quoi d'autre ?

— Tu voudrais te servir de ces trous de ver pour transmettre des photons de lumière visible. Or, les trous de ver de l'écume quantique sont à l'échelle de la longueur de Planck-Wheeler, qui est de dix mètres à la puissance moins trente-cinq. Tu as réussi à les agrandir selon un facteur de dix puissance vingt pour qu'ils laissent passer les photons gamma. Très haute fréquence, très basse longueur d'onde.

— C'est vrai. Nous utilisons les rayons gamma comme porteurs de flux de données numérisées, qui...

– Mais la longueur d'onde de tes rayons gamma est à peu près *un million* de fois plus petite que celles de la lumière visible. Il faudrait que l'orifice de tes trous de ver de deuxième génération soit d'un diamètre d'un micron au moins. (Il jeta un regard perçant à son père.) J'imagine que c'est là-dessus que tu as fait plancher tes ingénieurs. Et ça ne marche pas.

Hiram soupira.

– En fait, nous avons réussi à pomper suffisamment d'énergie Casimir pour élargir les trous de ver à cette dimension. Mais il se produit alors une sorte d'effet de rétroaction qui entraîne l'effondrement de toute la foutue structure.

David hocha la tête.

– Ça s'appelle l'instabilité de Wheeler. Les trous de ver ne sont pas naturellement stables. À l'entrée d'un trou de ver, la gravité attire les photons et les accélère jusqu'à ce qu'ils atteignent le niveau des hautes énergies. Les radiations ainsi ionisées bombardent l'orifice et le font se rétracter. C'est cet effet qu'il te faut contrer au moyen de l'énergie négative de l'effet Casimir, afin que même les ouvertures les plus petites des trous de ver soient maintenues.

Hiram s'avança jusqu'à la fenêtre de la petite cafétéria, à travers laquelle David apercevait la masse énorme du détecteur, au centre des installations.

– J'ai réuni ici quelques cerveaux brillants, dit-il, mais ce sont surtout des expérimentateurs. Ils savent parfaitement bien cerner et mesurer ce qui ne va pas, mais ce n'est pas assez. Il nous faut quelqu'un qui puisse aller au-delà de la théorie, au-delà des limites actuelles. C'est là que tu entres en scène, David. (Il se tourna vers lui.) Je veux que tu prennes une année sabbatique à Oxford et que tu travailles avec moi là-dessus. (Il posa le bras sur l'épaule de son fils. Le contact était ferme et chaud, la pression irrésistible.) Songe à ce qui en résultera peut-être. Pour toi, il y a le prix Nobel de physique à la clé ; et moi, j'aurai le plaisir de dévorer ENO et tous les autres roquets qui aboient sur mes talons. Le père et son fils, la main dans la main. *Ses* fils. Qu'en dis-tu ?

David eut conscience du regard de Bobby posé sur lui.

– Je pense que...

Hiram battit aussitôt des mains.

– Bravo ! Je savais que tu dirais oui !

– Je n'ai encore rien dit.

– Mais ça viendra. Ça viendra. Je le sens. C'est merveilleux de voir enfin aboutir ses efforts à long terme.

– *Quels* efforts à long terme ? demanda David d'un ton glacé.

Hiram se mit à parler très vite, avec excitation.

– Si tu devais faire des études de physique, il fallait absolument que tu restes en Europe. Je me suis bien documenté. Tu t'es d'abord spécialisé en mathématiques, pas vrai ? Ensuite, tu as passé ton doctorat en mathématiques appliquées et en physique théorique.

– À Cambridge, oui. À l'institut Hawking.

– Un parcours typiquement européen. Le résultat, c'est que tu es calé en maths de haut niveau. Nos conceptions de la culture ne sont pas les mêmes. Les Américains sont à la pointe en ce qui concerne la physique appliquée, mais leurs maths datent de la Seconde Guerre mondiale. Si tu veux faire une percée en physique *théorique*, ne t'adresse pas à quelqu'un qui a été formé en Amérique.

– C'est donc pour ça que je suis ici, murmura froidement David. Avec ma culture européenne qui tombe à pic.

– Mais papa, articula lentement Bobby, tu es en train de nous dire que tu t'es *arrangé* pour donner à David une éducation de type européen en physique, simplement parce qu'il y avait une petite chance pour qu'il te soit utile un jour ? Et tout ça sans qu'il le sache ?

Hiram se raidit.

– Utile pas seulement à moi, mais à lui-même. Et au monde entier, encore plus. C'est lui qui a le plus de chances de réussir.

Il laissa aller son regard de l'un à l'autre de ses fils, et posa les mains sur la tête de chacun, comme pour les bénir.

– Tout ce que j'ai fait dans ma vie, c'est dans votre intérêt à tous les deux. Vous ne l'avez pas encore compris ?

David voulut regarder Bobby dans les yeux. Celui-ci se déroba. Son expression était indéchiffrable.

4

Absinthe

Extrait de : Absinthe : quand fondent les montagnes, *de Katherine Manzoni, éd. Shiva Press, New York, 2033, également disponible en radeau de données Internet.*

En tant qu'espèce, nous avons à faire face à de nombreux défis si nous voulons survivre durant les quelques siècles qui sont devant nous.

Il est clair, à présent, que les effets des changements climatiques seront bien plus terribles que nous ne l'imaginions il y a quelques décennies. En fait, les prédictions des années 1980 concernant ces effets nous semblent aujourd'hui ridiculement optimistes.

Nous savons maintenant que le réchauffement rapide des deux derniers siècles a fait basculer vers de nouveaux états toute une série de systèmes naturels métastables sur l'ensemble de la planète. Montant du permafrost sibérien soumis au dégel, des milliards de tonnes de méthane et autres gaz à effet de serre s'échappent déjà dans l'atmosphère. Les océans, en se réchauffant, déstabilisent d'autres réservoirs immenses de ce gaz sur tous les plateaux continentaux. L'Europe du Nord entre dans une période de froid intense en raison de la disparition du Gulf Stream. De nouveaux schémas atmosphériques – des tempêtes continuelles – apparaissent, semble-t-il, au-dessus des océans et des grandes masses continentales. La mort des forêts tropicales rejette dans l'atmosphère de vastes quantités de gaz carbonique. La fonte progressive de la calotte glaciaire de l'Antarctique Ouest exerce apparemment une pression sur une série de petites îles immergées, et il est probable qu'une certaine activité volcanique s'ensuivra, causant à son tour un accroissement catastrophique de la fonte des glaces. La montée du niveau de la mer telle qu'on la prévoit actuellement dépassera largement tout ce qui a été imaginé dans les décennies précédentes.

Mais ce n'est pas tout.

Toutes ces modifications météorologiques sont étroitement imbriquées. Il est possible que la période de stabilité climatique dont la Terre jouit depuis des milliers d'années – et qui a permis, entre autres, à la civilisation humaine de se développer – arrive aujourd'hui à son terme, peut-être en raison même des agissements des hommes. Dans l'hypothèse la plus noire, nous nous dirigeons vers une rupture irrémédiable de l'équilibre climatique, par exemple une perte de l'effet de serre, qui signifierait notre mort à tous.

Tous ces problèmes pâlissent cependant en comparaison de ce qui nous attend si l'objet actuellement désigné sous le nom d'Absinthe devait réellement percuter la Terre. Et l'on ne peut s'empêcher de penser à la coïncidence glaçante qui fait que le mot russe désignant l'absinthe est *tchernobyl*.

Une grande partie des spéculations concernant Absinthe et ses conséquences prévisibles souffre de distorsions cruelles de la réalité, souvent par excès d'optimisme. Qu'on me permette de rétablir ici quelques vérités de base.

Vérité n° 1 : Absinthe n'est pas un astéroïde.

De l'avis des astronomes, ce corps céleste était peut-être à l'origine une lune de Neptune ou d'Uranus. Peut-être encore s'est-il fixé sur un point de l'orbite de Neptune pour être délogé ensuite à cause d'un facteur inconnu. Le fait est qu'il a été délogé, et qu'il se trouve maintenant sur un parcours de collision avec la Terre dans cinq cents ans.

Vérité n° 2 : L'impact avec Absinthe ne sera *en aucune manière* comparable à celui de la météorite de Chicxulub, qui a causé l'extinction des dinosaures.

Cet impact a été suffisant pour causer la disparition massive d'une espèce et pour modifier de manière radicale et permanente le cours de l'évolution de la vie sur la Terre. Mais n'oublions pas que l'objet céleste en question avait un diamètre d'une dizaine de kilomètres au maximum, alors que celui d'Absinthe est *quarante fois* plus grand, c'est-à-dire que sa masse est *soixante mille fois* plus importante.

Vérité n° 3 : Absinthe ne causera pas *simplement* une extinction de masse, comme la météorite de Chicxulub.

Ce sera bien plus grave que ça.

L'impulsion thermique stérilisera la croûte terrestre jusqu'à une profondeur de cinquante mètres. La vie résistera peut-être, mais à condition de se trouver enfouie dans les profondeurs d'une caverne. Nous ne connaissons aucun moyen, même en théorie, qui permette à une communauté humaine de résister à un tel impact. Il y aurait bien la possibilité d'établir des colonies en orbite autour de la Terre, sur Mars ou sur la Lune, mais en cinq siècles seule une infime fraction de la population actuelle de notre planète pourra être déplacée.

Il est impossible d'évacuer toute la Terre. Lorsque l'impact se produira, pratiquement tout le monde mourra.

Vérité n° 4 : Aucune technologie existante ou prévisible n'est capable de faire dévier Absinthe de sa trajectoire.

Nous pourrions peut-être détourner un petit astéroïde de quelques kilomètres de diamètre, typique de ceux qui passent généralement au voisinage de la Terre, avec des charges nucléaires judicieusement implantées dans ses profondeurs ou des tirs de fusées thermonucléaires. Mais Absinthe, c'est une autre histoire, avec sa masse plusieurs dizaines de milliers de fois supérieure. Des expériences de télékinésie ont été proposées, par exemple, dans le but de déplacer des corps célestes de cette taille en s'appuyant sur une série de forces gravitationnelles accessoires – d'ailleurs absentes en l'occurrence – ou en faisant appel à des technologies avancées telles les nanomachines de von Neuman pour faire éclater et disperser l'intrus ; mais ces technologies dépassent très largement nos capacités actuelles.

Deux ans après mes révélations sur la conspiration qui voulait cacher au grand public l'existence d'Absinthe, l'attention générale s'estompe déjà, et il nous reste encore à mettre en route notre grand programme de survie.

En fait, les premiers effets d'Absinthe se font déjà sentir. La cruelle ironie du sort fait que, juste au moment où, pour la première fois de toute notre histoire, nous commencions à prendre ensemble notre futur destin en main, la perspective du Jour d'Absinthe semble ôter toute signification à nos efforts. Déjà, nous assistons à l'abandon de différents programmes de réduction volontaire de la pollution, à la fermeture de certaines réserves naturelles, à l'intensification de la recherche de sources d'énergie non renouvelables et à l'accélération de l'extinction des espèces en voie de disparition. Si la maison doit être démolie demain, semblent se dire les gens, autant brûler les meubles aujourd'hui.

Pourtant, aucun de nos problèmes n'est insoluble. *Pas même Absinthe*. Mais ce qui me paraît très clair, c'est que nous autres humains devrons agir avec une intelligence et un désintéressement jusqu'ici inconnus de notre longue et tumultueuse histoire.

Tous mes espoirs se concentrent encore sur l'humanité et son esprit de ressource. Je trouve significatif qu'Absinthe ait été découvert, non pas par des professionnels, qui regardaient ailleurs à ce moment-là, mais par un groupe d'astronomes amateurs, qui avaient installé des télescopes automatiques dans leur jardin, utilisaient des programmes informatiques à bon marché pour balayer les images des détecteurs optiques à la recherche de légers changements de luminosité, et refusèrent le manteau de secret que le gouvernement essayait de jeter sur eux. Ce sont des groupes comme celui-là — fervents, intelligents, solidaires, têtus, refusant les tendances à l'autodestruction, à l'hédonisme ou à l'égocentrisme, cherchant des solutions nouvelles défiant la passivité des professionnels, qui détiennent les meilleurs espoirs de survie que puisse nous réserver l'avenir.

5

Paradis virtuel

Bobby arriva en retard à RevelationLand. Kate l'attendait encore sur le parking tandis que les groupes de fidèles d'un certain âge franchissaient en masse les grilles de la cathédrale géante de Billybob Meeks, toute de verre et de béton.

Cette « cathédrale » avait été naguère un stade de football. Ils durent s'asseoir sur les gradins derrière l'une des tribunes, à un endroit où la visibilité était réduite par des piliers. Des vendeurs ambulants de hot-dogs, cacahuètes, sodas et drogues récréatives parcouraient la foule, et les haut-parleurs diffusaient de la muzak à tue-tête. Elle reconnut *Jérusalem*, le morceau inspiré du célèbre poème de Blake sur la visite légendaire du Christ en Angleterre, devenu l'hymne national après l'éclatement du Royaume-Uni.

Le sol du stade était un miroir géant qui reflétait le ciel bleu parsemé de gros nuages de décembre. Au centre était dressé un gigantesque trône, couvert de pierres brillantes aux éclats bleu et vert. Sans doute du quartz impur, se dit-elle. Des jets d'eau montaient dans le ciel, des lampes à arc créaient un arc-en-ciel spectaculaire. D'autres projecteurs étaient suspendus dans les airs au-dessus du trône, portés par des drones. Tout autour du trône géant, des sièges plus petits étaient occupés par les doyens et doyennes, vêtus de blanc, au visage décharné et à la tête chenue couronnée d'un cercle doré.

Il y avait aussi des bêtes de la taille d'un camion-benne qui allaient et venaient sur le terrain. Elles étaient grotesques, avec des yeux qui clignaient sans cesse sur toutes les parties du corps. L'une d'elles, à un moment, déploya de grandes ailes et vola comme un lourd rapace sur quelques mètres.

Les bêtes rugissaient de temps à autre, tournées vers la foule, leurs hurlements amplifiés par les haut-parleurs. La foule se dressait chaque fois pour pousser une grande clameur, comme si un but venait d'être marqué.

Bobby semblait étrangement nerveux. Il portait une combinaison rouge vif, avec un foulard chromorphé autour du cou. C'était le vrai dandy du XXIe siècle dans toute sa splendeur, se disait-elle, aussi déplacé parmi cette multitude de vieux à la mise uniforme qu'un diamant dans la collection de galets d'un enfant.

Elle lui toucha la main.

– Ça va ?

– Je ne m'étais pas rendu compte qu'ils étaient si vieux.

Il avait raison, bien sûr. Ce rassemblement était une frappante illustration du vieillissement croissant de l'Amérique. Nombreux étaient ceux qui, dans la foule, avaient une pastille d'amélioration de la cognition visible au milieu de la nuque, dont le rôle était de lutter contre l'apparition des maladies liées au vieillissement, comme le syndrome d'Alzheimer, en stimulant la production des neurotransmetteurs et des molécules d'adhérence intercellulaire.

– Allez dans n'importe quelle église du pays et vous verrez la même chose, Bobby. C'est triste, mais les gens sont généralement attirés par la religion quand ils sentent approcher la mort. Et il y a le vieillissement de la population. Sans compter que l'ombre d'Absinthe se profile maintenant sur nous tous. Billybob a beau jeu de surfer sur la vague démographique. Ce qui est sûr, c'est que tous ces gens ne mordent pas.

– Sans doute, mais ils *sentent*. Vous n'avez pas remarqué ?

Elle se mit à rire.

– « Ne mets jamais ton pantalon du dimanche pour aller livrer la bataille de la liberté et de la vérité. »

– Hein ?

– Henrik Ibsen.

Au même moment, un homme se leva du grand trône central. Il était petit et gros, et son visage luisait de transpiration. Sa voix amplifiée par les haut-parleurs résonna :

— Bienvenue à RevelationLand ! Savez-vous pourquoi vous êtes ici ? (Il fendit l'air d'un doigt.) Le savez-vous ? Le savez-vous vraiment ? Écoutez mes paroles. *Je fus ravi en esprit au jour du Seigneur, et j'entendis derrière moi une voix tonnante, comme une trompette, qui disait : Ce que tu vois, écris-le sur un parchemin...*

Et il brandit un morceau de parchemin luisant.

Kate se pencha vers Bobby.

— Je vous présente Billybob Meeks. Saisissant, n'est-ce pas ? Applaudissez en même temps que tout le monde. Camouflage stratégique.

— Qu'est-ce qui se passe ici, Kate ?

— Je vois que vous n'avez jamais lu l'Apocalypse de saint Jean. Le mot de la fin complètement fou de la Bible. (Elle fit un geste du bras englobant tout ce qu'ils voyaient.) Les sept lampes ardentes, les vingt-quatre petits trônes entourant le gros. Le livre de l'Apocalypse est plein de nombres magiques. Trois, sept, douze... Et sa description de la fin des temps est très littérale. Au moins, Billybob se sert des versions traditionnelles, et non des éditions récentes où le texte est remanié pour démontrer que la date fatidique d'Absinthe était 2534 depuis le début... (Elle soupira.) Les astronomes qui l'ont découvert n'ont rendu service à personne en le baptisant ainsi. Chapitre huit, verset dix : *Le troisième ange sonna de la trompette. Et il tomba du ciel une grande étoile ardente comme un flambeau ; et elle tomba sur le tiers des fleuves et sur les sources des eaux. Le nom de cette étoile est Absinthe...*

— Je ne comprends pas très bien pourquoi vous m'avez fait venir ici aujourd'hui. En fait, je ne comprends pas comment vous avez pu me faire passer votre message. Après que mon père vous a congédiée de cette façon...

— Hiram n'est pas encore tout-puissant, Bobby. Pas même en ce qui vous concerne. Quant à la raison... levez la tête.

Un drone-robot était en suspens au-dessus de la foule, affichant un simple mot : GRAINS. Il descendit vers la foule, en réponse à la commande de certains membres de la congrégation.

— Grains ? L'accélérateur mental ?

– Oui. La spécialité de Billybob. Vous avez lu Blake ? *Voir un univers dans un grain de sable, et un paradis dans une fleur sauvage. Tenir l'infini dans la paume de la main et l'éternité dans une heure.* L'argument, c'est que, si vous absorbez du Grains, votre perception du temps s'amplifiera. Subjectivement, vous multiplierez vos pensées, votre expérience, dans le même laps de temps. Un prolongateur de vie... distribué exclusivement par Billybob Meeks.

Bob hocha la tête.

– D'accord, mais je ne vois pas ce qu'il y a de mal à ça.

– Regardez donc autour de vous, Bobby. Les personnes âgées ont peur de la mort. Cela les rend particulièrement vulnérables à ce genre d'arnaque.

– Quelle arnaque ? Vous dites que Grains ne marche pas ?

– D'une certaine manière, peut-être. L'horloge interne du cerveau fonctionne plus lentement chez les gens âgés, c'est vrai. Et c'est ce mécanisme que Billybob est en train de fausser.

– Où se situe le problème ?

– Dans les effets secondaires. Grains stimule la production de dopamine, le principal messager chimique du cerveau. Le produit cherche à faire fonctionner le cerveau d'un vieillard aussi vite que celui d'un enfant.

– Et c'est mal, fit Bob d'une voix hésitante. C'est ça ?

Elle fronça les sourcils, déroutée par sa remarque. Ce n'était pas la première fois qu'elle avait l'impression qu'il manquait quelque chose à Bobby.

– Bien sûr que c'est mal. C'est une ingérence malveillante dans le cerveau humain, Bobby. La dopamine joue un rôle fondamental dans plusieurs fonctions cérébrales. Si son niveau est trop faible, cela peut provoquer des tremblements, l'incapacité d'effectuer un mouvement volontaire – la maladie de Parkinson, par exemple –, jusqu'à la catatonie. Au contraire, un excès de dopamine provoque agitation anormale, troubles obsessionnels compulsifs, paroles et mouvements incontrôlés, tendance à la toxicomanie, euphorie. Les membres de la congrégation de Billybob – ses victimes, devrais-je dire – ne vont pas accéder à l'éternité à l'heure de sa mort. Billybob est en train de leur brûler cyniquement le cerveau. Certains membres des professions médicales commencent à se douter de quelque chose, mais personne n'a rien pu prouver jusqu'à présent. Ce dont j'aurais vraiment besoin, c'est d'une preuve, venant de ses propres labos, qu'il agit en parfaite connaissance de cause. De même que pour ses autres arnaques.

– Qui sont ?

– Détournement de millions de dollars au détriment des compagnies d'assurances à qui il vend des listes bidons de membres de sa congrégation. Il a également empoché une donation considérable faite par la Ligue antidiffamation. Il pratique toujours l'escroquerie à la petite semaine, bien qu'il ait fait du chemin depuis le baptême des billets verts. Jamais entendu parler de ça ? Vous prenez un billet dans le creux de la main pendant un baptême. Ainsi, la bénédiction divine est détournée du cher marmot vers le billet de banque, que vous mettez ensuite en circulation. Il est censé vous revenir très vite avec des petits. Et pour être encore plus sûr que ça va marcher, naturellement, il vaut mieux le refiler à votre pasteur. On dit que Billybob a contracté cette charmante habitude en Colombie, où il était passeur de drogue.

Bobby prit un air choqué.

– Vous n'avez aucune preuve de tout ce que vous avancez.

– Pas pour le moment, dit-elle avec un sourire sarcastique. Mais j'en trouverai.

– Comment ?

– C'est justement ce dont je voulais vous parler.

Il semblait de plus en plus ébahi.

– Désolée, reprit-elle. Je vous bouscule un peu, hein ?

– Un peu.

– Je fais ça quand la moutarde me monte au nez.

– Ça vous arrive souvent, Kate.

– À juste titre, je pense. Je suis sur la piste de cet individu depuis des mois.

Un drone-robot flottait au-dessus d'eux, chargé de panoplies de Lunettes-Gants virtuels.

– Ces ensembles Lunettes-Gants ont été réalisés par Revelation-Land Inc. en association avec la compagnie OurWorld. Ils vous feront apprécier davantage votre expérience à RevelationLand. Votre carte de crédit ou compte personnel sera débité automatiquement par tranche de connexion d'une minute. Ces ensembles Lunettes-Gants...

Kate prit deux ensembles au passage.

– Le spectacle commence.

Bobby secoua la tête.

– J'ai mes implants. Je n'ai pas besoin de...

– Billybob a sa manière de neutraliser les technologies rivales. (Elle mit les lunettes.) Vous êtes prêt ?

– Je pense...

Elle sentit quelque chose d'humide autour de ses yeux tandis que les Lunettes extrudaient des membranes pour opérer avec sa peau une jonction étanche à la lumière. On aurait dit que des lèvres froides et gluantes s'étaient soudain collées comme des ventouses à son visage.

Elle se trouva aussitôt en train de flotter dans un silence obscur.

Bobby se matérialisa à côté d'elle. Il flottait lui aussi dans l'espace, en lui tenant la main. Ses Lunettes-Gants, naturellement, étaient invisibles.

La vision de Kate ne tarda pas à s'éclaircir. Les gens flottaient tout autour d'eux, à perte de vue, comme une nuée de grains de poussière. Ils étaient tous vêtus, comme eux, d'une longue robe blanche, et tenaient à la main de grosses palmes éclatantes. Elle vit que Bobby et elle étaient baignés d'une lumière radieuse issue d'un objet en suspens devant eux.

C'était un cube énorme, parfait, aussi éclatant qu'un soleil, qui faisait paraître la foule minuscule en comparaison.

– Ouah ! s'écria Bobby.

– Apocalypse, chapitre vingt et un, murmura Kate. Bienvenue dans la nouvelle Jérusalem.

Elle essaya de se débarrasser de sa palme, mais dès qu'elle la lâcha une autre se matérialisa dans sa main.

– N'oubliez pas une chose, dit-elle à Bobby. La seule réalité, ici, c'est le flot constant de l'argent qui passe de votre poche à celle de Billybob.

Ensemble, ils tombèrent vers la lumière.

Le mur devant elle était percé de fenêtres, avec un alignement de trois entrées en arcade. Elle voyait une lumière à l'intérieur, qui brillait encore plus que la façade. À l'échelle de la construction, les murs paraissaient fins comme du papier.

Ils tombaient toujours en direction du cube, jusqu'au moment où il se dressa devant eux, gigantesque, comme un énorme paquebot sur l'océan.

— Quelle est la taille de ce truc-là ? demanda Bobby.

— D'après saint Jean, c'est un cube de douze mille stades de côté.

— Et douze mille stades, ça fait...

— Environ deux mille kilomètres, Bobby. Cette Cité de Dieu est de la taille d'une petite lune. Il va lui falloir longtemps pour tomber. Et chaque seconde sera débitée sur notre compte, naturellement.

— Dans ce cas, je crois que je vais m'acheter un hot-dog. Vous savez, mon père ne cesse de parler de vous.

— Il m'en veut.

— Disons qu'il est... changeant. D'un côté, il vous trouve stimulante.

— Je suppose que je dois considérer cela comme un compliment.

— Il a beaucoup aimé votre expression : *anesthésie électronique*. Pour ma part, je dois avouer que je n'ai pas très bien compris.

Elle fronça de nouveau les sourcils tandis qu'ils flottaient ensemble vers la pâle lumière grise.

— Vous avez été couvé toute votre vie, n'est-ce pas, Bobby ?

— La plupart des trucs que vous considérez comme une agression contre le cerveau ont des effets bénéfiques, j'en suis sûr. Comme les pastilles anti-Alzheimer. (Il lui jeta un coup d'œil oblique.) Je ne suis peut-être pas aussi ignorant que vous le pensez. Il y a deux ans, j'ai inauguré une salle d'hôpital financée par OurWorld. On y aidait les malades obsessionnels compulsifs à se débarrasser d'une boucle de rétroaction destructrice entre deux zones du cerveau...

— Le noyau caudé et le noyau amygdalien. (Elle sourit.) Étonnant, n'est-ce pas, comme nous sommes tous devenus experts en anatomie cérébrale ! Je n'ai jamais dit qu'il n'y avait que des effets négatifs. Mais c'est une incitation à intervenir. Les toxicomanies sont annulées par les modifications apportées aux circuits de récompense du cerveau. Des gens qui ont tendance à s'emporter se calment lorsque certaines parties de leur noyau amygdalien, indispensables aux émotions, sont détruites. Les boulot-maniaques, les joueurs et même les gens qui ont tendance à s'endetter sont « diagnostiqués » et guéris. Même l'agressivité est liée à une anomalie du cortex.

— Qu'y a-t-il de si terrible à tout ça ?

— Ces charlatans, ces docteurs en reprogrammation ne comprennent rien à la machine qu'ils tripotent. C'est comme si vous tentiez de connaître le fonctionnement d'un logiciel en détruisant les puces de l'ordinateur sur lequel il tourne. Il y a *toujours* des effets secondaires. Pourquoi, à votre avis, Billybob a-t-il eu si peu de mal à trouver un stade pour le reconvertir ? C'est parce que les spectacles sportifs sont sur le déclin depuis 2015. Les joueurs n'étaient plus assez combatifs.

Bobby sourit.

— Je ne trouve pas ça très sérieux.

— Alors, écoutez bien. En qualité et en quantité, la recherche scientifique est en chute libre depuis deux décennies. En « guérissant » les autistes marginaux, les médecins ont étouffé l'aptitude de nos éléments les plus brillants à se consacrer à des disciplines difficiles. Et l'aire du cerveau liée à la dépression, le cortex du sous-genou du corps calleux, est également associée à la créativité – la perception de la signification. La plupart des critiques s'accordent pour dire que les arts sont en régression. Pourquoi, à votre avis, les groupes de rock virtuels de votre père sont-ils si populaires, soixante-dix ans après la période de gloire des originaux ?

— Mais quelle solution de rechange pourrions-nous avoir ? Sans cette reprogrammation, le monde serait livré à la violence et à la barbarie !

Elle exerça une pression sur la main de Bobby.

— Ce n'est peut-être pas évident pour vous, dans votre cage dorée, mais la planète est *déjà* livrée à la violence et à la barbarie. Ce qu'il nous faut, c'est une machine qui nous permette de comprendre le point de vue de celui qui est en face de nous. Si nous sommes incapables d'y arriver, toute la reprogrammation du monde sera absolument inutile.

— Encore fâchée ? demanda Bobby en souriant.

— Fâchée ? Contre un charlatan comme Billybob ? Contre les phrénologues attardés, les lobotomiseurs et les docteurs nazis qui jouent avec notre tête et menacent peut-être l'avenir de notre espèce pendant que le monde s'écroule autour de nous ? J'ai des raisons de l'être, vous ne croyez pas ? Ça ne vous met pas en rogne, vous ?

Il lui rendit son regard, dérouté.

— Il faut que je réfléchisse à tout ça, sans doute. Hé ! Ça s'accélère !

La Cité de Dieu se profilait devant eux. La muraille formait maintenant face à Kate une grande plaine oblique, avec des portes comme des cratères rectangulaires. La foule s'engouffrait en plusieurs courants séparés dans les grandes ouvertures en arcade, comme s'il y avait derrière un tourbillon puissant qui happait tout le monde. Bobby et Kate étaient attirés vers la porte centrale. Kate ressentait une excitation enivrée, mais elle n'avait aucune impression de mouvement. Quand elle y pensait très fort, elle sentait son corps, toujours assis tranquillement sur les gradins du stade.

C'était quand même une drôle de balade.

En un clin d'œil, ils se retrouvèrent de l'autre côté. Ils étaient maintenant dans une galerie illuminée d'un éclat gris-blanc, et ils glissaient sur une surface dorée, brillante.

Kate regarda autour d'elle, cherchant des murailles qui devaient se trouver à des centaines de kilomètres de là. Mais il y avait quelque chose d'artistique dans ce paysage inattendu. L'atmosphère était brumeuse. Il y avait même quelques nuages qui flottaient au-dessus d'elle, épars, reflétant l'éclat doré du sol. Et elle n'y voyait qu'à quelques kilomètres de distance sur la plaine.

Soudain, levant la tête, elle distingua les murs illuminés de la Cité qui émergeaient de la couche d'atmosphère à ses pieds. La plaine et les contours géométriques formaient, en se rencontrant, un rectangle lointain, incroyablement net, qui flottait haut dans les airs.

Un plafond au-dessus de l'atmosphère.

— Ouah ! s'écria-t-elle. C'est le paquet-cadeau dans lequel ils ont livré la Lune !

La main de Bobby sur la sienne était douce et chaude.

— Avouez que vous êtes impressionnée, dit-il.

— Billybob est quand même un escroc.

— Mais un escroc artistique.

La gravité commençait à se faire sentir. Autour d'eux, les gens tombaient comme des flocons, et Kate se sentait tomber avec eux. Elle aperçut au-dessous d'elle une rivière d'un bleu vif coulant sur la plaine dorée. Ses rives étaient bordées d'une épaisse forêt verte. Il y avait du monde partout, sur les rives, dans les clairières et à proximité des bâtiments. Des milliers de personnes tombaient du ciel autour d'elle. La foule était bien plus nombreuse que celle du stade. Il devait y avoir des projections virtuelles ajoutées.

Les détails se cristallisaient à mesure qu'elle tombait : les arbres, les gens, et même les reflets de lumière à la surface de l'eau. Les cimes des arbres les plus hauts l'entouraient déjà.

Dans un tourbillon flou de mouvement, elle atterrit en douceur. Levant la tête, elle vit un blizzard de personnes en robe blanche qui tombaient comme elle en douceur, sans aucune peur apparente.

Il y avait de l'or partout. Sous ses pieds, sur les murs des bâtiments les plus proches... Elle étudia les visages qui l'entouraient. Ils avaient l'air excités, heureux, comme s'ils attendaient quelque chose avec ravissement. Mais la lumière dorée dont ils étaient baignés leur donnait un teint quelque peu anémié. Et les sourires béats qu'ils arboraient devaient être une surimpression virtuelle se substituant à une expression médusée.

Bobby s'avança vers un arbre proche. Elle remarqua que ses pieds nus s'enfonçaient dans l'herbe de quelques centimètres.

— Les arbres portent plusieurs sortes de fruits à la fois, dit-il. Regardez. Des pommes, des oranges, des citrons...

— *Sur les deux bords du fleuve, il y avait un arbre de vie, produisant douze fois des fruits, rendant son fruit chaque mois, et dont les feuilles servaient à la guérison des nations...*

— Je suis impressionné par le souci des détails.

— Il n'y a pas de raison. (Elle se baissa pour toucher le sol. Elle ne sentit ni herbe, ni rosée, ni terre, mais seulement la surface lisse du plastique.) Billybob a le sens de la mise en scène, mais à bon marché. (Elle se redressa.) Ce n'est même pas une vraie religion qu'il a fondée. Les gens qui travaillent pour lui sont des hommes d'affaires et des analystes de marché, ce ne sont pas des religieux. L'évangile qu'il prêche est un évangile de prospérité, qui fait l'apologie de la cupidité et de l'appropriation par tous les moyens. Parlez-en un peu à votre frère. Il s'agit de fétichisme opportuniste, descendant en ligne droite de l'arnaque au baptême des billets de banque.

— On dirait que vous voulez défendre la religion.

— Ce n'est pas du tout ma pensée, croyez-moi, protesta Kate avec véhémence. La race humaine pourrait s'en passer sans problème. Mais j'en veux surtout à Billybob et à ses pareils. Si je vous ai amené ici, Bobby, c'est pour vous montrer à quel point il est puissant. Nous devons l'arrêter à tout prix.

— En quoi suis-je censé vous aider ?

Elle se rapprocha de lui.

— Je sais ce que votre père essaie de mettre au point en ce moment. Une extension de sa technologie Dataflux. *Un système de visionnement à distance et en temps réel.*

Bobby demeura silencieux.

— Je n'attends pas de vous que vous confirmiez ou infirmiez cette information, reprit-elle. Et je ne vous dirai pas non plus d'où elle me vient. Ce que je veux que vous fassiez, c'est réfléchir aux différents usages possibles d'une telle technologie.

Il plissa le front.

— Accès instantané à l'événement, où qu'il se produise...

Elle écarta cela d'un geste.

— Beaucoup plus, Bobby. Réfléchissez. Si l'on pouvait ouvrir un trou de ver *n'importe où*, toutes les barrières disparaîtraient d'un coup. Il n'y aurait plus de murs. On pourrait épier n'importe qui, à tout moment. Et les escrocs comme Billybob n'auraient plus nulle part où se cacher.

Les rides du front de Billybob se creusèrent.

— Vous pensez aux activités d'espionnage ?

Elle éclata de rire.

– Allons, Bobby, nous sommes déjà tous les deux sous surveillance constante. Vous êtes une célébrité depuis l'âge de vingt et un ans, vous devez savoir ce que c'est que d'être *surveillé* !

– Ce n'est pas pareil.

Elle lui agrippa le bras.

– Si Billybob n'a rien à cacher, il n'a rien à craindre. Considérez les choses de cette manière.

– Parfois, vous parlez exactement comme mon père, dit-il d'une voix sans intonation.

Troublée, elle garda le silence.

Ils avancèrent au milieu de la foule. Ils étaient maintenant en vue du grand trône entouré de sept globes lumineux en suspens et de vingt-quatre autres trônes plus petits, version agrandie du décor réel installé par Billybob au milieu du stade.

Devant le grand trône central se tenait Billybob Meeks.

Mais ce n'était pas le personnage gras, en sueur, qu'elle avait vu sur le terrain de football. Ce Billybob-là était plus grand, plus jeune, plus mince, beaucoup plus beau, un vrai Charlton Heston jeune. Il devait se trouver à plus d'un kilomètre d'elle, mais il dominait toute la congrégation. Et il semblait grandir encore.

Il se pencha sur la foule, les mains sur les hanches. Et sa voix résonna comme le tonnerre :

– *La Cité n'a besoin ni de la lune ni du soleil pour l'éclairer, car la gloire de Dieu s'illumine, et l'Agneau est son flambeau...*

Billybob grandissait toujours. Ses bras étaient devenus comme des troncs d'arbres, son visage était un disque radieux qui perçait déjà le plancher des nuages. Kate vit la foule courir comme autant de fourmis pour échapper à ses pieds géants.

Et Billybob pointa soudain un index démesuré dans sa direction. Ses immenses yeux gris lançaient des éclairs, son front était plissé de rides furieuses qui ressemblaient aux canaux de Mars.

– *Il n'y entrera rien de souillé, ni personne qui se livre à l'abomination et au mensonge ; il n'y entrera que ceux dont le nom est écrit dans le livre de vie de l'Agneau.* Votre nom figure-t-il dans ce livre ? Y figure-t-il ? En êtes-vous digne ?

Kate poussa un cri perçant, soudain subjuguée.

Et une main invisible la cueillit pour la soulever dans les airs.

Elle ressentait une impression de succion dans ses yeux et dans ses oreilles. La lumière, le bruit et l'odeur bassement matérielle des hot-dogs affluaient à ses sens.

Bobby était à genoux devant elle. Elle vit les marques que les Lunettes avaient laissées autour de ses yeux.

– Il vous a agressée, hein ?

– Billybob a une manière bien à lui de faire passer ses messages.

Elle haletait, encore désorientée.

Sur les gradins du vieux stade, les gens oscillaient d'avant en arrière, gémissant, les larmes suintant aux joints noirs de leurs Lunettes. Quelques aides-soignants, dans un coin, prodiguaient des secours à des personnes évanouies, victimes de crises de faiblesse, d'épilepsie, peut-être, ou même d'infarctus. Kate avait dû signer une décharge en achetant leurs billets. Apparemment, la santé de ses ouailles n'était pas la première priorité de Billybob Meeks.

Avec curiosité, elle dévisagea Bobby, qui paraissait indifférent à tout cela.

– Mais, et vous ?

Il haussa les épaules.

– J'ai joué à des jeux d'aventures bien plus intéressants. (Il leva la tête vers le ciel gris de décembre.) Je sais que vous cherchez à vous servir de moi pour vous attaquer à mon père, Kate. Mais vous me plaisez quand même. Et je me demande si ça ne me ferait pas du bien de tordre un peu le nez à Hiram, qu'en pensez-vous ?

Elle retint un instant sa respiration. Puis :

– Je pense que c'est la chose la plus humaine que je vous aie jamais entendu dire, murmura-t-elle.

– On fonce dans le tas, alors.

Elle se força à sourire. Elle avait eu ce qu'elle voulait.

Mais le monde autour d'elle semblait encore irréel, comparé à la clarté de ces derniers moments passés dans la tête de Billybob.

Elle ne doutait pas – si les bruits qui couraient sur le dispositif que Hiram était en train de mettre au point étaient tant soit peu fondés, et si elle y avait accès – de pouvoir détruire Billybob Meeks. Ce serait son plus grand scoop, une formidable victoire personnelle.

Mais elle savait très bien qu'une partie d'elle-même, quels que soient ses efforts pour refouler la chose, regretterait toujours d'avoir eu à en arriver là. Une partie d'elle-même qui aurait la nostalgie de cette cité dorée dont les murs grimpaient à mi-chemin de la Lune et où une foule radieuse, illuminée, attendait de l'accueillir.

Billybob avait percé son armure. Sa tactique de choc avait payé, même sur elle. Mais là était, justement, la question. La raison pour laquelle il fallait l'arrêter coûte que coûte.

– Oui, dit-elle. On fonce dans le tas.

6
La perle à un milliard de dollars

David, accompagné de Hiram et de Bobby, avait pris place devant un Écransouple géant disposé sur toute la largeur du mur de la salle des comptes à Technivers. L'image, obtenue par une caméra à fibres optiques introduite au cœur de l'ensemble d'aimants supraconducteurs de Technivers, n'était rien de plus que du noir interrompu de temps à autre par un pixel égaré, une infime trace de couleur et de lumière.

Un compteur numérique, dans un coin, égrenait lentement sa marche vers zéro.

Hiram faisait impatiemment les cent pas dans la salle des comptes exiguë et encombrée. Les collaborateurs techniques de David se faisaient tout petits, évitant son regard. Hiram lança soudain d'une voix étouffée :

— Comment sais-tu que ce foutu trou de ver est établi ?

David ne put s'empêcher d'esquisser un sourire.

— Tu peux parler plus fort, dit-il.

Il indiqua le compteur numérique. À côté du cadran du compte à rebours, il y en avait un autre, plus petit, où défilait en boucle la séquence des nombres premiers de deux à trente et un.

— C'est le signal d'essai envoyé à travers le trou de ver par l'équipe de Brisbane sur les longueurs d'ondes normales des rayons gamma, expliqua-t-il à son père. Nous savons ainsi que nous avons réussi à trouver et à stabiliser l'entrée d'un trou de ver sans ancrage à distance, et que les Australiens ont pu la localiser.

Depuis trois mois qu'il travaillait ici, David était parvenu, assez rapidement, à moduler les impulsions de matière exotique pour contrer l'instabilité inhérente aux trous de ver. L'entreprise consistant à transformer le phénomène en technique reproductible et exploitable avait été semée de difficultés considérables, naturellement, mais elle avait finalement débouché sur un succès.

— Nous n'avons pas encore atteint suffisamment de précision dans le positionnement de l'autre entrée du trou de ver, expliqua-t-il. Nos amis australiens sont obligés de cavaler partout à sa recherche. Ils ont une expression pour ça. Ils disent : « Courir après des bulles de savon dans le désert. » Mais nous sommes désormais en mesure d'ouvrir un trou de ver *où nous voulons*. Ce que nous ignorons encore, c'est si nous arriverons à l'agrandir à l'échelle de la lumière visible.

Bobby était nonchalamment adossé à une table, les jambes croisées, l'air décontracté et en forme, comme s'il sortait d'un court de tennis – ce qui était peut-être le cas, se dit David.

— Je pense qu'il mérite des compliments, papa, murmura-t-il. On dirait qu'il a résolu la moitié du problème.

— C'est vrai, mais je ne vois rien d'autre, pour l'instant, à part quelques malheureux rayons gamma que nous envoie un foutu nez-cassé d'Australien. Si nous ne trouvons pas le moyen de les amplifier, j'aurai investi un maximum de fric dans cette histoire pour récolter des clopinettes. Et je ne supporte pas toute cette attente. Pourquoi un seul essai par jour ?

— Parce que, répliqua calmement David, nous devons analyser les résultats au fur et à mesure, mettre à plat le moteur Casimir et réinitialiser les appareils de contrôle et les détecteurs. Il faut comprendre exactement les causes de chaque échec avant de progresser vers un nouveau succès.

Et de pouvoir, ajouta-t-il en son for intérieur, me dégager de ces embrouilles familiales où je me suis fourré pour retourner au calme relatif d'Oxford, avec ses bagarres sans merci pour obtenir des financements et ses féroces rivalités universitaires.

— Qu'est-ce que nous cherchons exactement ? demanda Bobby. À quoi ça ressemble, l'entrée d'un trou de ver ?

— Je vais te répondre, moi, lui dit Hiram sans cesser de faire les cent pas. J'ai été nourri de mauvaise science-fiction dans mon enfance. Un trou de ver, c'est un raccourci à travers la quatrième dimension. Tu découpes un morceau de l'espace à trois dimensions et tu le colles à un autre morceau, aux antipodes, à Brisbane.

Bobby jeta un coup d'œil à David.

Choisissant soigneusement ses mots, ce dernier murmura :

— C'est un peu plus compliqué que ça, mais c'est globalement ce qui se passe. L'entrée d'un trou de ver est une sphère qui flotte librement dans l'espace. Une excision tridimensionnelle. Si nous réussissons à l'amplifier, nous pourrons en voir une pour la première fois. Avec une loupe, disons.

Le compte à rebours était en dessous de dix.

— Tenez-vous bien, les enfants, leur dit David. On y est.

Les conversations dans la salle s'arrêtèrent comme par enchantement. Tous les visages étaient tournés vers le compteur.

Le zéro s'afficha.

Et rien ne se produisit.

Ou pas tout à fait. Le compteur de particules avait atteint un score respectable. Des corpuscules lourds, chargés, étaient passés dans le détecteur, indiquant l'éclatement du trou de ver. Les pixels excités individuellement au passage d'une particule pourraient servir plus tard à reconstituer le trajet en trois dimensions des fragments de l'explosion, aux fins d'analyse.

Les données ne manquaient pas, la science pouvait progresser. Mais l'Écransouple géant demeurait noir. Pas le moindre signal.

David réprima un soupir. Ouvrant son livre de bord, il consigna les détails de l'expérience de son écriture ronde et nette. Autour de lui, ses techniciens auscultaient déjà le matériel.

Hiram le dévisagea un instant, puis se tourna vers l'écran vide et les techniciens.

— Alors ? Ça a donné quelque chose ?

Bobby toucha l'épaule de son père.

— Même moi, je peux te dire que c'est non, papa.

Il montra du doigt le cadran où s'affichait la séquence des nombres premiers. Il s'était figé sur 13.

— Pas de veine, murmura-t-il.

— C'est vrai ? demanda Hiram à David. Tu t'es encore planté ?

– Je ne dirais pas ça. Ce n'est qu'une expérience parmi d'autres. Tu ne comprends rien à la science, papa. Lorsque les analyses seront terminées, nous apprendrons plusieurs...

– Jésus à bicyclette ! J'aurais dû te laisser moisir dans ton putain d'Oxford ! Fais-moi signe quand tu auras du nouveau !

Secouant furieusement la tête, il sortit à grands pas.

Le sentiment de soulagement dans la salle fut presque palpable. Les collaborateurs de David, tous des spécialistes grisonnants de la physique des particules, parfois encore plus âgés que Hiram lui-même, avec derrière eux une carrière bien remplie en dehors de OurWorld, commencèrent à partir.

David alla s'asseoir devant un Écransouple pour dépouiller les résultats.

Il afficha son bureau virtuel préféré, qui se présentait comme une fenêtre ouverte sur une pièce de travail encombrée, avec des piles de livres et de documents un peu partout, par terre, contre les murs, sur les tables et les rayonnages. Des mobiles représentant des modèles complexes de désintégration des particules pendaient du plafond. Quand il explorait le bureau, le centre d'intérêt se déplaçait avec son regard, révélant des détails plus fins pendant que le reste devenait flou. Il pouvait « saisir » des documents ou des modèles du bout du doigt, et faire apparaître leur contenu, jusqu'à ce qu'il trouve ce qu'il cherchait, exactement là où il l'avait laissé la dernière fois.

Il fallait d'abord vérifier les défauts de pixels des détecteurs. Il commença par passer les tracés du détecteur primaire dans le bus de signal analogique, en affichant une vue générale agrandie de différents pavés de détection. Il y avait toujours des manques dans les pixels lorsqu'une particule très puissante heurtait un élément de détection. Cependant, même si certains de ces éléments étaient suf-fisamment endommagés par le rayonnement pour avoir besoin d'être remplacés, ce n'était rien de bien méchant pour le moment.

Fredonnant, plongé dans son travail, il se prépara à passer au stade suivant lorsque...

– Ton interface utilisateur, c'est de la merde.

Il sursauta, puis tourna la tête. Bobby était encore là, dans la même position, en fait, adossé à sa table.

— Désolé, lui dit David. Je ne voulais pas te tourner le dos.

Curieux, qu'il n'ait pas remarqué que son frère s'attardait alors que les autres s'en allaient.

— Presque tout le monde utilise le Moteur de Recherche, aujourd'hui, lui dit Bobby.

— Qui est d'une lenteur exaspérante, enclin aux erreurs d'interprétation et, de toute manière, basé sur un système de classement datant de l'ère victorienne. Je suis peut-être trop borné pour ton Moteur de Recherche, Bobby. Je dois être un quadrumane attardé qui aime toucher avec ses mains et voir avec ses yeux. Mon bureau te paraît peut-être désordonné, mais je sais exactement à quel endroit se trouve chaque chose.

— Tu pourrais quand même gagner du temps en étudiant tes particules en virtuel. Laisse-moi t'installer la dernière version de l'Œilmental, d'accord ? Elle permet d'atteindre davantage de zones du cerveau, en moins de temps...

— Et sans trépanation, je suppose.

Bobby sourit.

— D'accord, lui dit David. C'est sympa de me le proposer.

Bobby laissa errer son regard autour de la salle à sa manière distraite, un peu déconcertante.

— C'est vrai, ce que tu as dit tout à l'heure à papa ? Que ce n'est pas un échec, mais une étape de plus à franchir ?

— Je comprends son impatience. Ça lui coûte cher, après tout.

— Et il subit les pressions de ses commerciaux. Déjà, certains de ses concurrents annoncent qu'ils disposent de systèmes Dataflux comparables au sien. L'un d'eux finira bien par avoir l'idée d'un système de visionnement à distance, à supposer qu'il n'y ait pas déjà eu des fuites.

— Les pressions des commerciaux n'ont rien à voir avec la question. Les recherches de ce genre doivent progresser à leur propre rythme, Bobby. J'ignore ton niveau en physique, mais...

— Proche de zéro. Mais du moment que tu as le trou de ver, pourquoi est-ce que ça pose tant de problèmes pour l'agrandir ?

— Ce n'est pas comme si nous avions à construire une voiture plus grande et plus performante. Ce que nous sommes en train de faire, c'est essayer de donner à l'espace-temps une forme qu'il n'adopte jamais à l'état naturel. Écoute bien. Les trous de ver sont par nature instables. Tu sais que, pour les maintenir ouverts, nous sommes obligés de leur injecter une matière exotique.

– L'antigravité.

– Oui. Mais les tensions à l'entrée d'un trou de ver sont gigantesques. Nous sommes obligés de les équilibrer constamment à l'aide d'autres tensions. (David serra les poings et les pressa l'un contre l'autre avec force.) Tant qu'elles s'équilibrent, ça va. Mais, à la moindre perturbation, tout éclate. (Il laissa un poing déraper sur l'autre, rompant l'équilibre.) Et cette instabilité inhérente s'aggrave avec la taille. Ce que nous essayons de faire ici, c'est surveiller attentivement les conditions régnant à l'intérieur du trou de ver, et ajuster l'apport de matière-énergie exotique de manière à compenser les fluctuations.

Il remit ses poings l'un contre l'autre. Cette fois-ci, cependant, lorsqu'il déplaça latéralement son poing gauche, il suivit le mouvement avec le droit, de manière que les phalanges restent toujours en contact.

– Je vois, lui dit Bobby. Tout se passe comme si tu farcissais ton trou de ver avec des lignes de code.

– Ou bien avec un ver intelligent, fit David en souriant. Oui, c'est vrai que l'opération fait tourner intensément nos processeurs. Mais, jusqu'à présent, les instabilités ont été d'une rapidité trop catastrophique pour que nous puissions les traiter. Regarde un peu ça...

Il posa le bout du doigt sur le bureau virtuel et obtint une image nouvelle représentant une cascade de particules, avec au centre une solide colonne mauve, la couleur indiquant une ionisation intense. Il y avait des gerbes de courants rouges, plus ou moins larges, plus ou moins courbes. Il enfonça une touche, et l'image pivota sur elle-même en trois dimensions. Le programme effaça les détails au premier plan pour rendre visible la structure interne des courants. Le jaillissement central était entouré de nombres représentant les paramètres d'énergie, de mouvement et de charge.

– Nous sommes en présence de phénomènes complexes, à hautes énergies, Bobby, reprit David. Tous ces déchets exotiques jaillissent juste avant la disparition complète du trou de ver. (Il soupira.) C'est comme si on voulait réparer une voiture en la faisant sauter pour passer ensuite les débris au peigne fin. Ce que j'ai dit à papa, c'était la vérité. Chaque nouvel essai nous permet d'explorer un coin de ce que nous appelons notre espace paramètres. Il s'agit d'essayer un par un différents moyens de rendre nos trous de visionnement plus larges et plus stables. Aucune de nos expériences n'est inutile. Chaque fois, nous faisons un pas en avant, nous apprenons quelque chose. En fait, un grand nombre de nos essais sont négatifs, destinés à échouer dès le départ. Un seul test prouvant qu'une théorie est fausse nous est plus précieux que cent qui prouvent que la même théorie pourrait être vraie. Nous finirons par y arriver... ou par démontrer que le rêve de papa est irréalisable avec la technologie d'aujourd'hui.

— La science est une question de patience.

David sourit.

— Il en a toujours été ainsi. Mais certains ont du mal à se montrer patients face au corps noir qui se rapproche implacablement de nous à chaque instant.

— Absinthe ? Mais il nous reste encore plusieurs siècles !

— Les scientifiques ne sont pas les seuls à se préoccuper de cette menace. Tout le monde cherche à se dépêcher, à rassembler autant d'informations et à formuler autant de nouvelles théories que possible dans le laps de temps qui nous reste. Nous ne sommes plus sûrs, comme nous l'étions par le passé, qu'il y aura quelqu'un pour continuer notre œuvre là où nous l'aurons laissée inachevée. Tout le monde essaie de trouver des raccourcis ; la critique raisonnée de la communauté scientifique a pris du plomb dans l'aile.

Un signal d'alarme rouge se mit à clignoter sur le mur de la salle des comptes, à hauteur du plafond. Les techniciens revinrent l'un après l'autre. Bobby tourna un visage perplexe vers son demi-frère.

— Tu fais un autre essai ? Tu avais dit à papa...

David lui adressa un clin d'œil.

— Petit mensonge pieux. C'était pour ne pas l'avoir dans les pattes.

Bobby se mit à rire.

Ils avaient le temps de boire un café avant la nouvelle expérience. Ils sortirent ensemble pour se rendre à la cafétéria.

Il ne veut plus partir, se disait David. *Comme s'il voulait participer.* Sans doute un besoin de sa part, un besoin dont il ne comprenait pas les motivations. Un brin de jalousie ? Était-ce possible ?

C'était une pensée perversement délicieuse. Bobby Patterson, le dandy à la mode, fabuleusement riche, m'envierait, moi, son demi-frère sérieux comme un drone ?

Mais n'est-ce pas de ma part, aussi, une manifestation de rivalité fraternelle ?

Sur le chemin du retour, il essaya de sonder Bobby.

— Tu as fait des études supérieures ?

— Bien sûr, à HBS.

— HBS ? Ah ! Harvard...

— Business School, oui.

— J'ai fait un peu d'économie et de gestion pour passer mon DEUG, murmura David avec une grimace. Le cours était censé nous « armer pour que nous puissions affronter le monde moderne ». Toutes ces matrices carrées, et ces théories à la mode, qui changeaient au gré des nouveaux gourous...

— La science économique n'est pas la science des fusées, comme on disait là-bas, mais ce ne sont pas des imbéciles qui étudient à Harvard. Mes diplômes, je les ai gagnés à la sueur de mon front. Et la concurrence était féroce, crois-moi.

— Je n'en ai jamais douté, répliqua David, étonné par l'intonation neutre de Bobby, son manque d'énergie. J'ai l'impression, ajouta-t-il d'une voix douce, que tu te sens... sous-estimé.

Bobby haussa les épaules.

— Peut-être. Le département RV de OurWorld est une branche autonome qui pèse un milliard de dollars. Si je me plante, papa m'a fait savoir clairement qu'il ne fera rien pour me renflouer. Mais même Kate me considère comme une sorte de potiche. (Il ricana.) Je m'amuse comme un petit fou à essayer de lui prouver le contraire.

David fronça les sourcils. Kate ? Ah oui, la journaliste que Hiram avait essayé d'exclure de la vie de son fils. Sans grand succès, semblait-il. Très intéressant.

– Tu veux que je tienne ma langue ? demanda-t-il.

– À quel sujet ?

– Kate. La journaliste.

– Il n'y a rien de confidentiel entre nous.

– Peut-être, mais papa ne semble pas la porter dans son cœur. Tu lui as dit que tu la fréquentais ?

– Non.

Et c'est peut-être la seule chose, dans ta jeune existence, songea David, que Hiram ne sait pas. Eh bien, on va tâcher de faire en sorte que ça continue.

Il se sentait heureux d'avoir établi entre eux cet infime lien.

Le cadran du compte à rebours était au terme de sa progression vers zéro. Une fois de plus, l'Écransouple mural affichait un noir d'encre interrompu par des pixels épars tandis que le moniteur numérique, dans son coin, répétait inlassablement la séquence des nombres premiers. David observa avec amusement les lèvres de Bobby qui comptaient silencieusement : *trois, deux, un...*

Puis ses lèvres se figèrent soudain, la bouche ouverte sous le choc, tandis qu'une lumière changeante se reflétait sur son visage.

David se tourna aussitôt vers l'Écransouple.

Cette fois-ci, il y avait une image, un disque de lumière. C'était un assemblage bizarre, irréel, de caisses, de tubes de néon et de câbles, déformés, presque méconnaissables, grotesques, comme vus à travers un super grand angle.

David s'aperçut qu'il retenait sa respiration. Tandis que l'image restait stable durant deux, puis trois secondes, il se força à respirer une grande goulée d'air.

– C'est quoi ? demanda Bobby.

– L'entrée du trou de ver. Ou, plutôt, la lumière qu'elle aspire de son environnement, ici, à Technivers. Regarde, on voit l'assemblage électronique. Mais la gravité très forte qui règne autour de l'orifice aspire la lumière dans l'espace tridimensionnel qui l'entoure, et l'image est déformée.

– Comme dans l'effet de lentille gravitationnelle.

Surpris, David regarda Bobby.

— Exactement. (Il jeta un coup d'œil aux moniteurs.) Nous avons déjà dépassé le stade de notre meilleur...

La distorsion de l'image s'accentua soudain. Les contours du matériel et des tubes d'éclairage s'arrondirent autour d'un point de visionnement central. Certaines couleurs, à présent, semblaient affectées par un décalage Doppler. Une poutrelle verte vira au bleu, et l'éclat des tubes fluorescents devint violet sur les bords.

— Nous nous enfonçons dans le trou de ver, chuchota David. Par pitié, ne nous laisse pas tomber maintenant.

L'image se fragmenta encore. Ses différents éléments se dissocièrent et se multiplièrent, formant des configurations répétitives autour du disque central. Cela évoquait un kaléidoscope en trois dimensions, formé d'images multiples du labo illuminé. David consulta les cadrans, qui indiquaient qu'une grande partie de l'énergie lumineuse aspirée par le trou de ver virait à l'ultraviolet et au-delà, et que le rayonnement ionisé bombardait la paroi courbe de ce tunnel à travers l'espace-temps.

Mais le trou de ver tenait bon.

Ils avaient largement dépassé le point où les précédentes expériences s'étaient arrêtées.

L'image du disque commença à rapetisser, tandis que la lumière qui tombait de trois dimensions dans l'entrée du trou de ver était comprimée par le goulet d'accès en un cylindre qui allait en se rétrécissant. La flaque de lumière écrasée, rétractée sur elle-même, atteignit son pic de distorsion.

Puis la qualité de la lumière changea. La structure à images multiples se simplifia, s'agrandit, sembla se désembrouiller, et David commença à discerner les éléments d'un nouveau champ visuel : une traînée de bleu qui pouvait être le ciel, une tache blanche qui pouvait être le boîtier d'un appareil.

— Appelle Hiram, dit-il.

— Que voyons-nous ? demanda Bobby.

— Appelle papa, tout de suite.

Hiram arriva une heure plus tard.

— J'espère que ça en vaut la peine, dit-il. J'ai dû interrompre une réunion avec des investisseurs...

Sans un mot, David lui tendit un pavé de cristal gris plomb de la taille et de la forme d'un paquet de cartes à jouer. Hiram le retourna entre ses doigts pour l'examiner.

La face supérieure du pavé était taillée en loupe. Lorsque Hiram regarda à travers, il vit tout un appareillage électronique en miniature : des détecteurs de lumière photomultiplicateurs pour capter les signaux, des diodes électroluminescentes émettant des éclairs pour les essais, une petite alimentation électrique, des électro-aimants miniatures. Au centre géométrique du pavé, il y avait une minuscule sphère parfaite, à la limite de la visibilité. Elle était argentée et réfléchissait la lumière, comme une perle, mais la lumière réfléchie n'avait pas le même éclat gris que l'éclairage fluorescent de la salle des comptes.

Hiram se tourna vers David pour demander :

– Qu'est-ce que c'est ?

D'un mouvement de menton, David indiqua le grand Écransouple mural. Il affichait un cercle flou de lumière bleu et brun.

Un visage s'inscrivit dans l'image. Celui d'un homme qui devait avoir la quarantaine environ. Très déformé, comme s'il était vu à travers un objectif super grand angle. Mais David distingua une touffe de cheveux bouclés, un épiderme parcheminé par le soleil, des dents blanches et un sourire épanoui.

– C'est Walter, déclara Hiram en hésitant. Notre chef de poste à Brisbane. (Il s'approcha de l'écran.) Il dit quelque chose. Ses lèvres remuent. (Hiram remua les lèvres, par contagion.) *Je... vous... vois...* Je vous vois ! Mon Dieu !

Derrière Walter, on apercevait maintenant d'autres techniciens australiens, ombres déformées, qui applaudissaient silencieusement.

David eut un large sourire. Il subit les claques dans le dos et les accolades de son père, sans toutefois quitter des yeux le pavé de verre contenant l'entrée du trou de ver et la perle à un milliard de dollars.

7

Camver

Il était 3 heures du matin. Au cœur d'un Technivers complètement désert, Kate et Bobby étaient assis côte à côte. Bobby était en train de remplir un questionnaire sur son Écransouple. Ils s'attendaient à ce que la nuit soit longue. Derrière eux, ils avaient entassé à la hâte quelques objets dont ils allaient avoir besoin : Thermos de café, couvertures, matelas de mousse.

On entendit un craquement. Kate sursauta et agrippa le bras de Bobby.

Il continua de travailler sur l'écran.

— Ne vous inquiétez pas. Ce n'est qu'une petite contraction thermique. Je vous l'ai déjà dit, je me suis bien assuré que leur système de surveillance avait un angle mort, juste à l'endroit où nous sommes en ce moment.

— Je n'en doute pas. Mais je n'ai pas l'habitude de m'introduire comme ça chez les gens dans le noir.

— Je vous prenais pour une dure à cuire du journalisme.

— Peut-être. Mais je n'enfreins généralement aucune loi en faisant mon boulot.

— *Généralement ?*

— Ne me croyez pas si vous voulez.

— Mais ce truc-là... (il fit un geste en direction de la masse mystérieuse qui se profilait dans l'obscurité) ce n'est même pas un appareil de surveillance. C'est juste un dispositif expérimental pour l'étude des hautes énergies en physique. Quelque chose d'unique au monde. Aucune législation ne peut exister pour le protéger.

– C'est un argument spécieux, Bobby. Aucun juge ne l'accepterait.

– Spécieux ou non, calmez-vous. J'essaie de me concentrer. Le Contrôle de mission pourrait être un peu plus convivial. David ne se sert même pas de la commande vocale. Je ne sais pas si tous les physiciens sont aussi conservateurs que lui – ou tous les catholiques, peut-être.

Elle le dévisagea tandis qu'il continuait de travailler. Elle l'avait rarement vu aussi enthousiaste. Pour la première fois, il semblait prendre plaisir à ce qu'il faisait. Et pourtant, il ne paraissait nullement perturbé par le moindre doute moral. Sa personnalité était d'une rare complexité. Ou plutôt, se dit-elle avec tristesse, curieusement inachevée.

Le doigt de Bobby se posa sur une touche de déclenchement de l'Écransouple.

– Tout est prêt. On y va ?

– On enregistre ?

Il donna une petite tape sur l'Écransouple.

– Tout ce qui passera par ce trou de ver sera capturé ici même.

– D'accord.

– Trois, deux, un.

Il appuya sur la touche.

L'écran devint noir.

Dans l'obscurité encore plus dense qui l'entourait, elle entendit un grondement dans le grave tandis que la gigantesque machinerie de Technivers se mettait en branle et que d'énormes forces se concentraient pour trouer la texture de l'espace-temps. Elle crut percevoir une odeur d'ozone et sentir sur sa peau un picotement électrique. Mais ce n'était peut-être que son imagination.

Organiser l'opération avait été d'une simplicité enfantine. Pendant que Bobby se débrouillait pour avoir clandestinement accès aux équipements de Technivers, Kate avait réussi à s'introduire dans la résidence de Billybob, un manoir tape-à-l'œil et baroque planté sur un versant boisé du parc national de Mount Rainier. Elle avait pris suffisamment de photos pour établir une carte sommaire du site, et avait relevé plusieurs points de référence à l'aide d'un système de positionnement par satellite. Cela leur avait permis – en même temps que les informations généreusement fournies par Billybob lui-même à différentes revues spécialisées sur ses somptueux aménagements intérieurs – de dresser un plan détaillé de l'intérieur de la résidence, assorti d'une grille de coordonnées de référence.

Si tout se passait bien, ces références de positionnement suffiraient à établir une liaison par trou de ver entre le saint des saints de Billybob et leur station d'écoute improvisée.

L'Écransouple s'éclaira soudain. Kate se pencha en avant.

L'image était très déformée. On voyait une traînée de lumière circulaire avec des reflets bruns, orange et jaunes. Elle avait l'impression de regarder à travers un cylindre à la paroi argentée. Il y avait une impression de mouvement, donnée par des taches de lumière qui allaient et venaient à travers l'image, mais on ne discernait encore aucun détail.

– On ne voit rien ! se plaignit-elle en faisant la grimace.

Bobby tapota son Écransouple.

– Patience. Il me faut maintenant introduire une procédure de déconvolution.

– Une quoi ?

– L'entrée du trou de ver n'est pas un objectif de caméra, ne l'oubliez pas. C'est une petite sphère sur laquelle la lumière tombe de tous les côtés, en trois dimensions. Et cette image globale est considérablement brouillée par son passage dans le trou de ver proprement dit. Mais nous disposons de sous-programmes capables de démêler tout ça. Leur origine est intéressante. Ils viennent des logiciels utilisés par les astronomes pour réduire les distorsions atmosphériques, le scintillement, le flou et la réfraction quand ils observent les étoiles.

Brusquement, l'image s'éclaircit, et Kate étouffa une exclamation.

On voyait un bureau en bois massif surmonté d'un globe d'éclairage. Des liasses de papiers et des Écransouples l'encombraient. Un fauteuil vide avait été repoussé à une courte distance. Les murs étaient couverts de courbes mathématiques ascendantes et d'histogrammes ressemblant à des statistiques comptables.

Partout régnait un luxe tapageur. Le papier peint avait l'air anglais et fait à la main, probablement le plus cher du monde. Par terre, négligemment disposées, il y avait deux peaux de rhinocéros, à la gueule ouverte, aux yeux vitreux et à la corne fièrement dressée, même dans la mort.

Il y avait aussi un cadre mural animé avec un totalisateur très simple dont les chiffres grimpaient en continu. En dessous, une plaque indiquait : CONVERTIS. Un compteur d'âmes semblable à la caisse enregistreuse d'un fast-food débitant des sushi-burgers.

L'image était loin d'être parfaite. Elle était sombre, avec trop de grain, instable, et avait tendance à se figer ou à éclater en nuages de pixels. Mais tout de même...

— Je n'arrive pas à y croire, fit Kate dans un souffle. Ça marche ! Comme si les murs, dans le monde entier, étaient soudain en verre ! Bienvenue dans le bocal aux poissons rouges !

Bobby fit quelque chose sur son Écransouple, et l'image reconstituée s'élargit.

— Je croyais que les rhinocéros avaient disparu.

— Leur espèce est éteinte, effectivement. Billybob avait des intérêts dans un consortium qui a acheté le dernier couple reproducteur à un zoo privé français. Les généticiens ont essayé de mettre la main dessus en vue de stocker leurs matériaux génétiques, peut-être leurs ovules et leur sperme, ou même des zygotes, dans l'espoir de faire un jour revivre l'espèce, mais Billybob est arrivé avant eux. Il possède maintenant les dernières peaux de rhinos au monde. C'est une bonne affaire pour lui, somme toute. Ces peaux valent une petite fortune, à présent.

— Au marché noir.

— Bien sûr, c'est illégal, mais qui aurait le courage de poursuivre quelqu'un d'aussi puissant que lui ? Et puis, de toute manière, le jour d'Absinthe, il n'y aura pas que les rhinos qui auront disparu, alors pourquoi s'en faire ? Vous pouvez agrandir encore ?

— Métaphoriquement, oui. Je peux agrandir et enrichir sélectivement l'image.

— On pourrait lire ces papiers sur le bureau ?

D'un doigt, Bobby délimita des rectangles de sélection, et l'image se centra progressivement sur les papiers. La bouche du ver semblait se trouver à un mètre du sol environ et à deux mètres du bureau. Kate se demanda si elle allait devenir visible, sous la forme d'une petite sphère réfléchissante en suspens dans l'air. La perspective déformait les piles de papiers, qui n'avaient pas été disposés là pour qu'on puisse les lire de cette façon, au demeurant. Certains feuillets étaient posés à l'envers, d'autres étaient en partie cachés par la pile. Néanmoins, Bobby put en agrandir la partie lisible. Il inversa l'image et corrigea la distorsion due à la perspective. Puis il nettoya le texte à l'aide de routines d'enrichissement intelligentes. Le résultat permit à Kate de savoir à peu près de quoi traitaient ces papiers.

Il s'agissait surtout de rapports d'entreprises, apportant la preuve glaçante de l'exploitation industrielle par Billybob de la crédulité des Américains. Mais il n'y avait là rien d'illégal. Elle demanda à Bobby de chercher plus loin parmi les documents éparpillés sur le bureau.

Finalement, elle trouva quelque chose.

– Une seconde, dit-elle. Vous voulez bien agrandir ? Parfait, parfait.

C'était un rapport technique, imprimé en petits caractères, rempli de chiffres, sur les effets indésirables de la stimulation à base de dopamine chez les sujets âgés.

– Et voilà, dit-elle dans un souffle. La main dans le sac.

Elle se leva et se mit à faire les cent pas, incapable de contenir plus longtemps son excitation.

– Quel con ! Dealer d'un jour, dealer toujours. Si nous pouvions avoir une photo de Billybob en train de lire ce document ou, mieux encore, de le signer... Il faut qu'on le trouve, Bobby.

Il soupira et se renversa dans son fauteuil.

– Demandez ça à David. Je sais pivoter et agrandir l'image, mais je ne sais pas encore ce qu'il faut faire pour déplacer la Camver.

– La Camver ? répéta Kate avec un sourire.

– Papa harcèle ses commerciaux encore plus que ses ingénieurs. Écoutez, Kate, il est trois heures et demie du matin. Un peu de patience. Je me suis arrangé pour que ce local où nous sommes soit bouclé jusqu'à demain midi. Je suis sûr que Billybob va passer dans son bureau d'ici là. Sinon, on pourra essayer une autre fois, d'accord ?

– D'accord, dit-elle, tendue, en hochant la tête. C'est simplement que j'ai l'habitude de ne pas laisser traîner les choses.

Il sourit.

– Pour ne pas vous laisser piquer ce scoop par un confrère ?

– Ça arrive.

– Faites-moi confiance, dit-il en lui prenant le menton dans le creux des deux mains.

Son visage était presque invisible dans la pénombre caverneuse de Technivers, mais le contact de ses mains était chaud et rassurant.

– Vous n'avez aucun souci à vous faire, ajouta-t-il. Réfléchissez un peu. Personne sur cette planète, absolument personne n'a accès à la technologie de la Camver. Billybob n'a aucun moyen de détecter ce que nous sommes en train de faire. Personne ne vous battra au poteau. Quelle importance, quelques heures de plus ou de moins ?

Elle avait la respiration courte, le cœur trop rapide. Elle sentait sa présence dans le noir à un niveau plus profond que la vue, l'odorat ou même le toucher, comme si quelque chose en elle réagissait à la chaleur distante de son corps.

Elle recouvrit ses mains avec les siennes et lui embrassa le bout des doigts.

– Vous avez raison. Mieux vaut attendre. Mais j'ai un trop-plein d'énergie. Alors, autant en faire quelque chose de positif.

Il hésita, comme s'il ne savait quel sens donner à ces paroles.

Ma petite Kate, se dit-elle, *tu n'es sûrement pas comme les autres filles qu'il a connues dans son existence dorée, alors il a peut-être besoin qu'on l'aide un peu.*

Elle posa sa main libre sur sa nuque, l'attira vers elle et sentit ses lèvres chaudes sur les siennes. Sa langue, brûlante et inquisitrice, s'insinua dans sa bouche et courut le long d'une rangée de dents inférieures parfaites. Il réagit avec enthousiasme.

Au début, il se montra tendre et même amoureux ; mais à mesure que la passion montait, elle nota un changement dans son attitude, dans ses manières. Tandis qu'elle obéissait à ses commandements muets, elle eut conscience de le laisser prendre les initiatives et, alors même qu'il la menait vers une apothéose profonde, eut l'impression qu'il était ailleurs, perdu dans les mystères de son étrange esprit blessé, engagé dans l'acte physique et cependant loin d'elle.

Il est expert dans l'art de faire l'amour, se dit-elle, peut-être plus que quiconque à ma connaissance, mais il est incapable d'aimer. Un vrai cliché, mais tout à fait approprié. Et terriblement triste.

Tandis qu'il faisait un avec elle, elle enfonça ses doigts dans ses cheveux sur sa nuque et sentit quelque chose de rond et de dur, de la taille d'une pièce de monnaie, quelque chose de froid et de métallique.

Une pastille crânienne.

Dans le silence du matin de printemps de Technivers, David était assis devant la faible lueur de son Écransouple.

Il regardait le sommet de son crâne d'une hauteur d'environ trois mètres. Ce n'était pas un spectacle réconfortant. Il se trouvait trop gros, et il y avait un cercle de calvitie, à l'occiput, qu'il n'avait jamais remarqué avant. Une petite pièce rose dans la masse de ses cheveux mal peignés.

Il porta la main à cet endroit.

L'image sur l'écran montra sa main levée, comme une marionnette asservie à ses mouvements. Il l'agita, comme un enfant, et leva les yeux. Mais il n'y avait, évidemment, rien à voir, pas le moindre signe de l'infime déchirure de l'espace-temps par où arrivaient ces images.

Il donna une tape sur l'écran, et le point de vue changea. On voyait maintenant ce qu'il y avait droit devant lui. Une autre petite tape, hésitante, et l'image avança, d'abord à travers les couloirs sombres de Technivers, un peu cahotante, au début, puis plus régulièrement. Les machines énormes, à la masse plutôt sinistre, semblaient flotter comme des nuages épais. Il les dépassa.

Si l'on devait un jour commercialiser une version de cette Camver, se disait-il, il faudrait prévoir des commandes un peu plus intuitives, un joystick, peut-être, ou des leviers et des boutons pour faire pivoter ou lever et abaisser l'angle de vue à volonté. Mais la configuration très simple de touches de commande sur son écran lui permettait d'exercer un contrôle suffisant sur l'image pour qu'il se concentre uniquement sur ce qu'il voyait.

Naturellement, il n'avait pas oublié, quelque part, que ce n'était pas le point de vue qui changeait, mais les moteurs Casimir eux-mêmes qui créaient et détruisaient au fur et à mesure une série de trous de ver séparés par une longueur de Planck, alignés dans la direction où il voulait aller. Et les images renvoyées par ces trous successifs étaient suffisamment proches pour donner l'illusion du mouvement.

Mais rien de tout cela, pour le moment, n'avait beaucoup d'importance, se disait-il gravement. Il voulait juste s'amuser un peu avec l'appareil.

D'une claque résolue sur l'Écransouple, il changea encore le point de vue et le projeta droit sur le mur en tôle ondulée de Technivers. Il ne put s'empêcher d'avoir un mouvement de recul lorsqu'il vit cet obstacle arriver sur lui à toute vitesse.

Durant un court instant, ce fut l'obscurité.

Puis il se retrouva de l'autre côté, soudain immergé dans une clarté éblouissante.

Il ralentit la progression et abaissa le point de vue au niveau de ses yeux. Il se trouvait maintenant dans le parc entourant les bâtiments de Technivers : pelouse, ruisseaux, jolis petits ponts. Le soleil, bas sur l'horizon, projetait des ombres longues aux contours nets, et il y avait des gouttes de rosée brillantes agrippées aux brins d'herbe.

Il repartit en avant, au pas, tout d'abord, puis un peu plus vite. L'herbe glissait sans bruit sous lui, et les jeunes arbres que Hiram avait fait planter filaient, flous, de chaque côté.

L'impression de vitesse était enivrante.

Il ne maîtrisait toujours pas bien les commandes. De temps à autre, le point de vue se plantait lourdement à travers un arbre ou un rocher. L'obscurité se faisait alors, teintée de gris ou de brun. Mais il commençait plus ou moins à prendre le coup, et la vitesse, la liberté et la netteté de ses mouvements le frappaient. C'était comme s'il était retourné à l'âge de dix ans. Ses sens étaient en éveil, son corps si plein d'énergie qu'il se sentait léger comme une plume.

Il arriva sur la petite route où se trouvait l'entrée du centre de recherche. Il éleva le point de vue de trois mètres et suivit la voie jusqu'à l'autoroute. Là, il prit de l'altitude tout en restant au-dessus du flot intermittent de voitures brillantes comme des scarabées. Ce n'était pas encore l'heure de pointe, et la circulation, quoique dense par endroits, était rapide. Il voyait se former et se déformer des nœuds de densité au gré des réactions du réseau de surveillance et d'optimisation Autopic.

Soudain impatient, il grimpa encore, jusqu'à ce que l'autoroute devienne un simple ruban gris serpentant à travers la campagne, les pare-brise renvoyant des éclats de lumière comme un collier de diamants.

Il voyait maintenant la cité qui s'étalait devant lui. Les faubourgs formaient une grille rectangulaire aux contours nets, teintée de gris flou par la brume, qui quadrillait en partie les collines avoisinantes. Les immeubles du centre-ville dressaient comme un poing leurs hautes structures de béton, de verre et d'acier.

Il s'éleva encore, traversant une fine couverture de nuages pour émerger dans une lumière solaire éclatante. Puis il se tourna encore pour voir l'océan miroitant où s'accumulaient, au loin, les prémices noires et menaçantes d'une nouvelle perturbation météorologique. La courbe de l'horizon était maintenant apparente. La terre et la mer se fondaient, laissant deviner la planète.

David avait envie de hurler sa joie. Il avait toujours rêvé de voler comme Superman. *Ces trucs-là*, se dit-il, *vont se vendre comme des petits pains.*

Un croissant de lune était en suspens, fin et bas sur l'horizon, dans le ciel bleu. David fit pivoter le point de vue jusqu'à ce que son champ de vision soit centré sur cet éclat d'ongle.

Derrière lui, il entendit soudain des bruits de voix, des pas précipités. Peut-être une alerte de la sécurité, quelque part dans l'enceinte de Technivers. Il ne se sentait pas du tout concerné.

Avec détermination, il poussa en avant. Le bleu du matin vira au violet. Déjà, il distinguait les premières étoiles.

Ils dormirent un peu.

Kate se retourna. Elle avait froid. Elle leva le poignet, et son tatouage s'éclaira. 6 heures. Dans son sommeil, Bobby s'était éloigné d'elle, tirant à lui leur couverture commune. Elle la remit sur sa poitrine découverte.

Le local de Technivers, à la façade aveugle, était aussi noir et caverneux que quand ils étaient arrivés. L'image du bureau de Billybob était toujours là, avec ses peaux de rhinos et les liasses de papiers. Tout avait été enregistré depuis le début de la liaison Camver. Avec un pincement d'excitation, elle s'avisa qu'ils avaient déjà assez d'informations pour coincer Meeks.

– Tu ne dors pas ?

Elle tourna la tête. Bobby la regardait, les yeux grands ouverts, la tête sur une couverture pliée. Il lui caressa la joue du dos de la main, délicatement.

– On dirait que tu as pleuré, murmura-t-il.

Ces mots la firent sursauter. Elle lutta contre la tentation d'écarter sa main, de se cacher le visage.

Il soupira.

– Tu as découvert l'implant. D'accord, tu as baisé avec un câblé. Tu as des préjugés ? Tu n'aimes pas les implants ? Tu penses que seuls les criminels et les retardés mentaux doivent subir une modification de leurs fonctions cérébrales ?

– Qui l'a mis là ?

– Mon père. Enfin, ça s'est fait à sa demande. Quand j'étais tout petit.

– Tu t'en souviens ?

– J'avais trois ou quatre ans. Oui, je m'en souviens. Et je me souviens aussi que je comprenais très bien pourquoi il le faisait. Pas techniquement, bien sûr, mais le fait qu'il m'aimait et qu'il voulait mon bien. (Il eut un sourire d'autodénigrement.) Je ne suis pas aussi parfait que j'en ai l'air, tu sais. J'étais quelque peu hyperactif, et aussi légèrement dyslexique. L'implant a réglé tout ça.

Elle mit la main sur sa nuque et explora lentement les contours de la pastille. En s'efforçant d'agir discrètement, elle veilla à ce que son tatouage de poignet passe juste sur le disque de métal. Puis elle se força à sourire.

— Tu devrais mettre ton matériel à jour.

Il haussa les épaules.

— Il fonctionne parfaitement.

— Si tu me laissais apporter un petit équipement d'analyse microélectronique, je pourrais établir un diagnostic.

— À quoi bon ?

Elle prit une brève inspiration.

— On saurait exactement à quoi il sert.

— Je t'ai dit à quoi il servait.

— Tu m'as répété ce que *Hiram* t'a dit.

Il se dressa soudain sur ses coudes pour la regarder.

— Qu'est-ce que tu insinues ?

C'est vrai, ça, Kate. Où veux-tu en arriver ? Es-tu simplement dépitée parce qu'il ne donne pas signe de tomber amoureux de toi alors que toi, visiblement, tu as déjà succombé au charme de cet homme complexe et quelque peu taré ?

— Tu sembles avoir des... manques. Par exemple, tu ne t'es jamais posé de questions au sujet de ta mère ?

— Non. Pourquoi ? Je suis censé m'en poser ?

— La question n'est pas là, Bobby. C'est un truc que tout le monde fait, sans avoir besoin d'y être poussé.

— Et tu penses que ça a quelque chose à voir avec mon implant ? Écoute, j'ai confiance en mon père. Je sais que tout ce qu'il fait, ça ne peut être que dans mon intérêt.

— D'accord, d'accord. (Elle se pencha pour l'embrasser.) Ce ne sont pas mes oignons. On n'en reparlera plus.

Tout au moins, se dit-elle avec un frisson de culpabilité, on n'en reparlera plus tant que je n'aurai pas fait analyser les données que j'ai déjà pompées dans ton implant, sans ton consentement.

Elle se blottit contre lui et posa un bras sur son torse, en un geste protecteur.

C'est peut-être moi qui ai des manques dans mon âme, se dit-elle.

Avec une soudaineté choquante, la lumière crue d'une torche électrique les éblouit.

Kate remonta en hâte la couverture sur sa poitrine. Elle se sentait absurdement exposée et vulnérable. Elle aperçut, à travers l'éclat de la torche, un groupe de personnes. Il y en avait deux, trois, même, en uniforme foncé.

Hiram était également là, reconnaissable à sa corpulence, les mains sur les hanches, lui jetant des regards furibonds.

— Vous ne pouvez pas faire les choses à mon insu, dit-il en agitant le bras en direction de l'image Camver. Éteignez-moi ce putain de truc.

L'image se brouilla tandis que la liaison avec le bureau de Billybob était coupée.

— Mademoiselle Manzoni, simplement en vous introduisant ici, vous avez enfreint toute une flopée de lois. Sans parler de la violation de la vie privée de Billybob Meeks. La police est déjà en route. Je doute de pouvoir vous faire jeter en prison, mais soyez assurée que je ferai tout mon possible pour ça ; en tout cas, je ferai en sorte que vous n'exerciez plus jamais votre métier.

Kate continuait de le regarder d'un air de défi, mais elle sentait sa détermination s'effriter peu à peu. Elle savait que Hiram avait le pouvoir de faire exactement ce qu'il disait.

Bobby s'était adossé au mur, apparemment détendu. Elle lui donna un coup de coude dans les côtes.

— Je ne te comprends pas, Bobby. Il t'épie en permanence. Ça ne t'embête pas ?

Hiram se pencha sur elle.

— Pourquoi est-ce que ça l'embêterait ?

Malgré l'éclat de la torche, elle distinguait la transpiration qui luisait sur son crâne dégarni. C'était le seul signe physique de sa fureur.

— Je suis son père, mademoiselle Manzoni, reprit Hiram. Ce qui m'embête, moi, c'est vous. Vous cherchez visiblement à lui intoxiquer l'esprit, exactement comme...

— Comme qui, Hiram ? demanda Kate en le fusillant du regard. Comme sa mère ?

Mais Bobby avait posé la main sur son avant-bras.

— Laisse-la tranquille, papa. Tu sais, Kate, il aurait tout découvert quand même, tôt ou tard. Écoutez, tous les deux, essayons de trouver une sortie honorable. N'est-ce pas ce que tu m'as toujours appris, papa ?

Impulsivement, il ajouta :

— Ne la renvoie pas. Fais-la travailler. Ici, pour OurWorld.

Ensemble, Kate et Hiram s'exclamèrent :

— Tu n'es pas fou ?

— C'est ridicule, Bobby ! Tu crois que je vais accepter de travailler pour ce type qui...

Bobby leva les deux mains pour les faire taire.

— Réfléchis, papa. Pour exploiter ta nouvelle technologie, tu vas avoir besoin de reporters de choc. Pas vrai ? Même avec la Camver, les nouvelles ne viendront pas à toi toutes seules.

Hiram émit un grognement.

— Tu veux dire que c'est la meilleure ?

Bobby haussa les sourcils.

— Elle est là, papa. Elle a su découvrir la Camver. Elle l'a même déjà utilisée. Quant à toi, Kate...

— Bobby, le jour où les poules auront des dents, peut-être que je...

— Tu as découvert le secret de la Camver. Hiram ne peut pas te laisser partir comme ça. Alors... reste. Travaille ici. Tu auras une longueur d'avance sur tous les foutus reporters de la planète.

Son regard ne cessait d'aller de l'un à l'autre.

Kate et Hiram se lançaient des coups d'œil furieux.

— J'insisterais pour mener à son terme mon enquête sur Billybob Meeks, déclara Kate. Je me fiche pas mal des liens qui existent entre lui et vous, Hiram. Ce type-là est un escroc, un assassin en puissance et un fourgueur de came. De plus...

Hiram se mit à rire.

— Vous me posez vos *conditions* ?

— Je t'en prie, papa, réfléchis. Pour me faire plaisir.

Hiram tourna vers Kate un visage féroce.

— Même si je suis obligé d'accepter ça, je vous avertis que vous ne m'enlèverez pas mon fils. J'espère que vous vous en rendez compte.

Il se redressa, et Kate frissonna.

— Au fait, ajouta Hiram en s'adressant à Bobby, tu avais tout à fait raison.

— À quel propos ?

— Je t'aime et tu dois me faire confiance. Tout ce que j'ai fait, je l'ai fait dans ton intérêt.

Kate étouffa une exclamation.

— Vous l'avez entendu dire ça aussi ?

Évidemment, il l'avait entendu. Il avait probablement tout entendu.

Hiram ne quittait pas Bobby des yeux.

— Tu me crois, n'est-ce pas ? Tu crois ton père ?

8

Scoops

Extrait de : OurWorld International News Hour, *21 juin 2036*

Kate Manzoni (s'adressant à la caméra) : La possibilité bien réelle, révélée ici en exclusivité, d'un conflit armé entre l'Écosse et l'Angleterre, et impliquant, bien entendu, les États-Unis tout entiers, constitue la péripétie la plus significative de ce qui est en train de devenir le thème central du siècle : la bataille de l'eau.

Les chiffres sont éloquents. Moins de un pour cent des réserves d'eau de la planète sont accessibles et propres à la consommation humaine. À mesure que les cités prennent de l'extension et que les terres agricoles s'amenuisent, les besoins en eau augmentent de façon dramatique. Dans certaines parties de l'Asie, du Moyen-Orient et de l'Afrique, les eaux de surface disponibles ont déjà été complètement utilisées, et le niveau des eaux souterraines est en baisse depuis des décennies.

Au début du siècle, dix pour cent de la population manquaient d'eau potable. Aujourd'hui, ce chiffre a triplé, et on s'attend avec inquiétude à ce qu'il grimpe jusqu'à soixante-dix pour cent en 2050.

Nous sommes désormais habitués à voir surgir des conflits sanglants avec l'eau pour enjeu. On peut citer la Chine, les eaux du Nil, l'Euphrate, le Gange ou l'Amazone. Dans toutes ces régions du globe, les ressources naturelles en diminution doivent être partagées entre plusieurs nations, qui soupçonnent leurs voisins, à tort ou à raison, d'avoir plus que la part qui leur revient. Dans notre pays, des voix se sont déjà élevées au Congrès, demandant au gouvernement d'accentuer la pression sur nos voisins canadiens et québécois pour qu'ils fassent passer plus d'eau aux États-Unis, particulièrement dans les régions en voie de désertification du Middle West.

Néanmoins, l'idée que de tels conflits puissent s'étendre au monde occidental industrialisé – témoin notre information exclusive selon laquelle le gouvernement anglais envisagerait une incursion armée sur le territoire écossais pour s'emparer de certaines réserves d'eau – fait froid dans le dos.

Angel McKie (voix off) : C'est la nuit, rien ne bouge.

Cette petite île, sertie comme un joyau dans la mer des Philippines, n'a que cinq cents mètres de large. Et cependant, jusqu'à hier encore, plus de mille personnes vivaient ici, entassées dans des cabanes croulantes qui couvraient la plaine jusqu'à la limite de la marée. Hier encore, des enfants jouaient sur la plage que vous voyez là. Aujourd'hui, il ne reste plus personne. Pas même les corps des enfants.

L'ouragan Antony, le tout dernier produit de la tempête El Niño qui continue de ravager la ceinture du Pacifique, n'a fait qu'un bref passage ici, mais suffisant pour détruire ce que des générations d'habitants avaient patiemment édifié.

Le soleil ne s'est pas encore levé sur ce spectacle de désolation. Même les équipes de sauvetage ne sont pas encore arrivées. Ces images vous sont offertes en exclusivité par OurWorld, dont le système de capture à distance de l'actualité a, une fois de plus, devancé tous ses concurrents.

Nous reviendrons sur les lieux lorsque les premiers hélicoptères de secours arriveront du continent. Ce n'est plus qu'une question de minutes, à présent. En attendant, nous vous proposons une petite promenade sous-marine sur les bancs de corail environnants, vestiges de la grande barrière de corail qui bordait le détroit de Tanon et la côte sud de l'île Negros et a depuis longtemps été détruite par la pêche intensive à la dynamite. Aujourd'hui, même ces derniers vestiges, protégés depuis une génération par des experts dévoués, ont été dévastés...

Willoughby Cott (voix off) : Et on revoit le but, de l'épaule de Staedler, avec le dispositif OurWorld exclusif : l'Œil-du-Sportif.

Vous apercevez la ligne des défenseurs devant Staedler tandis qu'il fonce, apparemment, pour faire une passe qui laissera Cramer démarqué. Mais non, il oblique vers le milieu du terrain, feinte un premier défenseur, puis un deuxième. Le gardien de but ne sait plus d'où viendra l'attaque, Staedler ou Cramer... et vous voyez maintenant le trou repéré par Staedler, au ras du poteau ; il accélère soudain et... *shoote* !

À présent, grâce à la technologie OurWorld exclusive qui vous permet d'avoir des images au cœur de l'action, nous volons avec le ballon qui, implacablement, dessine sa trajectoire vers l'angle du filet, tandis que la foule de Beijing hurle d'extase...

Simon Alcala (voix off) : Dans un instant, nous allons vous offrir en exclusivité de nouvelles images sur la vie privée de la tsarine russe Irina en visite dans une boutique de luxe de Johannesbourg... Et savez-vous ce que la fille de Madonna a fait faire à son nez dans une clinique privée de chirurgie esthétique de Los Angeles ?

Les paparazzi de OurWorld vous font entrer dans l'intimité des grands de ce monde, que ça leur plaise ou non !

Mais pour commencer, il y a une certaine assemblée générale sur laquelle nous aimerions en savoir plus ! Hier à l'heure du déjeuner, la secrétaire générale des Nations unies Halliwell a quitté pour quelques instants la conférence de l'UNESCO sur l'hydrologie mondiale qui se tient à Cuba. Elle pensait être à l'abri des regards indiscrets dans ce jardin aménagé sur la terrasse de sa résidence, et elle avait raison – ou presque. La terrasse en question est protégée par un toit-miroir unidirectionnel, qui laisse passer les rayons bienfaisants du soleil mais stoppe les regards indiscrets. Tous sauf le nôtre !

Descendons par le toit. Oui, *à travers* le toit. Ah ! La voilà ! Elle fait plaisir à voir en train de se délecter en tenue d'Ève des rayons à peine filtrés du soleil des Caraïbes. Malgré son toit-miroir, on dirait qu'elle se méfie. Voyez comme elle se couvre au passage d'un petit avion au-dessus de l'immeuble ! Mais elle devrait savoir qu'elle ne peut rien cacher à la caméra de OurWorld !

Comme vous pouvez le constater, madame Gravité a été indulgente envers la secrétaire générale. Halliwell a les mêmes avantages que lorsqu'elle se trémoussait sur les scènes du monde entier il y a quarante ans. On peut toutefois se demander s'il s'agit du modèle d'origine, ou si elle a bénéficié d'un léger coup de pouce.

9

Agent spécial

Quand le FBI vint trouver Hiram, Kate se sentit soulagée.

Elle avait pris son pied à écumer la planète à la recherche de scoops, mais c'était ce qu'elle faisait de toute manière, avec ou sans Camver. Et l'idée que cette formidable technologie était exclusivement entre les mains d'un mégalomane capitaliste aussi peu recommandable que Hiram Patterson la mettait de plus en plus mal à l'aise.

Elle se trouvait par hasard dans le bureau de Hiram lorsque cela se produisit, mais les choses ne tournèrent pas tout à fait comme elle l'avait espéré.

Elle marchait de long en large dans le bureau. Elle était en train de se disputer avec lui, comme d'habitude.

– Pour l'amour du ciel, Hiram, jusqu'où avez-vous l'intention de pousser la futilité ?

Il se pencha en arrière dans son gros fauteuil en skaï et laissa son regard errer par la fenêtre sur le panorama de Seattle. Il réfléchissait à sa réponse.

Ce bureau avait été naguère la suite présidentielle de l'un des plus grands hôtels de la ville. La baie vitrée était d'origine, mais il avait fait retirer toute la décoration voyante. Il avait beaucoup de défauts, mais pas celui d'être pompeux. La salle était devenue une pièce de travail comme les autres, avec pour seul mobilier une grande table de conférences entourée de chaises à dossier haut, une machine à café et un distributeur d'eau glacée. Le bruit courait qu'il y avait même un lit escamotable dans l'un des murs. Pourtant, se disait Kate, ce qui frappait le plus ici était l'absence de toute touche humaine. Il n'y avait même pas une photo de sa famille. De ses fils, par exemple.

Il n'avait peut-être pas besoin d'image, se disait-elle avec aigreur. La personne même de ses fils lui servait peut-être de trophée.

— Vous prétendez maintenant me servir de foutue conscience, mademoiselle Manzoni ? demanda-t-il lentement.

— Allons, Hiram, ce n'est pas la question, vous le savez très bien. Vous détenez un monopole technologique qui fait l'envie de toutes les autres agences de presse de la planète. Vous ne voyez donc pas que vous êtes en train de le gaspiller ? Des ragots sur la famille royale russe, des caméras invisibles, des matchs de football vus à ras de terre... Je n'ai pas été engagée pour filmer les nénés de la secrétaire générale de l'ONU !

— Ces nénés, comme vous dites, fit sèchement Hiram, ont attiré un milliard de personnes. Mon principal souci est d'écraser la concurrence. Et cet objectif est atteint.

— Mais vous êtes devenu le premier des paparazzi. Vous ne voyez pas plus loin que ça ? Vous disposez d'un tel pouvoir... Vous pourriez faire tant de bien !

Il sourit.

— Le bien ? Qu'est-ce que le bien vient faire ici ? Ma mission est de donner aux gens ce qu'ils réclament, mademoiselle Manzoni. Si je ne le fais pas, un autre énergumène le fera à ma place. Et puis, je ne vois pas de quoi vous vous plaignez. J'ai passé votre reportage sur l'invasion de l'Écosse par l'Angleterre. C'était de l'information de première, ça.

— Mais vous l'avez banalisée en l'enrobant dans des merdes de quatre sous. De même que vous banalisez systématiquement tout ce qui concerne la guerre de l'eau. Vous savez très bien que la conférence de l'ONU sur l'hydrologie n'est qu'une vaste fumisterie...

— Je n'ai pas besoin d'autres commentaires de votre part sur l'actualité, mademoiselle Manzoni. Vous vous prenez un peu trop au sérieux. Mais vous ne comprenez rien à rien. Mettez-vous dans la tête que le public ne tient pas à connaître le fond des choses. À cause de vous et de votre foutue Absinthe, les gens ont compris que les problèmes importent peu. Quelle importance, de savoir qui pompe l'eau à qui sur la planète ou des trucs comme ça, si Absinthe doit tout détruire ? Ce que les gens veulent, c'est de la distraction. De l'amusement.

— C'est ça, la limite de vos ambitions ?

Il haussa les épaules.

— Que peut-il y avoir d'autre ?

Elle laissa entendre un grognement écœuré.

— Vous vous doutez bien que votre monopole ne durera pas éternellement. Les spéculations ne manquent pas, dans l'industrie et les médias, sur la manière dont vous obtenez vos scoops. Quelqu'un finira bien par découvrir le pot aux roses et par reproduire vos recherches.

— J'ai tous les brevets nécessaires.

— Dans ce cas, vous pouvez vous reposer tranquillement sur vos lauriers. Continuez comme ça, et vous n'aurez plus rien à léguer à Bobby, c'est moi qui vous le dis.

Il plissa les yeux.

— Ne prononcez plus le nom de mon fils en ma présence. Chaque jour que le bon Dieu fait, je regrette de vous avoir amenée ici, mademoiselle Manzoni. Vous nous avez procuré quelques scoops, c'est vrai, mais vous ne possédez aucun sens de la mesure.

— La mesure ? C'est ainsi que vous voyez la chose ? Vous qui utilisez votre Camver pour filmer de près les parties intimes des célébrités ?

Un carillon discret se fit entendre à ce moment-là. Hiram redressa la tête pour s'adresser au plafond.

— J'ai dit que je ne voulais pas être dérangé.

Le Moteur de Recherche répondit d'une voix neutre :

— Désolé, monsieur Patterson, mais c'est une urgence.

— Quelle urgence ?

— Un certain Michael Mavens demande à vous parler. À vous aussi, mademoiselle Manzoni.

— Mavens ? Je ne connais aucun...

— Il est du FBI, monsieur Patterson. Le Bureau fédéral...

– Je sais ce que c'est que le FBI, coupa Hiram, furieux, en donnant un grand coup sur son bureau. Tous les emmerdements en même temps !

Finalement, se dit Kate.

Hiram tourna vers elle un regard furibond.

– Faites attention à ce que vous allez dire à ce con.

Elle fronça les sourcils.

– Vous parlez du con du FBI qui représente officiellement le gouvernement ? Même vous, vous n'êtes pas au-dessus des lois, Hiram. Je dirai ce que je jugerai bon de dire.

Il serra le poing, comme s'il allait répliquer, mais secoua la tête sans rien dire. Il s'avança jusqu'à la baie vitrée, et la lumière bleue du ciel, filtrant à travers le verre teinté, fit jouer des éclats sur son crâne en partie chauve.

– Bordel de merde ! grommela-t-il. Putain de bordel de merde !

Michael Mavens, agent spécial du FBI, portait le costume anthracite standard de sa profession, avec une chemise sans col et des chaussures à lacets. Il était blond, sec comme une lanière de fouet, et avait le look de quelqu'un qui a beaucoup joué au squash, sans doute dans un club ultra-compétitif du FBI.

Kate le trouvait remarquablement jeune : sans doute entre vingt-cinq et trente, pas plus. Il semblait nerveux. Il ne cessait de s'agripper maladroitement au siège que lui avait offert Hiram, et lutta avec sa serviette pour l'ouvrir et en tirer un Écransouple.

Kate jeta un coup d'œil à Hiram. Elle vit dans son regard une froideur calculatrice indiquant qu'il avait remarqué, lui aussi, l'embarras surprenant de cet agent spécial.

Après leur avoir montré sa plaque, Mavens murmura :

– C'est une chance de vous trouver ici tous les deux, mademoiselle Manzoni et monsieur Patterson. J'enquête sur une entorse apparente à la sécurité nationale.

Hiram passa aussitôt à l'offensive.

– Quelle est l'autorité qui vous mandate ?

Mavens hésita.

– Monsieur Patterson, j'espère que nous allons tous nous montrer un peu plus constructifs.

– Constructifs ? aboya Hiram. C'est une réponse, ça ? Agissez-vous sans mandat ?

Il tendit la main vers l'icône d'un téléphone sur son bureau.

– Je connais votre secret, lui dit calmement Mavens.

La main de Hiram demeura un instant en suspens au-dessus de l'icône, puis se retira.

Mavens sourit.

– Moteur de Recherche, dit-il, couverture de sécurité FBI niveau trente-quatre, autorisation Mavens M.K. Confirmation s'il vous plaît.

Quelques secondes plus tard, le Moteur de Recherche annonça :

– Couverture en place, agent spécial Mavens.

Ce dernier hocha la tête.

– Nous pouvons parler en toute sécurité, maintenant.

Kate s'assit face à lui, intriguée, perplexe et nerveuse. Il posa l'Écransouple sur la table voisine. Ils virent l'image d'un gros hélicoptère militaire au toit blanc.

– Vous le reconnaissez ? demanda Mavens.

Hiram se pencha en avant.

– Un Sikorsky, je crois.

– Un VH-3D, plus exactement, confirma Mavens.

– C'est *Marine 1*, déclara Kate. L'hélico présidentiel.

Mavens lui jeta un coup d'œil rapide.

– Tout juste. Comme vous le savez sans doute tous les deux, la Présidente et son mari viennent de passer deux jours à Cuba pour assister à la conférence de l'ONU sur l'hydrologie. Ils ont utilisé *Marine 1* pour leurs déplacements. Hier, à l'occasion d'un vol très court, une brève conversation privée s'est déroulée entre la présidente Juarez et le Premier ministre anglais Huxtable.

Il donna une petite tape sur l'écran, et un schéma représentant l'intérieur détaillé du Sikorsky s'afficha.

– C'est un gros oiseau, pour un si vieux modèle, mais il est bourré d'électronique de communication. Il ne contient que dix sièges. Cinq sont occupés par des agents des services secrets, un médecin et des ordonnances militaire et privée de la Présidente.

Hiram semblait intrigué.

– Je suppose que c'est l'une de ces deux ordonnances qui détient le ballon de foot, dit-il.

Mavens prit un air peiné.

– Nous n'utilisons plus de « ballon de foot [1] », monsieur Patterson. En cette occasion, les autres passagers, outre la Présidente et M. Juarez, étaient le secrétaire général de la Maison-Blanche, le Premier ministre Huxtable et un agent anglais de la sécurité.

Toutes ces personnes, de même que les pilotes, ont le statut le plus élevé au regard de la sécurité. Ce statut, dans le cas des agents spéciaux, est vérifié chaque jour. M. Huxtable, naturellement, malgré son titre un peu dépassé, remplit les fonctions d'un gouverneur d'État. *Marine 1*, quant à lui, est passé plusieurs fois par jour au peigne fin. En dépit de vos mélodrames virtuels sur les espions et les agents doubles, monsieur Patterson, les mesures modernes de surveillance sont pratiquement à toute épreuve. De plus, même à l'intérieur du Sikorsky, la Présidente et M. Huxtable étaient isolés derrière un rideau de sécurité. Aucun moyen à notre connaissance ne permet de violer ces différents niveaux de protection. (Il tourna vers Kate le regard placide de ses yeux brun pâle.) Et cependant, c'est bien ce qui s'est passé, apparemment.

Votre information, mademoiselle Manzoni, était exacte. Juarez et Huxtable ont discuté de la possibilité d'une intervention militaire pour régler le conflit entre l'Angleterre et l'Écosse à propos des approvisionnements en eau potable.

Mais M. Huxtable nous a affirmé que ses spéculations sur une éventuelle invasion de l'Écosse sont – ou plutôt étaient – de nature privée et purement personnelle. L'idée vient uniquement de lui, il ne l'a jamais consignée par écrit ni formulée sur aucun support électronique. Il n'en a jamais discuté avec qui que ce soit, ni avec les membres de son cabinet ni avec son épouse. Il a exprimé cette

---

1. Mallette contenant les codes, modifiés quotidiennement, permettant au président des États-Unis d'autoriser l'utilisation d'armes nucléaires. Elle est gardée par un officier qui accompagne le président dans tous ses déplacements. *(N.d.T.)*

idée pour la première fois dans sa conversation avec la présidente Juarez, pour voir quel soutien il pourrait éventuellement attendre d'elle s'il formulait officiellement cette demande.

Lorsque vous avez publié cette information, mademoiselle Manzoni, nous sommes certains que ni la Présidente ni le Premier ministre n'en avaient discuté avec qui que ce soit. Vous comprenez donc la situation. *La seule source possible de votre information est la conversation à bord de l'hélicoptère présidentiel.*

Hiram se leva pour se placer à côté du fauteuil de Kate.

— Il n'est pas question qu'elle révèle ses sources à un crétin comme vous.

Mavens se frotta le visage, puis se carra dans son fauteuil.

— Permettez-moi de vous dire, monsieur, que mettre le Président sur écoutes est un délit qui risque de vous coûter cher. Une équipe polyvalente s'est constituée pour enquêter sur cette affaire. La Présidente est furieuse. OurWorld va peut-être devoir fermer ses portes. Quant à vous, mademoiselle Manzoni, estimez-vous heureuse si vous échappez à la prison.

— Il faudrait d'abord prouver ce que vous avancez, lui dit Hiram. Je peux faire établir qu'aucun des employés de OurWorld ne s'est approché de *Marine 1* pour y dissimuler un micro ou quoi que ce soit d'autre. Cette équipe polyvalente que vous dirigez...

— Je n'ai jamais dit que je la dirigeais, fit Mavens avec un toussotement. J'en fais partie, c'est tout. En fait, c'est le chef du Bureau en personne qui...

Hiram demeura bouche bée.

— Sait-il que vous êtes ici ? Non ? Qu'est-ce que vous cherchez à faire, alors, Mavens ? Me piéger ? Me faire chanter, peut-être ? C'est ça ?

Mavens avait l'air de plus en plus mal à l'aise, mais il ne disait rien. Kate posa la main sur le bras de Hiram.

— Nous ferions bien d'écouter ce qu'il a à dire, peut-être, murmura-t-elle.

Hiram dégagea son bras d'une secousse. Il se tourna vers la fenêtre, les mains nouées dans le dos, les épaules agitées de tressaillements furieux.

Kate se pencha vers Mavens.

– Vous dites que vous connaissez le secret de monsieur Patterson. Qu'entendez-vous par là ?

Michael Mavens commença à déballer tout ce qu'il savait sur les trous de ver.

Il sortit de sa serviette une carte qu'il étala sur la table. Elle était tracée à la main sur du papier sans en-tête. De toute évidence, se disait Kate, Mavens entrait dans des spéculations qu'il n'avait pas voulu partager avec ses collègues du FBI, ni même confier à la garde douteuse d'un Écransouple.

– C'est l'itinéraire suivi hier par *Marine 1* au-dessus des faubourgs de La Havane, dit-il. J'ai mis des croix à certains endroits pour marquer la chronologie du vol. Comme vous le voyez, la conversation principale Juarez-Huxtable, qui a duré à peine deux minutes environ, a eu lieu quand l'hélico se trouvait *ici*.

Hiram fronça les sourcils. Il posa le doigt sur une croix à l'intérieur d'un carré juste au-dessous de la position du Sikorsky au début de la conversation.

– Et ça, qu'est-ce que c'est ?

Mavens eut un sourire épanoui.

– Ça, c'est à vous, monsieur Patterson. Il s'agit d'un terminal Dataflux de OurWorld. L'entrée d'un trou de ver, aboutissant à vos installations ici à Seattle. Je pense que c'est ce terminal qui vous a servi à obtenir vos informations.

Les pupilles de Hiram s'étrécirent.

Kate écouta, de plus en plus distraite, les spéculations quelque peu hasardeuses de Mavens sur les micros directionnels et l'effet amplificateur des champs gravitationnels de l'entrée des trous de ver. Sa théorie, telle qu'elle émergeait peu à peu de ses explications confuses, était que Hiram utilisait les liaisons Dataflux pour mettre qui il voulait sur écoutes.

Visiblement, il était tombé par hasard sur une partie de la vérité, mais il n'avait pas encore tout trouvé.

– Mon pauvre, lui dit Hiram sans s'émouvoir, des trous, c'est dans votre théorie qu'il y en a, et si gros qu'on pourrait faire passer un camion à travers.

— Par exemple, renchérit Kate, la capacité que vous prêtez à OurWorld d'introduire une caméra là où il ne peut pas y avoir de terminal Dataflux de trou de ver. N'oubliez pas l'île des Philippines détruite par l'ouragan, ou la gorge profonde de la secrétaire générale Halliwell.

Hiram lui jeta un regard d'avertissement qui disait : *La ferme !*

Mavens avait l'air confus, mais il s'obstina.

— Monsieur Patterson, je ne suis pas physicien. Je n'ai pas encore déduit tous les détails. Mais je suis convaincu que c'est votre technologie des trous de ver qui représente l'avantage que vous avez sur la concurrence en matière de transmission des informations.

— Allons, Hiram, vous voyez bien qu'il a presque tout découvert, murmura Kate.

— Bon Dieu, Manzoni, vous allez vous taire !

Mavens jeta à Kate un regard interrogatif.

— Il veut dire se taire sur l'existence des Camvers, dit-elle.

Mavens sourit.

— *Camvers.* Je devine ce que cela signifie. Je m'en doutais !

— On ne pouvait pas tout nier en bloc. Et vous le saviez, Hiram, avant d'approuver mon reportage. C'était un trop bon tuyau pour qu'on laisse passer ça. À votre place, je lui dirais ce qu'il veut savoir.

Il la fusilla du regard.

— Pourquoi est-ce que je ferais une chose pareille ?

— Parce que, déclara Mavens, je pense pouvoir vous aider.

Mavens contemplait, les yeux écarquillés, la première entrée de trou de ver établie par David. C'était déjà une pièce de musée, une perle d'espace-temps encore emprisonnée dans son bloc de verre.

— Et vous n'avez pas besoin de point d'ancrage ? Vous pouvez ouvrir une boutonnière là où vous voulez, n'importe où ? Épier qui vous voulez ? Avec le son, également ?

— Pas encore, répondit Hiram. Mais le Moteur de Recherche lit très bien sur les lèvres. Et nous avons d'excellents spécialistes humains pour l'assister. À présent, agent spécial, vous allez dire en quoi vous pensez pouvoir m'aider.

Avec réticence, Mavens posa le bloc de verre sur la table.

– Comme mademoiselle Manzoni s'en doute déjà, le reste de l'équipe qui enquête sur vous n'est pas loin derrière moi. Vous pouvez vous attendre à une descente sur vos installations dès demain.

Kate fronça les sourcils.

– Dans ce cas, vous ne devriez pas être ici à nous tuyauter.

– Je sais, répliqua gravement Mavens. Écoutez, je vais être franc avec vous. J'ai la présomption de croire que, sur cette question, j'y vois un peu plus clair que mes supérieurs. Et c'est pourquoi j'ai pris cette initiative. Votre technologie des trous de ver – même ce que j'ai pu en déduire par moi-même – a de formidables potentialités. Elle pourrait faire énormément de bien : aider la justice à confondre les criminels, lutter contre l'espionnage, assurer une surveillance efficace...

– Si elle était dans de bonnes mains.

– Dans de bonnes mains, oui.

– C'est-à-dire les vôtres. Celles du Bureau.

– Pas seulement les nôtres. Mais il faudrait qu'elle soit dans le domaine public, je pense. Je ne puis vous approuver quand vous révélez les détails d'une conversation entre Juarez et Huxtable. Mais lorsque vous dénoncez l'arnaque du projet d'usine de dessalement de Galveston, par exemple, j'applaudis des deux mains. Ça, c'est du journalisme ! En dévoilant le pot aux roses, vous avez évité au gouvernement de perdre des milliards de dollars de fonds publics. Ce genre de journalisme responsable, j'aimerais qu'il continue indéfiniment. Mais je suis fonctionnaire au service du peuple. Et le peuple – c'est-à-dire *nous*, monsieur Patterson – a également besoin de cette technologie.

– Pour mieux s'immiscer dans la vie privée des particuliers ? demanda Kate.

Mavens secoua la tête.

– Toute forme de technologie peut entraîner des abus. Il faudrait prévoir des mécanismes de contrôle. Mais je vous assure – vous n'allez peut-être pas me croire, mademoiselle Manzoni – que nous sommes plutôt intègres, dans la fonction publique. Sans compter que nous avons besoin de toute l'aide que nous pourrons trouver. Les temps qui viennent risquent d'être difficiles, comme vous le savez.

– Absinthe.

– Oui. (Il fronça les sourcils d'un air troublé.) On dirait que les gens refusent de plus en plus toute responsabilité, aussi bien pour eux-mêmes que vis-à-vis des autres et de leur communauté. Plus la criminalité augmente, plus ils deviennent apathiques. On peut penser que le phénomène va aller en s'aggravant, à mesure qu'Absinthe se rapprochera de nous.

Hiram avait l'air intrigué.

– Quelle différence, si Absinthe doit finalement nous anéantir ? Quand j'étais jeune en Angleterre, nous étions tous persuadés que, si la guerre nucléaire éclatait, nous n'aurions guère plus de quatre minutes de préavis. Nous en parlions tout le temps. Qu'est-ce que tu ferais, toi, de tes quatre minutes ? Moi, je me soûlerais à mort et...

– Nous avons encore des siècles, murmura Mavens, et non des minutes. Notre devoir est de permettre à la société de fonctionner au mieux, le plus longtemps possible. Que pourrions-nous faire d'autre ? En attendant, et cela depuis plusieurs décennies, notre pays a plus d'ennemis que n'importe quelle autre nation au monde. Il ne fait aucun doute que la sécurité nationale passe avant le problème des droits individuels.

– Dites-nous ce que vous proposez, demanda Kate.

Mavens prit une profonde inspiration.

– Je cherche à établir les termes d'un marché. Monsieur Patterson, cette technologie vous appartient. Vous avec le droit de l'exploiter pour en tirer profit. Je propose que vous conserviez vos licences et votre monopole industriel. Mais vous autoriseriez le gouvernement à en faire usage dans l'intérêt public, par contrat rédigé dans les règles.

– Vous n'avez aucune autorité pour me faire cette proposition, lança sèchement Hiram.

Mavens haussa les épaules.

– Bien sûr que non. Mais il s'agit bien évidemment d'un compromis raisonnable, un arrangement où tout le monde est gagnant, y compris les citoyens de cette nation. Je suis à peu près sûr de convaincre mon supérieur immédiat. Ensuite...

Kate sourit.

— Vous avez tout misé là-dessus, n'est-ce pas ? C'est si important ?

— Oui, madame. J'en suis convaincu.

Hiram secoua la tête, agacé.

— Foutus gamins, avec votre idéalisme à la gomme.

Mavens était en train de l'observer.

— Quelle est votre réponse, monsieur Patterson ? Vous acceptez de m'aider à vendre mon idée, ou vous préférez attendre la descente de demain ?

— Ils vous seront reconnaissants, Hiram, déclara Kate. Officiellement, tout au moins. *Marine 1* viendra peut-être vous chercher sur votre pelouse, et la Présidente vous épinglera une médaille sur la poitrine. Ce sera un pas de plus vers le centre du pouvoir.

— Pour mes fils et moi, murmura Hiram.

— Oui.

— Et je conserverai mon monopole commercial ?

— Absolument, monsieur.

Abruptement, Hiram eut un grand sourire. Son humeur changea du tout au tout. Il avait accepté sa défaite et révisait déjà ses plans.

— Marché conclu, agent spécial Mavens.

Il se pencha sur la table pour lui serrer la main.

Ainsi, le secret prenait fin. Le pouvoir que la Camver avait conféré à Hiram allait être tempéré. Kate ressentit un immense soulagement.

À ce moment-là, Hiram se tourna vers elle pour la fustiger du regard.

— C'est vous qui avez foutu le bordel, Manzoni. Vous m'avez trahi. Je n'oublierai pas ça.

Et Kate, désarçonnée, comprit qu'il ne plaisantait pas.

10

Les gardiens

Extrait du National Intelligence Daily *publié par la* Central Intelligence Agency *à l'intention des titulaires du statut de sécurité Top Secret et au-dessus, le 12 décembre 2036*

La nouvelle technologie Camver s'est révélée capable d'accéder à des environnements où il est peu pratique, voire impossible, d'envoyer des observateurs humains ou même des caméras robots. Par exemple, les points de vue Camver ont fourni aux scientifiques un moyen sûr à cent pour cent d'inspecter l'intérieur des dépôts de déchets radioactifs dans la réserve nucléaire de Hanford, où depuis plusieurs décennies le plutonium se répand dans le sol, l'air et la rivière. Les Camvers (sous la stricte supervision des représentants fédéraux) sont également précieuses pour inspecter les sites nucléaires profonds au large des côtes écossaises et étudier le cœur des réacteurs noyés dans des sarcophages de béton de l'époque de Tchernobyl qui, bien que mis hors service, polluent encore le sol de l'ex-Union soviétique. Ces inspections ont donné des résultats quelque peu alarmants. (Voir appendices F à H.) [...]

Un groupe de scientifiques dans le secret réclame l'autorisation d'utiliser une Camver pour explorer de manière non intrusive un énorme lac gelé d'eau douce récemment découvert dans les profondeurs de la banquise antarctique. Des biotes anciens et fragiles sont restés enfouis des millions d'années au fond de ces lacs. Dans une obscurité totale, dans des eaux maintenues à l'état liquide par la formidable pression de plusieurs centaines de mètres de glace, les espèces ainsi emprisonnées ont suivi leurs propres chemins évolutionnaires entièrement distincts de ceux des formes de vie de la surface. Les arguments scientifiques avancés paraissent solides. Cette exploration, si elle est réellement non intrusive, permettra d'éviter la destruction immédiate d'espèces particulièrement fragiles tout en étudiant de près leur habitat. Ainsi pourrions-nous faire en sorte que ne se reproduise pas le désastre du début du siècle, où des scientifiques trop zélés ont persuadé les commissions internationales d'ouvrir le lac Vostok, le premier biote gelé découvert. Un groupe d'étude supervisé par le conseiller scientifique à la Maison-Blanche est en train d'étudier la manière dont ces recherches pourraient avoir lieu et dont les résultats pourraient être livrés pour examen critique à la communauté scientifique internationale sans dévoiler l'existence de la Camver en dehors de l'actuel cercle restreint d'initiés...

Le récent sauvetage du roi Harry d'Australie et de sa famille à la suite du naufrage de leur yacht causé par les tempêtes du golfe de Carpentarie a démontré à quel point la Camver était susceptible d'accroître l'efficacité des services d'urgence. Les opérations de recherche et de sauvetage en mer, par exemple, ne devraient plus exiger le déploiement d'importantes flottes d'hélicoptères au-dessus des flots déchaînés, avec une visibilité réduite, mettant en danger la vie de tous les équipages concernés. Le personnel des centres de surveillance pourra localiser en quelques minutes les victimes d'accidents et diriger sans effort les équipes de sauvetage, limitant les risques inévitables courus par les secouristes...

Cette secte d'intégristes chrétiens voulait « commémorer » le deux millième anniversaire (selon ses calculs) de l'attaque du Christ contre les marchands du Temple en faisant exploser une tête nucléaire à impulsion électromagnétique au cœur de toutes les grandes places financières de la planète, y compris New York, Londres, Francfort et Tokyo. Les analystes de l'Agence sont d'accord avec les journalistes spécialisés pour dire que, si elle avait réussi, cette attaque aurait constitué un véritable Pearl Harbor électronique. Le chaos financier qui en aurait résulté, avec la déstabilisation ou la destruction des réseaux de transfert bancaires, des marchés des valeurs et obligations, des opérations boursières, des systèmes de crédit et des lignes de communication, aurait pu, selon ces mêmes analystes, causer un choc global suffisant aux systèmes financiers interdépendants pour déclencher une véritable récession mondiale. C'est en grande partie grâce aux moyens de surveillance mis en place autour de la Camver qu'un tel désastre a pu être évité. À lui seul, ce succès d'une technique mise en œuvre dans l'intérêt public a permis d'économiser, selon certaines estimations, plusieurs billions de dollars, et d'épargner à l'humanité tout entière des souffrances sans nombre, notamment la misère et même la famine.

Extrait de : « Renvers, la Camver Patterson en tant qu'outil individuel de renseignement de précision et autres applications », par Michael Mavens, FBI, article publié dans les Comptes rendus sur le traitement poussé et l'analyse des informations *par le groupe directeur (Communauté du Renseignement), Tyson Corner, Virginie, 12 au 14 décembre 2036*

Les Camvers ont d'abord été introduites pour une période d'essai dans les agences fédérales sous le parapluie d'un groupe de direction et d'évaluation interagences dont je faisais partie. Le groupe de direction comportait des représentants de la *Food and Drug Administration*, du FBI, de la CIA, de la *Federal Communications Commission*, de l'administration fiscale et des instituts nationaux de la Santé. Les formidables possibilités de cette technologie ont vite été démontrées, cependant, et moins de six mois plus tard, avant la fin de la période d'essai, les capacités de la Camver commencent à être mises à contribution par toutes les composantes majeures de notre entreprise de renseignement, c'est-à-dire le FBI, la CIA, la DIA, la NSA et le NRO.

Que représente au juste pour nous la Camver ?

Nous la voyons comme un instrument de contre-espionnage impossible à infiltrer ou à brouiller. Il met un terme à la surveillance et au cryptage relatifs à la course aux armements que nous menons, en gros, depuis les années 1940. Essentiellement, la Camver forme un pont directement avec son sujet à travers l'espace, et fournit des images d'une authenticité absolue, recevables, par exemple, dans une cour de justice. Pour mémoire, signalons qu'aucune image photographique, même accablante, n'a été déclarée recevable par aucun tribunal américain depuis 2010, tant les techniques de trucage ont progressé.

À l'intérieur du pays, les Camvers ont rendu d'inappréciables services dans le domaine des douanes et de l'immigration, dans le contrôle et l'inspection des produits alimentaires et médicamenteux, dans la vérification des candidatures aux postes fédéraux et dans un grand nombre d'applications diverses. En ce qui concerne les procédures de justice en matière criminelle, cependant, bien que l'établissement d'un cadre légal précisant les conditions d'utilisation de cet instrument par l'autorité publique au regard des lois sur la protection de la vie privée tarde à se réaliser, le FBI et certaines équipes de la police ont déjà mis un certain nombre de succès spectaculaires à leur actif, par exemple en dévoilant le projet de l'anarchiste solitaire Subiru F. (qui prétend, entre autres, être le clone de deuxième génération du musicien du XXe siècle Michael Jackson) de faire sauter le Washington Monument.

Qu'il me soit permis de faire remarquer ici que, en 2035, selon les estimations officielles, à peine un tiers de tous les crimes commis ont été signalés à la police, et que, sur ce tiers, un cinquième seulement ont pu être élucidés et donner lieu à l'arrestation des coupables. Le cinquième de un tiers, cela donne à peu près sept pour cent. L'équation de la dissuasion tendait vers zéro. Aujourd'hui, même si les chiffres correspondant à la période d'essai ne sont pas encore connus, on peut penser que le pourcentage des arrestations va grimper de manière spectaculaire. Mesdames et messieurs, nous sommes peut-être à la veille d'une ère où, pour la première fois dans l'histoire de l'humanité, on pourra affirmer sans exagération que le crime ne paie pas.

En ce qui concerne les affaires extérieures, disons simplement que, en 2035, la collecte et l'analyse des renseignements de source étrangère ont coûté à la nation la somme de 75 milliards de dollars, une grande partie de ces renseignements ne servant à rien, puisque notre système de collecte, de nature principalement électronique, récoltait l'ivraie en même temps que le bon grain. À une époque où les menaces auxquelles nous faisons face émanent en général d'États isolés ou de cellules terroristes et sont étroitement ciblées, il apparaît de plus en plus que nos renseignements ont besoin d'être également très ciblés. Le simple fait d'estimer les capacités militaires d'un ennemi, par exemple, ne nous apprend rien sur sa philosophie stratégique, et encore moins sur ses intentions.

Un grand nombre de nos adversaires, cependant, possèdent des technologies aussi sophistiquées que les nôtres, et l'expérience a montré qu'il était difficile, sinon impossible, de pénétrer par les moyens électroniques classiques jusqu'au cœur de leurs opérations. La solution adoptée consiste à faire de nouveau confiance au renseignement humain, c'est-à-dire à l'espionnage. Mais les réseaux d'espions sont, naturellement, difficiles à mettre en place, notoirement peu fiables, et particulièrement vulnérables.

Depuis que nous avons la Camver, tout a changé.

Grâce à elle, nous pouvons, essentiellement, établir une caméra (un « point de vue », selon l'appellation technique) à l'endroit de notre choix, sans aucune intervention physique. Le renseignement à base de Camver (ou Renvers, comme on l'appelle déjà dans les milieux informés) est d'une utilité si précieuse que des postes de surveillance ont déjà été établis pour observer la plupart des dirigeants politiques mondiaux, amis ou non, ainsi que ceux de divers mouvements religieux et fanatiques, ceux des principales multinationales, et ainsi de suite.

La technologie Camver est quelque chose de profondément personnel et intime. Elle permet d'observer un ennemi, si nécessaire, dans l'accomplissement d'actes de toutes sortes pouvant mener à la révélation d'activités illicites, voire au chantage, si nous l'estimons utile. Plus important encore est le tableau que nous sommes maintenant en mesure de dresser sur les intentions réelles d'un adversaire. La Camver nous fournit des renseignements sur ses contacts, par exemple ses fournisseurs d'armes, et nous pouvons disposer de facteurs d'évaluation tels que ses croyances religieuses, son niveau de culture, sa formation, ses sources d'information et les médias qu'il influence.

Mesdames et messieurs, dans le passé, la géographie du terrain était un objectif crucial pour nos services de renseignement. Avec la Camver, nous avons accès à la géographie mentale de notre adversaire.

Avant de passer à l'examen de quelques succès frappants de nos équipes Camver, je voudrais dire un mot sur l'avenir.

La technologie actuelle nous offre un outil capable d'obtenir des images en haute résolution dans tout le spectre visible. Nos chercheurs travaillent en étroite collaboration avec les spécialistes de OurWorld à perfectionner ces techniques de manière à permettre la capture de données non visuelles, en particulier dans l'infrarouge, pour le travail de nuit, et dans le spectre sonore, en rendant les points de vue Camver sensibles aux sous-produits physiques des ondes sonores, qui nous permettront de ne plus compter uniquement sur les mouvements des lèvres pour déchiffrer ce que les gens disent. De plus, nous espérons rendre les points de vue totalement mobiles, afin de pouvoir suivre un objectif en mouvement.

Les points de vue Camver sont, en principe, détectables, et nos équipes d'élite composées d'agents fédéraux et de chercheurs de OurWorld sont en train d'étudier des parades qui permettraient à un ennemi de détecter et, peut-être, d'aveugler une Camver. Ce résultat pourrait être obtenu, par exemple, en injectant des particules à hautes énergies dans un point de vue afin de provoquer l'implosion du trou de ver. Mais nous ne pensons pas que ce genre de chose puisse devenir un jour un obstacle sérieux. Souvenez-vous que la mise en place d'une Camver n'est pas un événement ponctuel, perdu lorsqu'il est dévoilé. Nous pouvons placer autant de points de vue que nous le désirons sur un site donné, indépendamment de leur détection par l'adversaire.

Au demeurant, et jusqu'à nouvel ordre, les agences US ont le monopole de cette technologie. Nos ennemis savent que nous avons accompli d'immenses progrès dans nos méthodes de collecte de renseignement, mais ils ignorent encore par quel moyen nous y parvenons. Non seulement ils ne sont pas près de trouver le moyen de contrer nos Camvers, mais ils ne savent même pas dans quelle direction chercher.

Bien entendu, notre avance en la matière ne saurait durer éternellement. Et cette technologie ne saurait demeurer longtemps secrète. Nous devons commencer à nous préparer à un avenir transformé où la Camver sera tombée dans le domaine public et où nos propres centres de pouvoir et de commandement seront ouverts à nos adversaires comme le sont pour nous les leurs aujourd'hui.

Extrait de : OurWorld International News Hour, *28 janvier 2037*

Kate Manzoni (s'adressant à la caméra) : Par une étrange répétition du scandale de Watergate il y a soixante ans, l'équipe de la Maison-Blanche, sous les ordres de la Présidente, a été publiquement accusée d'avoir cambriolé le quartier général électoral du Parti républicain, considéré comme le principal adversaire de Juarez pour l'élection présidentielle de 2040.

Les Républicains affirment que les révélations faites par l'entourage présidentiel, concernant le financement illicite de la campagne du *Grand Old Party* par différents hommes d'affaires en vue, ne peuvent être fondées que sur des renseignements obtenus par des voies illégales telles que les écoutes ou le cambriolage.

La Maison-Blanche a répliqué en mettant les Républicains au défi de produire la moindre preuve concrète de ces allégations. Jusqu'à présent, le GOP n'a pas réagi...

11

La pastille crânienne

Tandis que Kate le regardait, John Collins se posa sur l'aéroport de Moscou.

Là, il fut accueilli par un homme plus jeune que le Moteur de Recherche ne tarda pas à identifier : Andreï Popov, ressortissant russe, en liaison avec différents groupes de combattants basés dans les cinq pays bordant la mer d'Aral : le Kazakhstan, l'Ouzbékistan, le Turkménistan, le Tadjikistan et le Kirghizstan.

Kate n'était plus très loin.

Avec un sentiment d'ivresse grandissante, elle suivit Collins et Popov de haut tandis qu'ils traversaient Moscou en bus, dans le métro, en voiture et à pied, et même à travers une tempête de neige. Elle aperçut de loin le Kremlin ainsi que le vieux bâtiment très laid du KGB, comme si elle jouait à la touriste virtuelle.

La pauvreté qui régnait partout était frappante. En dépit de sa profession, Collins était le touriste américain typique à l'étranger. Kate vit sur son visage ses frustrations de plus en plus grandes face aux défaillances du téléphone mobile, sa stupéfaction devant les vendeurs de tickets de métro qui utilisaient des bouliers pour calculer la monnaie à rendre, son écœurement devant la saleté repoussante des toilettes publiques, son impatience incrédule lorsqu'il voulut faire appel au Moteur de Recherche et ne reçut aucune réponse.

Elle se sentit profondément soulagée lorsque Collins se rendit dans un aérodrome des faubourgs de Moscou pour monter à bord d'un avion léger et qu'elle put enfin lancer le système qu'elle appelait son pilote automatique.

Dans la pénombre de Technivers, assise devant son Écransouple, elle orientait le point de vue à l'aide d'un joystick et d'un programme d'assistance intelligente. Mais le système avait beau être ingénieux, il fallait une intense concentration pour suivre les déplacements d'une personne dans une ville étrangère. Un seul instant d'inattention pouvait défaire le travail de plusieurs heures.

Mais la technologie Camver était maintenant suffisamment avancée pour qu'elle puisse atteler le point de vue à différentes signatures électroniques, par exemple à l'avion de Collins. Il se trouvait donc à présent ancré, sans qu'elle ait besoin d'intervenir, à l'intérieur de la cabine, au-dessus de l'épaule de l'Américain, tandis que le petit avion s'enfonçait dans le crépuscule russe.

La technique ne cessait de s'améliorer. Les ingénieurs de Technivers cherchaient un procédé permettant d'attacher un point de vue à une personne donnée sans aucune intervention humaine. La percée était imminente.

Elle repoussa son fauteuil en arrière et s'étira. Elle était plus fatiguée qu'elle ne l'aurait pensé. Il y avait longtemps qu'elle n'avait pas pris de repos.

Distraitement, elle jeta un coup d'œil aux images en continu de la Camver. La nuit tombait sur l'Asie centrale. À travers le hublot du petit avion, elle apercevait un paysage ravagé, avec des bandes brunes de terrain désolé, encore inhabitable quarante ans après la chute de l'Union soviétique avec son ignoble mépris pour le pays et ses habitants.

Elle sentit une main qui se posait sur son épaule, des pouces vigoureux qui malaxaient ses muscles noués à cet endroit. Elle avait tressailli, mais le contact était familier, et elle ne put s'empêcher de s'abandonner à la sensation de bien-être.

Bobby déposa un baiser sur le haut de son crâne.

— J'étais sûr que je te trouverais ici. Tu sais quelle heure il est ?

Elle consulta l'horloge de son Écransouple.

— Tard dans l'après-midi ?

Il se mit à rire.

— À Moscou, peut-être. Mais ici, c'est Seattle, État de Washington, hémisphère occidental, et il n'est que dix heures du matin. Tu as bossé toute la nuit. Une fois de plus. Et j'ai comme l'impression que tu m'évites, ces derniers temps.

Agacée, elle répliqua :

— Tu ne comprends pas, Bobby. Je suis sur les talons de ce type, et c'est un travail qui m'occupe vingt-quatre heures sur vingt-quatre. Collins est un agent de la CIA, et son boulot consiste à ouvrir des voies de communication entre notre gouvernement et différents groupes insurrectionnels clandestins de la mer d'Aral. Il se passe là-bas des choses dont la Maison-Blanche ne veut pas que nous soyons informés.

— Heureusement, fit Bobby d'une voix grave et facétieuse, la Camver est là et voit tout.

Il portait une combinaison de ski de couleur vive, thermorégulatrice, très coûteuse. Dans la chaleur de cette salle de Technivers, elle vit que les pores artificiels s'étaient ouverts, laissant voir l'éclat satiné, café au lait, de sa peau bronzée. Il se pencha vers l'Écransouple, étudia un instant l'image et les notes qu'elle avait griffonnées.

— Combien de temps dure le vol ? demanda-t-il.

— Je n'en sais rien. Quelques heures.

Il se redressa.

— Tu peux faire une pause, dans ce cas. Ta cible ne peut pas bouger de cet avion jusqu'à ce qu'il atterrisse ou qu'il se crashe, et la Camver ne va pas le quitter des yeux. De plus, il est en train de dormir.

— Mais il est avec Popov. S'il se réveille...

— Les enregistreurs ne perdront rien de ce qu'il dira ou fera. Viens. Accorde-toi une petite détente. Et à moi aussi.

Mais je ne veux pas être avec toi, Bobby, pensa-t-elle, *parce qu'il y a des choses dont je n'ai pas envie qu'on discute.*

Et pourtant...

Et pourtant, elle se sentait toujours attirée par lui, malgré ce qu'elle savait maintenant sur lui.

— Tu deviens trop compliquée, Kate. Trop introvertie. Ça te fera du bien de quitter un peu cet endroit sans vie.

Avec un sourire forcé, elle prit sa main tendue.

C'était une belle et paisible journée, un répit agréable au milieu de la succession de tempêtes à présent devenues habituelles sur la côte du Pacifique.

Tenant à la main des Thermos de café au lait, ils traversèrent les jardins que Hiram avait fait aménager autour des bâtiments de Technivers. Il y avait des tertres, des bassins, des ponts sur des cours d'eau, et d'énormes arbres que Hiram avait fait importer à grands frais, sans discernement et sans goût, ce qui était typique de sa façon d'agir, se disait Kate. Mais le ciel était d'un bleu limpide, éclatant, et le soleil d'hiver était sensible sur la joue de Kate. Ils laissaient derrière eux des empreintes noires dans l'herbe argentée encore imprégnée de rosée.

Ils s'assirent sur un banc. Il était thermo-intelligent, et s'était suffisamment chauffé pour sécher la rosée. Ils s'installèrent pour boire leur café.

– Je suis quand même sûr que tu m'évites, murmura Bobby.

Elle vit que ses implants rétiniens s'étaient polarisés à la lumière solaire, prenant une coloration argentée, chitineuse.

– C'est à cause de la Camver, n'est-ce pas ? reprit-il. Ce sont les implications morales qui te dérangent ?

Avec un opportunisme qui lui fit honte, elle saisit la perche au vol.

– Bien sûr que ça me dérange. Une technologie d'une telle potentialité...

– Mais tu étais présente lorsque nous avons conclu cet accord avec le FBI... Un accord qui a mis la Camver entre les mains du peuple...

– Bobby, Bobby ! Le « peuple » ne sait même pas que cette fichue technologie existe, et encore moins que les agences du gouvernement l'utilisent contre lui ! Regarde tous les fraudeurs qui se sont fait prendre par le fisc, les parents qui trichaient sur leurs enfants à charge, l'application de la loi Brady sur les acquéreurs d'armes à feu, les auteurs de crimes sexuels...

– Mais c'est pour le bien commun, n'est-ce pas ? Tu veux peut-être dire que tu ne fais pas confiance au gouvernement ? On n'est plus au XXe siècle !

Elle laissa entendre un grognement.

— Rappelle-toi le mot de Jefferson : « Le gouvernement dégénère quand on le confie aux seuls dirigeants du peuple. Seul le peuple lui-même, par conséquent, peut en être le dépositaire légitime. » Et n'oublie pas le cambriolage du Parti républicain. C'était dans l'intérêt du peuple, d'après toi ?

— Tu n'as pas la preuve que la Maison-Blanche y soit pour quelque chose.

— Qui d'autre ? fit Kate en secouant la tête. J'ai demandé à Hiram de me laisser enquêter là-dessus. Il n'a rien voulu savoir. C'est un pacte faustien que nous avons conclu, Bobby. Les membres de l'administration et des agences gouvernementales, sans être nécessairement des escrocs, n'en sont pas moins humains. En leur donnant une arme secrète d'une telle puissance... Je ne me ferais même pas confiance à moi-même, Bobby. L'incident avec les Républicains n'est que le début d'un cauchemar digne de Orwell qui va nous tomber dessus.

Quant à Hiram, je ne sais pas si tu as idée de la manière dont il traite son personnel. Les candidats doivent passer des tests de sélection poussés qui vont jusqu'au séquençage de leur ADN. Il établit le profil de tous ses employés en faisant des recherches dans les banques de données des organismes de crédit, dans les dossiers de la police et même dans les archives fédérales. Il a déjà mis au point des centaines de manières de mesurer la productivité et le rendement, et surveille tout le monde en toutes occasions. Maintenant qu'il dispose de la Camver, il peut exercer cette surveillance jour et nuit, en tout lieu, et il n'y a rien que nous puissions faire pour l'en empêcher. Il y a eu toute une série de précédents judiciaires qui ont établi que les employés ne disposent d'aucune protection constitutionnelle contre la surveillance abusive exercée par leur patron à leur encontre.

— Mais il a besoin de tout ça pour que le travail continue à se faire, protesta sèchement Bobby. Depuis que tu as dévoilé l'existence d'Absinthe, l'absentéisme a grimpé en flèche, de même que l'utilisation de l'alcool et autres stupéfiants sur les lieux de travail, de sorte que...

— Tout cela n'a aucun rapport avec Absinthe, déclara Kate d'un air sévère. Il s'agit de droits fondamentaux. Tu ne comprends donc pas ? OurWorld préfigure l'avenir qui nous attend tous si des monstres comme Hiram conservent le monopole de la Camver. Il est très important que cette technologie soit disséminée, aussi loin et aussi rapidement que possible. Il faut que les observés puissent regarder ceux qui les épient. C'est le seul moyen.

Elle scruta le regard argenté de ses yeux d'insecte.

— Merci de la leçon, dit-il sans se démonter. Je suppose que c'est pour ça que tu me bats froid ?

Elle détourna les yeux.

— Ça n'a rien à voir avec la Camver, n'est-ce pas ? demanda-t-il en se penchant en avant d'un air de défi. C'est quelque chose dont tu ne veux pas me parler. Il y a plusieurs jours que tu es comme ça. Plusieurs semaines, même. Dis-moi ce que c'est, Kate. N'aie pas peur de me faire du mal. Je suis blindé.

Tu as sans doute raison, pensa-t-elle. *Et c'est justement là qu'est le problème, mon pauvre Bobby.*

Elle se tourna pour lui faire face.

— La pastille, Bobby. L'implant que Hiram t'a placé dans le crâne quand tu était petit...

— Oui ?

— J'ai trouvé à quoi il sert. À quoi il sert *réellement.*

L'instant sembla se prolonger indéfiniment, et elle sentit le soleil lui piquer la peau, chargé d'UV bien que l'année ne fût pas encore très avancée.

— Dis-moi, murmura-t-il d'une voix calme.

Les routines spécialisées du Moteur de Recherche avaient tout expliqué à Kate d'une manière succincte. C'était une opération neurobiologique classique, typique des techniques manipulatives de la chirurgie cérébrale du début du XXIe siècle.

Et cela n'avait rien à voir avec la dyslexie ou l'hyperactivité, comme l'avait prétendu Hiram.

Pour commencer, ce dernier avait supprimé la stimulation nerveuse des aires du lobe temporal du cerveau de Bobby associées aux sentiments de transcendance spirituelle et de présence mystique. Ses neurochirurgiens avaient charcuté une partie du noyau caudé pour essayer de s'assurer que Bobby ne souffrirait pas de symptômes en rapport avec les dérèglements obsessionnels compulsifs qui entraînent certaines personnes dans la recherche excessive de la sécurité, de l'ordre, de la prévisibilité et du rituel. Besoin satisfait, dans certaines circonstances, par l'appartenance à une communauté religieuse.

De toute évidence, Hiram avait voulu protéger Bobby des instincts religieux qui avaient touché son frère. L'univers de Bobby devait rester mondain, matériel, dépourvu de tout caractère mystique ou transcendant. Il ne devait même pas s'apercevoir de ce qui lui manquait. C'était, se disait Kate avec amertume, une véritable déiectomie.

L'implant posé par Hiram servait aussi à modifier l'interaction complexe des hormones, neurotransmetteurs et zones du cerveau stimulés lorsque Bobby faisait l'amour. Par exemple, il inhibait la production d'oxytocine, cette hormone de type opioïde libérée par l'hypothalamus au moment de l'orgasme et qui était responsable du sentiment de chaleur, de bien-être et de rapprochement qui suivait l'acte.

À la suite d'une série de liaisons amoureuses de haute volée, discrètement provoquées, encouragées et même annoncées à la presse par Hiram, Bobby avait acquis la réputation d'un champion olympique en matière sexuelle. Il tirait de l'acte proprement dit un grand plaisir physique, mais son père l'avait rendu incapable d'aimer. Sans doute avait-il prévu que Bobby, faute de pouvoir être fidèle à une personne du sexe opposé, concentrerait toutes ses capacités de loyauté sur son père.

Il y avait plus encore. Par exemple, une certaine liaison avec la zone profonde du cerveau de Bobby appelée noyau amygdalien représentait peut-être une tentative de freiner sa propension à se mettre en colère. Quant à la mystérieuse manipulation qui avait laissé des traces sur son cortex orbito-frontal, elle avait peut-être eu pour but de réduire son libre arbitre. Et ainsi de suite.

Déçu par David, Hiram avait voulu avoir un fils parfait en la personne de Bobby. Parfait en ce sens qu'il correspondrait entièrement aux intentions qu'il avait à son égard. Mais ce faisant il l'avait dépouillé de presque tout ce qui faisait de lui un être humain.

Jusqu'à ce que Kate Manzoni découvre la pastille dans sa tête.

Elle le conduisit dans le petit appartement qu'elle avait pris en location au centre de Seattle. Là, ils firent l'amour, pour la première fois depuis plusieurs semaines.

Après quoi Bobby resta dans ses bras, sa peau moite contre celle de Kate là où leurs corps se touchaient, aussi collés que possible l'un à l'autre, et pourtant éloignés. C'était comme si elle essayait d'aimer un étranger.

Mais maintenant, au moins, elle comprenait pourquoi.

Elle posa la main sur sa nuque. Elle sentit sous la peau les contours durs de l'implant.

— Tu es certain de vouloir le faire ?

Il hésitait.

— Ce qui m'ennuie, c'est que j'ignore ce que je ressentirai après... Serai-je toujours moi-même ?

Elle chuchota à son oreille :

— Tu te sentiras vivant. *Humain.*

Il retint sa respiration un instant, puis murmura, si faiblement qu'elle l'entendit à peine :

— Fais-le.

Elle tourna la tête.

— Moteur de Recherche.

— Oui, Kate.

— Déconnexion.

... et pour Bobby, encore imprégné de la chaleur de l'orgasme, ce fut comme si la femme qu'il tenait dans ses bras était soudain devenue tridimensionnelle, tangible et entière, comme si elle venait de prendre vie. Tout ce qu'il voyait, touchait, sentait – l'odeur chaude et cendrée de ses cheveux, la courbe exquise de sa joue là où la lumière rasante l'éclairait, la douceur satinée de son ventre – tout cela existait avant, mais c'était comme s'il avait percé un revêtement pour atteindre la vraie Kate à l'intérieur. Il vit qu'elle le regardait avec une intensité pleine de sollicitude. Elle s'inquiétait pour lui, se dit-il avec un tressaillement qui lui procura une sensation nouvelle. Il n'était plus seul. Et avant cela, il ne savait même pas qu'il l'était.

Il ne désirait qu'une chose, s'immerger en elle comme en un océan.

Elle lui toucha la joue. Quand elle retira sa main, il vit que ses doigts étaient mouillés.

Il sentait maintenant les profonds sanglots qui le secouaient tout entier, incontrôlables. L'amour et la souffrance le traversaient, brûlants, exquis, insupportables.

12

Espace-temps

Le chaos intérieur ne voulait pas s'apaiser.

Il essaya de se distraire l'esprit. Il reprit des activités qui lui plaisaient naguère. Mais même les aventures virtuelles les plus extravagantes lui semblaient creuses, visiblement artificielles, prévisibles, lassantes.

Il avait besoin des gens, même s'il fuyait ceux qui l'entouraient. Il était comme un papillon de nuit qui se brûle à la flamme d'une bougie, incapable de supporter l'intensité des émotions qui l'assaillaient. Il acceptait des invitations qu'il aurait ignorées avant, parlait à des gens avec lesquels il n'avait jamais eu aucune affinité jusque-là.

Le travail lui était d'un grand secours, avec son besoin constant et rassurant de concentration, sa logique implacable de rencontres et de rendez-vous, et ses répartitions.

Il y avait énormément à faire. Les nouveaux frontaux virtuels Œilmental sortaient à peine des bancs d'essai, et la production allait bientôt commencer. Les équipes d'ingénieurs venaient de résoudre la dernière difficulté technique : une tendance que les frontaux avaient à causer à leur utilisateur un certain degré de synesthésie, une confusion des influx sensoriels provoquée par un phénomène de diaphonie touchant les centres cérébraux. C'était une occasion à célébrer. Ils n'ignoraient pas que le fameux labo de recherche Watson, chez IBM, travaillait exactement sur la même question. Celui qui résoudrait le premier le problème de synesthésie aurait la clé du marché et s'assurerait une avance confortable pour de nombreuses années à venir. Et cette course-là, il semblait bien, à présent, que c'était OurWorld qui l'avait gagnée.

Bobby avait du pain sur la planche, mais il ne pouvait tout de même pas travailler vingt-quatre heures sur vingt-quatre, ni dormir pendant tous ses loisirs. Cependant, quand il était éveillé sans rien faire, son esprit libéré ne tenait plus en place.

L'Autopic de son véhicule le conduisit sans heurt jusqu'à Technivers, mais il était mort de peur tant la circulation était dense et les vitesses élevées. Un article banal sur des faits divers – meurtres et viols en série – survenus au voisinage de la mer d'Aral, où la guerre de l'eau menaçait d'éclater, lui tira des sanglots amers. Le coucher de soleil sur le Puget Sound, entrevu à travers une déchirure de la couverture de gros nuages noirs, l'emplit d'extase à la simple idée d'être en vie.

Quand il se trouva en présence de son père, la terreur, le mépris, l'amour et l'admiration le bouleversèrent, sur un fond de lien indissoluble.

Mais, au moins, il était capable de lui faire face. Ce n'était pas comme avec Kate. Le besoin de plus en plus fort qu'il ressentait de la chérir, de la posséder, de la dévorer, en quelque sorte, était trop intense pour lui. En sa compagnie, il devenait paralysé, incapable de contrôler ni son esprit ni son corps.

Elle comprenait ce qu'il ressentait, et le laissait tranquille. Il savait qu'elle serait là quand il serait prêt à lui faire face et à reprendre leur relation interrompue.

Avec elle comme avec Hiram, il avait au moins conscience des raisons pour lesquelles il réagissait comme il le faisait. Il pouvait mettre une étiquette sur les émotions violentes qui l'assaillaient. Mais il était surtout désarçonné par les soudains changements d'humeur dont il était le siège, sans la moindre raison apparente.

Il lui arrivait de se réveiller en pleurant sans savoir pourquoi. Au milieu d'une journée comme les autres, il se trouvait tout à coup envahi par une joie indescriptible, comme si tout prenait subitement un sens.

Son existence antérieure lui semblait lointaine, dénuée de texture, comme une esquisse terne au crayon. Alors que maintenant, il se sentait immergé dans un nouveau monde en couleurs, plein de lumière et de consistance, où les choses les plus simples – l'enroulement d'une jeune feuille de printemps, l'éclat d'un rayon de soleil sur l'eau, la courbe tendre de la joue de Kate – pouvaient avoir une beauté dont il n'avait jamais soupçonné l'existence auparavant.

Et Bobby – ou le fragile ego flottant à la surface de ce noir océan interne – allait devoir apprendre à vivre avec le personnage nouveau, complexe et déroutant qu'il était soudain devenu.

C'est pour cette raison qu'il avait rendu visite à son frère.

Il retirait un grand réconfort de la présence solide et patiente de David à ses côtés. Avec sa stature d'ours et ses cheveux blonds en broussaille, penché sur ses Écransouples, immergé dans son travail, satisfait de la logique et de la consistance interne de ce qu'il faisait, griffonnant ses notes avec une légèreté surprenante, David donnait une impression de personnalité massive aussi solide que son physique. À côté de lui, Bobby se sentait futile, frêle comme une brindille, et pourtant subtilement apaisé.

Par cet après-midi particulièrement froid pour la saison, ils étaient assis, leur café à la main, attendant le résultat de la dernière série d'essais visant à ouvrir un trou de ver dans l'écume quantique, plus loin qu'ils ne l'avaient jamais fait auparavant.

– Je comprends qu'un théoricien veuille étudier les limites de sa technologie, déclara Bobby. Il faut toujours pousser le bouchon aussi loin qu'on peut. Mais la percée principale a déjà été réalisée, et il me paraît plus important, à présent, de songer aux applications.

– Naturellement, reconnut David avec un petit sourire. Les applications, c'est ce qui compte par-dessus tout. Mais l'objectif de Hiram est de remplacer la production des trous de ver à partir de manipulations des hautes énergies, uniquement à la portée des gouvernements et des grosses entreprises, par quelque chose de plus petit, moins coûteux et plus accessible. Plus simple à fabriquer, aussi.

– Comme la miniaturisation des ordinateurs.

– Exactement. Ce n'est qu'à partir de l'apparition des PC que la planète a été envahie par les ordinateurs. Ce qui a permis de découvrir de nouvelles applications, de créer de nouveaux marchés, et de transformer notre mode de vie tout entier, en fait. Hiram sait très bien que nous ne conserverons pas longtemps notre monopole. Tôt ou tard, quelqu'un va découvrir un procédé légèrement différent pour obtenir une Camver. Il sera peut-être supérieur au nôtre. Et la miniaturisation et la réduction des coûts ne tarderont pas à suivre.

— La vocation de OurWorld est d'être toujours premier sur le marché, murmura Bobby. Je vois d'ici tous les petits générateurs de trous de ver que nous allons fabriquer.

— C'est la stratégie de Hiram, en tout cas. Selon sa vision des choses, la Camver est destinée à prendre la place de tout un tas d'instruments collecteurs de données : caméras, microphones, sondes médicales, même. Bien que l'idée d'un endoscope trou de ver ne me paraisse pas très ragoûtante a priori.

Quoi qu'il en soit, comme je te l'ai déjà dit, j'ai fait quelques études de marketing, moi aussi, Bobby. Avec une Camver fabriquée en série, nous pourrions inonder le marché, nous aurions suffisamment d'avance pour écraser la concurrence. Mais j'ai la ferme conviction que nous pouvons aller beaucoup plus loin. Découvrir des applications que personne d'autre n'est capable d'offrir au public. Et c'est pour cela que ces recherches m'intéressent. (Il sourit.) En tout cas, je m'efforce de convaincre Hiram que c'est pour atteindre cet objectif qu'il dépense tout cet argent dans ce labo.

Bobby le dévisagea curieusement. Il essayait de se concentrer sur le visage de son frère, sur Hiram, sur la Camver, dans l'espoir d'y comprendre quelque chose.

— Ce que tu veux, c'est savoir, n'est-ce pas ? Il n'y a rien d'autre qui t'intéresse vraiment.

David hocha la tête.

— Tu peux l'exprimer ainsi, si ça te plaît. Mais la science, la plupart du temps, c'est un pur travail de patience, bon pour la piétaille. De la bouillie répétitive, des vérifications et des revérifications sans fin. Et, dans la mesure où les fausses hypothèses doivent être sérieusement élaguées, une grande partie du boulot est en fait plus destructrice que constructive. Occasionnellement, cependant, mais ça n'arrive que de très rares fois dans une vie, et encore si on a de la chance, il y a des moments de transcendance.

— Transcendance ?

— Tout le monde ne l'exprimerait pas ainsi. Mais c'est la manière dont je ressens personnellement la chose.

— Et ça t'est égal de savoir qu'il n'y aura plus personne pour lire tes articles dans cinq cents ans ?

— J'aimerais mieux que ça ne se passe pas ainsi. Ce ne sera peut-être pas le cas. Mais ce qui importe, c'est la révélation, Bobby. Il en a toujours été ainsi.

Sur l'écran derrière lui, il y eut une explosion étoilée de pixels, et une faible sonnerie se fit entendre dans le grave.

— Je ne crois pas que ce sera pour aujourd'hui, soupira David.

Bobby regarda l'écran par-dessus l'épaule de son frère. Des nombres étaient en train de défiler.

— Encore une instabilité ? demanda-t-il. On se croirait revenu au début des trous de ver.

David enfonça une touche pour donner le départ à un nouvel essai.

— Nous sommes un peu plus ambitieux que cela, dit-il. Nos Camvers peuvent déjà toucher la Terre entière, même à des distances de plusieurs milliers de kilomètres. Ce que j'essaie de faire à présent, c'est créer et stabiliser un trou de ver qui couvre des intervalles significatifs de l'espace-temps de Minkowski. Plusieurs dizaines de minutes-lumière, en fait.

Bobby leva la main.

— Attends, j'avoue que je suis un peu largué. Une minute-lumière, c'est la distance que parcourt la lumière en une minute, exact ?

— Oui. Par exemple, la planète Saturne se trouve à environ un milliard et demi de kilomètres de nous. Ce qui représente à peu près quatre-vingts minutes-lumière.

— Et nous avons envie de voir Saturne.

— Évidemment. Ne serait-ce pas formidable d'avoir une Camver qui pourrait explorer l'espace ? Finies les sondes qui tombent en panne, les missions qui durent des années... Mais la difficulté est que les trous de ver couvrant de si grands intervalles sont extrêmement rares dans l'écume quantique probabiliste, et le seul fait de les stabiliser représente un défi mille fois plus complexe que jusqu'à présent. Néanmoins, c'est théoriquement faisable.

– Pourquoi parles-tu d'« intervalles » et non de distances ?

– Jargon de physicien. Désolé. Un intervalle, c'est comme une distance, mais dans l'espace-*temps*. C'est-à-dire l'espace plus le temps. Prends le théorème de Pythagore. (Il sortit un petit carnet jaune sur lequel il se mit à griffonner.) Mettons que tu te rendes en ville. Tu te déplaces vers l'est de quelques rues, puis vers le nord de quelques rues encore. Si tu veux savoir quelle distance tu as parcourue, voilà ce qu'il faut faire.

Il tourna le carnet vers lui.

$$(\text{distance})^2 = (\text{est})^2 + (\text{nord})^2$$

– Tu a parcouru les deux côtés d'un triangle rectangle, dit-il. Or, le carré de l'hypoténuse est égal au carré de...

– Ça, je le sais. Je l'ai appris à l'école.

– Mais pour nous autres physiciens, l'espace et le temps constituent la même entité, et le temps est une quatrième coordonnée à ajouter aux trois coordonnées spatiales.

Il écrivit de nouveau dans son carnet.

$$(\text{intervalle})^2 = (\text{différence de temps})^2 - (\text{différence d'espace})^2$$

– Cela s'appelle la métrique d'un espace-temps de Minkowski, reprit-il. Et...

– Comment peux-tu, dans la même foulée, comparer une différence de *temps* et une différence d'*espace* ? s'étonna Bobby. Le temps se mesure en minutes, et l'espace en mètres...

David hocha la tête d'un air approbateur.

– Bonne question. Il faut utiliser une unité dans laquelle l'espace et le temps sont équivalents. (Il dévisagea Bobby pour voir s'il comprenait.) Disons que, si tu mesures le temps en minutes et l'espace en minutes-lumière, ça marchera parfaitement.

– Mais il y a autre chose qui me turlupine. Pourquoi un signe moins plutôt qu'un plus ?

David frotta son nez charnu avant de répondre.

– La carte de l'espace-temps n'est pas tout à fait comparable à celle du centre de Seattle, Bobby. La métrique est conçue de manière que le trajet d'un photon – une particule qui se déplace à la vitesse de la lumière – soit égal à un intervalle nul. Un intervalle zéro, parce que les termes espace et temps s'annulent.

– Ça, c'est la relativité. C'est en rapport avec la dilatation des durées, la contraction des longueurs et...

– Bravo ! fit David en donnant une tape sur l'épaule de Bobby. C'est exactement ça. La métrique est invariante dans la transformation de Lorentz. Mais peu importe. Ce qui compte, Bobby, c'est que je suis obligé de faire appel à ce genre d'équation quand je travaille dans un univers relativiste, et à plus forte raison si j'essaie d'ouvrir un trou de ver qui s'étende jusqu'à Saturne et au-delà.

Bobby retourna dans sa tête l'équation très simple écrite à la main. Toujours en proie à un tourbillon émotionnel, il sentit une froide logique le parcourir, nombres, équations et images s'entremêlant dans sa tête comme s'il souffrait lui aussi d'une espèce de synesthésie intellectuelle. Lentement, à voix basse, il articula :

– Si je comprends bien, David, tu es en train de m'expliquer que les distances, dans l'espace et le temps, sont en quelque sorte équivalentes. C'est bien cela ? Tes trous de ver couvrent des intervalles d'espace-temps au lieu de simples distances. Ce qui signifie que, si tu réussis vraiment à stabiliser un trou de ver assez important pour atteindre Saturne à quatre-vingts minutes-lumière d'ici...

– Oui ?

– Il aura parcouru en même temps quatre-vingts minutes. Quatre-vingts minutes de *temps* ! (Il ouvrit de grands yeux en regardant David.) Ou alors, c'est que je suis vraiment borné.

David demeura silencieux durant plusieurs secondes.

– Dieu du ciel, murmura-t-il enfin, je n'avais même pas considéré cette possibilité ! J'ai configuré un trou de ver couvrant un intervalle sans même tenir compte du facteur temps ! (Fiévreusement, il se mit à pianoter sur le clavier de l'Écransouple.) Je vais le reconfigurer immédiatement. Si je limite l'intervalle de genre « espace » à deux mètres, par exemple, le reste de la portée du trou de ver sera obligé de se convertir en intervalle de genre « temps » !

– Ce qui signifierait quoi, David ?

Un vibreur se fit entendre, beaucoup trop fort, désagréable à l'oreille, et le Moteur de Recherche parla :

— Hiram voudrait vous voir, Bobby.

Ce dernier jeta un coup d'œil à David. Soudain, une peur absurde l'avait envahi.

Son frère lui fit un signe de tête distrait. Il était déjà absorbé dans ses nouveaux calculs.

— Je t'appelle dès que j'ai du nouveau, Bobby. Ça pourrait être important. Très important.

Il n'avait plus de raison de s'attarder ici. Il sortit dans l'obscurité de Technivers.

Hiram marchait de long en large dans son bureau en ville. Visiblement furieux, il serrait les poings. Kate était assise à la grande table de conférences. Elle se faisait toute petite.

Bobby hésita sur le seuil. Il prit quelques inspirations rapides, incapable de se décider à entrer tant les émotions qui bouillonnaient en lui étaient puissantes. Mais Kate le regardait, et elle lui sourit.

Il s'avança dans la salle. Il choisit la relative sécurité d'un fauteuil en face d'elle.

Il tremblait, incapable de dire un mot. Hiram lui jeta un regard furibond.

— Tu m'as trahi, espèce de petit con.

— Pour l'amour du ciel, Hiram ! s'interposa Kate.

— Restez en dehors de ça, vous !

Hiram donna un coup sur la table, et un Écransouple incorporé à la surface en plastique s'éclaira devant Bobby. Des fragments de reportage commencèrent à défiler. Il y avait des images qui montraient Bobby, et d'autres Hiram, beaucoup plus jeune. On vit une jeune femme assez jolie, à l'air timide, vêtue de manière démodée, avec des couleurs ternes. Puis, tout de suite après, la même personne, environ vingt ans après, l'œil intelligent, très belle, mais l'air fatigué. Et au coin de chaque image, il y avait le logo de Earth News Online.

— On l'a retrouvée, Bobby, fit Hiram. Grâce à toi. Parce que tu ne pouvais pas fermer ta grande gueule, c'est ça ?

— Retrouvé qui ?

— Ta mère.

Kate interrogeait déjà l'Écransouple devant elle pour avoir d'autres informations.

— *Heather Mays*, dit-elle. C'est son nom ? Elle s'est remariée. Et elle a une fille. Tu as une demi-sœur, Bobby.

Hiram aboya :

— Je vous ai dit de ne pas vous mêler de cette affaire, espèce d'emmerdeuse. Sans vos manigances, rien de tout ça ne serait arrivé.

Bobby, qui faisait des efforts désespérés pour se maîtriser, demanda :

— Qu'est-ce qui ne serait pas arrivé ?

— Ton implant serait resté en place et aurait continué d'accomplir son office. De te maintenir stable et heureux. Bon Dieu, j'aurais bien aimé que quelqu'un me mette un truc comme ça dans la tête quand j'avais cet âge-là. Ça m'aurait évité tout un tas d'ennuis. Et toi, ça t'aurait évité de tout déballer à ce Schirra.

— Schirra ? Dan Schirra, de l'ENO ?

— Oui, sauf qu'il ne se faisait pas appeler ainsi quand vous vous êtes rencontrés la semaine dernière. Que t'a-t-il fait ? Il t'a soûlé jusqu'à ce que tu te mettes à pleurnicher sur ta maman perdue et ton méchant papa ?

— Je me souviens, murmura Bobby. Mais il s'appelle Mervyn. Mervyn Costa. Je le connais depuis longtemps.

— Tu parles ! Il t'a cultivé patiemment, pour ENO, afin de m'atteindre, moi. Tu ignorais qui il était, mais ton implant, jusqu'à ce que tu l'enlèves, t'aidait à rester réservé et à garder la tête froide. Et maintenant, tu vois le résultat. La chasse est ouverte, on tire à vue sur Hiram Patterson. Tout ça c'est votre putain de faute, Manzoni.

Kate était toujours en train de consulter son écran, d'un hyperlien à l'autre.

— Ce n'est pas moi qui ai sauté cette pauvre fille avant de la laisser tomber il y a vingt ans ! lâcha-t-elle.

Elle tapa sur son Écransouple, et un rectangle s'illumina devant Hiram.

— Schirra a des preuves accablantes, dit-elle. Regardez.

Bobby regarda aussi, par-dessus l'épaule de son père. L'écran montrait Hiram assis à une table – celle-là même devant laquelle ils se trouvaient en ce moment, dans cette salle, vit-il avec un choc –, en train de signer une pile de papiers, en ajoutant parfois une mention à la main. L'image était instable, elle avait du grain, mais elle était suffisamment claire. Hiram prit un nouveau document, secoua la tête d'un air de dégoût, puis le signa rapidement avant de le poser, texte en dessous, sur la pile qui se trouvait à sa droite.

Juste après, l'image repassa au ralenti, avec un zoom sur le document. En gros plan, avec reconstitution, il était possible de lire une partie du texte.

— Vous voyez ? fit Kate. On vous a pris la main dans le sac en train de signer un avenant au contrat de paiement que vous avez conclu avec Heather il y a plus de vingt ans.

Hiram se tourna vers Bobby d'un air penaud.

— C'était terminé entre nous depuis longtemps, dit-il. Nous avons signé un accord à l'amiable. Je l'ai aidée dans sa carrière. Elle fait des documentaires. Elle a bien réussi.

— Ça n'a été pour lui qu'une reproductrice, Bobby, lui dit froidement Kate. Il a continué ses paiements uniquement pour qu'elle se tienne tranquille. Et pour s'assurer qu'elle n'essaierait jamais de t'approcher.

Hiram allait et venait dans la salle, martelant les murs de ses poings, jetant des regards furibonds au plafond.

— Je fais vérifier ces bureaux trois fois par jour. Comment se sont-ils procuré ces images ? Ces cons de la sécurité ont encore merdé !

— Allons, Hiram, lui dit Kate, qui s'amusait visiblement beaucoup. Réfléchissez un peu. Les gens d'ENO n'ont pas pu implanter de caméra dans cette salle. Pas plus que vous n'avez pu le faire chez eux.

— Mais je n'en ai pas besoin, moi. J'ai la Camver... Oh !

— Bravo. Vous avez fini par comprendre, lui dit Kate avec un large sourire. *ENO a une Camver comme vous.* Impossible, autrement, de réaliser ce scoop. Vous avez perdu votre monopole, mon cher. Et la première chose qu'ils ont faite, quand ils ont eu cette Camver, c'est de la retourner contre vous.

Elle inclina la tête en arrière et se mit à rire de bon cœur.

— Mon Dieu ! murmura Bobby. C'est une vraie catastrophe.

— Foutaise ! s'insurgea Kate. Allons, Bobby, bientôt, le monde entier saura que la Camver existe. Il ne sera plus possible de maintenir longtemps le couvercle baissé. Et ce ne sera pas forcément un mal que le monopole saute des mains de ce couple malsain que forment le gouvernement fédéral et Hiram Patterson, crois-moi !

Froidement, Hiram articula :

— Si Earth News s'est emparé de la technologie Camver, je sais qui l'a aidé.

Elle lui jeta un regard perplexe.

— Vous n'insinuez pas que c'est *moi* qui...

— Et qui d'autre ?

— Je suis une journaliste ! explosa-t-elle. Je ne suis pas une espionne ! Allez au diable, Hiram Patterson ! Ce qui est arrivé est clair comme de l'eau de roche. ENO est parvenu sans peine à la conclusion que vous aviez réussi à modifier vos trous de ver pour en faire des visionneuses. Sachant que la chose était possible, ils ont demandé à leurs chercheurs de suivre le même cheminement que vous. Ça ne présente aucun gros problème. Toutes les informations dont ils avaient besoin sont du domaine public. Votre monopole a toujours été fragile. Ce qui a été découvert par une personne peut l'être par d'autres.

Mais Hiram ne semblait pas entendre ce qu'elle disait.

— Vous avez été pardonnée. On vous a engagée. Vous avez accepté mon argent, et vous avez trahi ma confiance. Vous avez endommagé puis empoisonné le cerveau de mon fils, vous l'avez retourné contre son père.

Kate se dressa comme une furie pour lui faire face.

— Si vous croyez vraiment à tout ce que vous dites, vous êtes encore plus taré que je ne l'imaginais !

La voix du Moteur de Recherche se fit alors entendre :

— Excusez-moi, Hiram, mais Michael Mavens est ici, il veut vous voir. Agent spécial Mavens, du...

– Qu'il attende.

– Je ne crois pas que ce soit possible, Hiram. Et j'ai aussi un appel de David. Il dit que c'est très urgent.

Bobby regardait un visage après l'autre, apeuré, bouleversé, tandis que son existence s'écroulait en miettes autour de lui.

Mavens prit un siège et ouvrit sa serviette.

– Qu'est-ce que vous voulez ? aboya Hiram. Je ne pensais pas vous revoir un jour, Mavens. Je croyais que l'accord signé était définitif.

– Je le croyais aussi, monsieur Patterson, répliqua l'agent fédéral d'un air sincèrement peiné. Le problème, c'est que vous ne l'avez pas respecté. C'est-à-dire la compagnie OurWorld. L'une des personnes qu'elle emploie, plus exactement. C'est pour cela que je suis ici. Quand cette affaire a été portée à ma connaissance, j'ai demandé à m'en occuper personnellement. Je suppose que cela m'était dû, après tout.

– Quelle affaire ? demanda impatiemment Hiram.

Mavens sortit de sa serviette un document qui ressemblait à un procès-verbal officiel.

– En clair, la compagnie OurWorld fait l'objet d'une plainte pour appropriation illicite de secret de fabrication en vertu de la loi de 1996 sur l'espionnage industriel. Cette plainte a été déposée par IBM, plus précisément par Thomas J. Watson, directeur du laboratoire de recherche. Monsieur Patterson, nous avons de bonnes raisons de penser que la Camver a été utilisée clandestinement pour accéder à des résultats de recherches menées dans le secret des locaux d'IBM. Un truc qu'ils appellent « programme de suppression des effets de synesthésie associés aux technologies de réalité virtuelle ». (Il releva la tête.) Ça ne vous dit rien ?

Hiram regarda Bobby.

Ce dernier semblait accablé, crucifié par des émotions contradictoires, incapable de réagir ou de dire un mot.

– Et vous soupçonnez quelqu'un de chez nous en particulier, disiez-vous, agent spécial ? demanda Kate.

L'agent fédéral la regarda d'un air triste.

— Je crois que vous connaissez la réponse, mademoiselle Manzoni.

Kate prit un air perplexe.

— Elle ? demanda Bobby, choqué. C'est ridicule !

Hiram fit claquer son poing dans le creux de l'autre main.

— Je le savais. Je savais qu'elle nous causerait des emmerdements. Mais je ne pensais pas qu'elle irait si loin !

Mavens soupira.

— J'ai bien peur qu'il n'y ait toute une série de preuves accablantes contre vous, mademoiselle Manzoni.

Kate se dressa comme une tigresse.

— S'il y en a, elles ont été fabriquées de toutes pièces !

— Vous allez être mise en état d'arrestation, lui dit Mavens. J'espère que tout se passera bien. Si vous ne faites pas d'histoires, le Moteur de Recherche va vous lire vos droits.

Kate tressaillit. Une voix, inaudible pour les autres, se fit entendre à son oreille.

Hiram s'était rapproché de son fils.

— Ne t'inquiète pas, dit-il. Nous surmonterons cette crise ensemble. Qu'est-ce que vous avez cherché à faire, Manzoni ? Foutre la merde ? Trouver un nouveau moyen de vous en prendre à Bobby ?

Son visage tendu était vide de toute émotion. Il n'y avait aucune trace de colère, ni de pitié, ni de soulagement, ni même de triomphe.

Soudain, la porte s'ouvrit à la volée. David était là, un grand sourire aux lèvres, son corps massif occupant tout l'encadrement. Il tenait dans une main un Écransouple déployé.

— J'ai réussi ! dit-il. Bon Dieu, j'y suis arrivé ! Mais qu'est-ce qui se passe ici ?

— Docteur Curzon, fit Mavens, il vaudrait peut-être mieux que vous...

— Je m'en fiche. Quoi que vous soyez en train de faire, ce n'est rien, comparé à... ça !

Il posa l'Écransouple sur la table.

— Dès que c'est arrivé, je suis venu, dit-il. Regardez un peu ça !

L'écran affichait ce qui ressemblait, à première vue, à un arc-en-ciel réduit à des bandes de lumière irrégulières de différents niveaux de gris qui s'incurvaient, déformées, sur un fond noir.

— Il y a pas mal de grain, naturellement, reprit David, mais la qualité est déjà la même que celle des images reçues par la NASA de ses premières sondes dans les années 1970.

— C'est Saturne, murmura Mavens, songeur. La planète Saturne.

— Exact. Vous êtes en train de regarder les anneaux. J'ai réussi à établir un point de vue Camver à un milliard et demi de kilomètres de nous. Fabuleux, hein ? On aperçoit même, avec un peu d'attention, deux lunes, à cet endroit, dans le plan des anneaux.

Hiram serra David contre lui avec un grand rire.

— C'est génial, mon fils ! dit-il.

— Oui, oui. Mais ce n'est rien. Ça ne compte pas à côté du reste.

— Hein ? *Ça ne compte pas ?* Tu plaisantes !

Fiévreusement, David se mit à pianoter sur l'Écransouple. L'image des anneaux disparut.

— Je peux le reconfigurer à volonté, dit-il. Ce n'est pas plus difficile que ça. C'est Bobby qui m'a mis sur la voie. Je n'avais pas le même recul que lui. Si je réduis l'intervalle de genre « espace » de deux mètres, le reste de la portée du trou de ver se transforme en genre « temps » !

Bobby se pencha en avant pour mieux voir. L'écran affichait maintenant, avec tout autant de grain, une image beaucoup plus prosaïque. Bobby identifia aussitôt le lieu. C'était le labo où travaillait David à Technivers. Il était assis le dos au point de vue, et Bobby, à côté de lui, regardait ce qu'il faisait par-dessus son épaule.

— Pas plus difficile que ça, déclara David d'une toute petite voix. Naturellement, il faudra faire une longue série d'essais pour nous assurer que le phénomène est répétable et le calibrer correcte...

— C'est Technivers, l'interrompit Hiram. Et alors ?

— Tu n'as pas compris ? Ce nouveau trou de ver a la même... euh... longueur que le précédent.

— Celui qui allait jusqu'à Saturne ?

— Oui. Mais au lieu d'avoir une portée de quatre-vingts minutes-lumière...

Mavens acheva sa phrase à sa place.

— J'ai saisi. Celui-ci a une portée de quatre-vingts minutes.

— Exactement, lui dit David. *Quatre-vingts minutes dans le passé*. Regarde bien cette image, papa. Ce que tu es en train de voir, c'est Bobby et moi juste avant que tu le fasses venir ici.

Hiram avait la mâchoire qui pendait.

Bobby sentait tout tourner autour de lui. L'univers se reconfigurait d'une manière qui lui était inconnue, incompréhensible, comme si une nouvelle pastille venait de s'éteindre dans sa tête. Il regarda Kate, qui semblait recroquevillée sur elle-même, terrifiée, en état de choc.

Hiram, une fois passé le moment de confusion, avait saisi immédiatement les implications de la chose. Il leva les yeux, songeur, vers le ciel, en murmurant :

— Je me demande combien ils sont à nous observer en ce moment.

— De qui parlez-vous ? demanda Mavens.

— De ceux du futur. Vous ne voyez pas ? Si David ne se trompe pas, nous sommes en train de vivre un moment historique. L'invention de ce... cette *visionneuse du passé*. Autour de nous, l'air doit grouiller de spectateurs, d'historiens, de touristes, de biographes, d'hagiographes, venus voir avec leur Camver comment ça s'est passé. (Il découvrit ses dents en un large sourire et redressa la tête.) Hé ! ho ! Vous me voyez ? Vous savez qui je suis ? Hiram Patterson, bande de cons ! Vous voyez ce que j'ai réussi à faire ?

Et dans les vastes corridors du futur, d'innombrables observateurs croisèrent son regard de défi.

LIVRE 2

LE REGARD DE DIEU

L'histoire (...) n'est en réalité rien d'autre que le registre des crimes, folies et malheurs de l'humanité.

Edward GIBBON (1737-1794)

13

Murs de verre

Kate était en détention préventive avant son procès. L'affaire était complexe, et il fallait du temps pour qu'elle soit jugée. Hiram et ses avocats avaient de toute manière obtenu, en accord avec le FBI, que le procès soit retardé jusqu'à ce que les nouvelles possibilités de la Camver en tant que visionneuse du passé soient techniquement explorées et stabilisées.

En fait, il y avait eu une telle publicité autour de ce procès que la décision allait faire figure de précédent. Avant même que les possibilités de la Camver soient bien comprises, elle allait avoir un impact immédiat sur presque toutes les affaires criminelles non résolues. Un grand nombre de procès majeurs avaient été ajournés ou suspendus dans l'attente de nouveaux éléments. De manière générale, seules les affaires mineures ou non contestées étaient traitées par les tribunaux.

Pendant quelque temps, quelle que soit l'issue de son procès, Kate ne serait en mesure d'aller nulle part.

Bobby décida, en attendant, de partir à la recherche de sa mère.

Heather Mays vivait dans une petite ville qui s'appelait Thomas City, près de la frontière de l'Utah et de l'Arizona. Il prit l'avion jusqu'à Cedar City et loua une voiture à l'aéroport. Arrivé à Thomas, il se gara à quelques rues de l'endroit où habitait Heather et fit le reste du chemin à pied.

Une voiture de police passa silencieusement, et un flic baraqué se pencha pour scruter Bobby. Il avait la figure ronde, hostile, tavelée de multiples cratères de carcinomes basocellulaires. Mais son regard se radoucit quand il le reconnut, et Bobby lut sur ses lèvres un respectueux : *Bonjour, monsieur Patterson*.

Lorsque la voiture s'éloigna, Bobby fut parcouru par un frisson. La Camver avait fait de Hiram l'homme le plus célèbre de la planète, et aux yeux du public Bobby était toujours à ses côtés.

Il savait, en arrivant devant la maison de sa mère, que des centaines de points de vue Camver devaient flotter en ce moment à son épaule, scrutant son visage en cet instant difficile comme autant d'invisibles vampires mentaux.

Tandis qu'il s'avançait au cœur de la petite ville, il essaya de ne pas y penser. La seule défense possible contre les Camvers.

Une neige d'avril inhabituelle pour la saison tombait sur les pelouses et les toits en bardeaux des maisons plus que centenaires. Il passa devant un étang gelé où des enfants patinaient inlassablement en cercles, riant aux éclats. Malgré la pâleur du soleil d'hiver, ils portaient des lunettes de soleil et avaient le visage enduit de crème solaire luisante.

Thomas était une petite ville calme, anonyme, comme il en existait des centaines, supposait-il. On était ici au cœur de l'Amérique profonde. Trois mois plus tôt, il aurait considéré cet endroit comme particulièrement ennuyeux. S'il s'était trouvé ici par hasard, il aurait pris l'avion vite fait pour Las Vegas ou un endroit de ce genre. Au lieu de quoi il se prenait à penser, à présent, à l'effet que cela devait faire d'être né et d'avoir vécu toute sa vie ici.

Tandis que la voiture de police passait lentement dans la rue, Bobby observa dans son sillage une curieuse multiplication de délits mineurs. Un homme sortant d'une boutique de sushi-burgers froissa le papier dans lequel était enveloppée son emplette et le laissa tomber par terre, pratiquement sous le nez des flics. À un carrefour, une vieille dame traversa hors du passage pour piétons en regardant d'un air de défi les occupants de la voiture, qui la laissèrent faire avec indulgence. Et ainsi de suite. Mais dès que le véhicule de police était passé, les citoyens, après avoir fait leur pied de nez à l'autorité, reprenaient leur existence normale, apparemment respectueuse de la loi.

C'était un phénomène assez courant. On assistait à une sorte de révolte muette mais largement répandue contre la nouvelle classe de possédants de Camvers invisibles. L'idée que la force publique détenait cet immense pouvoir de surveiller leurs faits et gestes ne semblait pas en accord avec l'instinct de nombreux Américains, et l'on observait dans tout le pays cette multiplication des délits insignifiants. Des gens habituellement respectueux des lois semblaient soudain poussés par le désir irrésistible d'accomplir quelque chose d'illégal, peut-être pour prouver qu'ils étaient toujours libres malgré la surveillance dont ils pensaient être l'objet. Et la police locale apprenait à se montrer tolérante.

Ce n'était qu'une réaction symbolique, mais Bobby trouvait cela très sain.

Il arriva dans la rue principale. Les images animées des distributeurs de tabloïdes le pressaient de télécharger leurs dernières nouvelles pour dix dollars le coup. Il regarda leurs titres séducteurs. Il y avait des nouvelles importantes, aussi bien locales que nationales ou internationales. La ville venait de surmonter une mini-épidémie de choléra due aux trop fortes ponctions sur les réserves d'eau potable, et avait quelques difficultés à assimiler son quota de réfugiés en provenance de l'île de Galverson, chassés par la montée des eaux. Mais les informations sérieuses étaient en grande partie noyées sous un flot de faits divers à sensation.

Une parlementaire locale avait été forcée de démissionner en raison d'un menu scandale sexuel dévoilé par les Camvers. Elle avait été surprise en train d'exercer des pressions sur une vedette du football universitaire de la région à qui ses prouesses sportives avaient valu un voyage à Washington, pour qu'il se livre avec elle à un autre genre de sport. Mais le garçon était majeur et, de l'avis de Bobby, le seul crime de la parlementaire était un délit de stupidité.

Mais elle n'était pas la seule, loin de là. Le bruit courait que vingt pour cent des membres du Congrès et environ un tiers du Sénat avaient annoncé qu'ils ne se représenteraient pas, ou qu'ils prendraient une retraite anticipée, ou qu'ils allaient démissionner sur-le-champ. Certains commentateurs estimaient que la moitié des personnalités officielles élues aux États-Unis seraient poussées à se démettre de leurs fonctions avant que la Camver ne soit entrée dans les mœurs nationales et individuelles.

Il y avait des gens qui disaient que c'était une bonne chose, que cela allait assainir les mœurs et faire entrer un peu de décence dans la vie des citoyens. D'autres faisaient remarquer que la plupart des humains avaient des moments qu'ils préféraient ne pas partager avec leurs semblables. Au bout de deux ou trois cycles électoraux, peut-être les rescapés de ce tir au pigeon ou ceux qui se préparaient à se présenter seraient-ils si ternes et ennuyeux dans leur vie privée que plus personne ne s'intéresserait à eux.

Sans doute la réalité se situerait-elle, comme toujours, dans une bonne moyenne.

On parlait encore dans la presse de l'affaire dévoilée la semaine précédente, concernant la tentative de certains fonctionnaires peu scrupuleux de la Maison-Blanche de jeter le discrédit sur un opposant potentiel à la présidente Juarez lors de la prochaine campagne électorale. La Camver l'avait surpris assis sur le trône, pantalon baissé, le doigt dans le nez, en train d'extraire une boulette de peluche de son nombril.

Mais ce scandale avait rejailli sur les voyeurs, sans causer de tort au sénateur Beauchamp. Après tout, tout le monde s'asseyait régulièrement sur le trône, et chacun devait se demander à présent, célèbre ou pas célèbre, s'il n'y avait pas une Camver invisible qui le filmait d'en haut (ou, pire, d'en bas !).

Bobby avait même pris l'habitude d'aller au cabinet dans le noir. Ce n'était pas facile, malgré les nouvelles robinetteries fonctionnelles, réagissant au contact d'un doigt, qui faisaient fureur en ce moment. Et il se demandait s'il y avait encore des gens, dans le monde industrialisé, qui faisaient l'amour sans éteindre la lumière.

Il doutait que cette vogue des nouveaux paparazzi subsiste encore longtemps, même dans les tabloïdes de supermarché, lorsque l'attrait de la nouveauté serait passé. Il en voyait pour preuve le fait que tous ces gros titres accrocheurs et multicolores, qui auraient choqué tout le monde quelques mois plus tôt, clamaient à présent leurs obscénités en plein centre d'une ville de mormons sans que personne s'en émeuve, ni les jeunes, ni les vieux, ni les rats d'église.

Bobby avait comme l'impression que la Camver obligeait la race humaine à se débarrasser de quelques-uns de ses tabous, à grandir enfin un peu.

Il poursuivit son chemin.

La maison des Mays fut facile à trouver. Devant cette bâtisse sans caractère, dans une rue banale qui ressemblait à toutes les autres de cette petite ville de province sans caractère, il tomba sur le symbole traditionnel de la célébrité : un attroupement autour d'une dizaine d'équipes de journalistes devant la barrière blanche qui bordait le jardin. Technologie Camver ou non, il allait falloir quelque temps pour que le public friand de nouvelles s'habitue à se passer de journalistes interposés devant l'événement.

L'arrivée de Bobby, naturellement, constituait un événement en elle-même. Il vit les journalistes se précipiter vers lui, leurs caméras drones flottant au-dessus d'eux comme des ballons anguleux, métalliques, pour le mitrailler de questions. *Bobby, s'il vous plaît, Bobby, par ici... Bobby, est-ce vrai que c'est la première fois que vous voyez votre mère depuis l'âge de trois ans ? Est-il vrai que votre père vous a interdit de venir ici, ou bien ce qui s'est passé dans le bureau de OurWorld n'était-il qu'une mise en scène à l'intention des Camvers ? Bobby... Bobby...*

Il sourit, aussi détendu qu'il put. Les journalistes n'essayèrent pas de le suivre quand il ouvrit le portail et franchit la barrière. À quoi bon ? Il devait y avoir mille Camvers braquées sur lui, à quelques centimètres de son épaule.

Il savait qu'il était inutile de demander qu'on respecte sa vie privée. Il n'avait pas d'autre choix, semblait-il, que de tout supporter stoïquement. Mais tous ces regards invisibles qu'il sentait sur lui étaient comme un poids sur sa nuque.

Le plus bizarre, quand on y réfléchissait, c'était que, parmi cette foule anonyme, il devait y avoir des observateurs de quelque futur inimaginable, scrutant ce qui se passait à travers les tunnels du temps. Lui-même, un Bobby plus âgé, était peut-être là à regarder !

Mais il fallait bien qu'il vive ces moments.

Il frappa trois coups légers à la porte et attendit avec une nervosité grandissante. Aucune Camver, supposait-il, ne pouvait épier les battements de son cœur ; mais des millions de voyeurs, à coup sûr, devaient être en train d'observer la manière dont il serrait les dents, et les gouttes de transpiration qui coulaient sur son front malgré le froid glacial.

La porte s'ouvrit.

Il avait fallu que Bobby insiste pour réussir à persuader son père de donner sa bénédiction à cette entrevue.

Hiram était seul derrière son grand bureau imitation acajou, devant un monceau de papiers et quelques Écransouples. Il était penché en avant, comme sur la défensive. Il avait pris l'habitude de regarder sans cesse autour de lui, furtivement, à la recherche de points de vue de Camver, comme une souris qui craint un prédateur.

— Je veux absolument la voir, avait murmuré Bobby. Il faut que j'aille chez Heather Mays, ma mère. Que je la rencontre.

Hiram avait l'air plus fatigué et hésitant que jamais dans le souvenir de Bobby.

— Ce serait une grave erreur, avait-il répliqué. Quel bien crois-tu que cela te ferait ?

Bobby avait hésité à son tour.

— Je ne sais pas. J'ignore quel effet ça fait d'avoir une mère.

— Ce n'est pas ta mère. Dans aucun vrai sens du mot. Elle ne te connaît pas. Et tu ne la connais pas non plus.

— J'ai l'impression de la connaître très bien. J'ai vu sa photo dans tous les tabloïdes...

— Alors, tu sais qu'elle a une nouvelle famille. Une nouvelle vie qui n'a rien à voir avec toi. (Il jeta à son fils un regard perçant.) Et tu es au courant du suicide.

Bobby fronça les sourcils.

— Son mari.

— Il s'est tué sous la pression des médias. Tout ça parce que ta copine a livré la Camver aux journaleux les plus ignobles et les plus rapaces de la planète. C'est elle qui est responsable de...

— Papa...

— Oui, je sais. On a déjà eu cette discussion.

Hiram se leva de son siège, s'avança jusqu'à la fenêtre et commença à se masser la nuque.

– Bon Dieu ! Je suis mort de fatigue. Écoute, Bobby, si jamais l'envie te prenait de revenir travailler, tu me serais drôlement utile ici...

– Je ne me sens pas encore prêt, papa.

– Tout fout le camp depuis la perte du monopole. Ces nouvelles mesures de sécurité qu'il faut prendre, c'est chiant au possible...

Bobby savait qu'il disait la vérité. Les réactions face à l'existence de la Camver, presque toutes hostiles, émanaient d'un large éventail de contestataires, depuis les groupes de militants respectables tels que l'association de consommateurs Privacy Rights Clearinghouse jusqu'aux attaques sournoises contre le siège de Technivers ou même la résidence privée de Hiram. Un nombre incroyable de gens, des deux côtés de la légalité, s'estimaient lésés par l'attrait impitoyable de la Camver pour la vérité. Beaucoup semblaient avoir besoin d'un bouc émissaire pour canaliser leurs doléances, et qui auraient-ils pu trouver de mieux placé que Hiram ?

– Nous sommes en train de perdre pas mal de gens intéressants, Bobby. Beaucoup n'ont pas le courage de rester avec moi maintenant que je suis devenu l'ennemi public numéro un, celui qui a donné le coup de grâce à leur liberté. Je ne peux pas dire que je leur en veux, ce n'est pas leur combat. Mais même ceux qui restent ne peuvent pas éviter de toucher aux Camvers. L'usage illégal de cette technologie fait fureur. Et tu devines dans quel domaine. Pour épier les voisins, surveiller sa femme ou ses collègues de bureau. Ce sont des bagarres incessantes, des rixes, et même des coups de fusil, lorsque les gens apprennent ce que leurs amis pensent d'eux en réalité, et ce qu'ils font dans leur dos. Maintenant qu'on peut voir aussi dans le passé, on ne peut plus rien cacher. Ça devient une maladie. Et je suppose que tout cela n'est qu'un avant-goût de ce qui va arriver quand la Camver du passé deviendra accessible au grand public. On va en vendre des millions, c'est sûr, mais pour l'instant c'est un véritable emmerdement. Il a fallu que je prenne des mesures pour en limiter l'usage illicite, et que je fasse garder les terminaux jour et nuit... (Il jeta un coup d'œil rapide à son fils.)

167

On a besoin de toi ici. Et le monde n'attendra pas que ta précieuse petite âme se cicatrise.

— Je croyais que les affaires marchaient bien, malgré la perte du monopole.

— Nous menons toujours la partie.

Sa voix était plus claire, son phrasé plus fluide. Il s'adressait, en fait, à l'auditoire invisible qu'il supposait en train de l'observer.

— Nous pouvons maintenant révéler l'existence de la Camver. Il y a toute une flopée d'applications nouvelles que nous pouvons dévoiler, en fait. Le supervisiophone, par exemple. Un trou de ver en ligne directe connectant deux personnes. Un marché fabuleux s'ouvre à nous. La production en série va commencer. Naturellement, tout cela aura un gros impact sur la technologie Dataflux, mais il y aura encore de la demande pour les systèmes de repérage et d'identification. En fait, ce n'est pas là que se situe mon problème, Bobby. Nous tenons notre assemblée générale annuelle la semaine prochaine, et il va me falloir faire face aux actionnaires.

— Ils n'ont pas trop à se plaindre. L'argent coule à flots.

— Ce n'est pas ça. (Il regarda autour de lui d'un air circonspect.) Comment dire ? Avant la Camver, les affaires se faisaient à huis clos. Personne ne savait quelles cartes j'avais en main. Ni la concurrence, ni mes employés, ni même les investisseurs et actionnaires de la compagnie, si j'en décidais ainsi. Et cela me donnait une bonne marge de manœuvre pour bluffer tout le monde.

— Pour *mentir* ?

— Ça, jamais, répliqua Hiram fermement. (*Comme il se doit*, se dit Bobby.) C'est une question de point de vue. Il s'agissait uniquement de minimiser mes points faibles, mettre les forts en valeur, surprendre la concurrence par de nouvelles stratégies, ce genre de chose. Mais aujourd'hui, les règles ont changé. Le jeu ressemble plus à une partie d'échecs, et je me casse le nez à essayer de faire du poker. À présent, en payant le prix, n'importe quel actionnaire, concurrent ou fonctionnaire d'un organisme de contrôle peut suivre pas à pas toutes mes opérations, voir toutes mes cartes avant même que je les abatte. Et ce n'est pas drôle comme sensation, tu peux me croire.

– Oui, mais tu peux faire la même chose avec tes concurrents. J'ai lu plusieurs articles qui expliquent en quoi les nouvelles méthodes de gestion à livre ouvert peuvent être bénéfiques pour tout le monde. Si tout le monde, même tes employés, peut inspecter tes comptes à n'importe quel moment, ça signifie que tu es responsable, que tu recevras plus de critiques valables et que tu commettras moins d'erreurs.

Les économistes disaient que la transparence faciliterait les transactions. Si les coûts véritables étaient connus, les marges bénéficiaires demeureraient raisonnables. De plus, la concurrence serait cohérente, les monopoles, cartels et autres manipulateurs de marché auraient du mal à poursuivre leurs activités. Sans compter que les opérations bancaires s'effectueraient au grand jour et que les criminels et autres terroristes ne pourraient plus blanchir leur argent. Et ainsi de suite.

– Bon Dieu ! grogna Hiram. Quand j'entends des conneries comme ça, je regrette de ne pas avoir écrit des manuels de gestion. Je ferais un tabac à l'heure actuelle. (Il agita la main en direction de la ville qui s'étendait sous sa fenêtre.) Mais la réalité, ça n'a rien à voir avec les débats des écoles de commerce. Rappelle-toi ce qui s'est passé avec les lois sur le copyright lors de l'avènement d'Internet. Tu te souviens ? Non, tu étais encore trop petit. La Global Information Infrastructure, l'organisme qui était censé prendre la place de la convention de Berne sur la propriété littéraire et artistique, s'est écroulée au début des années 2000. L'Internet s'est vu soudain inondé d'œuvres non publiées. Les maisons d'édition ont fermé leurs portes l'une après l'autre. Les auteurs se sont reconvertis dans la programmation informatique, tout ça parce que quelqu'un s'était avisé soudain de distribuer gratuitement les trucs qui leur servaient à gagner leur croûte.

Et aujourd'hui, nous assistons au même phénomène. Tu possèdes une technologie puissante, qui débouche sur une vraie révolution de l'information, une ouverture formidable. Mais cela entre en conflit avec les intérêts des gens qui sont à l'origine de l'information du début, ou qui lui ont donné une valeur ajoutée. Je ne peux faire de bénéfices que sur ce que fabrique OurWorld, et cette fabrication est en majeure partie issue d'un idée. Mais les lois sur la propriété intellectuelle vont vite devenir impraticables.

– C'est valable pour tout le monde, papa.

Hiram renifla avec mépris.

– Possible. Mais ce n'est pas tout le monde qui s'en trouvera bien. Il y a en ce moment des révolutions, des luttes pour le pouvoir, qui se déroulent dans chaque conseil d'administration de cette ville. Je le sais, j'ai observé leurs réunions, de même qu'ils ont observé les miennes. Ce que je voulais te faire comprendre, c'est que le monde a changé, et que j'ai besoin que tu sois à mes côtés.

– Il faut d'abord que je mette de l'ordre dans ma tête, papa.

– Oublie Heather. J'essaie de te mettre en garde depuis un moment. Ça va faire mal.

Bobby secoua la tête.

– À ma place, tu n'aurais pas envie de la rencontrer ? Tu n'aurais pas cette curiosité ?

– Non, fit son père sans hésiter. Je ne suis jamais retourné en Ouganda voir la famille de mon père. Et je ne l'ai jamais regretté. Pas un seul instant. Quel bien cela aurait-il pu me faire ? J'avais ma propre vie à bâtir. Le passé est le passé. Ce n'est pas très sain de se pencher dessus. (Il leva les yeux au plafond, d'un air de défi.) Et vous autres, les sangsues, qui voulez tout savoir sur Hiram Patterson, vous feriez bien d'en prendre de la graine, aussi.

Bobby se leva.

– Si jamais ça fait trop mal, dit-il, j'aurai toujours la ressource d'actionner l'interrupteur que tu m'as mis dans la tête, n'est-ce pas ?

Hiram prit un air lugubre.

– N'oublie pas où est ta vraie famille, mon fils.

Une jeune fille se tenait dans l'encadrement de la porte. Elle était frêle, lui arrivait tout juste à l'épaule, et portait une robe de chambre bleu électrique avec un motif voyant représentant une Lincoln rose. Elle fronça les sourcils en voyant Bobby.

– Je sais qui vous êtes, lui dit ce dernier. Vous vous appelez Marie.

C'était la fille de Heather de son second mariage. Une demi-sœur, cette fois-ci, dont il venait de découvrir l'existence. Elle paraissait plus jeune que ses quinze ans. Ses cheveux étaient coupés court, presque à ras, et un tatouage morphait sa joue. Elle était assez jolie avec ses pommettes hautes et ses yeux de biche. Mais son visage était plissé en une moue qui devait lui être habituelle.

Il se força à sourire.

– Votre mère est...

– Elle vous attend. Je suis au courant. (Elle regarda, par-dessus son épaule, la grappe de reporters qui attendaient dans la rue.) Vous feriez mieux d'entrer.

Il se demandait s'il devait lui parler de son père, lui exprimer sa sympathie. Mais il ne trouvait pas les mots, et elle avait le visage dur et inexpressif, ce qui fit qu'il laissa passer le moment.

Il la suivit à l'intérieur de la maison. Ils étaient dans un étroit couloir encombré de manteaux et de chaussures d'hiver. Il entrevit une cuisine à l'aspect chaleureux, puis une pièce qui ressemblait à un bureau, avec de gros Écransouples accrochés au mur. Marie lui toucha le bras.

– Regardez bien, dit-elle.

Elle se retourna vers la porte d'entrée, face aux journalistes, puis retroussa sa robe de chambre jusqu'aux épaules. Elle portait une culotte, mais sa poitrine menue était nue. Elle laissa retomber son vêtement et claqua la porte. Bobby vit qu'elle avait les joues rouges. De colère ? De honte ?

– Pourquoi avez-vous fait ça ?

– Ils m'épient tout le temps, n'importe comment.

Elle pivota sur ses talons et grimpa l'escalier en courant. Ses chaussures claquèrent sur les marches de bois. Bobby demeura seul dans le couloir.

– Désolée, elle a des problèmes.

C'était Heather, enfin. Elle s'approcha lentement de lui.

Elle était plus petite que ce qu'il avait imaginé. Elle paraissait fragile, malingre, même, quoique plus épaisse aux épaules. Son visage avait peut-être eu naguère la finesse de celui de Marie, mais ses pommettes proéminentes, à présent, dominaient des joues

171

marquées par le soleil et l'âge, et ses yeux bruns, enfoncés dans des cratères de petites rides, étaient particulièrement las. Ses cheveux, parsemés de filets gris, étaient coupés au carré. Elle lui jeta un regard curieux.

– Vous vous sentez bien ?

L'espace de quelques battements de cœur, il n'osa pas répondre de peur que sa voix le trahisse.

– Oui... Je ne sais pas trop comment vous appeler.

Elle eut un sourire.

– Heather, ça ira très bien. Les choses sont déjà assez compliquées comme ça.

Abruptement, elle fit un pas en avant et le serra dans ses bras.

Il avait essayé de se préparer à cet instant, d'imaginer la manière dont il allait gérer les émotions qui l'assaillaient en ce moment, mais maintenant que c'était arrivé il se sentait...

Vide.

Et il avait conscience, pendant tout ce temps, que des millions de paires d'yeux étaient braquées sur lui, sur chaque geste qu'il faisait, chaque expression de son visage.

Elle se dégagea.

– Je ne t'ai pas revu depuis que tu avais cinq ans, et il faut que notre rencontre se passe comme ça. Bon, je pense qu'on s'est assez donné en spectacle.

Elle le guida à l'intérieur de la pièce qu'il avait mentalement baptisée son bureau. Sur une table de travail, il y avait un Écransouple géant, de qualité supérieure, du genre utilisé par les artistes et les concepteurs graphistes. Les murs étaient couverts de listes, de photos de personnes ou de lieux, et de bouts de papier jaune couverts d'une petite écriture fine et serrée, illisible. Il y avait des scripts et des ouvrages de référence ouverts sur chaque surface disponible, y compris au sol. D'un geste brusque, Heather ôta une masse de papiers d'un fauteuil pivotant et la jeta par terre. Il accepta l'invitation tacite et s'assit.

Elle lui sourit.

– À cinq ans, tu aimais déjà le thé.

– Vraiment ?

— Tu ne voulais rien boire d'autre. Pas même un soda. Alors... tu en veux ?

Il allait refuser, mais se dit qu'elle avait dû en acheter spécialement. *Et c'est ta mère qui est en face de toi, andouille.*

— Oui, merci, dit-il.

Elle partit dans la cuisine, puis revint avec une grosse théière fumante, remplie de ce qui se révéla être du thé au jasmin. Elle se pencha en avant pour lui tendre sa tasse.

— Tu ne me donnes pas le change, chuchota-t-elle, mais merci de me ménager.

Un silence pénible s'ensuivit, pendant lequel il but quelques gorgées de thé. Puis il indiqua du doigt le gros Écransouple et les piles de papiers.

— Tu fais des films, je crois ?

Elle soupira.

— Avant, oui. Des documentaires. Je me considère plutôt comme une journaliste d'investigation. (Elle sourit.) J'ai eu des récompenses. Des médailles. Tu peux être fier de ta mère. Mais personne ne s'intéresse plus à ce côté-là de mon existence. Ce n'est rien comparé au fait que j'ai couché un jour avec le grand Hiram Patterson.

— Tu travailles toujours ? demanda-t-il. Même si...

— Même si ma vie est devenue un beau merdier ? J'essaie. Que puis-je faire d'autre ? Je ne veux pas être définie en fonction de Hiram. Mais ce n'est pas facile. Les choses changent si vite !

— La Camver ?

— Bien sûr. Quoi d'autre ? Plus personne ne s'intéresse aux œuvres de réflexion. La fiction a été totalement balayée du marché. Nous sommes tous fascinés, à présent, par ce nouveau pouvoir qui nous est donné de nous épier les uns les autres. Il n'y a plus de travail dans aucun domaine excepté celui des séries-guimauves, qui consistent à suivre les gens en vue dans leur existence de tous les jours, avec leur consentement, bien sûr. Ironique en ce qui me concerne, tu ne trouves pas ?

Elle afficha une image sur son Écransouple, celle d'une jeune femme souriante en uniforme.

— Anna Petersen, murmura-t-elle. Fraîche émoulue de l'École de marine d'Annapolis.

Il sourit.

— Anna d'Annapolis ?

— Tu comprends pourquoi elle a été choisie. Nous avons des équipes tournantes qui la suivent vingt-quatre heures sur vingt-quatre. Nous sommes allés l'accompagner dans ses débuts, pour assister à ses triomphes et à ses échecs, ses amours et ses déceptions. On dit qu'elle va faire partie de la force d'intervention qu'ils vont envoyer au bord de la mer d'Aral, sur les points chauds de la guerre de l'eau. On peut donc s'attendre à des matériaux de choix. Naturellement, la Marine nous a donné l'autorisation de suivre Anna à la trace. (Elle leva les yeux au plafond.) N'est-ce pas, les copains ? Ce n'est donc peut-être pas tout à fait une surprise, qu'elle ait reçu cette affectation, et il faut espérer que nous assisterons à quelques jolies scènes de guerre bien-pensantes spécialement destinées aux mémés et aux cœurs tendres.

— Tu es cynique.

— J'espère que non. Mais je te répète que ce n'est pas facile. La Camver a foutu ma carrière à l'eau. Je sais, pour l'instant, il y a encore une place pour l'interprétation : les commentateurs, analystes et rédacteurs sont encore demandés. Mais ça ne durera pas. Tout ça va disparaître le jour où les masses laborieuses pourront braquer leur Camver sur qui elles voudront.

— Tu penses que c'est ce qui va se passer ?

Elle renifla.

— Bien sûr que c'est ce qui va se passer. Nous avons déjà vécu ça, avec les ordinateurs individuels. C'est juste une question de temps. Avec la concurrence et la pression sociale, les Camvers vont devenir de moins en moins chères, de plus en plus puissantes et répandues, jusqu'à ce que tout le monde en possède une.

Et peut-être même, se dit Bobby, mal à l'aise, en pensant aux expériences de David sur le décalage dans le temps, plus polyvalentes que tu ne le soupçonnes.

— Parle-moi de ta relation avec Hiram, dit-il de but en blanc.

Elle lui sourit d'un air infiniment las.

— Tu es sûr que c'est ce que tu veux ? Devant la Caméra Invisible ?

— S'il te plaît.

— Qu'est-ce qu'il t'a dit sur moi ?

Lentement, en balbutiant à l'occasion, il répéta ce que lui avait raconté Hiram.

Elle hocha la tête.

— S'il le dit, c'est que c'est comme ça que ça s'est passé. (Elle soutint son regard durant de longues secondes.) Écoute-moi bien, je ne suis pas juste un prolongement de Hiram, une sorte d'annexe à ton existence. Et Marie non plus. Nous sommes des êtres humains, Bobby. Sais-tu que j'ai perdu un enfant, et Marie un petit frère ?

— Non, Hiram ne m'a rien dit.

— Ça ne m'étonne pas. Cet événement n'avait rien à voir avec lui. Dieu merci, personne ne peut mater ça.

Pas encore, se dit Bobby avec amertume.

— Je voudrais que tu comprennes bien ça, Bobby, lui dit-elle en regardant en l'air. Je voudrais que tout le monde comprenne. Ma vie est en train de s'émietter sous tous ces regards. Quand j'ai perdu mon fils, je me suis cachée. J'ai fermé toutes les portes, tous les rideaux, je me suis même glissée sous le lit. Au moins, j'avais cette ressource pour ne pas être vue. Mais plus maintenant. Aujourd'hui, c'est comme si tous les murs de ma maison avaient été transformés en miroirs sans tain. Tu imagines l'effet que ça fait ?

— Je pense, murmura-t-il d'une voix douce.

— Dans quelques jours, le centre d'attention se déplacera, les regards iront brûler quelqu'un d'autre. Mais je ne saurai jamais si un obsédé, à l'autre bout du monde, n'est pas en train de m'épier dans ma chambre à coucher. Même si toutes les Camvers disparaissaient demain comme par enchantement, cela ne me ferait pas retrouver mon Desmond.

C'est très dur pour moi. Mais, au moins, je sais que c'est à cause d'une chose que j'ai faite il y a longtemps. Mon mari et ma fille, par contre, n'ont rien à voir avec tout ça. Pourtant, ils ont eu droit au même traitement impitoyable. Et Desmond...

— Je suis vraiment navré.

Elle baissa les yeux. Sa tasse de thé tremblait dans sa main, faisant entendre son délicat tintement de porcelaine dans sa soucoupe.

— Moi aussi, je suis navrée, dit-elle. Ce n'est pas pour te mettre mal à l'aise que j'ai accepté de te voir.

— Ne t'inquiète pas. Je l'étais déjà en arrivant. Et c'est à cause de moi que tous ces gens nous épient. Je n'ai pensé qu'à ma petite personne.

Elle fit l'effort de sourire.

— Ils étaient déjà là. (Elle agita la main dans le vide, au-dessus de sa tête.) Parfois, j'imagine que je peux les chasser comme on chasse un insecte. Mais je ne crois pas que ce soit très efficace. Je suis heureuse que tu sois venu, malgré les circonstances. Encore un peu de thé ?

Elle avait les yeux bruns...

Ce n'est qu'en endurant le long voyage de retour à Cedar City qu'il fut frappé par ce simple détail.

Il parla au Moteur de Recherche :

— Génétique de base. Gènes dominants et récessifs. Par exemple, les yeux bleus sont récessifs, les bruns dominants. Par conséquent, si le père a les yeux bleus et la mère marron, les enfants auront...

— Les yeux marron ? Ce n'est pas aussi simple que ça, Bobby. Si les chromosomes de la mère sont porteurs d'un gène des yeux bleus, certains de leurs enfants les auront bleus aussi.

— Bleu-bleu pour le père, bleu-brun pour la mère. Quatre combinaisons...

— Oui. Un enfant sur quatre aura statistiquement les yeux bleus.

— Hum...

J'ai les yeux bleus, songea-t-il. *Et ceux de Heather sont bruns.*

Le Moteur de Recherche était assez futé pour interpréter le sens véritable de sa question.

— Je n'ai aucune information sur l'hérédité de Heather, Bobby. Si vous voulez, je peux chercher à...

– Laisse tomber. Merci quand même.

Il se carra en arrière dans son fauteuil. Sans doute sa question était-elle stupide. Il devait y avoir des yeux bleus dans la famille de Heather.

C'était forcément ça.

La voiture fonça dans la nuit vaste.

14

Années-lumière

Hiram allait et venait dans la petite chambre de David, silhouetté par la fenêtre-paysage représentant les gratte-ciel de Seattle la nuit. Il prit un papier au hasard, une photocopie toute jaunie, et lut le titre : « Trous de ver lorentziens issus du vide par pression gravitationnelle. » Encore une théorie casse-tête ?

David était sur son sofa, irrité, contrarié par la visite inopinée de son père. Il comprenait le besoin que celui-ci avait d'un peu de compagnie, pour l'aider à brûler son excédent d'adrénaline et échapper au bocal à poissons rouges trop transparent qu'était désormais son existence, mais il aurait préféré ne pas avoir à partager cet espace avec lui.

— Tu veux boire quelque chose ? demanda-t-il à son père. Un café, peut-être ?

— Un verre de vin, ce sera très bien. Mais *pas* français, s'il te plaît.

David alla ouvrir le réfrigérateur.

— J'ai du chardonnay, si tu veux. Il y a quelques vignobles californiens presque acceptables.

Il revint à son sofa avec deux verres.

— Et ces trous de ver lorentziens, demanda Hiram, où ça en est ?

David s'étira en arrière sur le sofa en se grattant la tête.

— À vrai dire, je crois qu'on est dans l'impasse. La technologie Casimir semble avoir ses limites intrinsèques. L'équilibre entre les deux plaques supraconductrices du condensateur, c'est-à-dire entre les forces de Casimir et la force de répulsion électrique, est instable et éphémère. Les tensions électriques que nous sommes obligés de maintenir sont si élevées qu'il y a fréquemment des décharges violentes et intempestives autour des appareils. Trois personnes ont déjà perdu la vie de cette manière, Hiram. Tu es au courant des procès que nous font les compagnies d'assurances. Et la prochaine génération de Camvers va exiger des forces encore plus élevées. Si nous arrivions à les produire, nous pourrions miniaturiser notre fabrication, et les coûts seraient bien moindres. La technologie se répandrait encore plus vite.

— Tu connais un moyen d'y parvenir ?

— Peut-être bien. Les injecteurs Camver que nous utilisons actuellement sont un moyen archaïque, digne du XIXe siècle, de fabriquer de l'énergie négative. Mais il se trouve qu'il existe de telles régions à l'état naturel. Lorsque l'espace est suffisamment déformé, le vide quantique et certaines fluctuations peuvent être amplifiés jusqu'à ce que... Il s'agit d'un effet quantique subtil, qu'on appelle *compression du vide*. L'ennui, c'est que, selon les meilleures théories actuelles, il faut au moins un trou noir quantique pour obtenir un champ gravitationnel suffisamment puissant. Ce qui fait que...

— Ce qui fait que tu es à la recherche d'une meilleure théorie.

Hiram examina la liasse de papiers couverts de l'écriture serrée de David. Il y avait partout des équations, reliées par des flèches courbes dans tous les sens.

— Pas un seul Écransouple en vue pour t'aider, murmura Hiram en faisant du regard le tour de la pièce. Ça t'arrive de sortir un peu ? Ou est-ce que tu te contentes d'aller au boulot et d'en revenir en te laissant guider par ton Autopic, plongé dans tes papiers poussiéreux ? Depuis le jour de ton arrivée dans ce pays, tu t'es enfoui la tête dans ton gros cul franco-américain, et tu n'as pas bougé...

David se hérissa.

— Ça te pose un problème, ça, Hiram ?

— Tu sais l'importance que ces recherches ont pour moi. Mais je ne peux pas m'empêcher de penser que tu es à côté de la plaque dans cette affaire.

— Quelle plaque ?

— La Camver. Ce qui importe vraiment, ce sont les effets qu'elle produit là-dehors.

Il agita la main en direction de la fenêtre.

– Là-dehors ? À Seattle ?

Hiram se mit à rire.

– Partout. Et ça, c'est avant que la visionneuse du passé ait commencé à produire son impact.

Il sembla prendre abruptement une décision. Posant son verre, il ajouta :

– On va faire une petite balade, toi et moi, demain.

– Où ça ?

– Chez Boeing. Dix heures, ça ira ?

Il donna une petite carte en plastique à son fils. Elle était gravée d'un code-barres Autopic.

– D'accord, mais...

Hiram se leva.

– Je considère que j'ai la responsabilité de compléter ton éducation, mon fils. Je vais te montrer ce que la Camver a changé.

Bobby avait conduit Marie, sa demi-sœur, dans le box provisoirement abandonné de Kate Manzoni, à Technivers.

Marie fit le tour du bureau, toucha l'Écransouple éteint posé dessus, puis les panneaux de séparation insonorisants. Rien ne traînait, tout était en ordre, parfaitement rangé.

– C'est ça ? demanda-t-elle.

– On a enlevé ses affaires personnelles. Les flics ont saisi quelques documents de travail. Le reste a été confié à sa famille. Et les experts médico-légaux ne cessent de défiler depuis.

– Comme un crâne vidé par les insectes fossoyeurs.

– La comparaison est poétique.

– J'ai raison, non ?

– Peut-être, mais...

Mais il subsistait, se disait-il, l'image indéniable de Kate, même dans ce bureau anonyme, ce fauteuil, comme si, pendant les quelques mois qu'elle avait passés ici, elle avait marqué de son empreinte ce fragment d'espace-temps on ne peut plus terne. Et il se demandait combien de temps il allait falloir pour que cela disparaisse.

Marie était en train de l'observer.

— Cette histoire t'a bouleversé, lui dit-elle.

— Tu es très perspicace. Un peu trop directe, peut-être.

Elle sourit, découvrant des dents serties de diamants, sans doute faux.

— J'ai quinze ans. Ça fait partie de mon image. C'est vrai qu'on peut voir le passé avec une Camver ?

— Qui t'a dit ça ?

— Vrai ou faux ?

— Euh... oui.

— Montre-la-moi.

— Qui ?

— Kate Manzoni. Je ne l'ai jamais rencontrée. Montre-la-moi. Tu as des Camvers ici, non ?

— Bien sûr. On est à Technivers.

— Tout le monde sait qu'on peut voir le passé avec une Camver. Et tu sais les faire marcher, toi. Mais tu as peut-être peur ? Comme tu avais peur de venir ici ?

— Va te faire foutre, si tu permets l'expression. Suis-moi.

Irrité à présent, il la précéda jusqu'à l'ascenseur grillagé pour la conduire dans l'atelier de David, deux étages plus bas.

Son frère n'était pas là aujourd'hui. Le technicien responsable vint l'accueillir pour lui proposer ses services. Bobby s'assura que tout était branché, puis le renvoya. Il prit place dans le fauteuil pivotant devant la console de David et lança le programme, ses doigts pianotant maladroitement sur le clavier manuel dont il n'avait pas trop l'habitude.

Marie avait traîné un tabouret pour s'asseoir à côté de lui.

— Cette interface est minable, dit-elle. Ton David, ça doit être un sacré rétro.

— Tu devrais parler de lui avec un peu plus de respect. C'est mon demi-frère.

Elle renifla avec mépris.

— Il faut que je le respecte juste parce que le vieux Hiram n'a pas pu s'empêcher un jour de tirer un coup ? Et qu'est-ce qu'il fait toute la journée, ton David ?

— Il travaille sur une nouvelle génération de Camvers. Un truc qu'on appelle « technologie de compression du vide ». Regarde.

Il prit deux ou trois feuillets sur le bureau de David et les lui montra. Elle feuilleta les pages couvertes d'équations serrées.

— Nous rêvons de pouvoir ouvrir des trous de ver sans avoir besoin de toute une usine bourrée d'aimants supraconducteurs, reprit-il. Ça reviendra beaucoup moins cher, et ce sera beaucoup plus petit.

— Mais le gouvernement et les multinationales auront toujours la main dessus, n'est-ce pas ?

Le grand Écransouple accroché à la cloison devant eux s'illumina, affichant un nuage de pixels. Il entendit le bourdonnement des générateurs alimentant les gros injecteurs Casimir dans leur fosse, et perçut l'odeur piquante d'ozone dégagée par les puissants champs électriques tandis que la machinerie rassemblait ses immenses énergies. Comme toujours en ces occasions, il ressentit un élan d'excitation anticipée.

Marie, à son grand soulagement, s'était tue, provisoirement tout au moins.

La neige parasite disparut, et une image un peu grossière mais immédiatement reconnaissable emplit l'Écransouple.

Leur regard plongeait maintenant sur le box de Kate, deux étages plus haut. Mais ce n'était plus une coque vide. L'espace compartimenté était habité. Il y avait un Écransouple posé en diagonale sur le bureau, et des lignes de données étaient en train de défiler, sans personne pour les lire. Dans un coin de l'écran, un cadre contenait des nouvelles du jour, avec la tête d'un présentateur en train de parler et une courbe statistique miniature. Personne ne travaillait ici pour le moment. Une boîte de soda dont le couvercle avait été découpé servait de porte-stylos, et des crayons étaient éparpillés sur toute la surface du bureau, avec de gros blocs-notes jaunes grand format et deux ou trois journaux-papier pliés en quatre.

Le plus révélateur, cependant, et le plus émouvant aussi, c'était le fatras d'affaires personnelles qui définissait cet espace comme celui de Kate et de personne d'autre : le café fumant dans sa tasse autotherme, les papiers froissés, un calendrier à feuillets tournants, une horrible montre numérique aux contours anguleux, style années 1990, un portrait-souvenir de Bobby et Kate dans le décor exotique de RevelationLand, ironiquement punaisé à la cloison...

Le fauteuil pivotant, repoussé à l'écart du bureau, tournait encore lentement. On l'a ratée de quelques secondes, se dit Bobby.

Marie fixait l'image avec intensité, la bouche ouverte, fascinée par cette fenêtre donnant sur le passé. Tout le monde avait cette réaction, la première fois.

– On vient de quitter cet endroit. C'est incroyable. Tout est si différent...

À ce moment-là, Kate entra dans l'image, comme Bobby s'y attendait. Elle portait une blouse simple, pratique, et une mèche de cheveux lui tombait sur le front, cachant une partie de ses yeux. Elle avait le front plissé. Ses doigts étaient sur le clavier avant même qu'elle s'assoie devant le bureau.

Bobby avait du mal à parler.

– Je sais, balbutia-t-il.

La salle de réalité virtuelle chez Boeing était en fait un hangar équipé de cages d'acier ouvertes empilées sur plusieurs rangées. Il devait y en avoir au moins une centaine, estimait David. Derrière de larges parois de verre, des ingénieurs en blouse blanche allaient et venaient parmi des rangées brillamment éclairées d'équipements informatiques.

Les cages étaient montées sur cardans de manière à se déplacer dans les trois dimensions. Chacune avait une ossature de caoutchouc et d'acier équipée de capteurs et de manipulateurs. David était étroitement sanglé dans l'une d'elles. Tous ses membres immobilisés, il devait lutter contre un violent sentiment de claustrophobie. Il refusa d'un geste la coquille génitale, d'une taille ridiculement énorme, qui ressemblait à un vase Dewar, en disant :

– Je ne crois pas que j'aurai besoin de ça pour ce voyage...

Une technicienne tint un objet en suspens au-dessus de lui. C'était une masse d'électronique en forme de casque. Avant que l'objet descende sur sa tête, il jeta un coup d'œil à Hiram, qui occupait une cage identique au bout d'une rangée séparée de la sienne par trois ou quatre autres.

— Pourquoi t'ont-ils mis si loin ?

Hiram leva une main gantée et plia les doigts en disant :

— Tu ne verras pas la différence quand nous serons en immersion.

Sa voix résonnait dans le hangar caverneux.

— Qu'est-ce que tu penses de leur installation ? reprit-il. Plutôt impressionnante, hein ?

Il lui fit un clin d'œil.

David songea à l'Œilmental, le frontal tout simple de Bobby, qui ne pesait que quelques grammes et, en s'interfaçant directement avec le système nerveux central, faisait le même office que cette enceinte d'immersion totale qu'était le gadget de Boeing. Une fois de plus, Hiram, semblait-il, avait parié sur le bon cheval.

Il laissa la technicienne abaisser le casque autour de sa tête, et se trouva plongé dans une obscurité...

... qui s'éclaircit peu à peu, mais resta trouble. Il aperçut le visage de Hiram devant lui. Il flottait, éclairé par une lumière rouge diffuse.

— Premières impressions, lança son père.

Il recula, révélant un paysage en arrière-plan.

David regarda autour de lui. Il y avait de l'eau, un sol en pente, caillouteux, avec un ciel rouge. Quand il bougeait trop rapidement la tête, l'image s'effritait, s'émiettait en pixels, et il sentait l'inertie du casque.

L'horizon était très courbe, comme s'il voyait la scène à très haute altitude. Et il était dentelé, bosselé par des collines basses, érodées, dont les rondeurs se reflétaient dans l'eau.

L'atmosphère lui semblait ténue, et il avait froid.

— Premières impressions ? répéta-t-il. Une plage au coucher du soleil... Mais je n'ai jamais vu un soleil comme ça.

C'était une boule rouge, virant au jaune orange en son centre. Il était posé sur la ligne d'horizon très nette, sans le moindre effet de brume, et aplati en forme de lentille, sans doute par un phénomène de réfraction. Mais il était énorme, beaucoup plus gros que le soleil de la Terre, comme un dôme rougeoyant couvrant environ le dixième du ciel. C'était peut-être une géante, se dit-il, une étoile bouffie, vieillissante.

Le ciel était plus dense que celui d'un coucher de soleil, également d'un pourpre intense en hauteur, écarlate autour de la couronne, et noir au-delà. Mais jusqu'au bord de l'astre, les étoiles brillaient. En fait, s'avisa-t-il, on distinguait même le scintillement de quelques étoiles à travers le limbe diffus du soleil proprement dit.

Juste à droite de l'astre, il y avait une constellation compacte à la forme étrangement familière. Ce W devait être Cassiopée, l'une des configurations d'étoiles les plus reconnaissables. Mais il y avait en plus une étoile brillante sur la gauche, qui transformait en fait la constellation en un zigzag approximatif.

Il fit un pas en avant. Le gravier crissa sous ses pieds de manière tout à fait convaincante, et il sentit l'arête tranchante des cailloux à travers ses chaussures. Il doutait cependant que les points de pression de ses semelles correspondent vraiment à ce qu'il voyait au sol.

Il s'approcha de l'eau. Il y avait de la glace dans les creux des rochers, et des mini-banquises s'étendaient à un mètre du rivage environ. La surface de l'eau était lisse, presque immobile, animée uniquement d'un très lent mouvement paresseux. Il se baissa pour examiner un caillou. Il était dur, noir et fortement érodé. Du basalte ? Au-dessous brillait une couche cristalline qui pouvait être du sel. Une étoile très brillante, dans son dos, éclairait les pierres d'une lumière jaune-blanc. Elle projetait même des ombres.

Il se redressa et lança le caillou dans l'eau. Il vola loin, mais lentement – à cause de la gravité très faible ? – avant de finalement toucher l'eau en soulevant une toute petite gerbe. De grosses rides concentriques s'éloignèrent paresseusement du point d'impact.

Hiram se tenait à côté de lui. Il portait une simple salopette de technicien, avec le logo arrondi de Boeing dans le dos.

– Tu as trouvé où nous sommes ?

– C'est une scène tirée d'un roman de science-fiction que j'ai lu un jour. Une vision de fin du monde.

– Science-fiction ? Pas du tout. Ça n'a rien d'un jeu. C'est la réalité. Le paysage, tout au moins.

– C'est pris par une Camver ?

– Oui. Avec beaucoup d'enrichissements et d'interpolations RV, pour obtenir une interaction convaincante. Par exemple, quand tu as ramassé ce caillou.

– Je pense que nous ne sommes plus dans le système solaire. Est-ce que l'air est respirable ?

– Non. L'atmosphère est principalement composée de dioxyde de carbone. (Il montra du doigt les collines arrondies.) Il y a encore ici une certaine activité volcanique.

– Mais c'est une toute petite planète. L'horizon est très courbe. Et la gravité faible. La pierre que j'ai jetée... Normalement, ce monde aurait dû perdre toute sa chaleur interne, comme la Lune. Ah ! L'étoile... (Il montra du doigt l'astre qui brillait sur l'horizon.) Elle doit être suffisamment proche pour que les forces des marées maintiennent le cœur de la planète à l'état de fusion. Comme c'est le cas pour Io, qui orbite autour de Jupiter. En fait, cela signifie probablement que le soleil local n'est pas une géante, comme je l'ai cru tout d'abord, mais une naine, et que nous en sommes assez près pour que l'eau demeure à l'état liquide. Si toutefois ce lac ou cette mer contient vraiment de l'eau.

– Mais oui. Je ne te conseille pas d'essayer de la boire, mais tu as raison. Nous sommes sur une petite planète qui orbite autour d'une naine rouge. L'année locale n'équivaut qu'à neuf de nos jours environ.

– Il y a de la vie ?

– Les spécialistes n'en ont pas trouvé trace. Pas même à l'état fossile. Dommage.

Hiram se baissa à son tour pour ramasser un caillou. Il projeta deux ombres sur la paume de sa main : la première, grise et diffuse, venait de l'étoile rouge massive ; la deuxième, plus faible mais aux contours nets, de la source de lumière située derrière eux.

Mais quelle source ?

David se retourna. Une étoile double brillait dans le ciel. Son éclat dépassait en intensité celui de n'importe quel astre vu de la Terre. Pourtant, la distance la réduisait à une double tête d'épingle qui faisait mal aux yeux. Il mit une main en visière sur son front pour se protéger.

— C'est magnifique, dit-il.

Il se tourna de nouveau pour regarder la constellation qu'il avait identifiée comme étant Cassiopée, avec une étoile de plus au bout.

— Je sais, dit-il. Les deux étoiles qui brillent derrière nous sont la binaire d'Alpha du Centaure, l'astre le plus brillant de notre ciel après le Soleil, situé à quatre années-lumière environ...

— Quatre virgule trois, à ce qu'on m'a dit.

— Nous sommes donc sur une planète de Proxima du Centaure, l'étoile la plus proche de notre système solaire. Quelqu'un a réussi à ouvrir un point de vue Camver à quatre années-lumière de distance ! Incroyable !

— Bravo. Tu as tout trouvé. Je te l'ai dit, tu t'es laissé dépasser. Tu vois là le dernier cri de la technologie Camver. Le développement le plus *puissant*. Les constellations sont toujours reconnaissables, mais quatre années-lumière, ce n'est pas grand-chose, finalement, à l'échelle interstellaire. Quant à l'étoile surnuméraire au bout de Cassiopée, c'est Sol, notre bon vieux soleil.

David regarda le point lumineux avec curiosité. Il avait un éclat jaune pâle, assez brillant mais pas trop. Et dire que ce minuscule point était à l'origine de toute vie sur la Terre ! Le Soleil, la Terre, les planètes, tous les endroits que les humains avaient jamais visités au cours de leur histoire auraient pu être éclipsés, d'ici, par un simple grain de sable !

— Elle est jolie, murmura Marie.

Bobby ne répondit pas.

— C'est vraiment une fenêtre sur le passé.

— Ce n'est pas de la magie. N'oublie pas que chaque fois que tu vois un film, tu regardes aussi dans le passé.

— Ce n'est pas la même chose. Dans un film, tu ne vois que ce que le réalisateur a choisi de te montrer. Et, même dans le cas d'un documentaire, les gens qu'on filme sont au courant de la présence de la caméra. Tandis qu'avec ça, on peut épier n'importe qui, à n'importe quel moment. Tu avais déjà vu cette scène, n'est-ce pas ?

— J'étais obligé.

– Pourquoi ?

– Parce que c'est le moment où elle est censée avoir commis son crime.

– Voler à IBM des secrets sur la réalité virtuelle ? Je n'ai pas l'impression qu'elle commette un crime en faisant ça, moi.

Il prit un air agacé.

– Que voudrais-tu ? Qu'elle se mette un loup sur le nez pour avoir la gueule de l'emploi ? Pardonne-moi, se reprit-il aussitôt.

– Ce n'est rien. Je comprends que ce soit un moment difficile pour toi. Mais quel mobile aurait-elle eu pour faire une chose pareille ? Elle travaillait pour Hiram, d'accord, mais je crois comprendre qu'elle ne le portait pas exactement dans son cœur. Ah oui, c'est toi qu'elle aimait.

Il détourna les yeux.

– Selon la version du FBI, elle voulait se valoriser aux yeux de Hiram, pour qu'il accepte sa relation avec moi. C'était un mobile suffisant pour eux. Ensuite, elle lui aurait raconté ce qu'elle avait fait.

– Et tu ne crois pas à cette thèse ?

– Je la connais bien, Marie. Ce n'est pas du tout sa façon d'agir. (Il sourit.) Si elle me veut, elle n'a pas à faire tout ça pour m'avoir. Ce que pense Hiram, elle s'en fiche. Mais il y a contre elle des preuves accablantes. Les spécialistes ont passé tout son matériel au peigne fin. Ils ont reconstitué des fichiers détruits qui montrent qu'elle avait sur ses différents supports informatiques des documents sur les tests pratiqués par IBM.

Marie désigna l'Écransouple devant eux.

– Mais puisque tu peux voir dans le passé, quelle importance, ce qu'il y a dans son ordinateur ? Quelqu'un l'a surprise en train d'ouvrir un gros dossier avec le logo d'IBM sur la couverture ?

– Non, mais ça ne prouve rien. Pas aux yeux de l'accusation, en tout cas. Kate connaissait l'existence de la Camver. Elle se doutait peut-être qu'on pourrait un jour visionner le passé avec, et qu'on pourrait la voir rétrospectivement. Elle a donc pu prendre ses précautions.

De nouveau, Marie renifla dédaigneusement.

— Il faudrait qu'elle soit un génie de la perversion pour penser à un truc comme ça.

— Tu ne connais pas Kate, dit-il en secouant la tête.

— De toute manière, ce ne sont que des présomptions, c'est comme ça qu'on dit ?

— Oui. Sans la Camver, elle aurait déjà été relâchée. Mais elle attend toujours son jugement. La Cour suprême travaille à la mise au point d'un nouveau cadre légal régissant la recevabilité des preuves fournies par la Camver. En attendant, il y a toute une série d'affaires – dont celle de Kate – qui sont suspendues.

D'un geste brusque, il éteignit l'Écransouple.

— Ça ne te semble pas étrange, demanda Marie, la manière dont ils utilisent la Camver ?

— *Ils ?*

— Les grosses entreprises, qui s'épient les unes les autres. Le FBI, qui surveille tout le monde. Je suis persuadée que Kate est innocente. Mais il y a sûrement quelqu'un ici qui a espionné IBM avec une Camver.

Avec l'assurance de son jeune âge, elle continua :

— Tout le monde devrait en posséder une, ou bien personne.

— Tu as sans doute raison. Mais ce n'est pas comme ça que les choses vont se passer.

— Tous ces trucs que tu m'as montrés, la prochaine génération, la compression du vide...

— Tu discuteras de ça avec quelqu'un d'autre.

Ils demeurèrent quelque temps silencieux. Puis elle murmura :

— Si j'avais une visionneuse du passé, je l'utiliserais tout le temps. Mais pas pour regarder des saloperies. Pour regarder de belles choses. Tu devrais retourner plus loin dans le passé, jusqu'à l'époque où vous étiez heureux ensemble.

Curieusement, l'idée ne lui était jamais venue de faire cela, et il frémit.

— Pourquoi pas ? insista Marie.

— Parce que le passé, c'est le passé. À quoi bon revenir dessus ?

— Si le présent est merdique et l'avenir encore pire, le passé, c'est tout ce qui nous reste.

Il fronça les sourcils. Son visage, qui ressemblait tant à celui de sa mère, était pâle, son expression composée et ses yeux bleus francs et directs.

— Ton père te manque, dit-il.

— Bien sûr qu'il me manque, fit-elle avec un éclair de colère dans le regard. Je ne sais pas de quelle planète tu viens. C'est peut-être différent là-bas. (Elle se radoucit subitement.) C'est sûr que j'aimerais le revoir. Juste quelques instants.

Je n'aurais jamais dû la faire venir ici, pensait Bobby.

— Une autre fois, peut-être, dit-il d'une voix douce. Viens, il fait un temps superbe. Allons sur le Sound. Tu as déjà fait de la voile ?

Il lui fallut plusieurs minutes pour la persuader de le suivre.

Un peu plus tard, David appela pour lui dire que plusieurs carnets contenant des notes manuscrites et des références sur les trous de ver issus de compression d'espace avaient disparu de son bureau.

— C'est Disney, en fait, déclara Hiram sur le ton de la conversation, assis dans la lumière de Proxima. En association avec Boeing, ils ont installé une gigantesque station Camver dans le vieux bâtiment d'assemblage des véhicules du cap Canaveral. C'est là qu'ils construisaient, jadis, les fusées qui allaient sur la Lune. Aujourd'hui, ils épient les étoiles avec des Camvers. C'est quelque chose, hein ? Naturellement, ce sont surtout des chercheurs qui utilisent les installations, mais Boeing permet à son personnel de venir se distraire ici aux heures des repas. Ils ont déjà observé chaque planète et chaque satellite du système solaire sans quitter leur fauteuil. Et Disney finance tout ça. La Lune et Mars, ce seront probablement les deux destinations favorites des futurs voyageurs virtuels. Il paraît que les sites Apollo et Viking sont déjà très populaires, bien que les vieux Lunokhods soviétiques soient aussi demandés.

Sans doute, se dit David, OurWorld fait-il également partie du club.

— Tu n'es pas très causant, lui dit son père en souriant.

David fit le point de ce qu'il ressentait. Beaucoup d'émerveillement, bien sûr, mais teinté de consternation. Il ramassa une poignée de cailloux qu'il laissa retomber. Leur chute au ralenti, suivie de rebonds, n'était pas d'une parfaite authenticité.

— Ce monde existe réellement, dit-il. J'ai dû lire des centaines d'œuvres de fiction, des milliers d'études sur l'exploration de Proxima. Et maintenant nous sommes là. C'est le rêve d'un million d'années qui se réalise. Un rêve probablement assez puissant pour tuer les voyages réels dans l'espace. Quel dommage ! Car ce n'est vraiment rien de plus qu'un rêve. Nous sommes toujours, en réalité, dans un hangar glacial des environs de Seattle. En nous montrant la destination sans que nous ayons besoin de faire un voyage épuisant, la Camver est en train de nous transformer en légumes.

— Tu ne crois pas que tu exagères un peu ?

— Non, Hiram. Avant la Camver, nous avions déduit l'existence de cette planète de Proxima à partir d'une série de déplacements infimes dans la trajectoire de l'étoile. Nous avons calculé les conditions à sa surface, pratiqué l'analyse spectroscopique de sa lumière voilée pour essayer de retrouver sa composition, fabriqué plusieurs nouvelles générations de télescopes pour essayer de cartographier sa surface. Nous avons même rêvé de construire des vaisseaux capables d'arriver jusqu'ici. À présent, nous avons la Camver, et nous n'avons plus besoin de déduire quoi que ce soit, ni de nous fatiguer, ni même de *raisonner*.

— Tu ne crois pas que c'est mieux comme ça ?

— Mais non ! lança sèchement David. C'est comme un écolier qui regarde la solution d'un exercice à la fin du livre. Ce ne sont pas les réponses en elles-mêmes qui importent, mais le cheminement mental qui y conduit. La Camver va court-circuiter toute une série de sciences : la planétologie, la géologie, l'astronomie... Durant les générations à venir, nos scientifiques n'auront plus rien à faire que répertorier, compter, classer, comme des collectionneurs de papillons du XVIIIe siècle. Ce ne sera plus de la science, mais de la taxinomie.

— Tu oublies l'histoire, lui dit Hiram avec un petit sourire.

— L'histoire ?

— C'est toi qui as découvert que la Camver pouvait voir à travers quatre années-lumière de distance aussi bien que quatre années de temps en arrière. Notre champ de vision dans le temps est plus réduit que dans l'espace, mais il va sans doute s'agrandir. Et là, ce sera une véritable révolution. Pour le moment, nous ne pouvons voir le passé que sur quelques jours, quelques semaines ou quelques mois. Nous pouvons espionner nos épouses, nous regarder sur la cuvette des cabinets, surprendre un criminel la main dans le sac. C'est déjà dur pour nous d'affronter notre passé récent, mais ce n'est rien à côté de ce qui se passera quand nous pourrons retourner plusieurs années en arrière. Toute l'histoire sera à notre portée. Et ça va faire du bruit, tu peux me croire.

Il y a déjà des gens qui préparent le terrain. Tu as sûrement entendu parler des Douze Mille Journées. Un projet lancé par les Jésuites à l'instigation du Vatican, pour dresser l'histoire authentique du christianisme à partir des origines. (Il fit la grimace.) Ce ne sera pas toujours très beau à voir, mais le pape n'est pas bête. Mieux vaut faire faire ce travail par l'Église qu'attendre que ce soit quelqu'un d'autre qui s'en charge. Mais même de cette manière, j'ai idée que le christianisme en question va s'écrouler comme un château de cartes. Et ce sera du pareil au même pour toutes les autres religions.

— Tu en es sûr ?

— Évidemment, fit Hiram, dont les yeux flamboyaient à la lueur de la naine rouge. Bobby a déjà démoli RevelationLand en dénonçant l'escroc qui était à sa tête.

C'était plutôt Kate Manzoni qui était à l'origine de cette affaire, mais il est vrai que Bobby l'avait aidée.

— Tu exagères, Hiram ! Le Christ n'était pas Billybob Meeks !

— Tu en es sûr ? Tu crois que tu supporterais de découvrir la vérité ? Tu crois que l'Église tiendrait le coup ?

Peut-être pas, se dit David. Mais il faut l'espérer, de tout cœur.

Hiram avait eu raison de le sortir de sa cellule de moine, de lui montrer tout ça. Il était bête de vouloir se cacher, de travailler à perfectionner sa Camver sans songer à toutes les implications. Il prit une résolution. Désormais, il s'intéresserait autant aux applications qu'à la théorie.

Hiram leva les yeux vers l'énorme soleil.

— Il commence à faire froid, dit-il. Quelquefois, il tombe même de la neige. Viens.

Il porta la main à son casque invisible pour appuyer sur un bouton.

David jeta un dernier coup d'œil au point lumineux qu'était le soleil de la Terre. Il imagina que son âme s'envolait pour parcourir la distance qui séparait cette plage déserte de l'infime point jaune de chaleur originelle.

15
Confabulation

Bobby trouvait la salle des entretiens préliminaires, dans les profondeurs du vieux tribunal, particulièrement déprimante. Les murs crasseux semblaient n'avoir jamais reçu la moindre couche de peinture depuis le siècle dernier, et encore s'agissait-il de l'horrible vert pâle des ministères.

C'était dans cette pièce que la vie privée de Kate allait être impitoyablement disséquée.

À côté d'elle, son avocate, une grosse femme revêche, qui ne souriait jamais, était assise, comme elle, sur une chaise en métal et plastique, derrière une table en bois bancale sur laquelle étaient posés des appareils enregistreurs. Bobby était juché sur un banc de bois au fond de la salle. On l'avait convoqué à la demande de Kate, et il était le seul témoin de cet étrange tableau.

Clive Manning, le psychologue nommé par la Cour comme expert dans cette affaire, était debout devant un Écransouple mural. Des images Camver, souffrant d'un manque de luminosité et de distorsions grand-angulaires, défilaient en scintillant tandis qu'il cherchait un repère. Il finit par trouver son point de départ. C'était l'image figée de Kate aux côtés d'un homme. Ils se trouvaient dans un living encombré, de toute évidence en pleine scène de ménage, en train de se lancer des invectives à la figure.

Manning, qui était grand, maigre, chauve et âgé d'une cinquantaine d'années, ôta ses lunettes cerclées et se tapota les dents avec l'une des branches, manie que Bobby trouvait déjà insupportable, en plus du fait que les lunettes elles-mêmes étaient le signe archaïque d'une affectation qu'il jugeait de mauvais goût.

– Qu'est-ce, en fait, que la mémoire humaine ? demanda-t-il avec un mouvement de manche, comme s'il plaidait devant un auditoire invisible – ce qui était peut-être le cas, après tout. Il ne s'agit nullement, reprit-il, d'un mécanisme d'enregistrement passif, comme pour un disque numérique ou une bande, mais plutôt d'une machine à raconter des histoires. Les informations sensorielles sont fragmentées en une pluie d'échardes de perception, qui s'émiettent à leur tour pour être stockées sous forme de débris de souvenirs. Pendant la nuit, lorsque le corps se repose, ces débris sont extraits de la mémoire, rassemblés et rejoués. Et chaque nouvelle lecture les grave un peu plus profondément dans la structure neurale du cerveau.

Chaque fois qu'un souvenir est répété ou rappelé, il est enrichi. On ajoute un petit quelque chose par-ci, on retranche un petit rien par-là, on triche un peu avec la logique, on remplit des cases manquantes, on associe même des éléments disparates.

Dans les cas extrêmes, on appelle cela de la confabulation. Le cerveau crée et recrée le passé, et il finit par produire une version des événements qui n'offre parfois qu'une très faible ressemblance avec ce qui s'est passé en réalité. Au premier degré, je pense qu'on peut dire sans se tromper que tout ce que l'on tire de sa mémoire est erroné.

Bobby avait cru discerner une note de terreur dans la voix de Manning.

– On dirait que cette idée vous fait peur, murmura Kate, étonnée.

– Je serais un idiot de ne pas avoir peur. Nous sommes des créatures complexes et imparfaites, Kate. Nous avançons dans le noir en nous heurtant à chaque obstacle. Peut-être avons-nous besoin, en tant que petites bulles de conscience éphémères à la dérive dans un univers d'une hostilité écrasante, de quelque chose qui renforce notre ego, qui l'imprègne de la logique cosmique, afin de nous donner la volonté de survivre. Mais maintenant, avec cette Camver sans pitié, nous ne pourrons plus jamais échapper à la réalité. (Il demeura quelques instants silencieux, puis lui sourit.) La vérité va peut-être nous rendre tous fous. Ou alors, en nous délivrant enfin de nos illusions, elle nous rendra hyperlucides, et je serai au chômage. Qu'en pensez-vous ?

Kate, qui portait une combinaison-pantalon d'un noir austère, était assise les mains entre les cuisses, les épaules voûtées.

– Ce que je pense, dit-elle, c'est que vous devriez continuer votre petite séance.

Manning remit ses lunettes en soupirant. Il donna une légère tape au coin de l'écran, et le fragment de la vie passée de Kate se mit à défiler.

Sur l'écran, Kate lança quelque chose à la figure du type. Il se baissa. Le projectile s'écrasa au mur.

– C'était quoi ? Une pêche ?

– Si j'ai bonne mémoire, un kumquat. Un peu mûr.

– Bon choix, murmura Manning. Mais la précision du tir laisse à désirer.

Pauvre con. Tu la vois encore, hein ?

Qu'est-ce que ça peut te faire ?

Ça me concerne entièrement, enfoiré. Si tu crois que je vais me laisser faire comme ça, tu te mets le doigt dans l'œil...

L'homme s'appelait Kingsley, à ce que Bobby avait appris. Kate et lui étaient amants depuis sept ans, et s'étaient mis en ménage depuis trois ans, jusqu'au moment saisi par la Camver, où elle avait fini par l'éjecter.

Cette séance de voyeurisme était on ne peut plus pénible à Bobby. La jeune femme à l'écran était plus jeune, différente, elle ne savait même pas qu'il existait. Et elle ne lui avait jamais parlé, plus tard, de cet homme. Comme toutes les tranches de vie saisies par la Camver, celle-ci était difficile à suivre, la conversation entrecoupée, illogique, répétitive, les mots conçus pour exprimer des émotions plutôt que pour marquer une quelconque progression rationnelle.

Un siècle et plus de scénarios de télé et de cinéma ne constituaient pas la meilleure préparation aux réalités de la Camver. Mais ce petit drame de la vie authentique était typiquement confus, embrouillé, non structuré, et ses acteurs tâtonnaient comme dans une chambre obscure pour donner un sens à ce qui se passait et à ce qu'ils ressentaient.

L'action se transporta du living à la chambre à coucher, où régnait un désordre indescriptible. Kingsley était maintenant en train de bourrer de vêtements un gros sac en cuir, et Kate cherchait ses affaires un peu partout pour les lancer avec fureur à travers la pièce. Pendant tout ce temps, ils se hurlaient des insultes et des obscénités.

Finalement, on vit Kingsley sortir en trombe de l'appartement. Kate fit trembler les murs en claquant la porte derrière lui. Elle resta figée un bon moment devant l'entrée, puis enfouit son visage dans ses mains.

Manning avança l'index pour toucher l'écran. L'image se figea sur un gros plan du visage de Kate à moitié caché par ses mains. On voyait couler des larmes entre ses doigts, et ses cheveux étaient en fouillis sur son front. Un halo rond de grand angle déformait légèrement la scène.

— Je pense que cet incident est la clé de toute votre histoire, Kate, déclara Manning. Il nous éclaire sur votre personnalité réelle.

La Kate actuelle, la mine défaite et l'expression découragée, regarda son image plus jeune avec froideur.

— C'est une machination, dit-elle. Cette histoire d'espionnage d'IBM. Elle a été minutieusement exécutée, de telle sorte que même la Camver ne puisse rien prouver. Mais je vous dis la vérité. C'est là-dessus qu'il faut concentrer vos efforts, et pas sur votre psychanalyse à la con.

Manning eut un mouvement de recul.

— Peut-être, mais la recherche des faits probatoires n'est pas de mon ressort. Le juge m'a seulement demandé d'établir votre état d'esprit au moment du délit. Mobiles et préméditation : des vérités profondes auxquelles la Camver elle-même n'a pas accès. De plus, lui rappela-t-il d'une voix coupante comme de l'acier, n'oubliez pas que vous avez tout intérêt à coopérer.

— Mais ça ne change rien à mon opinion.

— Quelle opinion ?

— Comme tous les autres psys que j'ai eu l'occasion de connaître dans ma vie, vous êtes un con inhumain et incompétent.

L'avocate posa la main sur le bras de Kate, qui se dégagea aussitôt d'une secousse.

Les yeux de Manning lancèrent des éclairs derrière ses lunettes. Bobby comprit qu'il allait prendre plaisir à exercer son pouvoir sur cette femme qui lui résistait.

Manning se tourna vers son Écransouple et repassa la courte scène de rupture.

– Permettez-moi de vous rappeler ce que vous m'avez dit sur cette période de votre existence, murmura-t-il. Vous viviez avec Kingsley Roman depuis trois ans lorsque vous avez décidé d'essayer d'avoir un bébé. Et vous avez fait une fausse couche peu avant d'arriver à terme.

– Je suis sûre que vous avez pris votre pied en regardant ça, lui dit Kate d'une voix cinglante.

– Je vous en prie, fit Manning d'une voix peinée. Il semble que vous ayez décidé ensuite avec Kingsley de faire une autre tentative.

– Nous n'avons jamais décidé une telle chose. Nous n'en avons jamais parlé en ces termes.

Manning consulta un bloc-notes en plissant les yeux.

– Je regrette, mais nous avons un exemple indiscutable en date du 24 février 2032. Je peux vous le montrer, si vous voulez. (Il la regarda par-dessus ses lunettes.) Ne vous alarmez pas si votre mémoire diffère du témoignage de la Camver. C'est un phénomène assez fréquent. J'irai même jusqu'à dire qu'il est normal. Confabulation, rappelez-vous. On continue ?

Malgré votre décision formellement énoncée, vous n'avez pas conçu d'enfant par la suite. Vous avez recommencé à utiliser vos méthodes contraceptives habituelles. Et six mois après votre fausse couche, Kingsley a une liaison avec une collègue de travail. Une femme nommée Jodie Morris. Mais quelques mois plus tard, il commet la maladresse de vous laisser vous en apercevoir. (Il la scruta de nouveau de très près.) Vous souvenez-vous de ce que vous m'avez dit à ce propos ?

Avec réticence, Kate répondit :

– Je vous ai dit la vérité. Je pense que Kingsley avait décidé, quelque part, que le bébé, c'était ma faute. Il a donc fini par chercher ailleurs. De plus, après la fausse couche, mon travail a commencé à me donner quelques satisfactions. L'histoire d'Absinthe... Je pense qu'il était jaloux.

– Il a donc essayé de trouver auprès d'une autre les attentions qui lui faisaient défaut ?

– Quelque chose comme ça, si vous voulez. Quand j'ai tout découvert, je l'ai fichu dehors.

– Il dit que c'est lui qui est parti.

– C'est un sale menteur.

– Mais nous venons de visionner l'incident, lui dit Manning d'une voix douce. Je n'ai pas constaté l'existence d'une pareille volonté ni d'une action unilatérale de votre part, pas plus que de la sienne, au demeurant.

– Ce que montre la Camver m'importe peu. La vérité, je la connais, moi.

Manning hocha la tête.

– Je ne nie pas que vous disiez la vérité telle que vous la concevez, Kate. (Il lui sourit en se penchant sur elle comme un rapace.) Vous ne mentez certainement pas. Mais là n'est pas le problème. Ne comprenez-vous pas ?

Kate contempla ses mains nouées.

Il y eut une suspension de séance, pendant laquelle Bobby n'eut pas le droit de lui parler.

La procédure à laquelle Kate était soumise faisait partie d'une série de nombreuses expériences suscitées par le désir des politiciens, experts juridiques, groupes de pression et autres citoyens responsables de trouver au plus vite des moyens d'adapter les inquiétantes capacités temporelles de la Camver – toujours plus ou moins ignorées du grand public – au cadre légal existant et, chose encore plus difficile, aux exigences d'une justice saine et naturelle.

En bref, il était soudain devenu beaucoup plus simple de déterminer matériellement la vérité.

La conduite d'une affaire judiciaire semblait sur le point d'être transformée de manière radicale. Les procès allaient sans doute devenir moins subjectifs, plus équitables, beaucoup moins tributaires du comportement d'un suspect face à la Cour ou des qualités de ses défenseurs. Là où la Camver était déjà disponible, que ce soit au niveau fédéral, à celui des États ou des collectivités locales, les commentateurs prévoyaient l'économie de plusieurs milliards de dollars par an dans ce domaine. Les procédures allaient être écourtées, les accords entre la défense et l'accusation devenir plus nombreux, les arrangements à l'amiable se multiplier.

Les grands procès, à l'avenir, allaient peut-être mettre l'accent sur ce qu'il y avait derrière les faits bruts : les mobiles et préméditations. D'où la désignation d'un expert en psychologie dans l'affaire de Kate.

D'un autre côté, pendant qu'une armée d'officiers de police munis de Camvers s'attaquait résolument à des affaires jamais élucidées dans le passé, une impressionnante fournée de nouveaux procès s'abattait sur les tribunaux. Certains membres du Congrès avaient proposé que, pour faciliter le nettoyage en cours, une amnistie soit décrétée pour tous les délits de moindre importance commis jusqu'à la fin de l'année civile précédant l'apparition de la Camver. Amnistie qui aurait été assortie, dans les affaires concernées, de la renonciation à la protection du cinquième amendement. En réalité, il était devenu tellement plus facile, grâce à la Camver, de rassembler des preuves que le cinquième amendement était devenu pratiquement inutile. Mais le principe était fortement controversé. La plupart des Américains voyaient d'un mauvais œil la perte de cette protection constitutionnelle.

Les atteintes à la vie privée étaient encore plus matière à controverse, surtout en raison du fait qu'il n'existait pas, même en ce moment, de définition légale du droit à la vie privée en Amérique.

La notion de vie privée ne figurait même pas dans la Constitution. Le quatrième amendement à la Déclaration des droits mentionnait une certaine protection contre les abus de l'État, mais donnait une large marge de manœuvre aux dépositaires de l'autorité publique qui voulaient enquêter sur les citoyens. Par ailleurs, il laissait les citoyens virtuellement sans défense contre les autres entités telles que les entreprises, la presse, ou même d'autres simples citoyens. Du fouillis de lois disparates au niveau fédéral et à celui des différents États, de même que de la masse de procès de droit coutumier fournissant la jurisprudence, avait progressivement émergé une certaine notion commune de ce qu'était la vie privée. Par exemple, le droit à l'« intimité », celui d'être à l'abri de toute intrusion inconvenante.

Tout cela n'avait plus beaucoup de sens depuis que la Camver existait.

On essayait bien de trouver des parades légales à l'utilisation de la nouvelle technologie. Les organismes de maintien de l'ordre tels que le FBI ou la police acceptaient que la perte de certaines libertés par les citoyens soit compensée par de nouvelles dispositions. Par exemple, pour se procurer les documents Camver utilisés dans une procédure pénale, ils devaient respecter certaines règles, notamment agir sous la surveillance d'un observateur qualifié, et consigner leurs actions dans un registre officiel. Ce qui ne posait pas de problème majeur, les observations en question étant répétables à volonté.

On avait même suggéré que chaque citoyen soit désormais prêt à se soumettre à une forme de « résumé biographique » Camver. Cela donnerait aux autorités accès à tous les incidents majeurs de la vie passée d'un individu, sans qu'il ait à se soumettre à une longue procédure préalable. Et ce serait en même temps pour l'intéressé une sécurité contre les fausses accusations et les usurpations d'identité.

Malgré les manifestations, un peu partout, contre l'érosion des droits individuels, tout le monde semblait s'accorder sur le fait que, dans le domaine précis de la recherche et de la répression des crimes, la Camver avait un grand avenir devant elle. Elle rendait trop de services pour qu'on s'en passe.

Certains philosophes soutenaient que ce n'était pas une mauvaise chose. Après tout, les humains, dans leur évolution historique, avaient toujours vécu en petits groupes où tout le monde se connaissait et où les étrangers étaient rarement admis. Ce n'était qu'à une époque relativement récente, au regard de l'évolution, que les gens avaient été forcés de vivre en communautés très larges, dans des grandes villes où amis et étrangers se côtoyaient. La Camver signifiait un retour aux anciens modes de vie. La présence des autres se faisait sentir davantage, et les interactions étaient plus fortes.

Mais ce n'était que piètre consolation pour ceux qui craignaient que leur espace vital, à l'intérieur duquel ils avaient besoin de s'isoler avec leurs proches, ne soit plus jamais inviolable.

Maintenant que les possibilités de la Camver en tant que visionneuse du passé se précisaient, la mémoire elle-même n'était plus un refuge.

Nombreux étaient ceux que la vérité, d'une manière ou d'une autre, avait durement blessés. Leur réaction, souvent, était de n'en vouloir ni à la vérité en question ni à eux-mêmes, mais à la Camver et à ceux qui avaient lâché ce fléau sur le monde.

Et parmi ces derniers, Hiram était la cible la plus en vue.

Bobby le soupçonnait d'avoir pris goût, au début, à cette notoriété d'un genre un peu particulier. La publicité, c'était toujours bon pour les affaires. Mais une avalanche de menaces de mort et de tentatives de sabotage avait mis un terme brutal à cette attitude. Il avait même eu quelques procès sur le dos, intentés par des gens qui soutenaient qu'il avait fabriqué de toutes pièces ce que la Camver montrait d'eux-mêmes, de leur entourage, de leurs ennemis ou de leurs héros.

Hiram avait pris le parti de vivre au grand jour. Sa demeure de la côte Ouest était en permanence illuminée par des projecteurs puissants. Il dormait sans faire l'obscurité autour de lui. Aucun système de sécurité n'était à cent pour cent efficace, mais il était sûr, de cette manière, qu'un intrus serait immanquablement repéré par les Camvers du futur.

Il vivait donc ainsi, sous les feux d'impitoyables projecteurs, tout seul, jamais tranquille, abhorré.

L'abjecte procédure reprit son cours. Manning consulta son bloc-notes.

– Permettez-moi d'énoncer quelques faits. Des vérités historiques incontournables, dûment recensées et attestées par des agents de la force publique. Pour commencer, la liaison de Kingsley avec Mlle Morris n'était pas sa première incartade dans votre vie commune. Il avait déjà eu une brève aventure, apparemment décevante, avec une autre femme, à peine un mois après vous avoir rencontrée. Et six mois plus tard encore...

— Non.

— En tout, il semble qu'il ait eu six liaisons avec d'autres femmes avant que vous ne vous aperceviez de l'existence de Jodie. (Il sourit.) Si cela peut vous consoler, sachez qu'il a aussi trompé d'autres partenaires, avant et après vous. Je crois qu'il correspond parfaitement à ce que l'on pourrait appeler le concubin adultère récidiviste.

— C'est ridicule. Je n'aurais pas pu ne pas le savoir.

— Vous êtes humaine. Je peux vous montrer des épisodes où les preuves des infidélités de Kingsley étaient sous votre nez, mais où vous n'avez pas voulu les voir. Inconsciemment, vous vous en êtes tirée en rationalisant. Toujours la confabulation...

— Je vous ai expliqué ce qui s'est passé, riposta Kate avec froideur. Kingsley a commencé à me tromper quand ma fausse couche a fichu notre relation par terre.

— La fausse couche ! C'est le grand événement de votre vie, n'est-ce pas ? Malheureusement, vous faites erreur. Le comportement sexuel de Kingsley était bien établi longtemps avant votre première rencontre. La fausse couche n'a eu pratiquement aucune incidence en la matière. Mais vous dites qu'elle vous a incitée à travailler davantage en vue d'améliorer votre carrière.

— C'est évident.

— La chose est moins facile à établir, mais je peux vous prouver, là aussi, que la courbe ascendante de votre vie professionnelle débute plusieurs mois avant votre fausse couche. Vous étiez déjà décidée à réussir. Cet événement n'a rien changé du tout. (Il la dévisagea quelques instants.) Vous avez bâti tout un roman autour de cette fausse couche, Kate. Vous vouliez en faire un tournant significatif dans votre vie. Cela a dû être pénible pour vous, mais rien n'a changé pour le reste... Je vois que vous êtes sceptique.

Elle demeura silencieuse. Manning joignit les bouts de ses doigts et les porta à son menton.

— Vous avez été à la fois lucide et aveugle sur votre propre compte, murmura-t-il. La fausse couche a bel et bien transformé votre vie, mais pas de la manière superficielle que vous croyez.

Elle n'a pas eu pour effet de vous faire travailler davantage ni de briser votre relation avec Kingsley. La perte de cet enfant vous a cependant meurtrie. Et je pense que vous êtes aujourd'hui gouvernée par la peur qu'une telle chose ne se reproduise.

– La peur ?

– Croyez-moi, je ne cherche aucunement à vous juger. Je m'efforce simplement de trouver des explications. Votre activité compensatrice réside dans votre travail. Peut-être votre réussite est-elle proportionnelle à vos craintes. Mais vous faites une fixation. Pour vous, il n'y a que le travail qui puisse vous libérer de ce que vous considérez comme une terrible et épouvantable noirceur au centre de votre être. Vous avez donc cherché des moyens plus radicaux de...

– Je vois. C'est pour ça que j'ai utilisé les trous de ver de Hiram pour espionner la concurrence. (Elle secoua la tête.) Et on vous paie combien pour débiter ces conneries, docteur ?

Manning se mit à faire lentement les cent pas devant son Écransouple.

– Kate, vous êtes l'une des premières personnes à subir ce... choc de la vérité. Mais vous ne serez pas la dernière, croyez-moi. Nous allons tous devoir apprendre à vivre sans la béquille rassurante des mensonges que nous nous faisons à voix basse dans les profondeurs noires de notre subconscient...

– Je suis capable d'établir des relations saines et durables avec d'autres personnes. En quoi cela correspond-il à ce portrait de traumatisée que vous faites de moi ?

Manning fronça les sourcils, comme si la question le rendait perplexe.

– Vous faites allusion à M. Patterson ? Mais ne voyez là aucune contradiction. (Il s'avança vers Bobby et, en s'excusant vaguement, l'examina de près.) Sous bien des aspects, continua-t-il, M. Patterson est l'un des adultes les plus enfantins que j'aie jamais rencontrés dans ma carrière. Son profil s'insère donc parfaitement dans le... trou, ou le manque d'enfant qui se trouve au centre de votre personnalité. (Il se tourna vers Kate.) Vous saisissez ?

Elle le regarda sans rien dire, les joues rouges, en roulant des yeux furibonds.

16

La guerre de l'eau

Heather était chez elle devant son Écransouple, occupée à entrer les paramètres d'une recherche.

PAYS : Ouzbékistan ; VILLE : Nukus...

Elle ne fut guère surprise de voir s'afficher le message d'interdiction turquoise. Nukus était une zone de guerre, après tout.

Mais ce n'était pas cela qui allait l'arrêter longtemps. Elle avait eu des raisons, en son temps, de forcer les blocages logiciels de la censure. Et l'accès personnel à une Camver était une motivation puissante.

En souriant, elle se mit à l'œuvre.

Lorsque, sous la pression du public, les premières compagnies avaient commencé à offrir sur Internet des accès Camver à des particuliers, Heather Mays avait été l'une de premières à s'abonner.

Elle pouvait même travailler à partir de chez elle. Dans le menu principal, elle choisit un emplacement comme point de vue. Il pouvait se situer n'importe où dans le monde, défini par des coordonnées géographiques ou une adresse postale, avec toute la précision qu'elle était capable de spécifier. Le logiciel de recherche se chargeait de convertir sa requête en coordonnées de type latitude-longitude, et offrait même des options supplémentaires. Le but était d'affiner la sélection jusqu'à un volume de la taille d'une chambre, à la surface de la Terre ou à proximité, de manière à pouvoir ancrer l'entrée d'un trou de ver.

Il y avait aussi une option de localisation aléatoire, pour ceux qui n'avaient pas de préférence. Par exemple, si elle voulait observer un lointain atoll de corail genre carte postale, sans préciser lequel. Elle pouvait même passer, moyennant un supplément de prix, par un point de vue intermédiaire, par exemple une rue, avant de décider à quelle maison elle voulait « rendre visite ».

Dès qu'elle aurait fait son choix, le logiciel ouvrirait un trou de ver entre le serveur du fournisseur d'accès et le site sélectionné. Des images Camver seraient alors acheminées directement sur son terminal. Elle aurait même la possibilité, dans un volume donné, de réorienter le point de vue.

L'interface commerciale de la Camver en faisait un véritable jouet, et chaque image portait le logo indélébile et voyant de OurWorld ainsi que des incrustations publicitaires. Mais Heather savait que, fondamentalement, la Camver était beaucoup plus puissante qu'elle ne le paraissait dans cette première version commerciale.

Dès qu'elle eut maîtrisé le fonctionnement du système, elle appela, ravie, sa fille Marie, pour lui montrer quelque chose.

– Regarde !

Sur l'écran, on voyait une maison sans caractère, baignée de la lumière d'un soir d'été. Tout autour de l'image, il y avait des slogans publicitaires parasites.

– C'est la maison où je suis née, dit-elle. À Boise, dans l'Idaho. Dans cette même pièce, en fait.

Marie haussa les épaules.

– Tu me laisses essayer ?

– Naturellement. En fait, je l'ai achetée en partie pour toi. Pour t'aider à faire tes devoirs.

– Bien sûr, bien sûr.

– Écoute, ce n'est pas un jouet.

Brusquement, l'écran afficha un cache couleur pastel.

– Qu'est-ce qui se passe ? demanda Marie en fronçant les sourcils. Ah oui, j'ai compris ! Il y a un filtre pour les familles. On ne voit que ce qu'ils veulent bien nous montrer.

L'idée était que la Camver ne devait pas servir à des voyeurs, pour espionner les gens chez eux ou dans des lieux privés, ou encore pour avoir accès à des secrets administratifs, industriels, commerciaux, judiciaires, policiers, militaires et ainsi de suite. La protection était aussi censée jouer en cas d'utilisation abusive ou morbide. Dans une telle éventualité, une alarme se déclenchait, l'appareil se bloquait, et une consultation psychologique était proposée, soit par un système expert, soit par un humain.

Pour le moment, seul le visionnement dans l'espace était proposé. Les images du passé étaient considérées comme beaucoup trop dangereuses pour le grand public par la quasi-unanimité des experts. Il était même déconseillé, disaient-ils, de trop faire de publicité autour de cette fonction Camver.

Naturellement, cet enrobage ne durerait que ce que durerait l'efficacité et l'ingéniosité des humains qui l'avaient conçu. Déjà, alimentées par des rumeurs qui couraient sur Internet, par des fuites industrielles et des mouvements spéculatifs, des revendications s'élevaient pour qu'un plus large public ait accès à toutes les fonctions Camver, y compris le visionnement du passé.

Heather avait l'impression que cette technologie nouvelle, par sa nature, allait être difficile à contenir.

Mais ce n'était pas une réflexion qu'elle tenait à faire devant sa fille de quinze ans.

Elle annula le trou de ver et se prépara à lancer une nouvelle recherche.

— J'ai du travail, maintenant, dit-elle à Marie. Toi aussi. Tu pourras t'amuser plus tard avec ça. Mais pas plus d'une heure.

Avec une moue de mépris, Marie s'éloigna, et Heather reporta son attention sur l'Ouzbékistan.

Anna Petersen, de l'US Navy, belle héroïne d'une série-guimauve 24 h/7 j Camver, avait joué un rôle important dans l'intervention onusienne dirigée par les Américains pour régler la bataille de l'eau qui faisait rage dans la région de la mer d'Aral. Une guerre chirurgicale était menée par les alliés contre l'agresseur principal, l'Ouzbékistan. L'agression en question menaçait les intérêts occidentaux liés aux gisements de pétrole et de soufre ainsi que différents sites de production minière, y compris une importante mine de cuivre. Brillante et efficace, Anna avait surtout participé aux opérations de commandement, de contrôle et de communication.

La technologie Camver était en train de changer la nature de la guerre, tout comme elle avait changé beaucoup d'autres choses. Les Camvers avaient déjà en grande partie pris la place de tout un système complexe de surveillance radioélectronique à base de satellites, d'engins aériens et de stations au sol, qui avait régné sur les théâtres d'opérations durant des décennies. Si quelqu'un avait pu les voir, les entrées de trous de ver auraient émaillé tout le territoire du l'Ouzbékistan, couvrant chaque objectif tant soit peu important. Des bombes à guidage de précision, des missiles de croisière et autres armes, souvent pas plus grosses qu'un moineau, s'étaient abattus sur les centres ouzbeks de défense antiaérienne, sur leur commandement militaire, leurs postes de contrôle, les bunkers où se dissimulaient des troupes et des tanks, les usines hydro-électriques, les pipelines de gaz naturel, ainsi que sur des objectifs situés dans des villes comme Samarkand, Andizhan, Namangan et la capitale, Tachkent.

La précision chirurgicale atteinte fut sans précédent. Et, pour la première fois dans de telles opérations, on put la vérifier instantanément.

Pour le moment, naturellement, les alliés avaient le monopole du déploiement des Camvers. Mais les guerres futures allaient probablement être livrées en tenant compte du fait que chacun des adversaires détiendrait des renseignements complets et parfaitement à jour sur la stratégie, les ressources et les capacités de déploiement de l'autre camp. Heather se disait qu'il aurait été naïf d'espérer que ces bouleversements pourraient amener la fin des conflits armés, mais ils avaient au moins le mérite de faire réfléchir les adversaires, et les destructions gratuites diminueraient peut-être en conséquence.

N'importe comment, cette guerre, celle d'Anna, qui était une froide bataille d'information et de technologie, était la seule que voyait le public américain, en partie grâce au point de vue Camver que Heather avait établi elle-même, juste derrière la courbe adorable de l'épaule de Petersen, tandis que l'héroïne sautait imperturbablement d'un scénario clinique et aseptisé à l'autre.

Il y avait toutefois des rumeurs, qui circulaient surtout dans les secteurs d'Internet encore mal contrôlés, selon lesquelles une autre guerre, de nature plus primitive, se déroulait au sol, menée par des fantassins chargés de consolider les succès des frappes aériennes.

Une annonce faite par une chaîne anglaise avait dernièrement mentionné l'existence d'un camp de prisonniers, sur le terrain, où des militaires des pays de l'ONU, y compris des Américains, auraient été parqués par les Ouzbeks. On disait aussi que des femmes appartenant aux troupes alliées auraient été conduites dans des camps de viol et des bordels forcés à l'intérieur du pays.

Ces révélations, bien évidemment, servaient les desseins des gouvernements de l'alliance anti-ouzbek. Les conseillers en communication de l'administration Juarez ne répugnaient pas à promouvoir l'idée hautement dérangeante de la plantureuse Anna de l'Iowa aux mains de brutes ouzbeks basanées.

Pour Heather, tout cela était l'indice d'une sale guerre se déroulant au sol, loin des jeux vidéo aseptisés dont Anna Petersen était l'héroïne. Elle s'était hérissée à l'idée de jouer un rôle dans quelque vaste machine de propagande, mais s'était vu opposer un refus formel lorsqu'elle avait demandé la permission à ses employeurs, Earth News Online, de tenter de rechercher les vérités dissimulées derrière cette sale guerre. On l'avait même menacée de lui retirer son accès aux services Camver si elle persistait dans son intention.

Tant qu'elle était sous la lumière des projecteurs comme ex-femme de Hiram, il était indispensable qu'elle maintienne un profil bas.

Mais les feux de l'actualité commençaient à s'éloigner peu à peu des Mays, et elle avait les moyens de se payer son propre accès Camver. Elle donna donc sa démission à ENO, prit un boulot alimentaire qui consistait en une biographie Camver d'Abraham Lincoln, et se mit à l'œuvre.

Il ne lui fallut pas plus de deux jours pour découvrir ce qu'elle cherchait.

Elle suivit un groupe de prisonniers ouzbeks que l'on faisait monter dans un camion de l'ONU et qui fonça sous la pluie. Il passa par la ville de Nukus, tenue par les forces alliées, puis s'éloigna dans la campagne.

Là, elle découvrit que les alliés avaient établi un camp de prisonniers à leur manière.

C'était une vieille mine de fer abandonnée. Les prisonniers étaient enfermés dans des cages métalliques empilées sur une plate-forme de chargement du minerai. Elles ne faisaient pas plus de un mètre de haut. Les prisonniers ne pouvaient pas allonger leurs jambes ni se coucher sur le dos. Il n'y avait aucun dispositif sanitaire. Ni nourriture adéquate, ni possibilité d'exercice, ni accès aux représentants de la Croix-Rouge ou de son équivalent islamique, le Merhamet. Les immondices dégoulinaient à travers les barreaux sur les cages en dessous.

Elle estimait le nombre des prisonniers à un millier au moins. Ils ne recevaient qu'un bol de soupe claire par jour. L'hépatite sévissait à l'état épidémique, et d'autres maladies se répandaient rapidement.

Tous les deux jours, un certain nombre de prisonniers étaient sélectionnés, apparemment au hasard, et sortis de leur cage pour être battus. Trois ou quatre soldats entouraient la victime, qu'ils frappaient avec des barres de fer, des gourdins ou des matraques. Lorsque ce passage à tabac cessait, ceux qui pouvaient encore marcher étaient livrés à un autre groupe, qui recommençait la séance. Ensuite, ils étaient ramenés dans leur cage par d'autres prisonniers.

Cela, c'était la routine. Mais il y avait des traitements spéciaux infligés aux captifs dans un esprit quasi expérimental. Ils interdirent, par exemple, à un malheureux de déféquer. Un autre fut obligé de manger du sable. Un autre encore dut avaler ses propres excréments.

Six personnes moururent pendant que Heather regardait. La mort survenait à l'issue d'un passage à tabac, d'une punition trop forte ou de la maladie. Parfois, un prisonnier était abattu, par exemple lorsqu'il essayait de s'échapper ou de riposter aux coups qu'il recevait. L'un d'eux fut même relâché en piteux état, pour pouvoir informer, semblait-il, ses camarades combattants de la détermination de ces casques bleus d'un genre un peu spécial.

Heather remarqua que les gardes prenaient bien soin de n'utiliser dans leurs exactions que des armes prises à l'ennemi, comme s'ils voulaient éviter de laisser des traces trop visibles de ce qu'ils faisaient ici. De toute évidence, ces soldats sans imagination n'avaient pas encore bien compris les capacités de la Camver. Ils ne se doutaient pas qu'on pouvait les observer partout et à n'importe quel moment, y compris, rétrospectivement, à partir du futur.

La vue de ces crimes sanguinaires, qui seraient demeurés cachés – au grand public, tout au moins – à peine quelques mois plus tôt, était insoutenable.

C'était un vrai bâton de dynamite planté dans le cul de la présidente Juarez, qui, de l'avis de Heather, avait déjà amplement prouvé qu'elle était la pire des ordures à avoir pollué l'air de la Maison-Blanche depuis le début du siècle (ce qui n'était certes pas peu dire) et qui, en tant que première femme élue à cette haute fonction depuis les origines, était une source d'embarras profond pour la moitié de la population.

Peut-être, se permettait d'espérer Heather, la conscience de masse allait-elle vibrer de nouveau lorsque l'opinion verrait la guerre dans toute sa vraie gloire sanglante, comme elle l'avait entrevue lorsque le Viêt-nam était devenu le premier conflit en direct à la télé, juste avant que le haut commandement rétablisse son contrôle sur les médias.

Elle entretenait même l'espoir que l'arrivée d'Absinthe modifie quelque peu la manière dont les gens traitaient leurs semblables. Si tout devait prendre brutalement fin dans quelques générations, à quoi bon poursuivre des querelles ancestrales ? Et pourquoi l'humanité passerait-elle le peu de temps qui lui restait à s'infliger des souffrances supplémentaires ?

Il y aurait encore des guerres jusqu'à la fin, sans aucun doute, mais il ne serait plus possible de déshumaniser et de diaboliser un adversaire si n'importe qui pouvait allumer un Écransouple pour regarder ce qui se passait vraiment chez celui qui était désigné comme l'ennemi du moment. Il ne pourrait plus y avoir de propagande mensongère sur les capacités, les intentions et la résolution d'un adversaire. Si la culture du secret finissait par être brisée, aucun gouvernement ne pourrait plus jamais s'en tirer après avoir commis des crimes pareils.

Mais elle était peut-être un peu trop idéaliste.

Elle continua ses recherches, bien décidée, implacablement motivée. Pourtant, elle avait beau s'efforcer de demeurer objective, elle trouvait atrocement déchirant de voir ces hommes nus, misérables, qui se tordaient de douleur au pied de casques bleus à la gueule aseptisée d'Américains sans pitié.

Heater fit une pause. Elle dormit un peu, prit un bain, puis se prépara quelque chose à manger (un petit déjeuner, à 15 heures).

Elle savait qu'elle n'était pas la seule, parmi les citoyens de cette nation, à utiliser de cette manière les possibilités de cette nouvelle technologie.

Dans tout le pays, le bruit courait que des escadrons de la vérité se formaient autour de la Camver et d'Internet. Certains de ces escadrons n'étaient rien de plus que des associations de quartier, mais l'une d'elles, qui avait pour nom Copwatch, diffusait des instructions sur la manière d'épier les flics en service de manière à pouvoir jouer le rôle de « témoin impartial » de toutes les activités policières. Déjà, on disait que cette vigilance des citoyens avait un effet marqué sur la qualité des prestations de la police. Les agents trop brutaux ou corrompus – heureusement déjà rares – étaient immédiatement signalés.

Les associations de consommateurs avaient soudain beaucoup plus de poids. Chaque jour, elles dévoilaient des arnaques et des scandales. Dans la plupart des États, des comptes rendus détaillés sur le financement des partis en campagne étaient publiés, dans certains cas pour la première fois. On s'intéressait aux activités occultes du Pentagone et à ses caisses noires. Et ainsi de suite.

Heather se délectait à l'idée que les citoyens armés de Camvers et de suspicions légitimes traquent la corruption et le crime comme autant de globules blancs purificateurs. Dans son esprit, les libertés fondamentales étaient protégées par un simple enchaînement de cause à effet : une transparence plus grande entraînait une responsabilité accrue, qui à son tour était garante des libertés. Et ce miracle – ou accident – technologique fournissait à présent aux particuliers, pour dévoiler la vérité, l'outil le plus extraordinaire que l'on puisse concevoir.

Jefferson et Franklin auraient probablement adoré cela, même si le prix à payer était le sacrifice de leur propre vie privée.

Elle entendit un bruit dans son bureau. Un gloussement de rire étouffé.

Pieds nus, elle s'avança jusqu'à la porte entrouverte. Marie était là avec une copine, et elles étaient assises devant sa table de travail.

— Regarde-moi ce con, disait Marie. Il ne sait même pas empêcher sa main de déraper.

Heather reconnut la copine. C'était Sasha, qui fréquentait la classe au-dessus de celle de Marie au lycée. La mafia locale des parents disait qu'elle exerçait une « mauvaise influence » sur les autres. Il flottait dans l'air une odeur de joint, probablement de sa réserve à elle.

L'image Camver sur l'écran était celle d'un adolescent. Heather le reconnut aussi. Il allait à la même école. Il s'appelait Jack, ou Jacques. Il était dans sa chambre, pantalon baissé sur ses chevilles, devant un Écransouple, et se masturbait avec plus d'enthousiasme que de compétence.

— Bravo, murmura Heather. Vous avez réussi à contourner la protection, à ce que je vois.

Marie et Sasha sursautèrent en même temps. Sasha fit un geste futile pour chasser le nuage de fumée de marijuana.

— Pourquoi pas ? demanda Marie. Tu l'as bien fait, toi.

— C'était pour une bonne raison.

— Tu as le droit de le faire, mais pas moi. C'est de l'hypocrisie, maman.

Sasha se leva.

— Je me tire.

— Tu as intérêt ! s'écria Heather en direction de son dos qui s'éloignait déjà. Marie, je ne te reconnais plus ! Voilà que tu te mets à épier tes voisins comme un vieux voyeur dégueulasse !

— Qu'est-ce qu'on peut faire d'autre avec ce truc-là ? Avoue-le, maman, tu mouilles aussi...

— Sors d'ici !

Le rire de Marie se transforma en un gargouillis théâtral, et elle se retira.

Heather, tremblante, s'assit devant l'Écransouple et regarda l'adolescent. L'écran allumé devant lui affichait lui aussi une image Camver, celle d'une fille de son âge, toute nue, qui se masturbait également, mais avec le sourire, et murmurait des mots qui s'adressaient, de toute évidence, à lui.

Heather se demanda combien de voyeurs étaient en train de regarder ce spectacle. Le couple n'y avait peut-être pas pensé. On ne pouvait pas intercepter l'image d'une Camver, mais les gens avaient du mal à admettre que l'accès aux trous de ver était ouvert à tous. N'importe qui pouvait regarder ces ados en train de s'amuser.

Elle était prête à parier que, tout au moins les premiers mois, quatre-vingt-dix-neuf pour cent des utilisateurs Camver s'en serviraient pour se livrer à ce genre de voyeurisme primaire. C'était sans doute l'équivalent du porno, devenu soudain accessible sur Internet sans avoir à entrer dans une boutique spécialisée. Tout le monde avait envie de devenir voyeur, de toute manière, disaient certains, et le moyen existait maintenant de le faire en toute sécurité.

C'était ce que les gens pensaient, tout au moins. Ils oubliaient que les mateurs pouvaient être matés à leur tour. N'importe qui pouvait regarder Marie et Sasha, deux mignonnes adolescentes, en train de prendre leur pied devant un spectacle coquin. Il existait peut-être même une catégorie d'individus qui prenaient plaisir à la regarder, elle, une femme d'un certain âge, sèche comme un piquet, en train d'observer ces idioties d'un regard critique.

Peut-être, disaient encore certains analystes, était-ce cette possibilité de voyeurisme qui incitait les masses à l'achat des premières Camvers et facilitait même le développement de cette technologie nouvelle de la même manière que le porno avait pris part au développement d'Internet. Heather aurait préféré croire que ses semblables étaient un peu plus sages que ça, mais là aussi elle était sans doute trop idéaliste.

Après tout, le voyeurisme n'était pas que le fait des pervers sexuels. Chaque jour, dans les nouvelles, il était question d'individus qui, pour une raison ou pour une autre, avaient, en épiant leurs proches, découvert des secrets, des trahisons ou autres mauvais coups qui avaient causé une hémorragie de divorces, de violences familiales, de suicides, de conflits mineurs entre amis, conjoints, frères et sœurs, enfants et parents : tout le monde lavait son linge sale, supposait-elle, avant de devenir un peu plus adulte en s'habituant à vivre derrière des vitres transparentes.

Elle avait remarqué que l'adolescent avait un poster spectaculaire sur un mur de sa chambre, représentant une vue des anneaux de Saturne prise par la sonde Cassini. Naturellement, il n'y prêtait pas attention. Il n'était intéressé que par son zizi. Heather se souvenait que sa mère, un bon demi-siècle plus tôt, lui parlait de l'avenir tel qu'on le concevait à cette époque d'optimisme et d'expansion. En 2025, disait-elle toujours, les fusées à propulsion nucléaire feraient la navette entre les différentes planètes colonisées, chargées d'eau et de précieux minerai prélevés sur des astéroïdes. Peut-être même que la première sonde interstellaire aurait été lancée. Et ainsi de suite.

Les ados de cet univers-là, au lieu de s'occuper de leurs intimités respectives, une partie du temps, tout au moins, seraient fascinés par le spectacle des explorateurs de Valles Marineris, sur Mars, ou du grand bassin Caloris sur Mercure, ou encore des grands glaciers mouvants d'Europe, le satellite de Jupiter.

Mais dans ce monde-ci, le monde *réel*, se disait-elle, nous sommes toujours prisonniers de la Terre, et même le futur, semble-t-il, va disparaître dans une terrible collision avec un monstrueux rocher lancé à toute allure. Et pendant ce temps-là, la principale occupation des humains est de s'épier les uns les autres.

Elle referma la liaison Camver et ajouta de nouveaux protocoles de sécurité à son terminal. Cela n'arrêterait pas Marie éternellement, mais le blocage durerait ce qu'il durerait.

Cela fait, épuisée, déprimée, elle reprit son travail.

17

La machine à démythifier

David et Heather étaient devant un Écransouple scintillant, le visage illuminé par la dure clarté solaire d'un jour d'antan.

C'était un soldat, un fantassin du premier régiment d'infanterie du Maryland. Il avançait dans une colonne qui s'étirait à perte de vue, le mousquet levé. Un roulement de tambour se faisait entendre au loin, lancinant et sinistre.

Ils ne savaient pas encore comment il s'appelait.

Il avait la figure barbouillée, luisante de transpiration. Son uniforme était crasseux, maculé par la pluie et la boue, rapiécé de toutes parts. Sa nervosité augmentait de manière visible à mesure qu'il approchait du front.

La fumée voilait les lignes à l'horizon, mais déjà David et Heather entendaient les détonations des armes individuelles et le grondement des canons.

Leur soldat passa devant un hôpital de campagne, qui consistait en une série de tentes dressées au centre d'un terrain boueux. Il y avait plusieurs rangées de cadavres, à découvert, devant la tente la plus proche. Mais le plus horrible était un monceau de jambes et de bras coupés, certains encore avec le tissu qui les entourait. Deux hommes prenaient les membres un par un pour les jeter dans un brasier. Les cris des blessés à l'intérieur des tentes étaient déchirants, atroces, inhumains.

Le soldat mit la main dans la poche de sa vareuse et en sortit un paquet de cartes tordues, attachées avec un bout de ficelle, ainsi qu'une photo.

David, qui était aux commandes de la Camver, figea l'image et l'agrandit afin de mieux voir la photo. Elle était écornée, en noir et blanc, avec beaucoup de grain.

– C'est une femme, dit-il lentement. Et à côté, on dirait un âne. Oh !

Heather était en train de sourire.

– Il a peur. Il pense qu'il ne survivra pas. Il ne veut pas qu'on renvoie ces objets chez lui avec ses affaires personnelles.

David poursuivit la séquence. Le soldat laissa tomber ses possessions dans la boue et les enfonça d'un coup de talon.

– Écoute, murmura Heather. Il chante quelque chose.

David régla le volume et la fréquence. L'accent du soldat était très prononcé, mais les paroles restaient reconnaissables.

> *Dans la salle d'hôpital aux murs blancs éclatants*
> *Où dorment les morts et reposent les mourants*
> *Blessés par baïonnette, sabre ou balle,*
> *Un jour fut transporté le chéri d'une belle...*

Un officier à cheval survint de l'intérieur des lignes, sa monture noire et écumante visiblement nerveuse.

– Serrez les rangs ! Alignement ! Allons, serrez plus que ça !

Son accent était dur, étranger aux oreilles de David.

Il y eut une explosion. La terre vola. Les corps des soldats, projetés dans les airs, éclatèrent en gros fragments sanglants.

David avait eu un mouvement de recul. C'était un obus. Soudain, avec une rapidité étonnante, percutante, la guerre fut là, sur eux.

Le niveau de bruit s'éleva brutalement. Il y eut des acclamations, des jurons, un crépitement de balles de mousquets à canon rayé et de pistolets. Le soldat leva son mousquet, tira rapidement, puis sortit une nouvelle cartouche de sa ceinture. Il mordit dedans pour la déchirer, faisant apparaître la poudre et la balle. Des grains noirs adhérèrent à ses lèvres.

– On dit que la poudre avait un goût de poivre, murmura Heather.

Un nouvel obus atterrit en sifflant à côté d'une pièce d'artillerie. Un cheval, non loin du canon, parut exploser. Des quartiers de chair sanglante volèrent. Un homme qui se trouvait là tomba et contempla avec une expression de surprise le moignon qui terminait à présent sa jambe.

Tout autour du soldat régnait maintenant l'horreur. Fumée, flammes, corps mutilés, blessés jonchant le sol, se tordant de douleur. Mais il paraissait plus calme. Il continua d'avancer.

– Je ne comprends pas, souffla David. Il est au milieu d'un carnage. La raison ne lui commande donc pas de fuir ? De se cacher quelque part ?

– Il ne connaît probablement même pas les raisons de cette guerre. C'est souvent le cas. Pour le moment, il est responsable de ses actions. Son destin est entre ses mains. Il est peut-être soulagé que le moment soit arrivé. Et il a sa réputation à défendre, l'estime de ses copains.

– Une forme de folie, quoi.

– Bien sûr.

Ils n'entendirent pas arriver la balle de mousquet.

Elle entra par un œil et ressortit derrière la tête, emportant avec elle un morceau de boîte crânienne de la taille de la paume. David distingua à l'intérieur la matière grise sanguinolente.

Le soldat demeura debout encore quelques secondes, mousquet à la main, mais son corps était secoué de spasmes, et ses jambes animées de convulsions. Puis il s'écroula sur lui-même.

Un autre soldat lâcha son mousquet et s'agenouilla à côté de lui. Il ramassa la tête, doucement, et parut essayer de faire rentrer le cerveau dans le crâne défoncé.

David donna une tape sur l'Écransouple, qui s'éteignit. Il arracha ses écouteurs et les jeta au loin.

Un long moment, il demeura sans bouger, laissant les images et les bruits du sinistre champ de bataille de la guerre de Sécession s'estomper dans sa tête pour être remplacés par le calme scientifique et composé de Technivers, où l'on n'entendait que les conversations à voix basse des chercheurs.

Dans des boxes identiques alignés tout autour d'eux, une armée de techniciens travaillaient à améliorer des images Camver à la luminosité trop faible. Ils réglaient leurs Écransouples, écoutaient un flot de voix anciennes dans leurs casques, prenaient des notes dans leurs carnets à pages jaunes. La plupart des spécialistes qui travaillaient ici s'étaient fait engager en soumettant des projets de recherche sélectionnés par une commission mise sur pied par David. Au besoin, ils étaient départagés par tirage au sort. Certains avaient été recommandés ou pistonnés par Hiram, comme Heather et sa fille. Il y avait là des journalistes, des chercheurs et des universitaires dont l'objectif était de débrouiller des énigmes historiques ou des questions d'intérêt particulier, par exemple des conspirations qui demeuraient à démontrer.

Quelque part, on entendait quelqu'un qui fredonnait doucement une berceuse. La mélodie formait un étrange contrepoint aux horreurs qui vibraient encore dans la tête de David. Mais cela ne l'empêcha pas d'en comprendre immédiatement la signification. L'un des chercheurs les plus enthousiastes qu'ils avaient recrutés s'était donné pour but de découvrir les origines de la mélodie très simple à la base des *Enigma Variations* de Edward Elgar en 1899. Plusieurs candidats étaient en présence, depuis certains negro-spirituals et airs de music-hall tombés dans l'oubli, jusqu'à *Twinkle, Twinkle, Little Star*. Mais le chercheur, apparemment, avait découvert la vérité, et les paroles vinrent toutes seules à l'esprit de David en écoutant la douce mélodie de *Mary Had a Little Lamb*.

Tous ces chercheurs étaient attirés ici en raison de l'avance confortable qu'avait OurWorld sur ses concurrents dans le domaine de la technologie Camver. La tranche de passé accessible par les moyens modernes ne cessait de s'approfondir. Certains chercheurs en étaient déjà à trois siècles en arrière. Jusqu'à nouvel ordre, pour le meilleur et pour le pire, l'utilisation des visionneuses du passé demeurait étroitement surveillée, réservée à des centres comme celui-ci, où les utilisateurs étaient triés sur le volet, filtrés et contrôlés, et leurs travaux examinés à la loupe, censurés au besoin et agrémentés de commentaires explicatifs avant d'être rendus publics.

Mais David savait que, quel que soit le passé reculé qu'il pourrait visionner, quelles que soient les images qu'il aurait l'occasion de disséquer et d'analyser, ces quinze minutes de la guerre inter-États qu'il venait de regarder resteraient à jamais ancrées dans sa mémoire.

Heather lui toucha le bras.

– Tu as l'estomac délicat, hein ? On n'a fait, jusqu'à présent, que gratter la surface de cette vieille guerre.

– Mais c'est une ignoble boucherie !

– Comme toutes les guerres. Qu'est-ce que tu croyais donc ? En fait, la guerre de Sécession n'a été que le premier conflit vraiment moderne. Plus de six cent mille morts, près d'un demi-million de blessés, dans un pays dont la population n'excédait pas les trente millions. C'est comme si, aujourd'hui, nous perdions cinq millions d'hommes. Ce fut une prouesse d'un genre particulier, pour un pays aussi jeune que l'Amérique, d'organiser un conflit à si grande échelle.

Mais c'était une guerre juste, continua Heather, qui étudiait la période de la guerre de Sécession en vue d'établir la première Biothentique Camver, portant sur Abraham Lincoln et financée par une association d'historiens. C'est tout ce que tu en retires ? N'oublie pas qu'elle a conduit à l'abolition de l'esclavage sur le territoire des États-Unis.

Et pourtant, ce n'était pas du tout son objectif. Nous allons bientôt perdre nos illusions romantiques à ce sujet ; ou plutôt redécouvrir une vérité que les historiens courageux connaissent depuis toujours. La guerre concrétisait le choc d'intérêts économiques antagonistes. Nord contre Sud. Les esclaves représentaient un capital qui valait des milliards de dollars. Ç'a été un conflit sanglant, le résultat de l'explosion d'une société divisée, inégalitaire. Par exemple, ils n'ont pas hésité à envoyer des troupes de Gettysburg à New York pour briser des émeutes anticonscription. Et Lincoln a jeté en prison sans jugement trente mille prisonniers politiques...

David émit un sifflement.

– Tu crois que sa réputation peut survivre à un tel déballage ?

Il lança une nouvelle séquence tandis que Heather haussait les épaules.

– Je ne sais pas, dit-elle. Lincoln restera toujours une figure historique impressionnante, même s'il n'était pas homo.

David sursauta.

— Tu en es sûre ?

Elle sourit.

— Absolument. Pas même bi.

Du box voisin leur parvint un cri aigu, étouffé.

Heather sourit de nouveau, d'un air las.

— C'est Marie, dit-elle. Elle est encore en train de regarder les Beatles.

— Les Beatles ?

Heather tendit l'oreille quelques instants.

— Le club Top Ten à Hambourg, avril 1961, sans doute. Concert légendaire, où l'on dit qu'ils étaient au sommet de leur forme. Il n'existait aucun film de l'événement, jusqu'à la Camver, naturellement. Marie est en train de recenser tous leurs concerts, nuit après nuit.

— Hum ! Et comment ça marche entre vous ?

Jetant un coup d'œil à la cloison de séparation, Heather chuchota :

— Je suis inquiète. Notre relation est au bord de la catastrophe. Je ne sais plus comment faire avec elle, David. La moitié du temps, je ne sais pas où elle est, où elle va, qui elle fréquente. Elle est toujours en colère contre moi. Ce n'est qu'en l'appâtant avec la Camver de OurWorld que j'ai réussi à la persuader de passer la journée avec moi. Et à part les Beatles, j'ignore quel usage elle en fait.

David murmura en hésitant :

— Ce n'est peut-être pas très conforme à l'éthique, ce que je vais te proposer, mais... veux-tu que j'essaie de savoir ?

Elle fronça les sourcils et repoussa une mèche de cheveux grisonnants qui lui tombait sur les yeux.

— Tu pourrais faire ça ?

— Je vais lui parler.

L'image se stabilisa soudain sur l'Écransouple.

Le monde prêtera peu d'attention à ce qui se dit ici et en perdra rapidement le souvenir, mais il ne pourra jamais oublier ce qui s'est accompli en ce lieu.

L'assistance de Lincoln, en redingote et huit-reflets noirs, presque entièrement masculine, paraissait incroyablement exotique aux yeux de David. Lincoln lui-même, qui dominait tout le monde par la taille, semblait presque grotesque tant il était sec et émacié. Sa voix avait un accent nasal, traînant, incroyablement haut perché, irritant. Et pourtant...

– Et pourtant, dit-il à haute voix, ses mots ont encore le pouvoir d'émouvoir.

– Oui, approuva Heather. Je suis sûre que Lincoln survivra au traitement Biothentique. C'était quelqu'un de complexe, d'ambigu, jamais direct. Il disait aux foules ce qu'elles voulaient entendre. Ses propos étaient parfois abolitionnistes, parfois non. Rien à voir avec le vieil Abe de la légende. Le père Abe, le franc et honnête Abe... Mais il vivait en des temps difficiles. Il est venu à bout d'une guerre infernale en la transformant en croisade. Sans lui, qui sait si la nation aurait survécu ?

– Et il n'était pas homo.

– Non.

– Mais le journal de Joshua Speed ?

– Un faux, habilement fabriqué après la mort de Lincoln par le cercle de sympathisants confédérés qui avait organisé son assassinat. L'opération avait pour but de le noircir, même mort.

La sexualité d'Abraham Lincoln s'était trouvée propulsée au premier plan à la suite de la découverte d'un journal intime censé avoir été écrit par Joshua Speed, un commerçant de l'Illinois avec qui Lincoln, jeune avocat sans le sou, avait partagé un logement durant quelques années. Bien que Speed et Lincoln eussent tous deux pris femme par la suite – et eussent joui, en fait, d'une réputation de coureurs de filles –, le bruit avait couru qu'ils étaient homosexuels.

Au début du XXIe siècle, une période tourmentée, Lincoln avait connu un renouveau de popularité en tant que symbole de tolérance et de largeur d'esprit. Lincoln la pédale, un héros contesté pour une époque divisée. À Pâques 2015, lors du cent cinquantième anniversaire de l'assassinat de Lincoln, l'effervescence avait connu son apogée sous la forme d'une grande fête en plein air autour du mémorial Lincoln à Washington. L'espace d'une nuit, la haute silhouette de pierre avait été baignée de la lumière rose éclatante d'une batterie de projecteurs installés là pour l'occasion.

— J'ai fait certifier les documents Camver pour avoir une preuve, déclara Heather. Les systèmes experts ont examiné en accéléré toutes les rencontres sexuelles de Lincoln. Il n'y a pas la moindre trace de quelque comportement homosexuel que ce soit.

— Mais Speed a pourtant...

— Lincoln et lui ont dormi dans le même lit, quand ils étaient dans l'Illinois. Mais la pratique était courante, à l'époque. Lincoln n'avait pas de quoi se payer un lit pour lui tout seul !

David se gratta la tête.

— Voilà qui va en contrarier plus d'un, dit-il.

— Tu sais, il va falloir qu'on s'habitue à ça. Finis les héros, finis les contes de fées. Les dirigeants qui se sont hissés au sommet sont généralement pragmatiques. Leurs choix se font par élimination. Les plus sages, comme Lincoln, choisissent systématiquement la moins mauvaise solution. Et on ne peut pas leur en demander plus.

David hocha la tête.

— Tu as peut-être raison. Mais vous avez de la chance, vous autres les Américains, d'être déjà remontés au bout de votre histoire. Nous, les Européens, nous avons encore des milliers d'années à explorer.

Ils ne dirent plus rien pendant un bon moment. Ils regardaient les images guindées de Lincoln et de son auditoire, en écoutant les voix métalliques et les salves d'applaudissements d'une foule depuis longtemps morte et enterrée.

18

Vérité à retardement

Six mois après son arrestation, l'affaire de Kate n'était pas encore jugée.

Bobby appelait tous les jours l'agent spécial du FBI Michael Mavens pour demander à le voir. Il refusait systématiquement de le rencontrer.

Un jour, à la grande surprise de Bobby, ce fut Mavens qui appela pour lui demander de passer au QG du FBI à Washington. Bobby réserva aussitôt son billet d'avion pour le prochain vol.

Il trouva Mavens dans son bureau, une toute petite pièce anonyme, sans fenêtre, sans aération. Il était assis derrière sa table de travail encombrée de paperasses, les pieds sur une pile de cartons d'archives, la veste tombée, la cravate desserrée. Il regardait une émission d'actualités sur un petit Écransouple. Quand Bobby entra, il lui fit signe de ne pas parler.

Le reportage avait pour sujet l'extension des activités des escadrons de la vérité constitués par les citoyens pour explorer les recoins les plus obscurs du passé maintenant que, sous la pression acharnée du public, les capacités de visionnement temporel de la Camver avaient enfin été rendues accessibles aux particuliers.

Entre deux séances de voyeurisme de leurs glauques passés respectifs ou de leur jeunesse parfois surprenante, parfois honteuse, les gens avaient braqué le regard sans merci de la Camver sur les puissants et les nantis. Ce qui avait causé une nouvelle avalanche de démissions de fonctionnaires publics et de dirigeants d'associations et d'organisations en vue, à mesure que leurs crimes passés étaient exhumés. Toute une série de scandales étouffés remontait à la surface. Les braises d'anciennes controverses, comme les études faites par les compagnies de tabac sur les effets toxiques et d'accoutumance de leurs produits furent, une fois de plus, ravivées. L'implication des plus grandes entreprises de la planète – dont certaines, américaines qui plus est, étaient encore en activité – dans les affaires de l'Allemagne nazie allait beaucoup plus loin qu'on ne l'imaginait généralement. Les tentatives de justifications selon lesquelles la dénazification était restée volontairement incomplète afin de faciliter la reconstruction à la fin de la guerre paraissaient aujourd'hui, avec le recul, on ne peut plus douteuses. La plupart des fabricants d'ordinateurs n'avaient pas pris les mesures qu'il fallait pour protéger leurs clients lorsque les micropuces hyperfréquences avaient été lancées sur le marché pendant la première décennie du siècle, causant une vague de cancers.

— Autant pour les prévisions alarmistes de ceux qui disaient que les gens du commun n'auraient jamais la maturité nécessaire pour manipuler une technologie aussi puissante que la visionneuse du passé, déclara Bobby. Tous ces exemples me semblent apporter la preuve, au contraire, d'un sens des responsabilités bien établi.

Mavens laissa entendre un grognement.

— Vous avez peut-être raison. Mais cela ne nous empêche pas d'utiliser également la Camver dans des buts pervers. En tout cas, je suis heureux de constater que ces citoyens en croisade ne s'en prennent pas seulement au gouvernement. J'ai toujours pensé que les grandes entreprises représentaient une menace plus grande envers nos libertés que tout ce que nous pouvions accomplir ici. En fait, les gens comme moi, au gouvernement, les ont toujours plus ou moins tenues en laisse.

Bobby sourit.

— En ce qui nous concerne, chez OurWorld, nous avons été victimes du scandale des micropuces, et nos avocats étudient les demandes de dommages et intérêts.

— Tout le monde a des excuses à présenter à tout le monde. Dans quel univers vivons-nous ! Il faut que je vous dise, Bobby, que nous n'avançons pas dans l'affaire de Kate Manzoni. Mais on peut en parler quand même, si vous voulez.

Mavens avait les traits tirés. Ses yeux étaient cernés, comme s'il manquait de sommeil.

— Dans ce cas, pourquoi m'avez-vous fait venir ? demanda Bobby.

Mavens prit un air malheureux, comme s'il était mal dans sa peau. Il avait perdu l'assurance de la jeunesse que Bobby lui connaissait.

— C'est parce que j'ai du temps, tout d'un coup. N'allez pas croire qu'ils m'ont suspendu. Non, disons que je me suis mis en congé sabbatique. Une de mes anciennes affaires a été rouverte. (Il jeta un coup d'œil furtif à Bobby.) Et...

— Quoi ?

— Je voulais vous montrer ce que votre Camver est en train de nous faire à tous. Juste un exemple parmi tant d'autres. Vous vous souvenez du cas Wilson ?

— Wilson ? Quel Wilson ?

— New York. Une histoire de meurtre, il y a deux ans environ. Un adolescent originaire du Bangladesh. Il avait perdu son père et sa mère dans les inondations de 33.

— Je me souviens, oui.

— Il s'appelait Mian Sharif. Le bureau de placement de l'ONU lui avait trouvé un foyer adoptif à New York. Un couple d'âge moyen, sans enfant, qui avait déjà adopté une gamine dans le passé, Barbara, et l'avait élevée sans encombre, apparemment. L'histoire paraissait très simple, au début. Mian se fait tuer chez lui. Il porte d'horribles traces de mutilations, avant et après la mort. Apparemment, il s'est fait violer. Le père est le suspect numéro un. (Il fit la grimace.) Ce sont toujours les proches que l'on soupçonne en premier lieu dans ces cas-là.

J'ai travaillé sur cette affaire. Les légistes avaient une position ambiguë, et rien dans le profil mental du père n'indiquait la moindre tendance à la violence, sexuelle ou autre. Mais nous avions assez d'éléments pour le faire condamner. Philip George Wilson a été exécuté par injection létale le 27 novembre 2034.

— Et aujourd'hui...

— En raison de la très forte demande de temps de Camver pour des affaires récentes et non résolues, le cas Wilson, comme beaucoup d'autres, ne bénéficiait pas d'une très haute priorité. Mais le public a de plus en plus accès à des Camvers en ligne. Les gens se livrent à leurs propres recherches, et ils font pression pour que soient révisées les vieilles affaires concernant leurs amis, leur famille et parfois eux-mêmes.

— Et l'affaire Wilson a été rouverte.

— Oui, fit Mavens avec un sourire jaune. Je ne sais pas si vous comprenez bien ce que je ressens. Avant la Camver, je ne pouvais jamais être sûr de la vérité dans aucune affaire. Il n'existe pas de témoin fiable à cent pour cent. Les criminels ont l'art de tromper nos experts légaux. Pour savoir ce qui s'était passé en réalité, il aurait fallu se trouver sur les lieux du crime.

Wilson a été le premier condamné à être exécuté à la suite de mon intervention. Je savais que j'avais fait de mon mieux pour établir la vérité, mais ce n'est que maintenant, des années après l'événement, que j'ai pu pour la première fois assister au prétendu crime de Wilson. Et j'ai ainsi découvert la vérité sur cet homme que j'ai envoyé à la mort.

— Vous êtes sûr que vous voulez me montrer ça ?

— Ce sera bientôt du domaine public.

Mavens fit pivoter l'Écransouple pour que Bobby puisse bien voir et commença à programmer la lecture d'un enregistrement. L'écran s'éclaira sur une chambre à coucher. Elle était meublée d'un grand lit, d'une armoire et d'une commode. Au mur, des posters animés représentaient des stars du rock et du sport. Il y avait aussi quelques icônes de films. Un adolescent était couché sur le lit, à plat ventre. Il était mince, vêtu d'un T-shirt et de jeans, et regardait, appuyé sur un coude, un Écransouple à couleurs primaires en suçant le bout d'un crayon. Il y avait quelques livres autour de lui sur le lit. Son teint était foncé, et ses cheveux très bruns formaient une masse fournie.

— C'est Mian ? demanda Bobby.

— Oui. Un garçon brillant, tranquille, bûcheur. Il est en train de faire ses devoirs. Il étudie Shakespeare, en ce moment. Il fait plus jeune que son âge, mais il a treize ans. Et il n'en aura jamais plus. Dites-moi si vous voulez que j'arrête.

Bobby haussa les épaules. Il était résolu à voir la suite. Pour lui, c'était un test. Un test de son humanité nouvelle.

La porte s'ouvrit sur le couloir, livrant passage à un gros homme entre deux âges.

— C'est son père, Philip George Wilson, dit Mavens.

Wilson avait à la main une bouteille de soda. Il la décapsula et la posa sur la table de nuit. L'ado tourna la tête et lui dit quelques mots.

— Nous savons ce qu'ils se sont dit, expliqua Mavens. Sur quoi travailles-tu, à quelle heure rentrera maman, bla bla bla. Rien d'important. Des propos tout à fait ordinaires.

Wilson ébouriffa les cheveux de son fils adoptif et quitta la chambre. Mian remit ses cheveux en place et reprit son travail.

Mavens figea l'image. Le jeune garçon fut transformé en statue qui scintillait légèrement.

— Je vais vous dire ce que nous avons cru qu'il s'était passé ensuite, d'après notre reconstitution de 2034, murmura Mavens. Wilson revient dans la chambre quelques instants plus tard. Il fait des avances au jeune garçon, qui l'envoie paître. Wilson l'agresse. L'ado se défend peut-être, mais Wilson n'en porte pas trace par la suite. Wilson a un couteau à la main, mais je signale que nous n'en retrouvons pas trace non plus. Il déchire les vêtements de Mian. Il le mutile. Après sa mort, la gorge tranchée, il a peut-être un rapport sexuel avec le cadavre, ou il se masturbe dessus. On retrouve des traces de son sperme sur le corps. Ensuite, tenant le gamin mort ensanglanté dans ses bras, il appelle la police.

— Vous voulez rire ?

Mavens haussa les épaules.

— Les gens ont parfois d'étranges comportements. Le fait est qu'il n'y avait aucun autre accès à l'appartement en dehors de deux ou trois fenêtres et d'une porte, fermées. Aucune n'a été forcée. Les caméras de sécurité du couloir n'ont rien montré d'inhabituel.

Notre seul suspect était Wilson. Les preuves contre lui étaient accablantes. Il n'a jamais nié. Je pense qu'il était persuadé d'avoir réellement commis ce forfait, même s'il n'en gardait aucun souvenir.

Nos experts étaient partagés. Il y a des psychanalystes qui disent que la mémoire de son acte atroce était trop pour son ego et qu'il a refoulé entièrement l'épisode, en essayant de retourner à l'état normal. Il y a aussi les cyniques qui affirment qu'il mentait, qu'il savait exactement ce qu'il faisait, et que, quand il s'est aperçu qu'il ne pouvait plus s'en tirer, il a simulé des problèmes mentaux pour obtenir des circonstances atténuantes. Nous avons aussi des neurologues qui disent qu'il souffrait probablement d'une forme d'épilepsie.

— Et à présent, murmura Bobby, vous connaissez la vérité.

— Oui. La vérité toute crue.

Mavens donna une tape sur l'Écransouple, et la lecture de l'enregistrement reprit.

Il y avait une grille de climatisation dans un coin de la chambre. Elle s'ouvrit. Mian se leva d'un bond, l'air surpris, et se réfugia dans un angle de la pièce.

— Il n'a pas crié, fit Mavens. S'il l'avait fait...

Une silhouette rampa à l'extérieur de la grille défaite. C'était une fille, qui portait une combinaison de ski moulante en tissu extensible. Elle faisait dans les seize ans, mais était peut-être un peu plus âgée. Elle tenait un couteau à la main.

Mavens figea de nouveau l'image. Bobby fronça les sourcils.

— Qui est-ce, bon Dieu ?

— Le premier enfant adoptif des Wilson. Barbara. Je vous en ai parlé. Elle a dix-huit ans, et elle a quitté la maison depuis deux ans.

— Mais elle avait le code pour pénétrer dans l'immeuble.

— Exactement. Elle est entrée sous un déguisement, puis elle s'est introduite dans les conduits d'aération, que l'on faisait énormes à l'époque où l'immeuble a été construit. C'est comme cela qu'elle a eu accès à l'appartement.

Avec la Camver, nous sommes remontés de deux ans dans le passé pour l'observer. Sa relation avec son père était un peu plus complexe que ce qu'on aurait pu penser. Ils ne s'entendaient pas trop mal quand elle vivait chez ses parents adoptifs. Mais quand elle est partie à l'université, elle a eu quelques ennuis. Elle voulait retourner à la maison. Ses parents, après réflexion, l'ont encouragée à rester seule, à devenir indépendante. Ils ont peut-être eu tort, ou peut-être raison, mais ils ne voulaient que son bien.

Elle est rentrée quand même, un soir, pendant que sa mère n'était pas là. Elle s'est glissée dans le lit de son père endormi et s'est livrée sur lui à une fellation. C'est elle qui a commencé, mais il ne l'a pas arrêtée. Par la suite, il s'est senti coupable. Le jeune garçon, Mian, dormait dans la chambre à côté.

— Ils se sont disputés.

— Non. Wilson était désemparé, honteux, mais il s'est efforcé d'agir de manière rationnelle. Il l'a renvoyée à l'université, en disant qu'ils ne devaient plus en parler, que cela ne se reproduirait plus jamais. Il pensait peut-être que le temps effacerait tout. Mais il se trompait.

Il n'avait pas compris que Barbara était jalouse. Elle était convaincue que Mian l'avait supplantée dans le cœur de ses parents, et que c'était pour cela qu'ils ne voulaient plus d'elle à la maison.

— Donc, elle essaie de séduire son père, de rentrer par ce biais dans son...

— Pas tout à fait, déclara Mavens en donnant une tape sur l'Écransouple.

Le drame, une fois de plus, se déroula sous leurs yeux.

Mian, en reconnaissant sa sœur adoptive, une fois passé le choc, s'avança vers elle.

Avec une rapidité surprenante, Barbara sauta sur lui et lui donna un coup de coude à la gorge. Il s'agrippa le cou à deux mains, le souffle coupé.

— Pas bête, commenta Mavens en professionnel. Comme ça, il ne pouvait plus crier.

Barbara fit tomber Mian à la renverse sur le dos et s'assit à califourchon sur lui. Elle lui saisit les mains, les immobilisa au-dessus de sa tête, et commença à lui lacérer les vêtements.

— Elle n'a pourtant pas l'air assez costaud pour faire tout ça, murmura Bobby.

— Ce n'est pas la force physique qui compte, c'est la détermination. Mian ne pouvait pas croire, même alors, qu'une fille qu'il considérait comme sa sœur puisse lui faire vraiment du mal. N'est-ce pas la réaction que vous auriez eue à sa place ?

Le torse du jeune garçon était maintenant à nu. Barbara leva son couteau...

— Ça suffit ! dit Bobby. Arrêtez ça !

Mavens enfonça une touche, et l'écran s'éteignit, au grand soulagement de Bobby.

— Le reste, ce sont des détails, déclara Mavens. Quand Mian fut mort, elle cala le corps contre la porte et appela son père. Il arriva en courant. Quand il ouvrit, le cadavre encore chaud de son fils lui tomba dans les bras. Et il prévint la police.

— Mais son sperme...

— Elle en avait conservé, la nuit où elle lui avait taillé une pipe, dans un ingénieux cryotube piqué dans un labo. Vous voyez que le coup était prémédité depuis longtemps. (Il haussa les épaules.) Tout a parfaitement bien marché. Vengeance, destruction du père qui l'avait repoussée, de son point de vue. Tout a fonctionné à merveille, jusqu'à l'apparition de la Camver. Mais...

— Mais on avait déjà condamné un innocent.

— Condamné et exécuté.

Mavens donna une nouvelle tape sur l'Écransouple. Une autre image apparut. Celle d'une femme blonde âgée d'une quarantaine d'années, assise dans un bureau aux murs crasseux, le visage ridé de chagrin.

— Mae Wilson, déclara Mavens. La femme de Philip, la mère adoptive des deux enfants. Elle s'était résignée à la mort de son fils et à ce qu'elle avait fini par considérer comme le crime atroce de son mari. Elle s'était même rapprochée de Barbara, qui lui apportait un réconfort dont elle avait besoin. Et il a fallu, récemment, qu'elle affronte une vérité encore plus atroce que tout ce qu'elle avait vécu.

Bobby était horriblement mal à l'aise. Il supportait difficilement d'être confronté à toutes ces horreurs, à toute cette souffrance brutale. Mais Mavens figea, une fois de plus, l'image.

— Regardez, murmura-t-il. Voilà ce qui m'a brisé le cœur. Et c'est moi qui porte la responsabilité de tout ça.

— Vous avez fait ce que vous avez pu.

— Non. Je me suis mal débrouillé. La fille, Barbara, avait un alibi, mais après coup je m'aperçois que c'est un alibi que j'aurais pu démolir facilement. Il y avait tout un tas de petits détails qui ne collaient pas dans la chronologie, dans la répartition des traces de sang. Mais je n'ai rien vu. (Il se tourna vers Bobby, les yeux brillants.) Je n'ai rien vu de tout ça. Voilà en quoi votre machine de vérité est impitoyable.

— Bobby secoua la tête.

— Une vérité à retardement, dit-il.

— C'est sans doute un bien, de faire la lumière sur ce qui s'est passé. J'en suis toujours convaincu, naturellement. Mais il y a des cas où la vérité est incroyablement corrosive. Regardez cette pauvre Mae Wilson. Voulez-vous que je vous dise ? Je ne crois pas que la vérité lui ait fait le moindre bien. Elle n'a rendu la vie ni à Mian ni à son mari. Et elle lui a enlevé sa fille.

— Nous allons tous en passer par là, d'une manière ou d'une autre. Nous allons tous être confrontés à toutes les erreurs que nous avons commises dans notre vie.

— Peut-être, déclara Mavens d'une voix douce en faisant glisser un doigt sur le bord de son bureau, un petit sourire aux lèvres. Voyez comment la Camver a changé ma vie. Mon travail n'a plus rien d'un exercice intellectuel. Je n'ai plus d'énigmes à résoudre comme Sherlock Holmes. Je reste maintenant assis chaque jour devant cet écran, à contempler des gens qui agissent avec une détermination sauvage, calculée. Nous ne sommes que des animaux, Bobby. Des bêtes sauvages, sous nos vêtements distingués.

Il secoua la tête, sans cesser de sourire, et continua de passer le doigt, en un mouvement de va-et-vient inlassable, sur le bord du bureau.

19

Le temps

À mesure que la Camver, implacablement, devenait accessible à un nombre de plus en plus élevé de gens, des yeux invisibles tombaient comme des flocons de neige sur toute l'histoire humaine, à des niveaux de plus en plus profonds.

Princeton, New Jersey, USA, 17 avril 1955

Sa bonne humeur, dans ses derniers instants, étonnait tous ses visiteurs. Il bavardait avec une totale sérénité, plaisantait à propos de ses médecins, et semblait considérer, de manière générale, la fin qui approchait comme un phénomène naturel attendu.

Bien entendu, jusqu'au bout, il ne cessa de donner des ordres d'une voix bourrue. Il ne voulait pas, disait-il, devenir l'objet d'un pèlerinage, et il donna des instructions pour que son bureau à l'Institut ne soit pas préservé comme il le laissait, que sa demeure ne soit pas transformée en sanctuaire, et ainsi de suite.

Lorsque le docteur Dean lui rendit visite pour la dernière fois à 23 heures, il était paisiblement endormi.

Peu après minuit, cependant, son infirmière, Mme Alberta Roszel, nota un changement dans sa respiration. Elle appela sa collègue, et elles lui remontèrent ensemble la tête sur l'oreiller.

Il murmura quelque chose, et Mme Roszel se pencha pour mieux l'entendre.

Pendant que le cerveau le plus brillant depuis Newton commençait à se dévider, les dernières pensées flottèrent à la surface de sa conscience. Il regrettait peut-être le grand projet d'unification de la physique qu'il avait laissé inachevé. Peut-être se demandait-il si le pacifisme qu'il avait adopté était bien, après tout, la meilleure voie, et s'il avait bien fait d'encourager Roosevelt à entrer dans l'ère nucléaire. Peut-être encore, tout simplement, regrettait-il d'avoir toujours fait passer la science en premier, même avant ceux qui l'aimaient.

Mais il était trop tard pour tout cela. Sa vie, si riche et si complexe dans sa jeunesse et à la fleur de l'âge, se réduisait maintenant, comme toutes les vies, à un unique fil d'une simplicité totale.

Mme Roszel rapprocha son oreille de ses lèvres. Mais il parlait en allemand, la langue de sa jeunesse, et elle ne comprenait pas.

Elle ne vit pas non plus – elle ne pouvait pas voir – les nuées de paillettes d'espace-temps qui, en ces ultimes instants, se pressaient autour des lèvres tremblantes d'Einstein pour entendre ses dernières paroles :

– *Lieserl ! Oh, Lieserl* [1] *!*

Extrait de la déposition du professeur Maurice Patefield, Massachusetts Institute of Technology, président de l'association « Ver Vert », devant la Commission du Congrès pour l'étude de l'électorat américain, 23 septembre 2037

Dès l'instant où il est devenu apparent que la Camver pouvait voir non seulement à travers les murs, mais aussi à travers la barrière du passé, une obsession globale du genre humain tout entier pour sa propre histoire a vu le jour.

Au début, on nous montrait des films Camver « véridiques » réalisés par des professionnels sur les événements marquants de notre passé tels que les guerres, les assassinats et les scandales politiques. *Insubmersible*, la reconstitution multipoints de vue de la catastrophe du *Titanic*, par exemple, constitue un spectacle saisissant, inoubliable,

---

1. Prénom de la fille d'Einstein, qu'il eut avec sa première femme Mileva avant leur mariage et qui fut abandonnée par le couple. On ignore quel fut son sort. Certains ont écrit qu'elle était retardée de naissance et qu'elle mourut de la scarlatine à l'âge de vingt et un mois. *(N.d.T.)*

même s'il a pour effet de démolir un certain nombre de mythes répandus par des conteurs sans scrupules, et si la presque totalité de l'événement s'est déroulée dans la nuit noire de l'Atlantique Nord.

Mais ces interpolations de professionnels nous ont vite lassés, et nous avons voulu voir par nous-mêmes ce qu'il en était.

L'exploration hâtive de plusieurs moments clés de notre passé récent a révélé à la fois des surprises et des banalités. Les vérités plutôt déprimantes concernant Elvis Presley, O.J. Simpson et même la mort des Kennedy n'ont certes surpris personne. D'un autre côté, les révélations sur les meurtres de nombreuses femmes en vue, de Marylin Monroe à la princesse Diana en passant par Mère Teresa, ont provoqué un choc énorme, même dans notre société désormais habituée à un excédent de vérité. L'existence d'une cabale obscure et sans merci de misogynes, dont les actions contre les femmes à leur avis trop puissantes s'étalent sur plusieurs décennies, a causé pas mal d'introspections chez les représentants des deux sexes.

Mais nombreuses sont les versions véridiques d'événements récents, tels la crise des missiles à Cuba, le Watergate, la chute du mur de Berlin ou l'effondrement de l'euro, qui, tout en passionnant les aficionados, se sont révélées déroutantes, confuses et complexes. Il est affligeant de constater que ceux qui occupent les centres du pouvoir en savent généralement si peu et comprennent encore moins ce qui se passe autour d'eux.

Malgré tout le respect dû aux grandes traditions de cette Maison, force est de reconnaître que la plupart des incidents majeurs de l'histoire humaine sont des ratages monumentaux, de même que la plupart des grandes passions ne sont rien d'autre que des cafouillages brutaux et manipulateurs.

Le pire, dans tout cela, c'est que la vérité est en fin de compte généralement *barbante*.

Le manque de structure et de logique dans l'histoire véridique, accablante et pratiquement méconnaissable qui nous est aujourd'hui révélée s'avère si corrosif et ardu pour tous ceux qui ne sont pas des spécialistes motivés que les œuvres de fiction reviennent finalement à la mode, avec des créations à la structure narrative très simple, propre à soutenir l'attention du spectateur. Ce dont tout le monde a besoin, ce sont des histoires romancées, avec une signification profonde, et non des faits brutaux.

Toulouse, France, 14 janvier 1636

Dans le calme poussiéreux de son bureau, il prit son exemplaire bien-aimé des *Arithmétiques* de Diophante. Avec une grande excitation, il tourna les pages jusqu'à ce qu'il arrive au Livre II, Problème n° 8, et écrivit avec sa plume d'oie :

> *Par ailleurs, un cube n'est jamais la somme de deux cubes, une puissance quatrième n'est jamais la somme de deux puissances quatrièmes, et, plus généralement, aucune puissance supérieure à deux n'est la somme de deux puissances analogues. J'ai trouvé une merveilleuse démonstration de cette proposition, mais elle est trop longue pour figurer dans cette marge.*

Bernadette Winstanley, élève âgée de quatorze ans à Harare, dans le Zimbabwe, s'inscrivit pour utiliser la Camver de son école et s'appliqua à suivre Fermat à partir du moment où il avait tracé ces quelques mots dans une marge.

C'était là que tout avait commencé pour lui, et il était donc approprié que tout finisse également là. C'était bien, après tout, le huitième problème de Diophante qui l'avait tellement intrigué et qui l'avait lancé dans son voyage de découverte mathématique.

> *Étant donné un nombre au carré, écrivez-le sous forme de la somme de deux autres carrés.*

C'était l'expression algébrique du théorème de Pythagore, naturellement, et n'importe quel écolier savait résoudre ce problème. Par exemple, $3^2 + 4^2$, c'est-à-dire $9 + 16$, est égal à 25, c'est-à-dire 5^2.

Oui, mais si l'on essayait d'étendre la formule au-delà de ce simple problème géométrique ? Y avait-il des nombres qui pouvaient s'exprimer comme la somme de deux puissances supérieures à 2 ? $3^3 + 4^3$, soit $27 + 64$, cela faisait 91, qui n'était pas un cube. Bon, mais existait-il des triplets valables ? Et pour les puissances supérieures, la quatrième, la cinquième, la sixième ?

Il était clair que les Anciens n'avaient jamais étudié de tels cas. Et ils n'avaient pas non plus prouvé leur impossibilité.

Mais ce jour-là, ce simple avocat et magistrat, même pas mathématicien professionnel, avait réussi à prouver qu'il n'existait aucun triplet pour quelque indice que ce soit supérieur à 2.

Bernadette afficha des pages noircies de notes exprimant l'essence de la démonstration que Fermat était persuadé d'avoir réalisée. Aidée par l'un de ses professeurs, elle les déchiffra.

Pour le moment, il avait trop à faire, mais dès qu'il en aurait le temps, il rédigerait sa démonstration à partir des notes et des graphiques qu'il avait accumulés. Puis il la communiquerait à Desargues, Descartes, Pascal, Bernoulli et les autres, qui s'extasieraient devant l'élégance raffinée de son raisonnement !

Ensuite, il poursuivrait plus avant ses explorations sur les nombres, ces entités pellucides et cependant obstinément complexes qui lui semblaient par moments si étranges qu'il s'imaginait qu'elles devaient avoir une existence indépendante de celle de l'esprit humain qui les avait conçues.

Pierre de Fermat n'avait jamais rédigé la démonstration de ce qui allait être connu plus tard sous le nom de son Dernier Théorème. Et cette brève annotation, découverte par son fils après sa mort, allait stimuler et fasciner des générations de mathématiciens après lui. On finit par trouver cette fameuse preuve, mais pas avant les années 1990, et elle était d'une telle complexité technique, faisant appel aux propriétés abstraites des courbes elliptiques et autres notions peu familières, que les spécialistes pensaient qu'il était tout à fait impossible à Fermat d'avoir réalisé cette découverte à son époque. Peut-être s'était-il trompé, ou avait-il monté un canular géant à l'intention des générations suivantes.

Puis, en 2037, à la stupéfaction générale, armée seulement de son bagage de lycéenne de quatorze ans, la jeune Bernadette Winstanley avait réussi à établir que Fermat avait raison.

Et lorsque, finalement, la démonstration de Fermat avait été publiée, cela avait marqué le début d'une véritable révolution dans le monde des mathématiques.

Déposition Patefield

Bien entendu, les tordus de tout poil ont immédiatement trouvé le moyen de s'introduire en ligne dans l'histoire. En tant que scientifique et rationaliste, je considère comme une grande chance que la Camver se soit trouvée être le plus grand démythificateur de tous les temps.

C'est ainsi qu'il est incontestable, aujourd'hui, qu'aucun OVNI ne s'est jamais écrasé à Roswell, dans le Nouveau-Mexique, en 1947. Pas un seul rapt attribué aux extraterrestres, une fois examiné de près, ne s'est révélé être autre chose qu'une mauvaise interprétation d'un phénomène innocent, souvent aggravée de troubles neurologiques. De même, il n'est jamais ressorti de quelque phénomène surnaturel ou paranormal que ce soit, même archicélèbre, le moindre commencement de preuve.

Des wagons entiers de voyants, médiums, astrologues, guérisseurs, homéopathes et autres sont systématiquement démolis. Nous attendons le jour où la portée de la Camver s'étendra jusqu'à l'origine des pyramides, de Stonehenge, des géoglyphes de Nasca et autres sources de « sagesse » ou de « mystère ». Ensuite viendra le tour de l'Atlantide.

Il se peut que nous soyons à l'aube d'une ère nouvelle. Il se peut que, dans un futur pas trop lointain, la grande masse de l'humanité en arrive enfin à la conclusion que la vérité est plus intéressante que l'illusion.

Florence, Italie, an 1506

Bérénice admettait volontiers qu'elle n'était rien de plus qu'une assistante auprès du conservateur du Louvre. Ce fut donc une surprise – inespérée – lorsqu'on lui demanda d'effectuer le premier test d'authentification de l'un des plus célèbres tableaux du musée.

Même si les résultats furent moins enthousiasmants.

Au début, sa recherche fut d'une simplicité élémentaire. En fait, elle se déroula à l'intérieur des murs du Louvre, où la vieille dame, devant une nuée de visiteurs venus l'admirer, et soignée par des générations de conservateurs, trônait dans la pénombre derrière ses vitres protectrices en contemplant le déroulement du temps.

Les années précédant le transfert au Louvre étaient beaucoup plus complexes.

Bérénice fit apparaître une succession de belles demeures représentant des générations d'élégance et d'exercice du pouvoir, ponctuées d'épisodes de guerre, d'agitation sociale et de misère. La majeure partie de ces images, qui remontaient jusqu'au XVIIᵉ siècle, corroborait les renseignements que l'on avait déjà sur l'histoire du tableau.

Puis, au début de ce même siècle, plus d'une centaine d'années après la date habituellement admise de la composition de l'œuvre, survint une première surprise. Bérénice contempla, stupéfaite, le jeune peintre émacié, affamé, qui se tenait devant deux exemplaires identiques du fameux portrait. Remontant le temps, elle élimina, coup de pinceau par coup de pinceau, celui qui était une copie et qui avait été transmis, au fil des siècles, à la garde du Louvre.

Rapidement, elle suivit, dans le sens du temps, le sort de l'original qui avait servi à exécuter la copie – une simple réplique, un faux ! – que possédait le Louvre. Cet original avait duré un peu plus de deux siècles, pour être finalement détruit dans un incendie pendant la Révolution française.

Avec la Camver, un grand nombre de chefs-d'œuvre artistiques parmi les plus célèbres du monde s'étaient ainsi révélés être de simples copies. Cela représentait plus de soixante-dix pour cent des tableaux datant d'avant le XXᵉ siècle (et un pourcentage un peu plus faible de sculptures, sans doute parce qu'il était beaucoup plus difficile d'en réaliser des copies). L'histoire était un corridor dangereux, destructeur, à travers lequel les objets de valeur devaient passer pour en ressortir rarement indemnes.

Il n'y avait cependant pas d'indication absolue que ce tableau entre tous fût un faux. Bien qu'une bonne douzaine de répliques eussent été mises en circulation à différentes époques et en différents lieux, le Louvre possédait des archives complètes sur l'histoire du portrait et de ses propriétaires successifs depuis que le peintre y avait posé son pinceau. En outre, il y avait des traces de modification dans la composition de l'œuvre sous la couche de peinture supérieure, et l'on ne trouvait généralement pas ce genre de chose dans les copies, mais plutôt sur les originaux.

Naturellement, se disait Bérénice, les techniques de composition et les archives pouvaient être également imitées ou falsifiées.

Perplexe, elle retourna voir, à travers les décennies, dans sa chambre misérable, le jeune peintre ingénieux et faussaire. Et elle suivit, cette fois-ci, à rebours dans le temps, l'original qu'il venait de copier.

Les années défilèrent tandis que le tableau passait de main en main, comblant toute une série de propriétaires obscurs.

À l'approche du début du XVIᵉ siècle, elle arriva enfin à proximité de son studio, à Florence. Déjà là, il y avait des copies de faites, par les disciples du maître en personne. Mais toutes venaient du même original, celui qu'elle avait identifié et qui était perdu.

Peut-être les surprises s'arrêteraient-elles là.

La suite devait lui donner le démenti.

Il avait bien participé à la composition, aux esquisses préliminaires et à la plus grande partie de la conception du tableau. Ce devait être, déclarait-il emphatiquement, le portrait idéal, dont les traits et l'expression symbolique du modèle, synthétisés en une parfaite unité, devaient étonner les contemporains par leur style avancé et dynamique, et fasciner les générations futures. La conception, de même que le triomphe, lui appartenaient sans conteste.

Mais pas la réalisation. Le maître, occupé par une trop grande abondance de commandes et par son très large intérêt pour la science et la technologie, laissait cela à d'autres.

Bérénice, le cœur chavirant d'émotion et d'effroi, regarda le jeune peintre provincial, nommé Raphaël Sanzio, en train d'appliquer patiemment les dernières touches au célèbre sourire d'une douceur énigmatique...

Déposition Patefield

On peut regretter qu'un si grand nombre de mythes bien-aimés – et inoffensifs –, exposés à la lumière froide de cette époque future, soient en train de disparaître en fumée.

Prenons le cas récent de la fameuse Betsy Ross.

Il a réellement existé une Betsy Ross. Mais George Washington ne lui a jamais rendu visite ; on ne lui a jamais demandé de dessiner le drapeau de la nouvelle nation ; elle n'a pas travaillé à sa conception avec George Washington ; elle n'a pas confectionné le drapeau dans son salon. Pour autant que la chose puisse être déterminée, tout cela fut une invention pure de son petit-fils près d'un siècle plus tard.

Le mythe de Davy Crockett a été fabriqué par lui. La légende de sa toque en peau de raton laveur a été répandue cyniquement par le parti des Whigs au Congrès pour entretenir sa popularité. Personne ne l'a jamais observé à travers une Camver en train de prononcer sa phrase célèbre sur la « chasse à l'ours » au Capitole.

Paul Revere, par contre, a vu sa réputation renforcée par la Camver.

Plusieurs années durant, Revere servit comme messager principal du Comité de sécurité de Boston. Sa célèbre chevauchée jusqu'à Lexington pour prévenir les dirigeants révolutionnaires de l'arrivée des Anglais fut, ironiquement, plus dangereuse, et son exploit plus héroïque que dans le poème de Longfellow. Il est vrai que beaucoup d'Américains modernes ont été désarçonnés par le très fort accent français que Revere tenait de son père.

Le reste à l'avenant. Et pas seulement en Amérique, mais dans le monde entier. Il y a même des personnages célèbres – les commentateurs les surnomment « hommes des neiges » – qui se trouvent n'avoir jamais existé dans la réalité. Encore plus intéressante que les mythes proprement dits est l'étude de leur fabrication à partir d'événements isolés ou peu significatifs, et parfois à partir de rien du tout. Cela fait penser à une conspiration muette de la nostalgie, rarement contrôlée consciemment par qui que ce soit.

Nous sommes en droit de nous demander où tout cela nous mènera. De même que la mémoire humaine n'est pas un dispositif d'enregistrement passif mais un outil servant à la construction du moi, l'histoire n'a jamais été un simple souvenir du passé, mais un moyen de façonner les peuples.

Chaque être humain va maintenant devoir apprendre à se construire une personnalité sous le regard sans merci de la Camver. De même, les différentes communautés devront apprendre à vivre avec la vérité toute nue de leur propre passé, et à découvrir de nouveaux moyens d'exprimer leurs valeurs et leur histoire communes si elles veulent survivre à l'avenir.

Et plus tôt le problème sera réglé, mieux cela vaudra.

Glacier de Similaun, dans les Alpes, avril 2321 av. J.-C.
C'était un monde primaire : roche noire, ciel bleu, glace d'un blanc éclatant. Le site, l'un des cols les plus élevés des Alpes.

L'homme, seul, avançait au milieu des éléments hostiles avec une assurance totale.

Mais Marcus savait que celui qu'il observait approchait déjà de l'endroit où, écroulé sur un roc, sa trousse à outils néolithique bien rangée à côté de lui, il allait rencontrer la mort.

Au début, tandis qu'il explorait les possibilités de la Camver, ici, à l'Institut d'études alpines de l'université de Innsbruck, Marcus Pinch craignait que cette nouvelle technologie ne signât l'arrêt de mort de l'archéologie pour la remplacer par quelque chose qui ressemblait à la chasse aux papillons : l'observation directe de « la vérité », y compris par des profanes. Il n'y aurait plus de Schliemann, ni de Troie, ni de reconstitution laborieuse du passé à partir de traces et d'échardes infimes.

Mais il avait vite compris que l'expérience et la sagesse accumulées par les archéologues demeuraient la meilleure méthode de reconstitution du vrai passé. Il y avait tout simplement trop à voir avec la Camver, dont l'horizon était en constante expansion. Pour le moment, le rôle de la Camver était d'épauler les méthodes traditionnelles de l'archéologie, en fournissant des clés permettant de régler les litiges, de renforcer ou de démolir les différentes hypothèses, et d'élaborer un consensus sur le passé.

Dans ce cas précis, pour Marcus, la vérité sur le point d'être dévoilée ici même grâce aux images en noir, bleu et blanc recueillies à travers l'espace-temps par son Écransouple allait tout simplement fournir une réponse à l'énigme la plus fascinante de toute sa carrière professionnelle.

Cet homme, ce chasseur, avait été sorti de la glace cinquante-trois siècles après sa mort. Les traces de sang, les fragments de tissus, de cheveux et de plumes sur ses outils et ses vêtements avaient permis aux savants, dont Marcus faisait partie, de reconstituer en partie sa vie. Les chercheurs de l'époque moderne lui avaient même donné un nom : Ötzi, l'Homme des glaces, dit Hibernatus.

Ses deux flèches intéressaient particulièrement Marcus. En fait, elles avaient servi de base à sa thèse de doctorat. Elles étaient toutes les deux cassées, et Marcus avait démontré qu'avant sa mort,

Hibernatus avait essayé de les désassembler pour en faire une seule mais bonne, en enfichant la tête de l'une sur la hampe de l'autre.

C'était ce patient travail de détective qui avait attiré Marcus vers l'archéologie. Il ne voyait pas de limites à la portée de ces techniques. En un sens, le moindre événement apposait sa marque sur l'univers, et il suffisait de la décoder un jour avec l'aide d'instruments plus ou moins perfectionnés. On pouvait dire que la Camver représentait la quintessence des intuitions muettes de chaque archéologue, pour qui le passé est une contrée réelle, quelque part dans le lointain, que l'on peut explorer patiemment, du bout des doigts.

Mais un nouveau registre de vérité était en train de s'ouvrir. La Camver était aujourd'hui capable d'apporter une réponse à des questions que l'archéologie traditionnelle n'avait jamais effleurées, quelles que soient les techniques utilisées, y compris dans le cas de cet homme, Ötzi, qui était devenu le plus célèbre représentant de l'époque préhistorique.

La question qui n'avait jamais reçu de réponse, à laquelle il était impossible de répondre à partir des fragments que l'on avait retrouvés, tenait en quelques mots : Pourquoi Hibernatus était-il mort ainsi ? Il fuyait peut-être une guerre, ou allait à la rencontre de sa belle, ou encore avait commis un crime et voulait échapper à la justice expéditive de son époque.

Marcus, intuitivement, était convaincu que toutes ces explications étaient de simples projections partielles des mentalités modernes sur un passé austère. Mais il avait envie, comme le reste du monde, de connaître la vérité.

Aujourd'hui, cependant, le monde avait bien oublié Ötzi, avec ses vêtements en peaux de bêtes, ses outils de silex et de cuivre, et le mystère qui entourait sa fin solitaire. Aujourd'hui, dans un monde où n'importe quelle figure du passé pouvait être ramenée à la vie, Hibernatus n'était plus d'actualité, il n'était même plus un mystère. Plus personne ne se souciait de savoir comment il était mort.

Personne excepté Marcus. Et c'est la raison pour laquelle il avait pris place, dans la pénombre glacée de ce local universitaire, devant cet écran où il voyait Ötzi lutter pour gravir le col alpin, jusqu'à ce que la vérité devienne claire.

Ötzi était un chasseur de premier ordre. Sa hache à tête de cuivre et sa toque en peau d'ours étaient les marques de son prestige et de ses prouesses. Et son but, lors de cette expédition qui devait lui être fatale, était de traquer la proie la plus difficile de toutes, le seul animal alpin qui se retire, la nuit, sur les sommets rocheux : le bouquetin.

Mais Hibernatus était vieux. Quarante-six ans, c'était un âge avancé pour un homme de cette période. Il avait de l'arthrite, et souffrait ce jour-là d'une infection intestinale qui lui donnait une diarrhée chronique. Il était sans doute devenu plus faible et plus lent qu'il ne s'en doutait ou ne voulait l'admettre.

Il avait suivi sa proie jusqu'à ce sommet montagneux glacé et avait établi un camp sommaire au col dans l'idée de réparer la pointe de flèche qu'il avait cassée et de continuer sa poursuite le lendemain. Il avait pris son dernier repas, composé de viande de chèvre salée et de prunes séchées.

Mais la nuit était devenue cristalline et le vent s'était mis à souffler violemment sur le col, aspirant toute la chaleur vitale d'Hibernatus.

Sa mort avait été triste et solitaire. Marcus, qui le regardait, fasciné, crut un instant qu'il allait se lever, comme s'il avait compris soudain sa terrible erreur, comme s'il savait que c'était la fin. Mais il était désormais incapable de bouger. Et Marcus ne pouvait rien faire pour l'aider à travers le temps.

C'est ainsi que Ötzi allait rester, figé dans les glaces, pendant cinq mille ans.

Marcus éteignit la Camver. Hibernatus put de nouveau reposer en paix.

Déposition Patefield

De nombreuses nations, et pas seulement l'Amérique, ont à faire face à de graves débats internes concernant des vérités nouvellement exhumées du passé, des vérités, dans bien des cas, à peine signalées dans les manuels classiques refondus.

En France, par exemple, on s'est posé beaucoup de questions sur la nature étonnamment étendue de la collaboration avec les nazis pendant l'occupation allemande de la Seconde Guerre mondiale.

Nombre de mythes rassurants sur l'importance de la Résistance ont été sérieusement mis à mal, en particulier par les révélations récentes sur un certain leader vénéré du mouvement, dont pratiquement personne n'était préparé à apprendre qu'il avait commencé sa carrière politique en tant que taupe au service des nazis, bien qu'il se soit rallié plus tard à la grande cause nationale pour être en fait torturé et exécuté par les SS en 1943.

Les Belges modernes semblent atterrés par la confrontation avec les réalités brutales de l'« État indépendant du Congo », colonie étroitement centralisée visant uniquement à dépouiller le territoire de ses richesses naturelles, en particulier le caoutchouc, et maintenue par les atrocités, le meurtre, la famine, les exactions, la maladie et la misère, avec pour résultat le déplacement de communautés entières et le massacre, entre 1885 et 1906, de huit millions de personnes.

Sur les territoires de l'ex-Union soviétique, les gens ont le regard braqué sur l'époque de la terreur stalinienne. Les Allemands, une fois de plus, sont confrontés à l'holocauste. Les Japonais, pour la première fois depuis des générations, doivent regarder en face la vérité crue concernant leurs massacres en temps de guerre, ceux du Sichuan et d'ailleurs. Les Israéliens sont embarrassés par leurs crimes contre les Palestiniens. Et la fragile démocratie sibérienne menace de s'effondrer à la lueur des horreurs commises en Bosnie et ailleurs après l'éclatement de l'ex-Yougoslavie.

Et ainsi de suite.

La plupart de ces horreurs passées étaient parfaitement connues avant la Camver, naturellement, et nombre de chroniques historiques véridiques et consciencieuses avaient été écrites, mais l'affligeante et universelle banalité de tous ces faits, la réalité trop humaine de tous ces actes de cruauté, de douleur et de gaspillage demeurent profondément navrantes.

Des passions bien plus profondes que la consternation ont été soulevées.

De nombreux conflits du passé ont eu pour détonateurs des querelles ethniques ou religieuses vieilles de plusieurs siècles. Et il en est de même à notre époque. Nous connaissons des violences personnelles, des émeutes, des nettoyages ethniques, des coups d'État et des mini-guerres. Et une grande partie de la fureur collective est dirigée contre OurWorld, le messager honni qui a apporté tant de vérités atterrantes.

Pourtant, cela aurait pu être pire.

Il s'avère que, tandis que la vindicte publique est dirigée contre des torts anciens dont certains sont révélés aujourd'hui pour la première fois, les différentes communautés, un peu partout, ont pris trop brutalement conscience de leurs propres crimes, aussi bien contre leurs ressortissants que ceux des autres nations, pour jeter la pierre à autrui. Aucun groupe n'est exempt de péché. Chacun doit d'abord balayer devant sa porte. Et toutes les institutions majeures qui survivront — nations, corporations, Églises — seront forcées de demander pardon pour les crimes commis en leur nom dans le passé.

Mais il y a un choc encore plus grand auquel nous devons faire face.

La Camver, tout compte fait, ne donne pas ses leçons d'histoire sous forme de résumés verbaux ou de cartes animées ; elle n'a pas grand-chose à dire sur l'honneur et la gloire. Elle se contente de nous montrer des êtres humains, l'un après l'autre, souvent en proie à la faim ou aux souffrances, ou encore en train de s'entre-tuer.

La grandeur ne compte plus. Nous voyons aujourd'hui que chaque humain qui meurt est au centre d'un univers : une étincelle unique d'espoir et de désespoir, d'amour et de haine, qui s'en va dans la grande nuit solitaire. Tout se passe comme si la Camver apportait un nouveau sens de la démocratie à l'observation de l'histoire. Comme aurait pu le faire remarquer Lincoln, l'histoire qui émerge de l'examen attentif par la Camver constituera une nouvelle chronique de l'humanité : une chronique du peuple par le peuple et au seul bénéfice du peuple.

Aujourd'hui, ce qui importe, c'est *mon* histoire, ou celle de ma maîtresse, ou celle de mon ancêtre, qui est mort de la manière la plus mondaine, la plus insignifiante, dans la boue de Stalingrad, ou de Passchendaele, ou de Gettysburg, ou encore, simplement, au milieu d'un champ anonyme et sans pitié, brisé par le sordide de l'existence. Armés de la Camver, assistés par les grands centres d'archives généalogiques comme celui des mormons, nous avons tous retrouvé nos ancêtres.

Il y a ceux qui disent que la chose est dangereuse et déstabilisatrice. La vague de divorces et de suicides consécutive au premier don d'ouverture de la Camver n'a-t-elle pas été récemment suivie d'une deuxième, où nous avons pu épier nos consorts, pas seulement en temps réel, dans le présent, mais aussi dans le passé, aussi loin que nous l'avons jugé utile ? Chaque forfait passé, occulte ou à découvert, est offert aux regards, chaque vieille blessure est rouverte. Mais il s'agit d'un processus de réajustement, auquel les relations les plus fortes n'auront pas de mal à survivre. Et, de toute manière, ces retombées relativement anodines de la Camver sont certes insignifiantes comparées au don extraordinaire de la vérité historique fondamentale qui, pour la première fois dans notre histoire, nous est devenue accessible.

Voilà pourquoi je ne suis pas d'accord avec les prophètes de malheur. Ce que je dis, c'est : faites confiance aux gens. Donnez-nous les outils, et laissez-nous finir le travail.

Il y a certes des appels croissants – tragiquement impossibles à satisfaire – pour que quelqu'un trouve un moyen, n'importe lequel, de *changer* le passé, d'aider les morts qui ont trop longtemps souffert, voire de les faire revivre. Mais ces gens doivent comprendre que le passé est immuable. Seul l'avenir est là pour être façonné.

Malgré toutes les difficultés et les dangers qui nous sont réservés, estimons-nous privilégiés de vivre à notre époque. Il n'y en aura sûrement jamais d'autre où la lumière de la vérité et de la compréhension se répandra avec une rapidité aussi époustouflante sur les ténèbres du passé. Jamais la conscience de masse de l'humanité n'aura été transformée d'une manière si spectaculaire, en si peu de temps. Les nouvelles générations, celles qui naîtront à l'ombre omniprésente de la Camver, grandiront avec des vues très différentes sur leur espèce et sur son passé.

Pour le meilleur et pour le pire.

Moyen-Orient, env. 1250 av. J.-C.
Miriam était instructrice spécialisée dans les systèmes experts en comptabilité. Ce n'était certes pas une historienne professionnelle. Mais comme presque tous les gens qu'elle connaissait, elle s'était arrangée pour avoir accès à une Camver dès que la chose avait été possible, et s'était adonnée aussitôt à une recherche portant sur ses propres passions. Dans son cas, il s'agissait d'un seul homme, un homme dont l'histoire avait été toute sa vie sa grande source d'inspiration.

Cependant, plus la Camver rapprochait Miriam de son sujet, plus il semblait, d'une manière affolante et frustrante, se dissoudre dans le néant. Le simple fait d'observer le passé avait pour effet de le détruire, comme s'il obéissait à quelque contrariant principe d'incertitude historique.

Mais elle tint bon.

À la fin, après avoir passé de longues heures à le chercher vainement sous la lumière dure, propre aux illusions, du désert des temps anciens, elle décida de consulter les historiens qui avaient parcouru avant elle ces vastes espaces dévoreurs d'énergie et de temps. En avançant par fragments de réalité, elle put confirmer leurs patientes déductions.

La carrière du personnage proprement dit – dépouillé de ses éléments surnaturels – était un assemblage plutôt brut de plusieurs biographies de leaders de son époque. La nation d'Israël s'était formée à partir de petits groupes de réfugiés palestiniens fuyant l'effondrement des cités-États cananéennes. Le reste était invention pure ou supercherie.

Par exemple, cette histoire de panier d'osier dans lequel il aurait flotté sur le Nil afin d'échapper à la mort en tant que premier-né israélite. Ce n'était rien de plus qu'un amalgame de vieilles légendes venues de Mésopotamie et d'Égypte, sur le dieu Horus, par exemple, mais dont aucune n'était basée sur des faits réels. Et il n'avait jamais été non plus prince d'Égypte. Apparemment, cet épisode était inspiré de l'histoire d'un Syrien nommé Bay, qui avait été trésorier principal d'Égypte et était devenu pharaon sous le nom de Ramose-Khayemnetjeru.

Mais où est donc la vérité ?

Après tout, tel que le mythe l'a conservé, c'était un être humain complexe et attachant, bien que loin de la perfection : il bégayait, et se brouillait souvent avec les gens qu'il guidait. Il se disputait même avec Dieu. Mais il savait triompher de ces imperfections, et ce triomphe avait été, pendant trois mille ans, une source d'inspiration pour beaucoup de gens, y compris pour Miriam, qui portait le même nom que la sœur bien-aimée du grand homme et qui avait eu toute sa vie à surmonter les obstacles causés par sa paralysie cérébrale.

Il était irrésistible, aussi réel, de manière saisissante, que n'importe quel personnage de l'histoire « véridique », et Miriam savait qu'il continuerait de vivre dans le futur. Une fois cela acquis, quelle importance que Moïse n'ait jamais réellement existé ?

C'était la nouvelle obsession à la mode, se disait Bobby. Des millions de personnages historiques, plus ou moins connus, étaient revenus à la vie sous le regard impassible de cette première génération d'observateurs Camver.

L'absentéisme semblait atteindre des sommets jamais connus auparavant. Les gens abandonnaient leur travail, leur carrière, et même leurs proches pour se consacrer à la passion sans fin de la Camver. C'était comme si la race humaine avait soudain pris un coup de vieux et se réfugiait dans ses seuls souvenirs.

Peut-être était-ce ce qui se produisait réellement, se disait Bobby. Après tout, si rien ne pouvait être fait pour détourner Absinthe, il n'y avait plus d'avenir pour personne sur cette planète. La Camver, dans ce cas, avec son pouvoir de ressusciter le passé, était exactement ce dont la race humaine avait le plus besoin en ce moment : un refuge.

Chaque observateur du passé se disait qu'un jour il ne serait plus rien d'autre qu'une entité d'ombre et de lumière prisonnière de la texture du temps, et observée avec curiosité, peut-être, par les représentants de quelque lointain futur.

Pour Bobby, cependant, ce n'était pas la masse de l'humanité qui était préoccupante, ni les grands courants de l'histoire et de la pensée qui étaient remués, mais bien le cœur brisé de son frère.

20

La foi en question

Aux yeux de Bobby, David était devenu un reclus. Il passait quelquefois à Technivers sans prévenir, pour s'y livrer à d'obscures expériences. Puis il s'en retournait chez lui pour continuer – d'après les images Camver – ses travaux clandestins.

Au bout de trois semaines, n'y tenant plus, Bobby alla le voir. David le reçut sur le pas de sa porte, comme s'il hésitait à le faire entrer. Puis il s'écarta pour le laisser passer.

L'appartement était dans un désordre indescriptible. Le sol était jonché de livres et d'Écransouples. On voyait qu'il vivait seul. Il n'avait pas à restreindre ses habitudes par égard pour quelqu'un d'autre.

– Qu'est-ce qu'il t'arrive ? demanda Bobby.

David parvint à sourire faiblement.

– Ce qu'il m'arrive ? La Camver, évidemment !

– Heather m'a dit que tu l'avais aidée dans son travail sur Lincoln.

– Oui. Et elle m'a refilé le virus, je pense. Mais j'ai vu trop d'histoire défiler devant moi, aujourd'hui... Je manque à tous mes devoirs, excuse-moi. Tu veux boire quelque chose ? Une bière ?

– Allons, David, parle-moi plutôt.

Il passa la main dans ses cheveux blonds.

– Je suis en train de remettre ma foi en question, Bobby. Je ne sais pas si tu peux comprendre ce que cela représente pour moi.

Agacé, Bobby comprenait très bien. Il était même déçu par le caractère trop mondain de la condition nouvelle de son frère. Chaque jour, les adeptes de la Camver, accros à l'histoire, venaient frapper à la porte de OurWorld pour supplier qu'on leur donne davantage d'accès. David, lui, avait choisi de s'isoler. Il ne savait peut-être même plus s'il appartenait encore à la race humaine. Il ignorait à quel point son obsession était devenue courante.

Comment lui dire ?

— Tu es traumatisé par l'histoire, murmura Bobby en choisissant soigneusement ses mots. C'est un état... à la mode, en ce moment. Ça passera.

— À la mode, hein ? fit David en le fustigeant du regard.

— Nous sommes tous à peu près dans le même cas. (Il chercha des exemples.) J'ai assisté à la première de la *Neuvième Symphonie* de Beethoven, au théâtre Karntnertor, à Vienne, en 1824. Tu n'as pas vu ça ?

Le concert symphonique avait été enregistré par des professionnels et rediffusé sur une chaîne privée. Mais l'audience avait été presque nulle.

— Ce n'était pas fameux, reprit Bobby. L'exécution était terne, les chœurs discordants. Et pour Shakespeare, c'était encore pis.

— Shakespeare ?

— Tu n'est au courant de rien. Tu t'es vraiment renfermé chez toi, hein ? La première de *Hamlet*, au Globe, en 1601. Mais les acteurs étaient des amateurs, les costumes grotesques, et l'assistance une bande de poivrots dégénérés. La salle n'était guère plus qu'une fosse à purin au toit de chaume. Et leur accent était si bizarre qu'ils ont dû mettre des sous-titres ! Plus on s'enfonce dans le passé, plus on est dépaysé.

Beaucoup de gens ont du mal à accepter l'histoire vue sous cet angle nouveau. OurWorld est devenu un bouc émissaire qui canalise leur mécontentement. Je suis bien placé pour le savoir. Hiram est l'objet de multiples procès en diffamation, incitation à l'émeute ou à la haine raciale, que lui font des organisations patriotiques, nationalistes ou religieuses, des familles de héros démythifiés, et même des gouvernements étrangers. Sans parler des menaces qu'il reçoit à longueur de journée. Naturellement, sa tentative d'établir un copyright sur l'histoire n'arrange pas les choses.

David ne put s'empêcher de s'esclaffer.

— Tu rigoles ?

— Non. Il dit que l'histoire est là pour être découverte, comme le génome humain. Si tu peux faire breveter des morceaux du second, pourquoi pas la première aussi, tout au moins les parties que les Camvers de OurWorld ont été les premières à atteindre ? Le XIVᵉ siècle sert actuellement de test. Si ça ne marche pas, il a l'intention d'essayer avec les « hommes des neiges » comme Robin des Bois.

Comme de nombreux autres héros semi-mythiques du passé, sous le regard sans merci de la Camver, Robin s'était purement et simplement dissous dans les brumes de la légende et de la confabulation, sans laisser derrière lui la moindre trace de vérité historique. La légende venait, en fait, d'une série de ballades anglaises du XIVᵉ siècle, issues d'une époque de soulèvements de petits barons et d'insurrections agraires qui avaient culminé, en 1381, dans la révolte des paysans.

— Ça me plaît, ça, murmura David en souriant. Hiram a toujours adoré Robin des Bois. Je pense qu'il se considère un peu comme son équivalent moderne, même s'il se fait quelques illusions. En réalité, il a probablement plus d'affinités avec le roi Jean. Quelle ironie, si Hiram en venait à être propriétaire des droits sur Robin !

— Écoute, David, beaucoup de gens pensent exactement comme toi. L'histoire est remplie d'atrocités, de laissés-pour-compte, d'esclaves, de gens à qui on a volé leur vie. Mais nous ne pouvons pas changer le passé. Tout ce que nous pouvons faire, c'est aller de l'avant, et décider de ne pas renouveler nos erreurs.

— Tu crois ? fit David d'un ton amer.

Il se leva brusquement et alla opacifier la fenêtre de son appartement en désordre, empêchant la lumière de l'après-midi d'entrer. Puis il revint s'asseoir à côté de Bobby et déploya un petit Écransouple.

— Regarde bien, murmura-t-il, et dis-moi si tu crois toujours que c'est si facile.

Pianotant avec assurance sur le clavier, il afficha un enregistrement Camver qu'il avait en mémoire.

Côte à côte, les deux frères regardèrent, baignés par la lumière des jours enfuis.

Le petit voilier à la coque arrondie, endommagée par endroits, approchait de la côte. On apercevait deux autres voiles à l'horizon. Le sable était immaculé, l'eau immobile, d'un bleu pur, et le ciel immense.

Des gens arrivèrent sur la plage. Des hommes et des femmes tout nus, au teint foncé, très beaux. Leurs expressions reflétaient l'émerveillement. Certains de ces indigènes se jetèrent à l'eau pour nager à la rencontre du bateau.

— Christophe Colomb, fit Bobby dans un souffle.

— Oui. Et ces sauvages sont des Arawaks, natifs des Bahamas. Ils étaient parfaitement amicaux. Ils ont donné toutes sortes de présents aux Européens : des perroquets, du coton, des lances de bambou. Mais ils avaient aussi de l'or, qu'ils portaient à l'oreille comme ornements.

Colomb a immédiatement ordonné la capture de certains de ces Arawaks, pour leur extorquer des informations sur leur or. Et tout a démarré à partir de là. Les Espagnols avaient des mousquets, des armures et des chevaux. Les Arawaks ne connaissaient pas le fer, ils n'avaient aucun moyen de défense contre les armes et la discipline des Européens.

Les Arawaks ont été emmenés comme esclaves. En Haïti, par exemple, cette main-d'œuvre forcée a servi à mettre à plat des montagnes, du sommet à la base. Les Arawaks sont morts par milliers, environ un tiers de leurs effectifs tous les six mois. Ils se suicidaient en masse, en absorbant le poison du manioc. Ils tuaient leurs enfants pour leur éviter de tomber aux mains des Espagnols. Et ainsi de suite. Il semble qu'il y ait eu environ deux cent cinquante mille Arawaks en Haïti à l'arrivée de Christophe Colomb. Il n'a fallu que quelques années pour que la moitié d'entre eux disparaissent, assassinés, mutilés, ou par suicide. En 1650, après des dizaines d'années d'esclavage féroce, il n'en restait plus un seul en Haïti.

Et les Espagnols n'avaient pas trouvé dans l'île la moindre mine d'or. Il n'y avait que de la poussière que les Arawaks avaient glanée dans les ruisseaux pour confectionner les pathétiques bijoux qui leur ont été fatals. Voilà comment a commencé la conquête des Amériques, Bobby.

— David...

— Regarde ça, maintenant.

Il enfonça une touche de l'Écransouple, et une nouvelle scène s'afficha.

C'était l'image floue d'une ville toute blanche, petite, grouillante, étincelante sous la clarté crue du soleil.

— Jérusalem, expliqua David. Le 15 juillet 1099. Juifs et musulmans cohabitent. Les croisés, en mission militaire représentant la chrétienté occidentale, font le siège de la ville depuis un mois. Leur attaque est ici à son apogée.

Bobby voyait des silhouettes massives qui escaladaient les murs, des soldats qui accouraient à leur rencontre. Mais les assiégés reculaient, et les chevaliers avançaient en faisant de grands moulinets avec leurs épées. Sidéré, Bobby vit l'un d'eux décapiter un homme d'un seul coup de son arme.

Les croisés arrivèrent devant le Temple. Là, les Turcs qui défendaient les lieux résistèrent une journée entière. Mais les croisés, avançant dans un lac de sang qui leur arrivait aux chevilles, passèrent quand même, massacrant les survivants jusqu'au dernier.

Les chevaliers et leurs troupes se répandirent dans la ville, faisant razzia sur les chevaux, les mules, l'or et l'argent. Lustres et candélabres furent arrachés au dôme du Rocher. Et les cadavres furent éventrés, car il arrivait que les croisés trouvent des pièces d'or dans le ventre des morts.

Tandis que la boucherie et le pillage se poursuivaient, Bobby vit des chrétiens arracher des quartiers de chair à leurs ennemis abattus, les faire griller et les manger.

Tout cela par bribes violentes et colorées. Le bruit liquide des épées vermillon, les cris terrorisés des chevaux, le regard dur des chevaliers crottés, affamés, qui chantaient des psaumes et des hymnes, comme des êtres surnaturels, tout en brandissant leurs gigantesques épées. Mais les combats étaient tout de même étrangement silencieux. Il n'y avait ici aucune arme à feu, aucune artillerie. Les seules armes étaient maniées à la force des bras.

— Ce fut un désastre complet pour notre civilisation, murmura David. Un viol caractérisé, qui causa entre l'Est et l'Ouest une fracture qui n'a jamais vraiment guéri. Et tout cela au nom du Christ.

Grâce à la Camver, Bobby, j'ai eu le privilège d'observer des siècles de terrorisme chrétien, des orgies de cruauté et de destruction qui se sont étendues des croisades au pillage du Mexique et autres contrées au XVIᵉ siècle. Tout cela causé par la religion des papes, ma religion, et par la recherche frénétique de l'or et des richesses, qui a culminé dans un capitalisme éhonté dont mon père est l'un des champions les plus en vue.

Avec leurs cottes de mailles et leurs croix brillantes, les croisés ressemblaient à de somptueux animaux rôdant au soleil couchant, étonnants de barbarie.

Mais tout de même...

– David, tout cela, nous le savions déjà. Les croisades sont amplement documentées. Bien avant la Camver, les historiens ont fait la part de la vérité et de la propagande.

– C'est possible. Mais nous n'en sommes pas moins humains. La Camver a le cruel pouvoir d'extraire l'histoire de ses manuels poussiéreux et de la faire revivre devant nos pauvres sens humains blasés par les ans. Nous y assistons comme si elle se déroulait devant nous, et le sang des siècles passés rejaillit sur nous.

L'histoire n'est qu'un long fleuve sanglant, Bobby. C'est cela que la Camver nous force à reconnaître. Elle charrie les vies humaines comme des grains de sable, jusqu'au grand océan des ténèbres, et chacune de ces vies est, ou était aussi précieuse et aussi vibrante que la tienne ou la mienne. Mais aucune, jusqu'à la dernière goutte de sang, ne peut être changée. (Il regarda Bobby.) Tu es prêt à en voir davantage ?

– David...

Tu n'es pas le seul à penser ainsi, David. Nous subissons tous les mêmes horreurs. Tu te vautres dans la complaisance et l'auto-apitoiement, si tu crois être le seul à réagir comme tu le fais devant de tels spectacles.

Mais il ne pouvait pas dire tout cela à son frère.

David afficha une nouvelle séquence. Bobby aurait voulu s'en aller, détourner les yeux, au moins. Mais il savait qu'il ne pouvait pas éviter d'affronter ces images, s'il voulait aider son frère.

Une fois de plus, l'Écransouple s'emplit de vie et de sang.

Au milieu de cette période, la plus difficile de sa vie, David avait tenu la promesse qu'il avait faite à Heather, et il était allé chercher Marie.

Il ne s'était jamais considéré comme particulièrement compétent dans les affaires de cœur. En toute humilité, rongé par ses propres problèmes, il avait donc passé pas mal de temps à chercher la bonne approche pour communiquer avec la fille tourmentée, difficile, de Heather. Et il avait trouvé un moyen, à la fin, sous la forme d'un accessoire technique, un simple logiciel, en fait.

Il était allé la trouver à son poste de travail de Technivers. Il se faisait tard, et la plupart des autres chercheurs étaient déjà partis. Elle était assise au milieu d'un halo de lumière, colorée par l'éclat scintillant de l'Écransouple de la station de travail, entourée de la pénombre générale du local poussiéreux bourré de machines et d'électronique. À son arrivée, elle avait vivement éteint l'écran, mais il avait eu le temps d'apercevoir une belle journée ensoleillée, un jardin, un enfant en train de courir à côté d'un adulte en riant aux éclats. Elle avait levé la tête vers lui, avec une moue contrariée. Elle portait un T-shirt ample, pas très propre, arborant ce message péremptoire :

LE PÈRE NOËL EST DANS VOTRE VILLE

David reconnaissait qu'il ignorait la signification de ce slogan. Mais il n'avait aucunement l'intention de lui demander une explication.

Elle lui faisait comprendre clairement, par son silence et son attitude, qu'il n'était pas le bienvenu. Mais il n'était pas homme à se laisser démonter si facilement. Il s'assit à côté d'elle.

— J'ai entendu dire beaucoup de bien du logiciel de poursuite que tu es en train de développer, dit-il.

Elle lui lança un coup d'œil acéré.

— Qui t'a parlé de ça ? Encore ma mère, j'imagine ?

— Non, non, pas ta mère.

— Qui, alors ? Bah... ça n'a pas d'importance, tout compte fait ! Tu me trouves parano, sans doute, trop sur la défensive, susceptible...

— Je ne me suis pas encore fait d'opinion.

Elle ne put s'empêcher de sourire.

— C'est une réponse sincère, ça, au moins. Bon, qui t'a parlé de mon logiciel, alors ?

— Tu te sers d'une Camver. L'une des conditions est que toute amélioration apportée au matériel demeure la propriété intellectuelle de OurWorld. C'est dans le contrat que j'ai signé pour ta mère et toi.

— C'est du Hiram Patterson tout craché, ça.

— Tu veux dire qu'il s'y connaît en affaires ? La clause me semble raisonnable. Nous savons tous que cette technologie a encore un long chemin à faire.

— Tu parles ! L'interface utilisateur est archinulle !

— Et qui, mieux que l'utilisateur lui-même, peut arranger la chose ?

— Ça signifie que vous avez une armée d'espions qui épient les observateurs du passé ?

— Nous avons un étage métalogiciel qui balaie les accès utilisateurs pour évaluer leur qualité et leur fonctionnalité. Si nous tombons sur une idée intéressante, nous nous y intéressons et nous cherchons à la développer. L'idéal, naturellement, est de trouver une idée à la fois intéressante et déjà développée.

Une lueur d'intérêt, de fierté, peut-être, brilla dans le regard de Marie.

— La mienne, par exemple ?

— La tienne possède un potentiel intéressant. Tu es quelqu'un d'intelligent, Marie. Tu as un grand avenir devant toi. Mais... comment dire ? Tu n'y connais que dalle en développement de programmes de qualité.

— Ça marche quand même, non ?

— Plus ou moins. Mais je doute qu'on puisse apporter des améliorations au système sans tout reprendre de fond en comble. (Il soupira.) On n'est plus dans les années 1990, Marie. Le développement logiciel est devenu un art.

— Je sais, je sais. C'est ce qu'on nous apprend à l'école. Mais mon idée, tu ne crois pas qu'elle fonctionne ?

— Montre-moi ça.

Elle toucha l'Écransouple. Il vit qu'elle allait annuler la séquence en cours pour en commencer une nouvelle. Vivement, il lui saisit le poignet.

— Attends. Montre-moi plutôt ce que tu étais en train de regarder.

Elle lui lança un regard furieux.

— C'est ça, hein ? C'est ma mère qui t'envoie pour m'espionner ? Et tu te fiches pas mal de mon programme de poursuite !

— Ce qui compte, c'est la vérité, Marie.

— Alors, commence par être franc toi-même !

Il compta sur ses doigts.

— Un, ta mère se fait du souci pour toi. Deux, c'est moi, et pas elle, qui ai eu l'idée de venir te parler. Trois, je pense sincèrement que tu devrais me montrer ce que tu étais en train de regarder. Quatre, c'est vrai que c'était un prétexte pour te parler, mais je m'intéresse vraiment à ta trouvaille. C'est tout ce que tu voulais savoir ?

— Si je refuse de t'obéir, tu m'interdiras l'accès à Technivers ?

— Pas du tout.

— En comparaison du matériel qu'il y a ici, les accès qu'on peut obtenir par l'intermédiaire du Net sont merdiques comme tout.

— Je t'ai dit que je n'exercerai pas cette pression sur toi.

Ils demeurèrent un bon moment silencieux.

Radoucie, elle s'assit, et il comprit qu'il avait gagné.

En quelques coups de clavier virtuel, elle fit resurgir la scène.

C'était un petit jardin, une arrière-cour, en fait, avec des bandes parallèles d'herbe jaunie séparées par du gravier, avec quelques parterres de fleurs à moitié à l'abandon. L'image était lumineuse, le ciel d'un bleu pur, les ombres profilées. Il y avait des jouets partout, formant des taches de couleurs vives. Certains allaient et venaient automatiquement, suivant leur programmation.

Deux enfants entrèrent : une fillette et un garçonnet, respectivement âgés de huit et six ans environ. Ils riaient aux éclats, en se lançant une balle, poursuivis par un adulte qui riait aussi. Il attrapa la petite fille et la souleva pour la faire tournoyer, créant autour d'elle des jeux d'ombre et de lumière.

Marie figea l'image.

– La routine, dit-elle. D'accord ? Un souvenir d'enfance. Un bel après-midi d'été, long et parfait.

– C'est ton père, avec ton frère et toi.

Elle eut un sourire amer.

– Ça s'est passé il y a huit ans, pas plus, mais deux des acteurs sur trois sont déjà morts. Qu'est-ce que tu en penses ?

– Écoute, Marie...

– Tu voulais voir mon logiciel.

Il hocha la tête.

– Montre-le-moi.

Elle donna une tape sur l'écran. Le point de vue se déplaça latéralement. Il fluctua dans le temps, en avant et en arrière, durant quelques secondes. La fillette fut soulevée, abaissée, soulevée de nouveau, sa chevelure ballottante, comme un film que l'on aurait fait défiler dans les deux sens.

– Là, j'utilise l'interface normale de la station de travail, dit-elle. Le point de vue est analogue à celui d'une petite caméra en suspens dans l'air. Je peux le diriger dans l'espace et dans le temps en modifiant la position de l'entrée du trou de ver. Ce qui convient à certaines applications, mais pas à d'autres. Si je veux balayer des périodes plus étendues, c'est chiant comme tout, tu le sais très bien.

Elle laissa la scène suivre son cours. L'homme posa l'enfant par terre. Marie centra le point de vue sur le visage de son père et, par petits coups sur le clavier, le suivit tant bien que mal tandis qu'il courait derrière sa fille sur la pelouse invisible.

– Comme tu le vois, dit-elle d'une voix clinique, je peux suivre mon sujet, mais ce n'est pas facile, l'image saute, et ça devient vite fastidieux. J'ai donc cherché un moyen d'automatiser la poursuite. (Elle enfonça de nouvelles touches virtuelles.) J'ai utilisé des routines de reconnaissance de forme pour verrouiller le point de vue sur un visage. Regarde.

Le point de vue Camver bascula, comme s'il était manié par un cadreur invisible, et ne quitta plus le visage de son père, qui devint le centre de l'image tandis qu'il courait, riait, criait, et que le décor autour de lui défilait de manière déconcertante.

– Tout automatique, murmura David.

– Oui. Il y a des sous-programmes qui permettent de personnaliser les procédures, de manière un peu plus professionnelle...

Elle fit courir de nouveau ses doigts sur le clavier virtuel, et le point de vue prit un peu de recul. Les angles de prises de vues étaient maintenant un peu plus orthodoxes, plus stables, moins solidaires du visage. Le père était toujours l'élément central de l'image, mais l'arrière-plan était plus net. David hocha la tête.

– C'est très valable, Marie. Couplé à un programme interprétatif, ton logiciel devrait nous permettre d'automatiser la compilation de biographies de personnages historiques, à l'état brut, tout au moins. Tu mérites des félicitations.

Elle soupira.

– Merci. Mais tu me trouves un peu zarbie parce que je regarde mon père au lieu de John Lennon, pas vrai ?

Il haussa les épaules. Choisissant ses mots, il murmura :

– Tout le monde regarde John Lennon. Sa vie, pour le meilleur et pour le pire, est devenue propriété publique. La tienne – par cette belle journée ensoleillée – n'appartient qu'à toi.

– Mais je suis une obsédée. Comme ces cinglés qui regardent leurs parents faire l'amour, le jour de leur conception.

– Je ne suis pas psy, lui dit-il gentiment. Tu n'as pas eu une vie facile. Personne ne songe à prétendre le contraire. Tu as perdu ton frère, puis ton père. Mais...

– Mais quoi ?

– Mais tu es entourée de gens qui ne veulent pas que tu sois malheureuse. Il faut que tu le saches.

Elle poussa un soupir.

– Tu sais, quand on était petits, Tommy et moi... ma mère avait l'habitude de prendre les autres adultes à témoin pour nous faire peur. Si j'avais été vilaine, elle me montrait n'importe quoi – une voiture qui klaxonnait à un kilomètre de là, un avion qui passait en faisant du bruit – en me disant : « Tu vois, le monsieur là-bas a entendu ce que tu viens de dire à ta maman, et il te montre qu'il n'est pas content du tout. » J'étais terrifiée. J'ai grandi avec l'impression d'être toute seule au milieu d'une énorme forêt d'adultes qui me surveillaient et me jugeaient continuellement.

Il sourit.

— Sous surveillance vingt-quatre heures sur vingt-quatre. Comme ça, tu n'auras pas de mal à t'habituer à vivre avec la Camver.

— Tu veux dire que je suis déjà traumatisée ? Je ne sais pas si c'est une consolation. (Elle lui lança un regard curieux.) Mais toi, David, on peut savoir ce que tu regardes quand tu te sers de la Camver en privé ?

Il retourna chez lui, coupla sa station de travail avec celle de Marie à Technivers et parcourut les documents d'archives que OurWorld stockait systématiquement lorsque quelqu'un utilisait ses Camvers.

Il en avait fait assez, se disait-il, pour ne pas se sentir coupable à propos de ce qu'il allait être obligé de faire maintenant pour remplir ses obligations envers Heather. En d'autres termes, espionner Marie.

Il ne lui fallut pas longtemps pour arriver au cœur des opérations. Elle n'avait pas menti. C'était bien la même scène qu'elle regardait inlassablement.

C'était une autre journée ensoleillée où toute la famille était réunie pour passer quelques bons moments à l'extérieur, peu de temps après celle qu'il avait regardée avec elle. Elle avait huit ans, et ils se promenaient lentement – au rythme d'un bambin de six ans – dans le Parc national du mont Rainier, au milieu des arbres et des rochers diaprés par le soleil.

C'est alors que survint l'épisode le plus marquant de la vie de Marie. Il ne dura que quelques secondes.

On ne pouvait pas dire qu'ils avaient pris des risques. Ils n'avaient quitté à aucun moment le sentier balisé, ni essayé de faire quoi que ce soit d'ambitieux. C'était juste un accident.

Tommy était sur les épaules de son papa, dont il agrippait les cheveux à pleines mains et qui le tenait fermement par les cuisses. Marie avait couru en avant, à la poursuite de ce qui ressemblait à l'ombre d'un chevreuil. Tommy s'était penché vers elle, déséqui-librant son père, dont la main avait glissé, un tout petit peu mais suffisamment.

Le choc, en soi, n'avait pas été spectaculaire : un bruit mou lorsque le crâne de l'enfant avait heurté la roche volcanique poin-tue, l'étrange position du corps inanimé. Pas de chance, il aurait pu tomber sans avoir une égratignure, mais c'était ainsi. Et ce n'était la faute de personne.

Tout était fini en un clin d'œil. Le hasard, la fatalité, les mysté-rieux desseins de l'architecte cosmique qui avait jugé bon de loger quelque chose d'aussi précieux que l'âme d'un enfant de six ans dans un conteneur aussi fragile.

La première fois que Marie (et maintenant David, tel un fantôme intrus) avait contemplé l'incident, elle avait choisi le point de vue particulier de la fillette-Marie elle-même. C'était comme si elle observait la chose depuis le centre de son âme, l'endroit mysté-rieux dans sa tête où « elle » résidait, entourée par la fragile machi-nerie de son corps.

Marie avait vu son frère en train de tomber. Elle avait réagi aussitôt, tendu les bras, fait un pas vers lui. La chute avait été perçue au ralenti, comme dans un rêve. Mais elle n'avait pas eu le temps d'arriver jusqu'à lui ni de faire quoi que ce soit pour changer la suite.

Reprenant pas à pas les accès de Marie à la Camver, David fut forcé de revoir l'accident du point de vue du père. C'était comme s'il observait la scène du haut d'une tour de guet, avec l'enfant Marie formant une tache floue en contrebas et le petit garçon invi-sible derrière sa tête. Mais la séquence d'événements se déroula de la même manière, implacable et sinistre. La perte d'équilibre, le pied qui glisse, l'enfant qui bascule, les jambes qui s'accrochent au passage et le font tomber la tête la première sur la roche meurtrière.

Ce que Marie regardait inlassablement, de manière obsessive, ce n'était toutefois pas la mort de son frère, mais les instants qui l'avaient précédée. Le petit Tommy, au moment où il avait heurté le sol, n'était qu'à un mètre d'elle, mais c'était trop loin, et à quelques centimètres de son père, qui ne disposait que d'une fraction de seconde pour réagir. Cela n'aurait fait aucune différence s'il avait été à des kilomètres et à des heures de là.

C'était sans doute la vraie raison, se disait David, du suicide du père de Marie. Ce n'était pas la soudaine publicité qui l'avait entouré avec sa famille, bien que cela n'ait probablement pas arrangé les choses. S'il ressemblait tant soit peu à Marie, il avait dû saisir immédiatement les implications de la Camver dans son cas, comme des millions d'autres, qui s'étaient mis à explorer avec elle les noires profondeurs de leur cœur.

Comment un père affligé par la perte de son enfant pouvait-il passer à côté de ça ? Comment aurait-il pu ne pas revivre, seconde après seconde, inlassablement, ces terribles moments ? Comment se détourner de l'enfant pris au piège d'une machine infernale qui s'éteignait brutalement, sans que rien puisse être altéré en quoi que ce soit ?

Et comment un tel père aurait-il pu supporter de continuer à vivre dans un monde où l'accident pouvait être repassé avec une terrible clarté quand il voulait, du point de vue qu'il voulait, sous l'angle de son choix, tout en sachant qu'il ne pourrait jamais en modifier le moindre détail ?

David lui-même s'était laissé aller à regarder ici d'horribles épisodes de l'histoire de l'Église, distants de plusieurs siècles de sa propre réalité. Après tout, les crimes de Christophe Colomb ne pouvaient plus nuire à personne, aujourd'hui, sauf, peut-être, à sa propre image, se disait-il avec sarcasme. Mais bien plus grand était le courage qu'il avait fallu à Marie, cette petite fille isolée, traumatisée, pour faire face à l'instant qui avait marqué toute son existence.

C'est là, se disait David, que se situe le cœur de l'expérience Camver. Ce n'est ni dans le voyeurisme ni dans les essais timides d'espionnage, ni dans le visionnement de quelque période historique incroyablement éloignée, mais dans l'occasion donnée à chacun de revoir les moments qui ont marqué sa vie au fer rouge.

Mais mes yeux, méditait-il, ne sont pas encore prêts à voir ces scènes. Mon cœur n'a pas évolué suffisamment pour affronter ces révélations répétées. Naguère, le temps était considéré comme le guérisseur de tous les maux. Aujourd'hui, le baume de l'éloignement a disparu.

Nous avons acquis le regard de Dieu, se disait-il. Un regard capable de contempler le passé immuable et sanglant comme si c'était aujourd'hui. Mais nous ne sommes pas Dieu, et la lumière brûlante de l'histoire pourrait bien nous détruire.

Sa colère était glacée. *Immuable.* Comment accepter une telle injustice ? Peut-être y avait-il là quelque chose à faire pour lui.

Mais d'abord, il fallait qu'il se décide à propos de ce qu'il devait dire à Heather.

À sa visite suivante, plusieurs semaines après, Bobby fut choqué de voir à quel point l'état de David s'était détérioré.

Il portait une combinaison d'atelier qui faisait des poches aux genoux et ne semblait pas avoir été changée depuis de nombreux jours. Ses cheveux étaient en désordre, et il avait une barbe de plusieurs jours. L'appartement était dans un état plus lamentable que la dernière fois. Il y avait partout des Écransouples, des livres ouverts, des revues, des blocs-notes, des stylos abandonnés. Par terre, à côté d'une corbeille à papier qui débordait, il y avait des assiettes en carton usagées, des boîtes à pizza et des emballages de plats tout préparés pour micro-ondes.

Mais David semblait sur la défensive, prêt à se justifier.

— Ce n'est pas ce que tu crois, dit-il. Je ne suis pas accro à la Camver. J'ai mes obsessions, peut-être, Bobby, mais je crois avoir dépassé ce stade.

— Alors, qu'est-ce qui...

— J'ai travaillé comme un dingue.

Un tableau blanc avait été accroché au mur. Il était couvert d'une écriture serrée, en rouge, avec des équations et des bribes de phrases en anglais et en français, reliées par des flèches, des boucles et des accolades.

— Heather m'a dit que tu avais laissé tomber ton projet des Douze Mille Journées, murmura Bobby d'une voix prudente. La Biothentique du Christ que tu préparais.

— C'est vrai. J'ai tout laissé tomber. Tu dois comprendre pourquoi.

— Qu'est-ce que tu faisais, alors ?

David soupira.

— J'ai essayé de toucher au passé, Bobby. J'ai essayé, sans aucun résultat.

— Quoi ! J'ai bien entendu ? Tu as essayé de modifier le passé à travers un trou de ver ? C'est bien ce que tu viens de dire ? Mais, d'après ta théorie, c'est impossible, non ?

— Oui, mais j'ai voulu essayer quand même. J'ai fait quelques tentatives à Technivers. J'ai voulu me transmettre à moi-même un signal dans le passé, à travers un mini-trou de ver, sur quelques millisecondes à peine, juste pour prouver que le principe était valable.

— Et alors ?

David eut un sourire amer.

— On peut envoyer un signal *en avant* dans le temps à travers un trou de ver. C'est comme cela que nous pouvons visionner le passé. Mais quand j'ai essayé d'en envoyer un *en arrière*, il y a eu une rétroaction. Imagine un photon quittant l'entrée d'un trou de ver quelques secondes dans le passé. Il fonce vers l'entrée future, revient en arrière dans le temps et ressort de l'entrée du passé au moment précis où il a commencé son voyage. Il se superpose au photon qu'il était précédemment.

— En doublant son énergie.

— Il fait plus que la doubler, en réalité, à cause des effets Doppler cumulés. Il crée une boucle de réaction. Le corpuscule voyage à travers le trou de ver dans un sens puis dans l'autre, inlassablement, et accumule les énergies qu'il tire de ses déplacements. À la fin, elles deviennent si fortes qu'elles détruisent le trou de ver une fraction de seconde *avant* qu'il ne se transforme en véritable machine à voyager dans le temps.

— Donc, ton trou de ver expérimental a explosé ?

— Avec plus de violence que je ne m'y attendais, répliqua David, la gorge sèche. Hawking avait raison en ce qui concerne la protection chronologique. Les lois de la physique ne permettent pas aux machines à remonter le temps de voyager dans l'autre sens. Le passé est un univers-bloc relativiste, le futur une incertitude quantique, et les deux se rejoignent au présent, qui est, je suppose, une interface de gravité quantique. Excuse-moi... Les détails techniques importent peu. Le passé, vois-tu, est comme un glacier qui avance, inexorablement, gagnant sur un futur encore fluide. Les événements sont figés sur place dans la structure cristalline, figés pour l'éternité.

Ce qui compte, c'est que moi, je sais, mieux que quiconque sur cette planète, que le passé est immuable, inaltérable, ouvert à notre observation à travers les trous de ver, mais inexorablement figé. Et tu sais ce que l'on ressent quand on sait cela ?

Bobby était en train de faire les cent pas dans l'appartement, piétinant des monceaux de papiers et de livres.

— D'accord. Tu souffres. Et la physique théorique abstruse est ta thérapie. Mais ta famille, est-ce que tu as seulement pensé à elle ? À nous ?

David ferma à demi les yeux.

— Raconte-moi.

Bobby prit une inspiration profonde.

— Hiram se cache, il se terre de plus en plus. Mais il n'a pas renoncé à gagner un maximum d'argent avec la Camver. Il veut se lancer dans les prévisions météorologiques de précision, basées sur des données qui remonteront sur plusieurs siècles. Il pense qu'il doit être possible de créer des systèmes de régulation du temps grâce à la connaissance que nous aurons bientôt des changements climatiques à long terme.

— Hiram est... (David hésita, à la recherche du mot juste) un phénomène. Il n'y a donc pas de limites à son esprit d'entreprise ? Et Kate ? Tu as des nouvelles ?

— Le jury est encore en train de délibérer.

— Je croyais qu'il n'y avait que des présomptions contre elle.

— C'est exact, mais de la voir assise à son terminal au moment où le délit a été commis, je crois que cela a fait basculer plusieurs de ses jurés.

— Que feras-tu si elle est condamnée ?

— Je n'ai encore rien décidé.

Et c'était vrai. La fin du procès était un trou noir qui attendait d'avaler l'avenir de Bobby, aussi inéluctablement et aussi déplorablement que la mort elle-même. Il faisait donc de son mieux pour ne pas y penser.

– J'ai vu Heather, dit-il. Elle se porte bien, malgré tout ce qui est arrivé. Elle a publié sa Biothentique sur Abraham Lincoln.

– Je sais. C'est du bon travail. Et ce qu'elle a fait sur la guerre de la mer d'Aral, c'était remarquable, également. Tu peux être fier de ta mère.

Bobby prit un air songeur.

– Je suppose que je peux l'être, oui. Mais j'avoue que je ne sais pas quelle attitude je dois avoir vis-à-vis d'elle. Je l'ai bien observée avec Marie, tu sais. Malgré toutes leurs disputes, il y a un véritable lien entre elles. Un lien solide comme l'acier. Je ne ressens rien de semblable entre elle et moi. C'est probablement ma faute.

– Tu les as observées ? Au passé ?

Bobby se tourna vers lui.

– Je suppose que tu n'es pas au courant. Marie a quitté la maison.

– Ah ? C'est bête, ça.

– Elles ont eu des mots sur la manière dont Marie se servait de la Camver. Heather se fait un souci monstre.

– Pourquoi n'essaie-t-elle pas de la retrouver ?

– Elle a essayé.

David renifla dédaigneusement.

– Ridicule. Comment peut-on se cacher aux yeux d'une Camver ?

– Il faut croire qu'il y a des moyens. Tu ne crois pas qu'il serait temps pour toi de redescendre sur la Terre, David ?

Ce dernier joignit le bout des doigts de ses deux mains, dans une attitude de profonde détresse.

– C'est insoutenable, tu ne comprends pas ? C'est sûrement la raison pour laquelle Marie s'est enfuie de chez elle. J'ai essayé, rappelle-toi. J'ai cherché le moyen d'arranger les choses, de réparer le passé abîmé. Et tout ce que j'ai découvert, c'est qu'aucun d'entre nous n'a le choix en ce qui concerne l'histoire. Pas même Dieu. J'en ai la preuve expérimentale. Tu comprends ce que je ressens ? La vue de tout ce sang, ces viols, ces meurtres, ce pillage... Si je pouvais seulement faire dévier la lame d'un croisé, sauver un seul enfant arawak de l'extermination...

– Et comme tu ne peux rien faire, tu te réfugies dans la physique abstraite ?

— Tu as autre chose à me suggérer ?

— Tu ne peux pas réparer le passé. Mais tu peux t'arranger toi-même. Accepte de faire les Douze Mille Journées.

— Mais je t'ai déjà dit que...

— Je t'aiderai. Je serai à tes côtés. Fais-le, David. Va à la rencontre de Jésus. (Il sourit.) Je te défie de faire ça.

Au bout d'un long silence, David lui rendit son sourire.

21

Voici l'homme

Extrait de l'introduction de Les Douze Mille Journées, un premier commentaire, *de David Curzon, édité par S. P. Kozlov & G. Risha, Rome, 2040*

Le projet universitaire international connu de tout le monde sous le nom de « Douze Mille Journées » en est à la fin de sa première phase. Je fais partie d'une équipe de douze mille (un peu plus, en réalité) observateurs Camver répartis un peu partout dans le monde, et chargés d'étudier la vie et l'histoire de celui que ses contemporains connaissaient sous le nom de Yesho Ben Pantera et les générations futures sous celui de Jésus-Christ. C'est un honneur pour moi que d'avoir été prié de rédiger cette introduction.

Nous avons toujours su que, lorsque nous rencontrons Jésus dans les Évangiles, nous le voyons uniquement à travers les yeux des évangélistes. Par exemple, Matthieu pensait que le Messie naîtrait à Bethléem, comme le prophète Michée, apparemment, l'a prédit dans l'Ancien Testament. Il annonce donc la naissance de Jésus à Bethléem, bien que ce dernier, dit le Galiléen, soit, en fait, comme son nom l'indique, né en Galilée.

Nous comprenons cela. Nous l'acceptons volontiers. Mais combien de chrétiens, au fil des siècles, n'ont-ils pas rêvé de rencontrer Jésus par l'intermédiaire d'une caméra, ou, mieux encore, en face à face ? Et combien auraient cru, si on le leur avait prédit, que notre génération serait la première à réaliser une telle rencontre ?

C'est précisément ce qui est en train de se produire.

Chacun des Douze Mille s'est vu attribuer une journée particulière de la courte existence de Jésus. Une journée que nous pourrons suivre en détail grâce à la technologie Camver, en temps réel, de

0 heure à minuit. Ainsi, une première biographie « authentique » de Jésus pourra être rapidement constituée.

Cette biographie visuelle, avec ses documents annexes, ne représente qu'une première mouture, un ensemble d'observations directes, une mise bout à bout de tous les événements qui ont jalonné la vie tragiquement trop brève du Christ. Il restera à faire beaucoup de recherches accessoires. Par exemple, même l'identité des quatorze apôtres (et non douze !) reste à déterminer, et l'existence de ses frères, sœurs, femme et enfant ne nous est connue que de manière approximative. Nous aurons ensuite à dresser la cartographie des événements humains réels par rapport aux différentes sources, canoniques ou apocryphes, qui sont parvenues jusqu'à nous à propos de Jésus et de son ministère.

C'est là, naturellement, que le vrai débat prendra place : un débat sur la signification du ministère de Jésus, un débat qui durera peut-être aussi longtemps que la race humaine elle-même.

Ce premier rendez-vous n'a pas été facile. Mais déjà la flamme claire de la Galilée a brûlé un grand nombre d'idées fausses.

David, étendu sur son canapé, testa une dernière fois ses systèmes : l'appareillage RV proprement dit et les agents de maintenance médicale qui veilleraient au bon fonctionnement des sondes intraveineuses et des cathéters, retourneraient régulièrement son corps à l'abandon pour réduire le risque de formation d'escarres, et lui feraient la toilette, s'il voulait, comme s'il était dans un coma prolongé.

Bobby était assis face à lui dans la pièce silencieuse, plongée dans la pénombre, le visage luisant à la lueur fluctuante de l'Écransouple.

David se sentait ridicule au milieu de tout cet appareillage qui le faisait ressembler à un astronaute se préparant pour un lancement. Mais cette Journée d'antan, figée dans la durée comme un insecte prisonnier d'un bloc d'ambre, éternel et luisant, attendait son inspection, et il ne protestait pas.

Il prit l'Œilmental et l'ajusta sur sa tête. Il sentit le picotement familier sur ses tempes tandis que le frontal se mettait automatiquement en place.

Il réprima un bref élan de panique. Dire qu'il y avait des tas de gens qui s'infligeaient cela uniquement pour se distraire !

La lumière explosa autour de lui, avec une intensité bleutée.

Il était né à Nazareth, petite ville prospère des collines de Galilée. Sa naissance se passa normalement – pour l'époque. Sa mère s'appelait Marie, et elle était vierge. Vierge du Temple.

Tel que ses contemporains le connaissaient, Jésus-Christ était le fils illégitime d'un légionnaire romain, un Illyrien nommé Pantera.

Leur relation était basée sur l'amour et non la coercition, même si Marie était promise, à l'époque, à un certain Joseph, maître d'œuvre prospère et veuf. Mais Pantera avait été transféré en dehors du district lorsque la grossesse de Marie s'était manifestée, et Joseph avait eu le mérite d'accepter la chose et d'élever l'enfant comme s'il était son fils.

Cela dit, Jésus n'avait pas honte de ses origines, et il se fit appeler plus tard Yesho Ben Pantera, c'est-à-dire Jésus fils de Pantera.

Voilà la somme des faits historiques concernant la naissance de Jésus. Tout mystère plus profond est hors de portée d'une Camver.

Il n'y a eu ni recensement, ni marche sur Bethléem, ni étable, ni crèche, ni animaux, ni mages, ni bergers, ni Étoile. Tous ces détails, inventés par les évangélistes pour prouver que la naissance de cet enfant était l'accomplissement d'une prophétie, n'étaient que pure affabulation.

La Camver met à nu bon nombre de nos illusions sur nous-mêmes et sur notre passé. Certains diront qu'il s'agit d'un outil de thérapie de masse qui nous permettra de devenir mentalement plus sains en tant qu'espèce. Ce n'est pas impossible. Mais il faut avoir un cœur de pierre pour ne pas déplorer la démythification de cette belle histoire de Noël !

Il était sur une plage. Il sentait sur lui la chaleur comme une grosse couverture mouillée, et la sueur dégoulinait sur son front.

À sa gauche, il y avait des collines verdoyantes. À sa droite, la mer bleue venait mourir doucement à ses pieds. À l'horizon, légèrement voilé, il apercevait des bateaux de pêche, comme des ombres brun-bleu, aussi immobiles et plats que des figurines découpées dans du carton. Sur le rivage nord de la mer, distant de cinq kilomètres environ, il distinguait une ville, une agglomération de maisons aux murs beiges, surmontées de terrasses. Ce devait être Capharnaüm. Il aurait pu utiliser le Moteur de Recherche pour y être en un instant, mais il lui semblait plus approprié d'y aller à pied.

Il ferma les yeux. Il sentait sur son visage la chaleur du soleil, il entendait le clapotement de l'eau, percevait l'odeur de l'herbe et celle, âcre, du poisson. La lumière était si éclatante qu'elle formait des taches roses, scintillantes, à travers ses paupières closes. Mais à un angle de sa vision, sans qu'il eût à ouvrir les yeux, brillait le petit logo doré de OurWorld.

Il se mit en route, longeant le bord de l'eau glacée et limpide de la Galilée.

Il avait plusieurs frères et sœurs, et aussi des demi-frères et des demi-sœurs du premier mariage de Joseph. L'un de ses frères, Jacques, lui ressemblait de manière remarquable, et devait plus tard accéder à la tête de l'Église (tout au moins d'une branche) après la mort de Jésus.

Jésus était en apprentissage chez son oncle, Joseph d'Arimathie, non pas comme charpentier, mais comme maître d'œuvre. Il passa une grande partie de son adolescence, jusqu'à l'état adulte, dans la ville de Sepphoris, à cinq kilomètres au nord de Nazareth.

Sepphoris était une cité importante, la plus grande de toute la Judée, en fait, après Jérusalem et la capitale de la Galilée. Il y avait, à l'époque, beaucoup de travail pour les maîtres d'œuvre, maçons et architectes, car Sepphoris avait été en grande partie détruite par l'offensive des Romains en représailles à un soulèvement des Juifs en l'an 4 avant J.-C.

Cette période fut significative pour Jésus, car c'est là qu'il devint cosmopolite.

Il fut en contact avec la culture hellénique, par exemple, à travers le théâtre grec et − plus significatif encore − à travers la tradition pythagoricienne des nombres et des proportions. Il fréquenta même, à un moment, un groupe de pythagoriciens juifs qui se faisait appeler les Esséniens et qui était issu d'une très vieille tradition couvrant une grande partie de l'Europe. Elle s'était même étendue, en fait, jusqu'aux druides de Bretagne.

Jésus devint, non pas un humble charpentier, mais un homme de l'art spécialisé dans un domaine hautement recherché d'une tradition ancienne. Son métier devait l'amener à voyager souvent dans tout le monde romain.

Il eut une vie très pleine. Il se maria. (L'histoire biblique des noces de Cana, où l'eau se changea en vin, semble brodée à partir d'un incident survenu à son propre mariage.) Sa femme mourut en couches. Il ne se remaria pas, mais l'enfant, une fille, survécut. Elle disparut dans la confusion qui suivit la mort de son père. (La recherche de la fille de Jésus et d'éventuels descendants encore en vie actuellement est l'un des secteurs les plus en vogue de l'activité Camver d'aujourd'hui.)

Mais Jésus ne tenait pas en place. Très tôt, il commença à formuler sa propre philosophie.

On pouvait considérer, pour simplifier, qu'elle était un peu la synthèse des enseignements mosaïques et pythagoriciens. Le christianisme devait naître de cette collision entre le mysticisme oriental et la logique occidentale. Jésus se voyait, métaphoriquement, à mi-chemin de Dieu et de l'humanité ; et le concept de moyen terme, particulièrement le « juste milieu », était, comme on sait, au centre de toute contemplation dans la tradition pythagoricienne.

Il était et resterait jusqu'au bout un bon Juif ; mais il avait des idées bien arrêtées sur la manière dont on pouvait améliorer la pratique de sa religion.

Il se mit à lier amitié avec des gens que sa famille jugeait infréquentables par quelqu'un de sa condition. Des pauvres, des criminels. Il entra même en relation avec des groupes de *lêstai*, des révolutionnaires en herbe.

Il se brouilla avec sa famille et partit pour Capharnaüm, pour y vivre avec des amis.

C'est alors qu'il se mit à faire des miracles.

Deux hommes venaient dans sa direction.

Ils étaient plus petits que lui, mais râblés, avec une épaisse chevelure noire nouée sur la nuque en queue de cheval. Leurs vêtements, fonctionnels, étaient des sortes de combinaisons de coton aux poches à grande capacité, souvent utilisées. Ils avançaient à la limite de l'eau, indifférents aux vaguelettes qui venaient mourir sur leurs pieds. Ils semblaient avoir la quarantaine, mais étaient probablement plus jeunes. Ils avaient l'air prospères, en bonne santé, bien nourris. C'étaient probablement des marchands, se dit-il.

Ils étaient tellement plongés dans leur conversation qu'ils n'avaient pas encore remarqué sa présence.

Mais non, se souvint-il. Ils ne pouvaient pas le voir. Il n'était pas là, en cette journée ensoleillée où leur conversation se déroulait. Ils ne pouvaient pas se douter qu'un homme venu de leur lointain futur s'émerveillerait un jour de les observer, un homme capable de faire revivre ce moment et de le repasser à volonté, inchangé pour l'éternité.

Il eut un mouvement de recul lorsqu'ils entrèrent en collision virtuelle avec lui. La lumière parut s'obscurcir soudain, et il ne sentit plus les cailloux tranchants sous ses pieds.

Mais ils étaient déjà passés à travers lui, imperturbables, sans que leur conversation soit dérangée en rien par cette rencontre avec un fantôme. La « réalité » du décor se rétablit, avec autant de netteté que s'il avait tourné un bouton de réglage sur quelque Écransouple invisible.

Il continua d'avancer en direction de Capharnaüm.

Jésus était capable de « guérir » des maladies psychosomatiques telles que le mal de dos, le bégaiement, les ulcères, le stress, le rhume des foins, la paralysie hystérique, la cécité et même les grossesses nerveuses. Certaines de ses « guérisons » sont remarquables, et frappèrent très fortement son entourage. Mais elles se limitaient à ceux qui croyaient davantage au pouvoir de Jésus qu'à celui de leur maladie. Comme tous les autres guérisseurs avant ou après lui, Jésus était incapable de porter remède aux affections organiques profondes. (Il faut préciser, et c'est tout à son honneur, qu'il n'a jamais prétendu pouvoir le faire.)

Ses guérisons miraculeuses, naturellement, lui valurent une grande notoriété. Mais ce qui le distinguait de nombreux autres *hassidim* de son époque, c'était le message qu'il répandait en même temps que son art.

Jésus était convaincu que l'ère messianique annoncée par les prophètes adviendrait, non pas lorsque les Juifs seraient militairement victorieux, mais quand leur cœur deviendrait pur. Et il était persuadé que cette pureté intérieure pourrait se réaliser, non pas en étant extérieurement vertueux, mais en se soumettant entièrement au redoutable bon vouloir de Dieu. Il pensait que ce bon vouloir s'étendait sur l'ensemble du peuple d'Israël, les intouchables, les impurs, les exclus, les pécheurs et les pécheresses. Par ses guérisons et ses exorcismes, il entendait démontrer la réalité de son amour.

Jésus était le juste milieu entre le divin et l'humain. Rien d'étonnant à ce que son ascendant fût électrique. Il semblait capable de faire en sorte que le plus indigne des pécheurs se sente tout proche de Dieu.

Mais rares étaient les habitants de ce pays occupé qui avaient suffisamment de sophistication pour comprendre son message. Les appels insistants de ceux qui réclamaient qu'il se révèle en tant que Messie l'énervaient, et les *lêstai* que sa présence charismatique attirait commençaient à voir en lui un point focal commode pour un soulèvement contre les Romains abhorrés.

Les ennuis n'allaient pas tarder.

David déambulait comme un fantôme dans les petites pièces carrées, observant les gens, femmes, serviteurs et enfants, qui allaient et venaient dans la maison.

Elle était plus impressionnante qu'il ne s'y était attendu. Elle était construite sur le modèle d'une villa romaine, avec atrium donnant sur les différentes pièces, à la manière d'un cloître. Le décor était très méditerranéen, la lumière pure et dense, les chambres ouvertes à l'air limpide.

Déjà, à cette époque précoce du ministère de Jésus, il y avait un campement permanent à l'extérieur des murs de la demeure : des malades étaient là, ainsi que des infirmes et des pèlerins en herbe, dans une petite agglomération de toiles de tente.

Plus tard, on bâtirait une chapelle sur ce site et, encore plus tard, au Ve siècle, une église byzantine qui survivrait jusqu'à l'époque de David, en même temps que la légende de ceux qui avaient vécu ici.

On entendait maintenant du bruit autour de la villa : le son de pas précipités, des cris d'appel. Il sortit rapidement.

La plupart des habitants de la ville de toile, certains avec une vivacité surprenante compte tenu de leur condition, se dirigeaient vers la mer miroitante que David distinguait entre deux bâtiments. Il suivit la foule de plus en plus nombreuse, en s'efforçant d'ignorer les effluves d'une humanité mal lavée que le logiciel extrapolait avec un souci d'authenticité dont il aurait pu se passer. La détection des odeurs en direct par l'intermédiaire de la Camver était encore une affaire très aléatoire.

La foule se déploya quand ils arrivèrent au port rudimentaire. À travers la cohue, David se fraya un chemin jusqu'au bord de l'eau, indifférent à la baisse temporaire de lumière chaque fois qu'un Galiléen passait à travers lui dans un sens ou dans l'autre.

Il n'y avait qu'un seul bateau sur les eaux calmes. Entièrement en bois, de construction rudimentaire, il devait faire dans les six mètres de long. Quatre hommes ramaient patiemment à bord en direction du port. À côté d'un timonier massif, à la poupe, il y avait un filet de pêche ramassé en tas.

Il y avait un autre homme à la proue, face à la foule qui attendait sur le rivage.

David entendit courir une rumeur frémissante. De son bateau, il était allé prêcher partout le long de la côte. Il avait une voix prenante et qui portait loin sur l'eau, ce Yesho, ce Jésus.

David se hissa sur la pointe des pieds pour mieux le voir. Mais la lumière qui flottait sur l'eau était trop aveuglante.

> C'est ainsi que nous devons en arriver, avec réticence, à la véritable histoire de la Passion.
>
> Jérusalem, ville sophistiquée, chaotique, bâtie avec les pierres locales d'une blancheur éclatante, était envahie par la foule de la Pâque venue manger l'agneau dans les murs de la cité sacrée, comme l'exigeait la tradition. Et il y avait également là une forte présence de soldats romains.
>
> Cette année, les tensions étaient à leur apogée. De nombreux groupes insurrectionnels opéraient dans la ville. Par exemple, les zélotes, opposants acharnés à Rome, et les *iscarii*, ou assassins, qui étaient attirés par toutes les foules festives.

C'est dans ce creuset de l'histoire que se glissèrent Jésus et ses disciples.

Le groupe consomma dûment son festin pascal. (Mais il n'y eut pas de préalable à l'eucharistie, pas d'injonction de la part de Jésus de partager le pain et le vin en sa mémoire, comme s'il s'agissait de fragments de son corps. Le rite, de toute évidence, est une invention des évangélistes. Ce soir-là, Jésus avait beaucoup de choses en tête, mais pas l'invention d'une religion nouvelle.)

Nous savons désormais que Jésus avait des attaches avec de nombreux groupes ou sectes qui opéraient en marge de la société de son temps. Mais il n'avait pas d'intentions insurrectionnelles.

Il se rendit à un endroit nommé Gethsémani, où les oliviers poussent encore aujourd'hui, certains (on peut le vérifier) depuis l'époque de Jésus. Il œuvrait à nettoyer le judaïsme de tout sectarisme, et avait l'intention de rencontrer là les responsables de différents groupes révolutionnaires pour leur demander, si possible, de réaliser pacifiquement leur unité. Comme toujours, il cherchait le juste milieu et voulait servir de passerelle entre tous ces groupes antagonistes.

Mais l'humanité de l'époque de Jésus n'était pas plus raisonnable que celle d'aucune autre. Il se trouva devant un groupe de soldats en armes que lui avaient envoyés les principaux chefs religieux. Et les événements qui suivirent se déroulèrent avec une logique aussi implacable que familière.

Le procès de Jésus ne fut pas un grand événement théologique. La seule chose qui importait au grand prêtre, un vieillard fatigué, consciencieux, usé, c'était de maintenir l'ordre public. Il savait qu'il devait avant tout protéger son peuple des féroces représailles romaines en adoptant la solution de moindre mal qui consistait à leur livrer cet anarchiste guérisseur et fauteur de troubles.

Cela fait, le grand prêtre retourna dans son lit dormir d'un sommeil agité.

Pilate, le procurateur romain, était venu à la rencontre des prêtres qui refusaient d'entrer dans son prétoire de crainte de s'en trouver souillés. C'était un homme compétent et impitoyable, représentant d'une puissance occupante présente depuis des siècles. Pourtant, il hésitait, lui aussi, par peur, semble-t-il, d'inciter à des violences encore plus graves en exécutant un personnage aussi populaire.

Nous avons désormais été les témoins des peurs, des répulsions et des sordides calculs qui motivèrent les acteurs de ce drame qui s'affrontaient au cœur des ténèbres. Chacun d'eux, à n'en pas douter, était persuadé d'agir justement.

Sa décision prise, Pilate était passé aux actes avec une efficacité brutale. La suite, nous ne la connaissons que trop bien, dans toute son horreur. Ce ne fut même pas un grand spectacle. Cependant, la Passion du Christ est un événement qui ne s'est pas déroulé en deux jours, mais en deux millénaires.

Il y a encore beaucoup de choses que nous ignorons. Le moment de sa mort est curieusement voilé. Les explorations de la Camver dans ce domaine se heurtent à une limite infranchissable. Certains scientifiques ont une théorie selon laquelle la densité des points de vue autour de ces quelques secondes clés serait si forte que la texture de l'espace-temps lui-même se trouverait endommagée par l'intrusion répétée des trous de ver. Et ces points de vue seraient, d'après eux, ceux d'observateurs du futur, ou peut-être même d'une multiplicité de futurs possibles, s'il est vrai que ce qu'il y a devant nous n'est pas déterminé à l'avance.

Nous n'avons donc toujours pas entendu les derniers mots qu'il a adressés à sa mère. Nous ignorons encore si, torturé, agonisant, effaré, il a appelé son Dieu au secours. Même aujourd'hui, malgré les prouesses de notre technologie, nous ne pouvons le voir qu'à travers un miroir obscur.

Au centre de la ville, il y avait la place du marché, déjà noire de monde. Réprimant un frisson, David se força à s'avancer *à travers* les gens.

Au centre de la masse humaine, un soldat vêtu d'un uniforme rudimentaire agrippait une femme par le bras. Elle avait l'air accablée. Sa robe était déchirée, ses cheveux en désordre, souillés, son visage joufflu, naguère joli, ravagé par les larmes. À ses côtés, il y avait deux hommes vêtus de beaux habits religieux d'une propreté immaculée. Peut-être des prêtres, ou encore des pharisiens. Ils montraient la femme du doigt, gesticulaient avec rage et se disputaient avec quelqu'un qui, caché par la foule, était accroupi par terre.

David se demandait si cet incident avait laissé des traces dans les Évangiles. Peut-être s'agissait-il de la femme qu'on avait condamnée pour adultère, et les pharisiens essayaient-ils de confondre

Jésus avec leurs questions empoisonnées, pour démontrer qu'il blasphémait.

L'homme accroupi par terre avait sa galerie de partisans. C'étaient des hommes à l'air rude, peut-être des pêcheurs. Gentiment mais fermement, ils tenaient la foule à distance. Ce qui n'empêchait pas certains, constata David, qui s'approchait de lui comme un spectre, de venir toucher l'ourlet de sa robe, ou même une boucle de ses cheveux.

Je ne pense pas que sa mort, après avoir été humilié et brisé, doive rester au centre de notre obsession à l'égard de Jésus, comme ce fut le cas durant deux mille ans. Pour moi, l'apogée de sa vie, telle que j'ai pu l'observer, est le moment où Pilate l'expose, supplicié et ensanglanté, aux railleries des soldats et au sacrifice par son propre peuple.

Tout ce qu'il avait essayé de faire, apparemment, était détruit. Il se sentait peut-être déjà abandonné de Dieu. Il aurait dû être écrasé par le poids de tous ces événements, et pourtant il s'est dressé, immergé dans son époque, vaincu mais pas encore battu. C'est Gandhi, c'est saint François, c'est Wilberforce, c'est Elisabeth Fry. C'est le père Damien parmi les lépreux. C'est tout son peuple, avec les souffrances atroces que ce peuple allait être appelé à subir par la suite au nom de cette religion fondée pour lui.

Toutes les grandes religions ont eu à faire face à des crises lorsque leurs origines et leur passé embrouillé ont été dévoilés au grand jour. Aucune ne s'en est tirée indemne. Certaines se sont totalement effondrées. Mais la religion ne traite pas seulement de moralité ou de la personnalité de ses fondateurs et de ses pratiquants. Elle traite aussi du sacré, d'une dimension plus élevée de notre nature. Et il y a toujours ceux qui ont soif de transcendance, ceux qui veulent connaître la signification de tout ça.

Déjà, purifiée, réformée, refondue, l'Église commence à représenter une consolation pour beaucoup de gens que laissent désemparés la destruction de toute intimité et de toute certitude historique.

Peut-être avons-nous perdu le Christ. Mais nous avons trouvé Jésus. Et son exemple peut encore nous guider dans un futur inconnu, même si ce futur ne nous réserve rien d'autre qu'Absinthe, même si le seul rôle restant de notre religion est de nous réconforter.

Pourtant, l'histoire nous réserve encore des surprises, car l'une des légendes les plus étonnantes et les plus tenaces sur la vie de Jésus a, contre toute attente, reçu confirmation.

L'homme accroupi par terre était particulièrement maigre. Ses cheveux, tirés complètement en arrière, grisonnaient prématurément au niveau des tempes. Sa robe maculée traînait dans la boue. Son nez aquilin était fier, romain. Dans ses yeux noirs brillait une lueur farouche et intelligente. Il avait l'air en colère, et dessinait d'un doigt sur le sol poussiéreux.

Cet homme taciturne, renfrogné, avait montré ce qu'il pensait des pharisiens sans même avoir besoin de prononcer un mot.

David fit un pas en avant. Sous ses pieds, il sentait le sol de la place du marché de Capharnaüm. Il avança la main pour toucher l'ourlet de la robe.

Mais, bien entendu, ses doigts glissèrent à travers le tissu et, quoique la lumière eût faibli, il ne sentit rien d'autre.

L'homme accroupi releva alors la tête pour regarder David droit dans les yeux.

David poussa un cri. La lumière galiléenne se dissipa, et il n'y eut plus que le visage anxieux de Bobby penché sur le sien.

Dans sa jeunesse, suivant avec son oncle Joseph d'Arimathie une route marchande bien établie, Jésus se rendit dans une région de la péninsule de Cornouailles où il y avait des gisements d'étain.

Avec ses compagnons, il s'enfonça vers l'intérieur de l'île jusqu'à Glastonbury, qui était à l'époque un port relativement important. Là, il étudia avec les druides et aida à la conception et à la réalisation d'une petite maison sur le futur site de l'abbaye. Son séjour a laissé des traces, de différentes manières, dans des bribes de folklore local.

Il y a tant de choses qui se sont perdues. Le regard impitoyable de la Camver a démontré que tant de nos fables étaient bâties sur des ombres fugaces et des chuchotements. L'Atlantide s'est envolée en fumée. Le roi Arthur a regagné les ténèbres d'où il n'était jamais tout à fait sorti. Et pourtant, il demeure vrai, comme Blake l'a chanté, que ces pieds des temps anciens ont foulé le sol des vertes collines d'Angleterre.

22

Le verdict

La semaine de Noël 2037, le procès de Kate toucha à sa fin.

Le tribunal était minuscule, lambrissé de chêne, et la bannière étoilée retombait mollement dans un angle de la salle. Le juge, les avocats et les huissiers trônaient gravement devant quelques rangées de bancs contenant un petit nombre de spectateurs éparpillés : Bobby, les représentants officiels de OurWorld, et des journalistes occupés à prendre des notes sur leurs Écransouples.

Le jury était constitué d'un assortiment de citoyens de tous types, certains arborant le masque de couleur vive et les vêtements Nanopacs à la mode depuis quelques mois. Si Bobby ne faisait pas attention, il perdait facilement de vue un juré jusqu'à ce qu'il bouge. Un visage, une mèche de cheveux ou une main semblait alors surgir de nulle part, et le reste du corps devenait à moitié visible, ses contours dessinés par la distorsion floue du décor derrière lui.

Quelle douce ironie, se disait-il, que ces Nanopacs soient encore une idée brillante de Hiram, un nouveau produit que OurWorld commercialisait au prix fort pour contrer les effets nuisibles d'une autre de ses productions.

Et là, toute seule au banc des accusés, se trouvait Kate, vêtue d'un tailleur noir très simple, les cheveux ramassés en arrière, les lèvres pincées, le regard vide.

Les caméras étaient interdites dans l'enceinte du tribunal, et il n'y avait pas la bousculade habituelle des journalistes à l'entrée. Mais, comme chacun savait, tout cela ne signifiait plus rien à présent. Bobby imaginait l'espace autour de lui saupoudré de points de vue flottants de Camvers, la plupart, sans aucun doute, étant dirigés vers le visage de Kate et le sien.

Bobby savait qu'elle s'était conditionnée à ne jamais oublier une seule seconde qu'elle était sous le feu des Camvers. Elle ne pouvait pas empêcher la horde des voyeurs invisibles de la prendre pour cible, disait-elle, mais elle pouvait les priver de la satisfaction de la voir souffrir. Aux yeux de Bobby, sa frêle silhouette solitaire représentait une force plus puissante que la redoutable machine de justice à laquelle elle était confrontée ou que la riche compagnie qui la persécutait.

Mais elle ne put dissimuler son désespoir lorsque la sentence, finalement, fut prononcée.

— Tu dois la larguer, Bobby, insista Hiram en faisant les cent pas autour de sa grande table de conférences.

Une pluie violente battait contre la vitre panoramique, emplissant la salle d'un tapage incessant.

— Elle ne t'a apporté que des ennuis, Bobby. Et maintenant, elle est condamnée pour espionnage. Que te faut-il de plus comme preuve ? Secoue-toi, mon fils. Tu n'as pas besoin d'elle.

— Elle dit que c'est toi qui l'as piégée.

— Je me fiche pas mal de ce qu'elle dit. L'important, pour moi, c'est ce que tu crois. Tu penses que je serais assez fourbe pour jouer un tour pareil à la maîtresse de mon fils, indépendamment de l'opinion que j'ai d'elle ?

— Je ne sais pas, murmura Bobby.

Il se sentait serein, en parfaite possession de ses moyens. Le bavardage de Hiram, visiblement destiné à le manipuler, ne le touchait pas.

— Je ne sais plus du tout que penser, dit-il.

— À quoi bon perdre ton temps à discuter, alors ? Pourquoi n'utilises-tu pas la Camver pour vérifier mes actes ?

— Je ne veux pas espionner mon père.

Hiram le regarda droit dans les yeux.

— Si tu veux toucher ma conscience, il te faudra creuser un peu plus que ça. N'importe comment, ce n'est qu'un verdict de reconditionnement. À mon avis, ils auraient dû l'enfermer et jeter la clé. Le reconditionnement, ce n'est rien du tout.

Bobby secoua la tête.

– Pas pour Kate. Elle se bat depuis des années contre ces méthodes. Elle en a une sainte horreur, papa.

– Foutaise. Tu as bien été reconditionné, toi, et ça ne t'a fait aucun mal.

– Je ne sais pas si ça m'a fait du mal ou non. (Bobby se leva pour faire face à son père, de plus en plus furieux.) Je me suis senti tout drôle quand mon implant a été neutralisé. J'éprouvais de la terreur, de la colère, de la confusion. Je ne savais même pas comment je devais réagir.

– On croirait l'entendre ! s'écria Hiram. C'est elle qui t'a conditionné avec ses paroles mielleuses et sa chatte, bien plus que je n'ai jamais pu le faire avec une puce de silicium. Tu ne comprends donc pas ? Seigneur, le seul bien que t'a fait ton implant, c'est de te rendre trop con pour te rendre compte de ce qui t'arrivait !

Il se tut, détournant les yeux.

– Tu ferais bien de t'expliquer davantage, lui dit froidement Bobby.

Hiram se tourna vers lui, visiblement en proie à un mélange de colère, d'impatience et peut-être de culpabilité.

– Réfléchis un peu, dit-il. Ton frère est un brillant physicien. Je ne dis pas ça à la légère. On va peut-être lui décerner le prix Nobel. Quant à moi... (il écarta les bras pour englober tout ce qui l'entourait) j'ai bâti tout ça à partir de rien. Tu crois que n'importe quel crétin aurait pu réaliser ce que j'ai fait ? Mais toi...

– Tu essaies de me dire que c'est à cause de l'implant ?

– Je savais qu'il y avait un risque. La créativité est liée à la dépression. Les grandes réalisations sont souvent le propre de personnalités obsessionnelles. Et patati et patata. Mais on n'a pas besoin d'avoir un putain de supercerveau pour devenir président des États-Unis. Pas vrai ? Hein ?

Il avança la main pour pincer la joue de Bobby, comme si c'était un enfant. Mais ce dernier eut un mouvement de recul.

— Je me souviens que tu me l'as dit mille fois, cent mille fois, quand j'étais gosse. Je n'avais jamais compris, jusqu'à présent, ce que cela signifiait réellement.

— Allons, Bobby...

— Tu as osé le faire, hein ? Tu as piégé Kate. Tu sais très bien qu'elle est innocente. Et tu te prépares à les laisser trafiquer son cerveau, comme tu as fait trafiquer le mien.

Hiram demeura quelques instants figé, puis laissa retomber ses bras.

— Bordel ! Retourne avec elle, si tu veux. Remets le nez dans sa chatte. Tu finiras par revenir me manger dans la main, espèce de petit merdeux. Et maintenant, laisse-moi, j'ai du travail.

Il s'assit devant la table, donna une tape sur la surface pour ouvrir les Écransouples et s'absorba dans son travail, avec sur son visage le reflet des chiffres en train de défiler, comme si Bobby avait subitement cessé d'exister.

Lorsqu'on la laissa partir, Bobby la raccompagna chez lui.

Dès qu'ils arrivèrent, elle fit le tour de l'appartement, fermant nerveusement les rideaux, cachant le soleil éclatant de cette fin de matinée, faisant l'obscurité partout.

Elle ôta les vêtements qu'elle portait depuis qu'elle avait quitté le tribunal et les jeta à la poubelle. Il resta couché sur le lit pendant qu'elle se douchait, dans une obscurité totale, durant de longues minutes. Puis elle se glissa sous la couette. Elle avait froid. Elle frissonnait de tout son corps. Ses cheveux n'étaient pas bien séchés. Elle s'était douchée à l'eau froide. Il ne lui fit aucune remarque. Il se contenta de la serrer contre lui jusqu'à ce que sa chaleur se communique à elle.

Finalement, elle lui dit, dans un murmure :

— Il faudra que tu installes des tentures plus épaisses.

— L'obscurité ne te protégera pas des Camvers.

— Je sais. Je sais aussi qu'ils écoutent les moindres paroles que nous échangeons. Mais nous n'avons pas à leur faciliter les choses. Je ne supporte plus ça, Bobby. Et maintenant, il se prépare à me détruire.

Exactement, se disait Bobby, comme il m'a détruit, moi.

— Au moins, la sentence n'est pas assortie d'incarcération, murmura-t-il. Nous pouvons être ensemble.

Elle serra les poings et lui martela la poitrine, assez fort pour lui faire mal.

— C'est ça le problème, justement. Tu ne comprends donc pas ? Je ne serai pas avec toi. Quand ils en auront fini avec moi, la Kate que tu connais ne sera plus la même. Elle aura cessé d'exister.

Il lui couvrit les poings de ses deux mains, jusqu'à ce qu'il sente ses doigts se dénouer.

— Ce n'est qu'un reconditionnement...

— Ils prétendent que je souffre du syndrome E. Des spasmes d'hyperactivité dans mes lobes orbito-frontal et médian préfrontal. Un excédent de circulation au niveau du cortex empêcherait mes émotions d'accéder à ma conscience. C'est ce qui m'aurait permis de commettre un crime contre le père de mon amant sans éprouver le moindre sursaut moral de remords ou de répulsion.

— Kate...

— Alors, ils vont me conditionner pour que je n'utilise plus jamais la Camver. Vois-tu, les criminels endurcis comme moi ne doivent pas avoir accès à cette technologie. Ils vont implanter des traces de souvenirs factices dans mon noyau amygdalien, qui est le siège de mes émotions. Et j'aurai une phobie, insurmontable, qui m'interdira d'avoir même en pensée l'idée de me servir d'une Camver ou de regarder un enregistrement.

— Il ne faut pas que tu aies peur de ça.

Elle se dressa sur ses coudes. Son visage, dans l'ombre, était à peine discernable devant lui. Ses orbites étaient des puits de ténèbres.

— Comment peux-tu prendre leur défense ? Surtout toi !

— Je ne prends la défense de personne. Mais je ne crois pas à « leur » existence. Ceux qui sont concernés dans cette affaire n'ont fait qu'accomplir leur boulot : le FBI, les tribunaux...

— Et Hiram ?

Il n'essaya pas de répliquer.

— Tout ce que je veux, c'est te tenir dans mes bras, murmura-t-il.

Elle soupira et posa la tête au creux de son épaule. Elle était lourde, et sa joue était brûlante. Il hésita avant de dire :

– Je sais où est le vrai problème.

Il sentit qu'elle fronçait les sourcils.

– C'est moi, n'est-ce pas ? reprit-il. Tu ne veux pas avoir un commutateur dans ta tête parce que j'en avais un quand tu m'as trouvé. Tu as peur de devenir comme moi, comme j'étais avant. Quelque part... (il déglutit) quelque part, tu ressens du mépris pour moi.

Elle se dégagea de son épaule.

– Tu ne penses donc qu'à toi ? C'est moi, n'oublie pas, qu'on va lobotomiser avec une cuiller à glace.

Elle se leva, quitta la chambre et referma la porte avec une froideur parfaitement contrôlée, le laissant seul dans le noir.

Il dormit un peu.

À son réveil, il alla à sa recherche. Le living était encore plongé dans l'obscurité. Les tentures étaient tirées, les lumières éteintes. Mais il sentait sa présence.

– Lumière, dit-il.

Une clarté crue, aveuglante, inonda aussitôt la pièce.

Kate était assise sur le canapé, habillée, devant la table basse où étaient posées deux bouteilles, la première contenant un liquide transparent et la deuxième opaque, plus petite. Alcool et barbituriques. Les deux étaient fermées, leurs bouchons intacts. L'alcool était une absinthe de luxe.

– J'ai toujours eu des goûts raffinés, dit-elle.

– Kate...

Ses yeux larmoyaient à la lumière. Ses pupilles, élargies, la faisaient ressembler à un enfant.

– C'est drôle, hein ? dit-elle. J'ai dû couvrir pour mon journal une douzaine de suicides, et bien plus de tentatives. Je sais qu'il y a des moyens plus rapides. Je pourrais m'ouvrir les veines, ou même me trancher la gorge. Je pourrais aussi me faire sauter la cervelle avant qu'on ne me l'écrabouille. Cette méthode-ci est plus lente, sans doute plus douloureuse, mais plus facile. Tu saisis ? Une gorgée, et tu avales. Une gorgée, et tu avales. (Elle se mit à rire, froidement.) Tu as même l'ivresse en prime.

— Tu n'as pas envie de le faire.

— Non, c'est vrai, je n'ai pas envie. C'est pourquoi j'ai besoin que tu m'aides.

Pour toute réponse, il prit la bouteille d'alcool et la lança à travers la pièce. Elle s'écrasa contre le mur, créant une tache spectaculaire, coûteuse, sur le plâtre.

Kate soupira.

— Il y en a d'autres là où je l'ai achetée. Je le ferai tôt ou tard. J'aime mieux mourir plutôt que les laisser me bousiller le cerveau.

— Il doit y avoir un autre moyen. Je vais retourner voir Hiram. Je lui dirai que...

— Tu lui diras quoi ? Que je vais me foutre en l'air s'il ne se met pas à table ? Il te rira au nez, Bobby. Tout ce qu'il veut, c'est me détruire. Peu importe, pour lui, la manière.

Bobby faisait les cent pas, de plus en plus désemparé.

— Ne restons pas ici, alors, dit-il.

Elle soupira.

— Partout où j'irai, ils me retrouveront. Même sur la Lune, je ne serai jamais...

Une voix surgit alors de nulle part.

— Si c'est ce que vous croyez, autant renoncer tout de suite, alors.

Kate étouffa un cri. Bobby avait sursauté, puis pivoté d'un tour complet sur ses talons. C'était une voix féminine, d'adolescente, plutôt. Mais il n'y avait personne ici à part eux.

Lentement, il demanda :

— Marie ?

Il vit d'abord son visage, en suspens dans l'air, tandis qu'elle dégageait lentement son capuchon. Puis elle se déplaça, et la perfection de son Nanopac commença à s'estomper. Il distingua sa silhouette, un bras, un flou là où était le reste de son corps. L'effet produit, comme la distorsion d'un grand angle, ressemblait aux premières images de la Camver. Il remarqua vaguement qu'elle avait l'air en pleine forme, bien soignée, et même bien nourrie.

— Comment as-tu fait pour entrer ici ? demanda-t-il.

— Si vous venez avec moi, Kate, je vous montrerai.

— Aller avec vous ? demanda cette dernière en hésitant. Où ça ?

— Et pour quoi faire ? voulut savoir Bobby.

— La raison est claire, fit Marie avec un écho de son hostilité d'adolescente dans la voix. C'est parce que, comme elle n'a cessé de te le dire, si elle ne se tire pas d'ici vite fait, ils vont lui délayer le cerveau à la petite cuiller.

Bobby protesta placidement :

— Où qu'elle aille, ils la retrouveront.

— Exact, articula Marie. Avec la Camver. Mais il y a trois mois que j'ai quitté la maison, rappelle-toi, et tu n'as pas pu me retrouver. Tu ne savais même pas que j'étais dans l'appartement jusqu'à ce que je me sois manifestée. La Camver est peut-être un outil redoutable, mais ça n'a rien d'une baguette magique. Les gens sont tellement paralysés par elle qu'ils en oublient de réfléchir. Même si le père Noël vous voit, qu'est-ce qu'il peut faire ? Le temps qu'il soit là, vous serez déjà loin.

Bobby fronça les sourcils.

— Le père Noël ?

Kate murmura lentement :

— Il te surveille tout le temps, rappelle-toi. La veille de Noël, il regarde ce que tu as fait toute l'année, pour voir si tu as été gentil ou méchant.

Marie lui fit un grand sourire.

— Ce bon papa Noël, c'est lui qui s'est servi le premier d'une Camver. D'accord ? Joyeux Noël à tous.

— J'ai toujours pensé que c'était un mythe sinistre, déclara Kate. Mais on ne peut échapper au père Noël que si on le voit arriver.

Marie sourit.

— Rien de plus facile.

Elle leva le bras, remonta la manche de son Nanopac et laissa apparaître ce qui ressemblait à un gros bracelet-montre. Il était très compact, éraflé de toutes parts, et donnait l'impression de sortir d'un atelier d'amateur. Sa face plate, constituée d'un Écransouple miniature, affichait des vues du couloir, de la rue, des ascenseurs et de l'appartement d'à côté.

— Pas âme qui vive, dit-elle. Il y a peut-être un tordu qui écoute tout ce que nous disons, mais qu'est-ce que ça peut faire ? Le temps qu'il soit ici, nous aurons déjà filé ailleurs.

— C'est une Camver, fit Kate. Au poignet ! Un modèle pirate !

— Je n'arrive pas à y croire, murmura Bobby. À côté des accélérateurs géants de Technivers !

— Alexander Graham Bell non plus ne croyait pas qu'un jour on fabriquerait un téléphone sans ligne, assez petit pour être implanté sous la peau de l'avant-bras, lui dit Marie.

Kate plissa les paupières.

— Impossible de miniaturiser à ce point un injecteur Casimir. C'est forcément un produit de la technologie de compression du vide, le truc sur lequel travaillait David, Bobby.

— Si ça l'est, répliqua ce dernier, ça signifie qu'il y a encore eu des fuites à Technivers. (Il regarda Marie en penchant la tête.) Ta mère sait où tu es ?

— Ça, c'est bien de toi ! Il y a un instant à peine, Kate allait se suicider, et maintenant tu m'accuses d'espionnage industriel et tu t'inquiètes de mes relations avec ma mère !

— Mon Dieu ! murmura Kate. Dans quel monde allons-nous vivre, quand tous les gamins se promèneront avec une Camver au poignet ?

— Je vais vous confier un secret, lui dit Marie. C'est déjà en cours. Les détails sont sur Internet. On en fabrique partout dans des ateliers de bricolage, sur toute la planète. (Elle découvrit ses dents.) Le génie s'est échappé de la bouteille. Mais je vais vous aider quand même. Sans garantie. Papa Noël n'est pas tout-puissant, même s'il est plus difficile, avec lui, de se cacher. Je vais vous donner votre chance. (Elle se tourna vers Kate.) C'est mieux que ce que vous envisagiez, non ?

— Pourquoi cherchez-vous à m'aider ? demanda cette dernière.

Marie prit un air gêné.

— Parce que vous êtes de la famille, plus ou moins.

— Ta mère aussi fait partie de la famille, lui dit Bobby.

Marie lui lança un regard acéré.

— Je te propose un marché, si ça peut te rassurer. Laisse-moi vous sortir d'ici. Laisse-moi empêcher ces gens de disséquer la tête de Kate. En contrepartie, j'appellerai ma mère. Ça te va ?

Kate et Bobby échangèrent un bref regard.

— Marché conclu, lui dit Bobby.

Mary plongea la main dans sa tunique et en ressortit une boule de tissu qu'elle secoua pour la déployer.

— Un Nano, dit-elle.

— Et il y a de la place pour deux là-dedans ? demanda Bobby.

Marie eut un sourire radieux.

— J'espérais que tu dirais ça. Venez, fichons le camp d'ici.

Les gardes de la sécurité de Hiram, alertés par un moniteur de surveillance automatique Camver, arrivèrent dix minutes plus tard. L'appartement, toutes lumières allumées, était vide. Les gardes commencèrent à se chamailler pour savoir qui allait annoncer la nouvelle à Hiram et porter le chapeau, mais ils se turent subitement, penauds, en se rendant compte qu'il devait être en train de les observer, ou qu'il le ferait, de toute manière, plus tard.

LIVRE 3

LUMIÈRE DES JOURS ENFUIS

Souvent, dans la nuit sans bruit,
Quand le sommeil s'apprête à refermer ses chaînes,
Un tendre souvenir m'entraîne
Vers la lumière des jours enfuis.

Thomas MOORE (1779-1852)

23

Sous les feux de la rampe

Rome, 2041

Tenant Heather par la main, David fendait la foule dense de la Ville éternelle. Le ciel nocturne, au-dessus d'eux, avec ses différentes couches de smog, était du même orange que les nuages de Titan.

Même à cette heure tardive, la ville était bondée de touristes. Beaucoup, comme Heather, se promenaient avec leur frontal Œilmental ou leurs Lunettes-Gants.

Quatre ans après la première commercialisation de masse de la Camver, le passe-temps à la mode consistait à faire du tourisme dans un certain nombre de sites antiques de l'humanité, et à y explorer les couches profondes du passé. David avait l'intention de faire de la plongée pour voir Venise avant de quitter l'Italie. Cela l'excitait, et c'était bien compréhensible. Le passé était devenu un endroit confortable, familier, dont l'exploration, en toute sécurité, était la meilleure des aventures factices, la manière la plus parfaite de détourner les yeux du mur blanc de la comète où l'avenir allait s'arrêter. Quelle ironie, se disait-il, qu'un monde auquel on allait bientôt voler son futur reçoive soudain son passé en cadeau !

Il était si tentant de s'échapper d'un univers où même le présent transformé était devenu un endroit étrange et déroutant.

Presque tout le monde, aujourd'hui, portait sur lui une Camver d'un genre ou d'un autre, en général une version bracelet-montre miniaturisée alimentée par la technologie de compression du vide. La Camver personnelle constituait un lien avec le reste de l'humanité, avec les gloires et les horreurs du passé et, surtout, représentait un gadget utile pour regarder ce qui se passait au prochain coin de rue.

Tout le monde était transformé sous le regard impitoyable de la Camver.

Les gens ne s'habillaient plus comme avant. Certaines personnes âgées, dans les rues encombrées de Rome, portaient encore des vêtements démodés de quelques années, et des touristes arboraient, par manière de défi, des T-shirts et des shorts aux couleurs voyantes, comme avant. Il y avait même une femme qui affichait ce message agressif en lettres fluorescentes sur son corsage :

EH, VOUS, LÀ-HAUT, DU FUTUR
DÉGAGEZ VOTRE MÉMÉ DU MILIEU !

Mais la grande majorité des gens se camouflaient sous des combinaisons une pièce, zippées jusqu'au menton, avec des manches longues et des jambes de pantalon prolongées de mitaines et de bottes. Il y avait même des costumes intégralement couvrants, importés du monde islamique : des sarraus souples et des tuniques traînant par terre, avec des capuches qui dissimulaient tout le visage à l'exception des yeux, généralement hagards ou sur le qui-vive.

D'autres réagissaient de manière diamétralement opposée. Il y avait un couple de nudistes, deux hommes qui marchaient la main dans la main, précédés dignement, avec un air de défi, par un gros ventre aux replis surplombant des organes génitaux ratatinés de sexagénaires.

Cependant, qu'ils soient sur leurs gardes ou agressifs, les vieux – au nombre desquels David, avec réticence, se comptait – faisaient montre d'une méfiance continuelle envers le regard invisible et omniprésent de la Camver.

Les jeunes, qui grandissaient avec, n'avaient pas la même attitude.

Beaucoup sortaient nus, à l'exception d'objets utilitaires comme des sandales ou un sac. Mais ils ne semblaient pas avoir la même timidité ni la même gêne que leurs aînés, comme s'ils avaient fait leur choix simplement en tenant compte du côté pratique ou d'un simple désir de marquer leur personnalité plutôt qu'en fonction de leur modestie ou de tabous quelconques.

Quelques adolescents en groupe se cachaient derrière des masques représentant en projection le visage épanoui d'un jeune homme. Garçons et filles avaient le même, qui affichait toute une gamme d'émotions et d'états – fouetté par la pluie, inondé de soleil, barbu, glabre, riant aux éclats, en larmes, et même paisiblement endormi – sans rapport avec les activités du moment de celui qui le portait. C'était un spectacle déconcertant. On avait l'impression de voir un groupe de clones déambuler dans la nuit romaine.

Ces masques représentaient Romulus, et c'était le dernier accessoire de mode en date issu des fabriques de OurWorld. Romulus, le fondateur de la Ville éternelle, était devenu une idole pour les jeunes Romains depuis que la Camver avait prouvé qu'il avait réellement existé, même si l'histoire de son frère et des loups était un mythe. Ces masques étaient constitués de simples versions d'Écransouples adaptées à la forme du visage, avec une liaison Camver incorporée, et ils étaient l'exacte reproduction du visage de Romulus à l'âge du porteur, à la minute près. OurWorld était en train de cibler différents marchés sur la planète avec des variantes locales de cette trouvaille.

C'était une opération commerciale formidable, mais David savait qu'il n'aurait pas assez de toute une vie pour s'habituer au spectacle du visage d'un jeune mâle de l'âge de fer surmontant une paire de nénés coquins.

Ils traversèrent une place où poussait de la verdure fatiguée, entourée par de hauts bâtiments antiques. Sur un banc, David remarqua la présence d'un jeune couple, garçon et fille, tous deux nus. Ils devaient avoir seize ans. La fille était sur les genoux du garçon, et ils s'embrassaient fougueusement. La main du garçon pétrissait le sein menu de la fille, qui avait glissé la main entre leurs deux corps, autour de son érection.

David savait que certains commentateurs (plus âgés) décrivaient ce genre de spectacle comme une manifestation d'hédonisme, une danse de folie désespérée des jeunes avant l'embrasement final. C'était le pendant irréfléchi, juvénile, des horribles philosophies nihilistes du désespoir qui avaient récemment fleuri en réponse à l'existence menaçante d'Absinthe : des philosophies où l'univers était considéré comme un poing géant prêt à s'abattre sur toute vie, toute pensée et tout objet de beauté, jusqu'à ce qu'il n'en reste plus rien. Il n'avait jamais existé de moyen de résister au lent déclin entropique de l'univers, bien entendu, mais Absinthe avait rendu ce terminus cosmique affreusement réel, et il n'y avait plus rien d'autre à faire que danser, forniquer et pleurer.

Ces notions possédaient un attrait morbide. Mais l'explication quant au comportement de la jeunesse était sûrement bien plus simple, se disait David. C'était probablement une conséquence de la Camver à ajouter aux autres : la mise en pièces systématique, déconcertante, de tous les tabous dans un monde qui s'écroulait.

Un petit attroupement s'était formé autour du couple. Un homme, également nu, se masturbait lentement.

Techniquement, la loi interdisait encore ce genre de chose. Mais personne n'essayait de l'appliquer. Après tout, cet homme esseulé pouvait rentrer dans sa chambre d'hôtel et pointer sa Camver sur qui il voulait, de jour comme de nuit. Les gens l'utilisaient ainsi depuis le début, et avant il y avait les films et les magazines pour cet usage. Au moins, la Camver avait le mérite de bannir toute hypocrisie.

Mais cette sorte d'incident, à vrai dire, devenait de plus en plus rare. Un nouveau code social commençait à émerger.

Le monde, pour David, ressemblait un peu à un restaurant bondé. On pouvait y écouter la conversation des tables voisines, mais c'était impoli, et un tel comportement, quand les autres s'en apercevaient, était sévèrement blâmé. Cependant, beaucoup de gens aimaient la foule et ne pouvaient se passer de fréquenter les endroits publics. L'excitation, le mouvement et le sentiment de faire partie d'un groupe pouvaient être plus forts que le besoin d'intimité.

Sous les yeux de David, la fille se dégagea, souriant à son amant, et se laissa glisser le long de son corps, lisse comme une otarie, pour prendre son sexe en érection dans sa bouche. Et...

David détourna la tête, les joues en feu.

C'étaient des amateurs dans leur manière de faire l'amour. Trop pressés, peut-être. Leurs jeunes corps n'étaient pas spécialement beaux, mais ce n'était nullement de l'art, ni même de la pornographie, c'était la vie humaine, dans toute sa beauté maladroite et animale. Il essaya d'imaginer ce que ce garçon devait ressentir, libéré des tabous, dans toute la vigueur de son corps et de celui de sa partenaire.

Heather, elle, n'avait rien vu de tout cela. Elle marchait à côté de lui, les yeux brillants, immergée dans un passé reculé, et il se dit qu'il était peut-être temps qu'il l'y rejoigne. Avec un sentiment de soulagement et un ordre bref au Moteur de Recherche pour qu'il le guide, il mit son frontal en place et s'introduisit, furtif, dans une autre époque.

Il s'avança dans la lumière du jour. Mais la rue grouillante de monde, bordée de hauts immeubles, était plongée dans la pénombre. Limités par la topographie particulière du site – les fameuses sept collines –, les Romains, déjà forts de leur million d'habitants, avaient dû construire en masse.

Sous bien des aspects, la cité avait pris une allure étonnamment moderne. Mais on n'était pas au XXIᵉ siècle. Il avait sous les yeux la capitale italienne vibrante, grouillante, par un brillant après-midi ensoleillé, telle qu'elle se présentait cinq ans à peine après le supplice cruel du Christ. Il n'y avait pas de véhicules à moteur dans les rues, naturellement. Seulement quelques charrettes tirées par des bêtes. Le mode de transport le plus courant, en dehors de la marche, était la litière de location ou la chaise à porteurs. Même ainsi, les rues étaient si encombrées que les piétons ne pouvaient avancer qu'au ralenti.

Tout autour d'eux se pressait une humanité disparate – citoyens romains, soldats, pauvres ou esclaves. David et Heather les dominaient pour la plupart. De plus, ils avançaient sur la chaussée moderne, qui était au-dessus des pavés de la cité ancienne. Les pauvres et les esclaves avaient l'air chétifs, en proie à la malnutrition et à la maladie. Ils se pressaient, comme des rats, autour des fontaines publiques. Mais les citoyens, certains vêtus de toges d'un blanc étincelant, cousues d'or, bénéficiant de plusieurs générations de prospérité datant de l'expansion de l'Empire, étaient aussi grands et aussi bien nourris que David. Habillés autrement, ils n'auraient sans doute pas paru déplacés dans les rues de n'importe quelle ville du XXIᵉ siècle.

David n'arrivait pas à s'habituer à la manière dont cette foule dense passait à travers lui. Il était difficile d'admettre que, pour ces Romains absorbés dans leurs propres préoccupations, il n'était rien de plus qu'un fantôme sans substance. Il aurait voulu être réellement parmi eux, avoir un rôle à jouer.

Ils arrivèrent en un lieu plus découvert. C'était le Forum Romanum, une cour pavée rectangulaire entourée de grands bâtiments à deux niveaux, avec en façade des rangées d'étroites colonnes de marbre. Un alignement de colonnes triomphales, surmontées de statues dorées à la feuille d'or, s'avançait hardiment jusqu'au milieu de la cour. Plus loin, derrière un enchevêtrement de toitures en tuiles rouges caractéristiques de Rome, il apercevait la masse impressionnante du Colisée.

Dans un coin, il remarqua un groupe de citoyens somptueusement vêtus, des sénateurs, peut-être, en train de discuter de manière véhémente et d'écrire sur des tablettes sans paraître s'apercevoir de la beauté et des merveilles qui les entouraient. Ils étaient la preuve que cette cité n'était pas un musée mais, visiblement, la capitale opérationnelle d'un empire énorme, complexe et parfaitement bien géré. Le Washington de l'époque. Son caractère vivant, ancré dans la réalité mondaine, était exaltant, si différent des reconstitutions brillantes et aseptisées des musées d'avant la Camver, des livres et des films.

Mais cette cité impériale, déjà ancienne, n'avait plus que quelques siècles de vie devant elle. Les aqueducs géants allaient s'écrouler, les fontaines publiques se tarir, et les Romains en seraient réduits, pendant les mille ans qui suivraient, à puiser leur eau à la main dans le Tibre.

Quelqu'un lui donna une tape sur l'épaule.

Il se retourna en sursautant. Un homme était là, vêtu d'un costume terne, gris anthracite, avec cravate, totalement déplacé dans ce contexte. Il avait des cheveux blonds coupés court et tenait un badge à la main. Comme David et Heather, il flottait à quelque distance du sol de la Rome impériale.

C'était l'agent spécial du FBI Michael Mavens.

— Vous ? demanda David. Qu'est-ce que vous me voulez encore ? Vous croyez que vous n'avez pas fait assez de mal comme ça à ma famille ?

— Je n'ai jamais cherché à vous nuire, monsieur.

— Et aujourd'hui...

— Et aujourd'hui, j'ai besoin de votre aide.

Réprimant un soupir, David porta la main à son frontal Œilmental. Il sentit le picotement indéfinissable qui accompagnait chaque fois la rupture du lien entre la machinerie et son cortex par l'intermédiaire de l'émetteur-récepteur.

Soudain, il fut plongé dans la nuit chaude de Rome.

Autour de lui, le Forum Romanum avait rétréci. De gros blocs de marbre gisaient par terre, leur surface brunie et piquetée par l'air pollué de la ville. Des bâtiments majestueux, il ne restait qu'une poignée de colonnes et de traverses qui jonchaient le sol comme des ossements au milieu de l'herbe urbaine empoisonnée qui poussait jusque dans les interstices de la pierre.

Curieusement, parmi la foule bigarrée des touristes du XXIᵉ siècle, Mavens, avec son complet gris, semblait encore plus déplacé que dans la Rome antique.

Il se tourna pour étudier Heather, dont les pupilles se dilatèrent vivement, éclairées par la lueur perlée typique des points de vue Camver créés par les mini-générateurs implantés dans ses rétines. David lui prit la main, et elle exerça une douce pression sur la sienne.

Mavens croisa le regard de David. Il hocha la tête pour montrer qu'il comprenait, mais insista tout de même.

— Il faut que je vous parle. C'est important.

— Mon frère ?

— Oui.

— Très bien. Voulez-vous rentrer avec nous à l'hôtel ? Ce n'est pas loin.

— Avec plaisir.

David commença donc à s'éloigner du Forum Romanum en guidant gentiment Heather pour contourner les blocs épars. Elle tournait la tête comme si c'était une caméra sur un pied articulé, toujours immergée dans les gloires éclatantes d'une cité depuis longtemps morte, et les distorsions de l'espace-temps luisaient dans son regard.

Ils arrivèrent à l'hôtel.

Heather n'avait pratiquement pas ouvert la bouche depuis le Forum Romanum. Elle laissa David l'embrasser sur la joue avant de gagner sa chambre. Là, elle demeura étendue dans le noir, fixant le plafond, ses yeux Camver miroitants, et David s'avisa, mal à l'aise, qu'il n'avait pas la moindre idée de ce qu'elle était en train de regarder.

Quand il retourna dans sa chambre, Mavens l'attendait. David alla au mini-bar servir deux verres : un single malt pour lui, un bourbon pour Mavens.

Ce dernier commença à parler de choses et d'autres.

– Vous savez, dit-il, la portée des technologies de Hiram Patterson est impressionnante. Dans votre salle de bains, je viens d'utiliser un miroir Camver pour me curer les dents. Ma femme possède une Camver familiale à la maison. Mon frère et ma belle-sœur en ont une pour surveiller leur fille de treize ans, qui a un comportement bizarre à leur avis. Et ainsi de suite. Quand je pense que c'est la technologie miracle de notre époque et que nous nous en servons d'une manière si terre à terre !

– Tant que les ventes marchent bien, Hiram se soucie peu de ce que nous en faisons. Mais si vous m'exposiez les raisons pour lesquelles vous avez pris la peine de venir me chercher si loin, agent Mavens ?

Ce dernier mit la main dans la poche de sa veste froissée et en sortit un mini-disque de la taille d'un ongle. Il le retourna comme une pièce de monnaie, et David vit apparaître à sa surface des miroitements d'hologrammes. Il le posa délicatement sur la petite table à côté de son verre.

– Je suis à la recherche de Kate Manzoni, dit-il. Et aussi de Bobby Patterson et de Marie Mays. À cause de moi, ils se cachent. Je veux les faire revenir, les aider à reprendre une existence normale.

– Qu'y puis-je ? demanda David d'une voix amère. Mais vous, vous avez derrière vous toutes les ressources du FBI.

– Pas dans le cas présent. Si vous voulez savoir, l'Agence a renoncé à retrouver ces trois personnes. Mais pas moi.

– Pour quelle raison ? Vous voulez les faire payer encore plus ?

– Pas du tout, déclara Mavens, mal à l'aise. Le cas Manzoni a été la première affaire d'importance à reposer sur la technologie Camver. Et nous nous sommes plantés. (Il sourit d'un air las.) J'ai revérifié. C'est ce qu'il y a de plus extraordinaire dans cette procédure. Elle permet de revoir les choses autant de fois qu'on le désire. Et aujourd'hui, nous avons accès à de nouveaux types d'informations. Par exemple, le contenu des mémoires d'ordinateur et des périphériques de stockage. J'ai passé en revue le matériel utilisé par Kate Manzoni au moment de son supposé délit. Et finalement, j'ai découvert que ce qu'elle a clamé depuis le début était vrai.

– C'est-à-dire ?

– C'est Hiram Patterson qui est responsable de tout. Mais il sera difficile d'en apporter la preuve formelle, même avec la Camver. Il s'agit d'une machination contre Manzoni. (Il secoua la tête.) Je connaissais et j'admirais son travail de journaliste bien avant que cette affaire éclate. La manière dont elle a révélé la vérité qu'ils voulaient étouffer sur Absinthe était...

– Vous n'avez rien à vous reprocher, lui dit David d'une voix sans intonation. Vous n'avez fait que votre boulot.

– J'ai échoué lamentablement. Et ce n'est pas la première fois. Mais les victimes – Bobby et Kate – ont disparu de la circulation à cause de ça, et ils ne sont pas les seuls.

– Ils se sont mis à l'abri de la Camver.

– Bien sûr. Elle change la vie de tout le monde.

Ce qu'il disait était vrai. Avec les nouvelles règles du jeu, les affaires étaient florissantes. Les taux de criminalité atteignaient leur niveau irréductible le plus bas, un résidu attribuable uniquement aux troubles mentaux. Les politiciens, cauteleux, avaient trouvé le moyen de continuer à exercer leurs activités dans un monde aux parois de verre où chacune de leurs actions était visible par des citoyens attentifs, en temps réel et rétrospectivement. Au-delà du côté tapageur du tourisme dans le temps, une nouvelle conception de l'histoire, nettoyée de ses mythes et de ses contrevérités, mais non moins fascinante, voyait le jour dans la conscience collective de l'espèce. Nations, religions et entreprises semblaient avoir dépassé le stade de leurs excuses générales ou particulières. Les religions survivantes, refondues, nettoyées, purifiées, débarrassées de leur corruption et de leur cupidité, émergeaient de nouveau au grand jour, et commençaient, semblait-il, à remplir leur véritable mission, qui était la recherche du transcendant par l'humanité.

À tous les niveaux, du plus haut au plus bas, les mœurs avaient totalement changé. Les gens faisaient montre de plus de tolérance envers leurs semblables, ils acceptaient mieux leurs différences et leurs défauts, car chacun avait conscience de se trouver soumis au regard critique des autres.

— Vous savez, était en train de dire Mavens, tout se passe comme si nous étions tous sous le feu d'un projecteur au milieu d'une scène plongée dans le noir. À présent, les lumières se sont allumées dans la salle, et nous voyons les coulisses, que cela nous plaise ou non. Vous avez entendu parler de SAM ? Surveillance Assurée Mutuellement. Une conséquence du fait que tout le monde possède aujourd'hui une Camver. Tout le monde épie tout le monde. D'un seul coup, le pays s'est rempli de citoyens courtois, attentionnés, circonspects. Mais ce n'est pas forcément une bonne chose. Il y a des gens qui sont en train de devenir obsédés par la surveillance dont ils sont l'objet. Ils refusent de faire quoi que ce soit qui les distingue de la masse. C'est comme si nous vivions dans un village où les commérages font la loi.

— Mais dans l'ensemble, on peut quand même dire que le bilan de la Camver est plutôt positif, vous ne croyez pas ? Prenez l'opération « ciel ouvert », par exemple.

Ciel ouvert, c'était le vieux rêve de transparence internationale du président Eisenhower. Avant même l'apparition de la Camver, il y avait eu une réalisation partielle de cette vision, avec reconnaissance aérienne, satellites de surveillance et inspection de armements. Mais le système était limité. Les inspecteurs pouvaient être expulsés, et les silos à missiles camouflés sous des bâches.

— Aujourd'hui, répliqua Mavens, sous le merveilleux signe de la Camver, nous les épions et nous savons qu'ils nous épient. Plus rien ne peut être dissimulé. Les accords de réduction des armements peuvent être vérifiés. Un grand nombre de conflits armés sont dans l'impasse. Chaque camp sait d'avance ce que l'autre va faire. De plus, n'importe quel citoyen peut suivre ce qui se passe. Sur toute la planète...

Les régimes dictatoriaux et répressifs, exposés au grand jour, s'écroulaient. Bien que certains gouvernements totalitaires aient cherché à utiliser la nouvelle technologie comme instrument d'oppression, l'invasion (délibérée) de ces pays par les Camvers des démocraties avait provoqué l'instauration d'une transparence totale et responsable dans les affaires publiques. C'était le prolongement de l'action passée de groupes comme le Witness Program, qui, pendant des décennies, avait fourni du matériel vidéo aux groupes d'action humanitaire, avec pour devise : « Que la vérité mène le combat. »

– Croyez-moi, poursuivit Mavens. Les États-Unis ne s'en tirent pas trop mal. Le plus gros scandale qui ait éclaté récemment est celui des planqués de l'Absinthe.

Une armée pathétique, minable, quelques collines excavées, des mines reconverties, prévues comme refuge pour les riches et les puissants – ou, tout au moins, leur descendance, dans l'attente du Jour d'Absinthe. On soupçonnait depuis quelque temps l'existence de ces installations. Quand elles avaient été découvertes, leur futilité en tant qu'abri n'avait pas tardé à être démontrée par les spécialistes, et les responsables du projet avaient été couverts de ridicule.

– À bien voir, continua Mavens, le scandale était bien plus grand, dans le passé, quand on démasquait un truc comme ça. Nous sommes tous en train de devenir plus moraux. Certains disent même que nous sommes enfin à la veille de l'instauration d'un gouvernement mondial consensuel. La réalisation d'une utopie.

– Vous y croyez ?

Mavens eut un sourire amer.

– Pas une seconde. J'ai plutôt l'impression que la Camver va nous conduire à quelque chose que j'ignore, mais qui sera beaucoup plus étrange.

– C'est possible. En tout cas, nous vivons à une époque de grands changements, c'est le moins qu'on puisse dire. La génération qui nous a précédés a été la première à admirer la Terre tout entière vue de l'espace. Et la nôtre est la première a avoir une perspective authentique de l'histoire, et à pouvoir connaître la vérité sur elle-même. Vous savez, je me sens parfaitement capable d'assumer tous ces changements. (Il eut un sourire forcé.) Croyez-en la parole d'un catholique, agent Mavens. J'ai grandi dans la croyance que j'étais déjà en permanence sous l'œil d'une espèce de Camver, qui était le regard omniscient de Dieu. Nous devons tous apprendre à vivre sans honte et sans subterfuge. Je sais que c'est dur pour tout le monde – pour moi aussi –, mais, grâce à la Camver, j'ai l'impression que cela rend plutôt les gens un peu plus raisonnables.

Le plus remarquable, c'était que tout avait découlé de l'apparition d'un gadget que Hiram, son promoteur, jugeait aussi inoffensif qu'une caméra un peu plus perfectionnée que les autres. Et l'ironie du sort voulait que ledit Hiram, aujourd'hui réduit à se cacher comme un malfaiteur, soit, dans la lignée des grands innovateurs qui remontait à Frankenstein, en grand danger d'être détruit par sa création.

– Peut-être que, dans une génération ou deux, nous en sortirons purifiés, déclara Mavens, mais tout le monde, pour le moment, ne supporte pas d'être exposé aux regards. Les statistiques des suicides demeurent élevées. Vous seriez surpris si vous aviez les chiffres sous les yeux. Et il y a beaucoup de gens, comme Bobby, qui disparaissent des registres : listes électorales, recensements, etc. Certains se font enlever leurs implants d'identité dans le bras. Nous pouvons toujours les voir, naturellement, mais nous ne pouvons pas les identifier. (Il regarda David.) Nous pensons que Bobby et Kate ont rejoint un groupe de ce genre. Un groupe qui s'appelle Les Réfugiés. Et que nous devons retrouver si nous voulons contacter Bobby.

David fronça les sourcils.

– Il a fait son choix. Il est peut-être heureux comme ça.

– Il est en fuite. Il n'est pas en mesure de faire un choix, pour le moment.

— Si vous les retrouvez, Kate devra subir la sentence...

— Je vous garantis que non, l'interrompit Mavens en secouant la tête. Je vous l'ai dit, j'ai la preuve de son innocence. Je suis en train de préparer un dossier pour qu'elle puisse faire appel. (Il saisit le minidisque et en donna plusieurs petits coups sur la table.) Alors, qu'en pensez-vous ? Vous voulez lancer une bouée de sauvetage à votre frère ?

— Qu'attendez-vous de moi ?

— Nous pouvons suivre les gens à la trace avec la Camver en les surveillant visuellement. Ce n'est pas une tâche aisée, et elle demande beaucoup de personnel et de temps. Mais c'est possible. Cependant, il existe des moyens de tromper une surveillance visuelle. Et la Camver ne peut pas encore être couplée de manière efficace à un indicateur externe, ni même à un implant. Les implants peuvent être retirés, modifiés, reprogrammés ou détruits. Les laboratoires de recherche du FBI ont donc travaillé à mettre au point une méthode plus fiable.

— Basée sur ?

— L'ADN. Nous pensons qu'il deviendra possible de partir d'un fragment organique analysable – une lamelle de peau, une rognure d'ongle, n'importe quoi qui permette de relever l'empreinte génétique ADN d'un individu – pour remonter jusqu'au sujet et, grâce à cette clé, le suivre en arrière et en avant dans le temps, aussi loin que nécessaire. Ce mini-disque contient un logiciel de poursuite. Ce que nous vous demandons, c'est de le coupler à une Camver opérationnelle. Vous autres, à OurWorld, et vous en particulier, docteur Curzon, vous êtes toujours à la pointe dans ce jeu-là. Nous pensons qu'il sera possible un jour d'établir une base de données globale des séquences ADN. Les enfants seraient séquencés et enregistrés à la naissance. Cela permettrait, à terme, de retrouver n'importe qui sans avoir à disposer de fragment organique.

— Vous pourrez alors, déclara lentement David, rester tranquillement assis dans votre bureau du FBI, en laissant vos espions automatiques écumer la planète à la recherche de qui vous voudrez, même dans l'obscurité complète. Cela mettra un terme définitif à toute vie privée, n'est-ce pas ?

– Allons, docteur Curzon. De quelle vie privée s'agit-il ? Regardez autour de vous. Les ados baisent déjà dans la rue. Dans dix ans, il faudra leur expliquer ce que cette expression signifiait jadis. Les enfants d'aujourd'hui ne sont plus comme nous. Ce sont les sociologues qui le disent. Et vous pouvez le constater partout. Ils grandissent avec l'habitude de tout faire à découvert, en pleine lumière. Et ils communiquent tout le temps ensemble. Vous n'avez pas entendu parler d'Arènes ? Il y a des forums géants de discussions permanentes, transmises par des liaisons Camver, sur la planète entière, qui peuvent toucher des milliers de personnes à la fois. Et aucune n'a plus de vingt-cinq ans. Les jeunes commencent à définir leurs propres valeurs, sans se référer au monde que nous avons bâti. Comparés à eux, c'est nous qui sommes tarés, pas vrai ?

Malgré lui, David dut admettre qu'il avait raison. Et les choses n'allaient pas s'arrêter là. Peut-être allait-il devenir nécessaire, pour la vieille génération corrompue dont il faisait partie, de céder la place, en emportant avec elle ses complexes et ses tabous, pour que les jeunes puissent hériter de ce monde nouveau qu'ils étaient les seuls à comprendre vraiment.

– Possible, grogna Mavens quand David lui fit part de cette pensée, mais je ne suis pas encore prêt à baisser les bras. En attendant...

– En attendant, je pourrais chercher mon frère c'est ça ?

Mavens garda quelques instants le silence, contemplant le fond de son verre.

– Écoutez, ça ne me regarde pas, mais Heather est une vercamée, n'est-ce pas ?

Les vercamés étaient la toute dernière génération des accros à la Camver. Depuis qu'elle utilisait des implants rétiniens, Heather passait sa vie plongée dans un rêve virtuel. Bien entendu, elle pouvait choisir de voir le présent, ou tout au moins le passé très récent, comme si ses yeux étaient toujours les originaux organiques, mais David savait qu'elle faisait rarement ce choix.

En général, elle errait dans un univers éclairé par la faible lueur d'un passé très lointain. Parfois, elle était avec son moi plus jeune, regardant à travers ses yeux, revivant sans cesse certains événements. Et David était sûr qu'elle était, la plupart du temps, avec Marie, le bébé qu'elle tenait dans ses bras, la petite fille qui accourait vers elle, incapable, et de toute façon peu désireuse de changer le moindre détail.

Si la situation dans laquelle se trouvait Heather n'avait rien à voir avec Mavens, elle avait encore moins de rapport avec David. Peut-être son désir instinctif de la protéger venait-il de sa propre rencontre avec le pouvoir séducteur du passé.

— Il y a des commentateurs, fit observer lentement David, qui prétendent que c'est ce que l'avenir nous réserve à tous. Des trous de ver à la place des yeux et des oreilles. Nous apprendrons à nous servir de perceptions nouvelles, où les différentes couches du passé nous seront aussi visibles que le présent. Ce sera une nouvelle manière de penser, de faire partie de l'univers. Mais pour le moment...

— Pour le moment, murmura Mavens d'une voix douce, Heather a besoin qu'on l'aide.

— Oui. Elle a très mal accepté la perte de sa fille.

— Faites quelque chose, alors. Aidez-moi. Écoutez, cette histoire de poursuite par l'ADN n'est pas juste un gadget policier. (Il se pencha en avant.) Songez à tout ce que cela permettrait de réaliser. Éradiquer des maladies, par exemple. On pourrait remonter aux origines d'une épidémie à travers ses vecteurs, aériens, aquatiques ou je ne sais quoi. On remplacerait des mois et des mois de recherche laborieuse et dangereuse par un simple coup d'œil. Les centres internationaux d'étude et de prévention des maladies n'attendent que ça. Et n'oubliez pas l'intérêt historique de la chose. On pourrait remonter dans la vie d'un individu jusqu'au stade fœtal, vous ne croyez pas ? Il suffirait d'une simple adaptation du logiciel pour que la poursuite permette une remontée continue jusqu'à l'ADN de chacun des parents, et de leurs parents avant eux. On pourrait ainsi élaborer des arbres généalogiques complets. Cela marcherait aussi dans l'autre sens, naturellement. On retrouverait tous les descendants vivants des grands hommes. Vous êtes un scientifique, David. La Camver a déjà bouleversé la science et l'histoire. Réfléchissez à tout ce que vous pourriez faire avec ça...

Il brandit le minidisque sous le nez de David, en le tenant entre le pouce et l'index, comme si c'était, se disait David, une hostie de communion.

24

Pleins feux sur Bobby

Elle s'appelait Mae Wilson.

Ses intentions étaient claires comme du cristal.

C'était vrai depuis l'instant où sa fille adoptive, Barbara, avait été reconnue coupable du meurtre de son frère d'adoption et condamnée à subir le même sort que son père, le mari de Mae, Phil, dans un local où on lui administrerait une injection létale.

La vérité était qu'elle s'était habituée à l'idée que son mari avait été un monstre qui avait abusé du fils qu'ils élevaient ensemble, et qui l'avait sauvagement tué. Au fil des années, elle avait appris à haïr sa mémoire, et cela lui avait apporté un peu de paix.

Il lui restait Barbara, quelque part, vestige de sa vie passée, preuve qu'il n'y avait pas eu que de mauvaises choses dans son existence.

Mais maintenant, à cause de la Camver, elle avait perdu même cette consolation. Ce n'était pas Phil, mais Barbara qui avait commis cet acte horrible, et elle n'arrivait pas à l'accepter. Le monstre n'était pas quelqu'un qui lui avait menti toute sa vie, mais celle qu'elle avait nourrie, élevée, celle qu'elle avait faite.

Et elle, Mae, n'était plus la victime d'une odieuse tromperie, mais, ironiquement, l'un des agents du désastre.

Naturellement, il était juste que la vérité finisse par triompher. Mae avait causé beaucoup de tort à Phil et à tout le monde, et la Camver avait redressé ce tort, au moins partiellement.

Mais ce n'était ni la justice, ni le bien, ni la vérité qui intéressait Mae. Cela n'intéressait personne. Tous ces adorateurs aveugles de la Camver ne comprenaient-ils donc pas ? Ce que Mae voulait, c'était une compensation, une consolation.

Ses intentions, depuis le début, étaient donc claires. Il fallait qu'elle trouve quelqu'un d'autre pour canaliser sa haine.

Elle ne pourrait jamais détester Barbara, naturellement, malgré ce qu'elle avait fait. C'était toujours sa Barbara, liée à elle par un cordon d'acier.

Mae chercha donc quelqu'un d'autre, élargissant et aiguisant sa pensée.

Au début, elle avait l'agent Mavens, du FBI, dans le collimateur. C'était lui qui aurait dû découvrir la vérité depuis le début, à l'époque d'avant la Camver. Mais ce n'était pas encore ça. Il n'était qu'un exécutant, et il avait fait son boulot avec les moyens dont il disposait à l'époque.

La technologie elle-même, alors. L'omniprésente Camver. Mais ce n'était guère une satisfaction pour elle que de détester une machine.

Il lui fallait *quelqu'un*.

Hiram Patterson, bien sûr.

Il avait empoisonné la race humaine avec sa monstrueuse machine de vérité, sans autre mobile apparent que le profit.

Et il avait aussi, en même temps, détruit la religion qui lui avait apporté, naguère, un peu de consolation.

Hiram Patterson était son homme.

Il fallut à David trois jours de travail acharné à Technivers pour réussir à coupler le logiciel de poursuite fédéral à un trou de ver opérationnel.

Il se rendit alors chez Bobby et chercha jusqu'à ce qu'il trouve un cheveu collé à un oreiller, un seul cheveu de la tête de Bobby. Il séquença son ADN dans un autre labo de Hiram.

La première image qui apparut clairement sur son Écransouple fut celle du cheveu lui-même, reposant discrètement sur son oreiller.

David commença à remonter dans le temps. Il avait mis au point un système qui permettait de faire une recherche visuelle rapide. En fait, c'était une succession de trous de ver établis suivant la ligne d'univers des molécules d'ADN issues du cheveu.

Il accéléra le défilement. Nuits et jours se succédèrent en un flou gris. Le cheveu et l'oreiller étaient toujours, inchangés, au centre de l'image.

Il décela un mouvement.

Il retourna en arrière, rétablit l'image et la laissa se dérouler à la vitesse normale.

La date se situait un peu plus de trois ans en arrière. Il vit Bobby, Kate et Marie. Ils étaient debout dans la chambre et avaient une discussion animée. Marie était à moitié dissimulée par un Nanopac. Ils se préparaient à disparaître. Déjà, à ce stade, ils n'étaient plus dans le même monde que Heather et lui.

Le test était terminé. Le système fonctionnait. Il pouvait faire une poursuite en avant, vers le présent, jusqu'à ce qu'il localise Bobby et les autres. Mais il valait peut-être mieux laisser ce soin à l'agent Mavens.

Son travail achevé, il allait débrancher la Camver lorsqu'une impulsion soudaine l'incita à centrer l'image sur le visage de Bobby, comme si une caméra invisible était en suspens juste devant ses yeux, braquée sur la totalité de sa jeune existence.

Et David commença à retourner en arrière.

Il resta en accéléré tandis que les moments clés de la vie récente de Bobby se déroulaient : au tribunal avec Kate, à Technivers avec lui-même, en train de discuter vivement avec son père, de pleurer dans les bras de Kate ou de braver la citadelle virtuelle de Billybob Meeks.

Il accéléra encore, toujours braqué sur le visage de son frère. Il vit Bobby manger, rire, dormir, s'amuser ou faire l'amour. L'arrière-plan, l'alternance diaprée du jour et de la nuit, n'étaient plus qu'un flou encadrant son visage. Les expressions se succédaient si rapidement sur sa figure qu'elles s'estompaient elles aussi, donnant l'impression qu'il était en demi-sommeil. La lumière de l'été venait et repartait avec la régularité d'une marée. Parfois, avec une soudaineté qui faisait sursauter David, la coiffure de Bobby changeait : tantôt courte, tantôt longue, tantôt brune – sa couleur naturelle –, tantôt blonde, et même, une fois, coupée à ras, le crâne presque tondu.

À mesure que les années défilaient, la peau de Bobby perdait les rides accumulées aux coins de sa bouche et de ses yeux, et une jeunesse glabre et lisse s'installait. Imperceptiblement au début, puis rapidement, son visage en proie au rajeunissement s'adoucit, rétrécit, se simplifia, et ses yeux mi-clos devinrent plus ronds, plus innocents, tandis que les ombres environnantes, celles des adultes et de quelques lieux difficiles à identifier, devenaient plus impressionnantes.

David figea l'image quelques jours après la naissance de Bobby. Il avait devant lui le visage rond et joufflu d'un bébé, dont les yeux bleus le regardaient fixement, vides et larges comme des fenêtres.

Mais derrière lui, David ne voyait pas la scène de maternité à laquelle il s'attendait. Bobby se trouvait dans un local aux murs blancs, illuminés par la lumière crue de tubes fluorescents, entouré de machines complexes, d'appareils de mesure coûteux et de techniciens en blouse tilleul.

Cela ressemblait à un laboratoire spécialisé.

Curieux, il fit avancer l'image.

Quelqu'un tenait le jeune Bobby à bout de bras. Ses mains gantées étaient sous les aisselles du bébé. Avec la dextérité que la pratique commençait à lui donner, David fit pivoter le point de vue. Il s'attendait à voir Heather, ou même Hiram.

Mais il ne vit ni l'un ni l'autre. Le visage souriant qui lui faisait face, se profilant comme la lune, était celui d'un homme grisonnant d'âge moyen, à la peau brune et ridée, au type nettement japonais.

David avait déjà vu ce visage. Soudain, il comprit les circonstances de cette naissance, et beaucoup de choses se mirent alors en place.

Il contempla longtemps l'image tout en réfléchissant à ce qu'il convenait de faire maintenant.

Mae savait, mieux que personne en ce monde, qu'il n'est pas nécessaire de blesser physiquement quelqu'un pour le faire souffrir.

Elle n'avait pas été directement impliquée dans l'horrible crime qui avait détruit sa famille. Elle n'était même pas en ville à l'époque, et n'avait pas vu une seule tache de sang. Mais aujourd'hui, tous les autres étaient morts, et elle restait seule à porter ce douloureux fardeau pour le restant de ses jours.

Pour atteindre Hiram, pour le faire souffrir comme elle souffrait, il fallait qu'elle frappe la personne qu'il aimait le plus.

Il n'était pas nécessaire d'aller chercher très loin. Hiram était une figure publique, la plus célèbre de toute la planète. Et la personne en question était Bobby Patterson, son play-boy de fils.

Bien entendu, il fallait agir de manière que Hiram sache, en fin de compte, que c'était lui qui était responsable, exactement comme elle. C'était seulement ainsi qu'elle donnerait suffisamment de profondeur à ses souffrances.

En prenant son temps, dans les recoins ténébreux de son esprit, elle commença à bâtir un plan.

Elle se devait d'être très prudente. Elle ne tenait pas à suivre le sort de son mari et de sa fille en recevant une injection mortelle. Elle savait que, dès que le crime aurait été commis, les autorités se serviraient de la Camver pour remonter en arrière dans sa vie et chercher la preuve qu'elle avait prémédité son crime.

Elle ne devait jamais oublier cela. C'était comme si elle jouait sur scène devant un public d'experts qui analyseraient et disséqueraient la moindre de ses actions.

Elle ne pouvait rien leur cacher. Il fallait qu'elle s'arrange pour que cela ait l'air d'un crime passionnel.

Il fallait même qu'elle fasse comme si elle ignorait que tout ce qu'elle faisait serait examiné à la loupe par les futurs enquêteurs. Si elle avait l'air de jouer la comédie, elle ne réussirait jamais à convaincre personne. Elle s'efforçait donc d'être naturelle, de faire ce que tout le monde faisait en privé : péter, roter, se mettre le doigt dans le nez, se masturber... Elle ne devait pas donner l'impression de redouter d'être observée plus que quiconque en cette époque où tous les murs étaient en verre.

Il fallait bien, évidemment, qu'elle rassemble des informations. Mais ce n'était pas difficile de cacher la chose au grand jour. Hiram et son fils étaient deux des plus grandes célébrités de la planète. Elle pouvait aisément passer, non pas pour une obsédée qui traquait sa proie, mais pour une veuve souffrant de la solitude

319

et se consolant en regardant à la télé des émissions sur les gens célèbres.

Au bout de quelque temps, elle pensa avoir trouvé le moyen de les atteindre.

Cela signifiait qu'elle devait se lancer dans une nouvelle carrière. Mais la chose, là encore, n'avait rien d'inhabituel en cette époque de parano générale et de vigilance exacerbée. Les questions de sécurité personnelle étaient devenues primordiales, elles avaient donné naissance à une industrie florissante, offrant des carrières attrayantes, à divers titres, à toutes sortes de gens. Elle commença à s'entraîner, physiquement et mentalement. Elle devint garde du corps, gardienne des biens de gens qui n'avaient rien à voir avec Hiram et son empire.

Elle ne prenait jamais aucune note, ne disait jamais rien de compromettant à haute voix. À mesure qu'elle changeait, très progressivement, l'orientation de son existence, elle s'efforçait de faire paraître naturelle chaque étape, chaque initiative qui, peu à peu, insensiblement, la rapprochait de Hiram et de son fils.

Et pendant tout ce temps, elle observait patiemment Bobby, sa jeunesse dorée, sa lente transformation en homme. C'était le petit monstre de Hiram, mais il était beau, et elle en vint à penser qu'elle le connaissait intimement.

Elle allait le détruire. Mais elle avait passé tant d'heures avec lui, à son corps défendant, qu'il avait désormais une place dans les replis ténébreux de son cœur.

25

Les Réfugiés

Bobby et Kate, à la recherche de Marie, avançaient prudemment dans Oxford Street.

Trois ans plus tôt, après avoir conduit le couple dans une cellule de Réfugiés, Marie avait disparu de leur existence. Rien d'inhabituel à cela. Le réseau des Réfugiés, réparti dans le monde entier, fonctionnait sur le mode cellulaire des anciennes organisations terroristes.

Récemment, inquiet de n'avoir pas eu de nouvelles de sa demi-sœur depuis plusieurs mois, Bobby avait retrouvé sa trace à Londres. Et aujourd'hui, lui avait-on assuré, il allait enfin pouvoir la rencontrer.

Le ciel londonien au-dessus de sa tête était d'un gris de plomb, chargé de smog. La pluie menaçait. Bien qu'on fût en été, il ne faisait ni chaud ni froid, c'était l'entre-deux irritant des grandes villes. Bobby avait plutôt une impression de chaleur inconfortable à l'intérieur de son Nanopac qu'il devait garder, naturellement, hermétiquement fermé en tout temps.

Kate et lui se glissaient de groupe en groupe à petits pas discrets et légers. Avec une habileté consommée née d'une longue pratique, ils se mêlaient à un courant humain, en gagnaient le centre, puis, lorsqu'il se défaisait, recommençaient, toujours dans une direction différente de celle d'où ils venaient. S'ils ne pouvaient faire autrement, ils allaient même à reculons, refaisant une partie du chemin parcouru. Ils mettaient beaucoup de temps pour se rendre d'un point à un autre, mais il était impossible, de cette manière, pour un observateur muni d'une Camver, de les suivre sur plus de quelques pas. La stratégie était si efficace, en fait, que Bobby se demandait combien d'autres Réfugiés fantômes à part eux il y avait au milieu de cette foule.

De toute évidence, malgré la dégradation catastrophique du climat et l'appauvrissement général, Londres attirait encore les touristes. Les gens venaient ici, sans doute, pour visiter les galeries d'art, les sites historiques et les palais libérés par la famille royale, qui avait émigré sous des cieux plus ensoleillés, dans l'Australie demeurée monarchiste.

Mais il était tristement clair, également, que cette cité avait connu de meilleurs jours. La plupart des boutiques s'étaient transformées en solderies sans devanture, et il y avait des terrains vagues un peu partout, comme des chicots dans la bouche d'un vieillard. Les trottoirs orientés est-ouest d'Oxford Street, longtemps l'une des principales artères commerciales de la ville, étaient couverts d'une foule dense, véritable fleuve d'humanité qui s'écoulait lentement. Et c'était l'endroit parfait pour se cacher.

Bobby n'aimait pas trop la sensation d'oppression que lui donnait cette foule. Quatre ans après que Kate lui avait neutralisé son implant, il était encore beaucoup trop émotif, bien trop sensible à cette promiscuité étouffante. Il était particulièrement écœuré par le contact occasionnel avec le ventre flasque ou les fesses adipeuses des nombreux Japonais quinquagénaires qui déambulaient dans le quartier, leur nation ayant été l'une des premières à réagir à la Camver par une conversion massive au nudisme.

Couvrant momentanément le vacarme des conversations autour d'eux, un cri s'éleva :

— Holà ! Dégagez le passage !

Devant eux, les gens s'écartèrent, comme si une bête furieuse fonçait sur eux. Bobby tira Kate dans une entrée de boutique.

À travers le corridor nouvellement créé d'humanité contrariée apparut un pousse-pousse. Il était mû par un gros Londonien torse nu, aux pectoraux en forme de bourrelets dégoulinants de sueur. La passagère du pousse-pousse, occupée à parler dans son implant de poignet, avait tout l'air d'une Américaine.

Quand le pousse-pousse les eut dépassés, Kate et Bobby se joignirent au courant qui se reconstituait. Bobby mit sa main contre celle de Kate et lui dit en langage des doigts :

Charmant individu.

Pas sa faute, répondit Kate par le même moyen. *Regarde un peu la misère autour de toi. Ex-chancelier de l'Échiquier, si ça se trouve.*

Ils continuèrent vers l'est, descendant vers le carrefour de Tottenham Court Road. La foule se faisait de moins en moins dense à mesure qu'ils s'éloignaient d'Oxford Circus, et ils devinrent plus prudents, conscients d'être à découvert. Bobby prenait bien soin de repérer au passage les itinéraires de fuite en cas d'urgence. Il y en avait toujours plusieurs.

Kate avait entrouvert son Nano, mais elle gardait sur la figure le masque thermorégulateur dont le doux contact protégeait son anonymat. Quand elle était immobile, les projecteurs holographiques du Nanopac, qui l'entouraient d'images du décor environnant, se stabilisaient et la rendaient plus ou moins invisible sous n'importe quel angle. C'était une illusion, mais cela fonctionnait jusqu'à ce qu'elle se remette en mouvement. Le décalage dans le traitement créait alors un fractionnement et un flou dans les images factices, mais c'était suffisant pour abuser un opérateur Camver peu attentif, et cela valait tout de même la peine de porter un Nanopac.

Dans le même esprit, Kate et Bobby portaient aujourd'hui leurs masques thermorégulateurs, modelés de manière à préserver leur anonymat relatif. Ils émettaient une fausse signature infrarouge et constituaient, certes, une gêne, avec leurs filaments chauffants trop près du visage. Il existait même des justaucorps conçus sur le même principe et capables de déguiser la signature IR caractéristique d'un homme en celle d'une femme, ou vice versa. Mais Bobby, qui avait essayé l'indispensable coquille aux filaments chauffants, avait renoncé plutôt que de s'astreindre à cette escalade dans l'inconfort.

Ils passèrent devant une coquette maison de ville, probablement un magasin reconverti, dont les murs étaient constitués de verre transparent. Bobby vit que même les planchers et les plafonds laissaient passer les regards, ainsi que la plupart des meubles, et jusqu'à la salle de bains. Il y avait des gens à l'intérieur, qui allaient et venaient en tenue d'Ève et d'Adam, apparemment indifférents aux regards des passants. Cette conception de la maison minimale était une réponse de plus à la Camver indiscrète, une façon de dire à tout le monde que les occupants des lieux se fichaient pas mal qu'on les épie tant qu'on voulait, mais aussi un rappel permanent, pour les occupants en question, que toute apparence de vie privée, désormais, était illusoire.

Au carrefour de Tottenham Court Road, ils s'avancèrent vers la ruine de Center Point, une tour jamais totalement occupée, détruite lors des affrontements avec les terroristes séparatistes écossais.

C'est là que Kate et Bobby établirent, comme promis, le contact avec l'organisation.

Un rideau de lumière miroitante leur barra d'abord le chemin. Bobby entrevit un masque thermo derrière un Nanopac entrouvert, et une main se tendit vers lui. Il lui fallut plusieurs secondes pour se mettre en harmonie avec le langage des doigts rapide et assuré de celui qui les accueillait.

25. 4712425, Je suis 4712425. Je suis...

Bobby répondit avec ses doigts :

Bien compris, 4712425. 5650982, moi. 8736540, l'autre.

Bien. Mieux vaut tard que jamais, fut la réponse, rapide et efficace. *Suivez-moi.*

L'inconnu les guida dans la rue, où ils prirent un dédale de ruelles. Kate et Bobby, qui se donnaient la main, rasaient les murs, restant dans l'ombre autant qu'ils pouvaient, mais évitaient les entrées de maison, dont la plupart, donnant sur des portes d'immeuble soigneusement fermées, étaient occupées par des mendiants.

Bobby toucha la main de l'inconnu pour lui dire :

Je crois savoir qui vous êtes.

La main de l'autre, sous forme d'icône, exprima de l'inquiétude.

Ces numéros et ces Pacs, alors, ne servent à rien.

L'allusion désignait le matricule d'identité anonyme que chaque membre du réseau mondial des Réfugiés était encouragé à adopter chaque jour. Il était fourni sur demande par une source centrale accessible par Camver, et le bruit courait qu'il s'agissait d'un générateur de nombres aléatoires enfoui quelque part au cœur d'une mine désaffectée du Montana et qui utilisait un principe de mécanique quantique inviolable.

Ce n'est pas ça, répliqua-t-il avec ses doigts.

Quoi alors ? Si on ne peut même pas cacher son gros cul avec ces Pacs...

Bobby réprima son envie de rire. C'était la confirmation que « 4712425 » était bien la personne qu'il pensait : une femme du sud de l'Angleterre, la soixantaine, en forme de tonneau, pleine d'humour et d'assurance.

Reconnu ton style. Même à la main.

Elle fit un signe d'acquiescement.

Je sais, je sais. Pas la première fois qu'on me le dit. Faudra que je change.

Impossible de tout changer.

C'est vrai, mais on peut essayer.

Les alphabets par signes des mains, où l'on effleurait du bout des doigts la paume et les doigts de l'interlocuteur, avaient été mis au point à l'intention des gens qui étaient à la fois malvoyants et malentendants. Les Réfugiés les avaient adoptés – et adaptés – avec enthousiasme. Ce mode de communication était pratiquement impossible à déceler par l'observation.

Pratiquement, mais pas entièrement. Rien n'était sûr à cent pour cent. Et Bobby ne perdait jamais de vue que les observateurs Camver pouvaient repasser une image autant de fois que nécessaire pour la déchiffrer, sous tous les angles et à la distance qu'ils désiraient.

Mais il n'était pas question que les Réfugiés leur facilitent la tâche.

Bobby savait, à partir de bribes de commérages et de connaissances, que « 4712425 » était grand-mère. Elle avait pris sa retraite professionnelle quelques années plus tôt et n'avait aucun casier judiciaire, n'ayant jamais commis aucun délit ni pratiqué la moindre activité illégale justifiant son passage à la clandestinité. Pas plus, en fait, que bon nombre de Réfugiés qu'il connaissait. Simplement, elle n'aimait pas qu'on l'épie.

Ils arrivèrent enfin devant une entrée d'immeuble où leur guide, par gestes silencieux, les invita à rajuster leur Pac et leur régulateur de manière à être totalement invisibles.

La porte s'ouvrit sur un couloir plongé dans les ténèbres.

Puis, ultime feinte, 4712425 leur fit signe de continuer avec elle leur chemin dans la rue. Bobby se retourna pour voir la porte se refermer lentement.

Cent mètres plus loin, ils s'arrêtèrent devant une nouvelle porte qui s'ouvrit, là encore, sur un puits d'obscurité.

Doucement. Une marche, une marche, une marche, encore deux...
Dans le noir, leur guide leur faisait descendre un court escalier.

Il sentait la pièce qui se trouvait devant lui, aux échos qu'elle renvoyait et à son odeur. Elle était vaste, et les murs étaient en dur : du plâtre, sans doute peint, avec une moquette destinée à étouffer les bruits. Il flottait dans l'air des odeurs de nourriture et de boissons chaudes. Et il y avait du monde. Il percevait les odeurs des gens, entendait le froissement qu'ils produisaient quand ils se déplaçaient.

Je m'améliore, se dit-il. Encore deux ou trois ans, et je n'aurai plus du tout besoin de mes yeux.

Ils étaient arrivés au pied de l'escalier.

Salle unique. Quinze mètres carrés environ, lui expliqua son guide. Deux portes au fond. Toilettes. Les gens présents, onze, douze, treize, quatorze. Tous des adultes. Fenêtres opacifiables.

C'était une ruse courante. Les pièces maintenues continuellement dans l'obscurité étaient vite désignées comme repaires de Réfugiés.

Ça ira, je pense, lui fit savoir Kate. *Nourriture et lits. Viens.*

Elle commença à tirer sur son Pac pour l'enlever, puis sur le justaucorps qu'elle portait dessous.

En soupirant, Bobby l'imita. Il tendit ses vêtements, l'un après l'autre, à 4712425, qui les rangea dans un vestiaire invisible. Puis, tout nus à l'exception de leur masque, ils joignirent de nouveau leurs mains et se mêlèrent au groupe où la nudité était une forme d'anonymat. Bobby s'attendait même à ce qu'on lui change son masque avant la fin de la réunion, afin de brouiller encore plus d'éventuelles pistes menant à eux.

En guise d'accueil, des mains masculines et féminines, distinguables à leur texture, effleurèrent le visage de Bobby. Puis quelqu'un s'arrêta sur lui – il eut la sensation globale qu'il s'agissait d'une femme, la cinquantaine, plus petite que lui – et des doigts, menus et maladroits, lui caressèrent le visage, les mains et les poignets.

Ainsi, en se touchant dans le noir, les Réfugiés faisaient tant bien que mal connaissance. Quand ils devinaient l'identité de quelqu'un, avec une prudence un peu réticente, ce n'était pas grâce à son visage, ni au son de sa voix, mais à des signes beaucoup plus subtils, intangibles : la forme générale d'une personne devinée dans l'obscurité, son odeur caractéristique inaliénable malgré les lavages les plus vigoureux, la fermeté ou la faiblesse de son toucher, sa manière de communiquer, sa chaleur, sa froideur, son style...

La première fois qu'il avait fait ce genre de rencontre, Bobby avait battu en retraite, il s'était recroquevillé dans l'obscurité pour échapper à tout contact. Mais c'était somme toute une manière pas désagréable du tout de connaître les gens. Sans doute, lui avait expliqué Kate, ce rituel non verbal, ces attouchements, ces palpations remontaient-ils à un stade profondément animal de la nature humaine.

Au bout de quelque temps, il avait commencé à se relaxer, à se sentir en sécurité.

Naturellement, l'anonymat des Refuges était également recherché par toutes sortes de pervers et de criminels, et les communautés étaient relativement faciles à infiltrer pour ceux qui cherchaient à s'y cacher, quelles que soient leurs motivations. Mais Bobby s'était aperçu qu'il régnait généralement dans ces Refuges une autodiscipline remarquablement efficace. Bien qu'il n'y eût pas de coordination centrale, il était de l'intérêt de chacun de maintenir l'intégrité du groupe et du mouvement en général. Les brebis galeuses étaient rapidement identifiées et éjectées, qu'elles appartiennent à la pègre ou aux agences fédérales.

Bobby se demandait si cette organisation pouvait servir de modèle à une société future dans un monde transparent régi par la Camver : des réseaux dilués, autogérés, chaotiques et inefficaces, peut-être, mais souples et flexibles. En tant que tels, supposait-il, les Réfugiés n'étaient rien d'autre que des prolongements d'organisations comme les réseaux MAS, Bombwatch et les Escadrons de la vérité, ou même des associations plus anciennes comme celle des astronomes amateurs qui avaient les premiers signalé l'existence d'Absinthe.

Maintenant que leurs tabous et leur intimité étaient mis à nu par la Camver, les humains étaient peut-être en train de retourner à des comportements plus primitifs. Les Réfugiés communiquaient par contact, comme les chimpanzés. Imprégnés de la chaleur, de l'odeur, du toucher et même du goût des autres, ils avaient des rencontres extrêmement sensuelles, parfois érotiques. Bobby avait assisté à de telles réunions qui avaient dégénéré en orgie, bien que Kate et lui se soient excusés (de manière non verbale, naturellement) de ne pas y participer trop activement.

Être Réfugié n'était donc pas une si mauvaise chose. Et cela valait mieux, à coup sûr, que la seule solution de rechange proposée à Kate par la société.

Mais il fallait vivre dans l'ombre.

Impossible de rester longtemps dans un endroit, impossible de posséder quoi que ce soit de significatif, impossible, même, de se rapprocher vraiment de quelqu'un d'autre, de peur d'être trahi. Bobby ne connaissait par leur nom qu'une poignée de Réfugiés qu'il avait rencontrés durant ses trois années de clandestinité. Beaucoup étaient devenus des camarades, qui avaient offert leur aide et leurs conseils précieux aux deux néophytes récupérés par Marie. Des camarades, oui ; mais, sans un minimum de contacts humains, semblait-il, ils ne pourraient jamais devenir de vrais amis.

La Camver n'avait pas nécessairement le pouvoir de supprimer sa liberté et sa vie privée, mais elle avait, indubitablement, celui d'enfermer son humanité entre quatre murs.

Soudain, Kate le tira par la manche et enfonça ses doigts dans la paume de sa main pour lui dire :

Je l'ai trouvée. Marie. Elle est là. Viens, viens, viens.

Bobby se laissa entraîner en avant.

Elle était seule, assise dans un coin de la salle.

Bobby explora l'endroit, du bout des doigts. Elle portait une combinaison-pantalon, et il y avait à côté d'elle une assiette de nourriture refroidie, intacte. Elle n'avait pas de masque thermoré-gulateur.

Ses paupières étaient closes. Elle ne réagissait pas à leur contact, et il sentait qu'elle n'était pas endormie.

Kate pianota, mécontente, au creux de la paume de Bobby :

C'est comme si elle brandissait une enseigne au néon : Je suis là, venez me chercher.

Tu crois qu'elle va bien ?

Aucune idée.

Il prit la main inerte de sa sœur, la massa, répéta son nom avec ses doigts : *Marie Marie Marie Marie... C'est moi, Bobby, Bobby Patterson. Marie...*

Brusquement, elle sembla reprendre ses sens.

– Bobby ?

Un silence choqué, profond, se répandit dans la salle. C'était la première fois, depuis leur arrivée ici, que quelqu'un prononçait une parole à haute voix. À côté de lui, Kate posa la main sur la bouche de Marie pour l'empêcher de recommencer.

Bobby retrouva la main de sa sœur et la laissa épeler :

Pardon pardon. Ça m'a échappé.

Elle porta la main de Bobby à ses lèvres, et il sentit son sourire. Elle était distraite mais contente. Ce qui n'était pas forcément une bonne chose ici. Cela pouvait conduire à la négligence.

Que t'est-il arrivé ?

Le sourire de Marie s'élargit.

Pas le droit d'être heureuse, grand frère ?

Tu sais bien ce que je veux dire.

Implant, répliqua-t-elle simplement.

Implant, quel implant ?

Cortical.

Oh ! là ! là ! se dit-il, atterré. Rapidement, il communiqua l'information à Kate.

Merde. Mauvais, ça, répondit cette dernière. Illégal.

Je sais.

Jamaïque, lui dit Marie, dont il tenait toujours la main.

Quoi ?

Ami cellule Jamaïque. Vois par ses yeux, entends par ses oreilles. Mieux que Londres.

Le toucher des doigts de Marie était léger et délicat, comme un chuchotement.

Ces nouveaux adjuvants corticaux, adaptés à partir des appareillages RV neuro-implantés, étaient le fin du fin de la technologie Camver : un petit générateur de trous de ver par compression du vide, couplé à un ensemble de capteurs neuraux, était implanté en profondeur dans le cortex du sujet. Ce générateur était imprégné de substances chimiques neurotropes, de sorte que, au bout de quelques mois, les neurones du sujet trouvaient leur chemin à l'intérieur. Les capteurs neuraux constituaient des analyseurs ultrasensibles de l'activité neuronale, capables de déceler les synapses individuelles.

Un tel implant était capable de lire et écrire directement dans le cerveau, et de le coupler à d'autres. Par un effort conscient de volonté, le sujet récepteur pouvait établir une liaison Camver directe entre le centre de son esprit et celui de n'importe quel autre porteur d'implant.

Avec cette arme, une nouvelle communauté était en train de se constituer en réseau par l'intermédiaire d'Arènes, des Escadrons de la vérité et autres maelströms de pensée et de discussion qui caractérisaient désormais la jeune et nouvelle politique planétaire en voie de formation. Les cerveaux se joignaient directement aux cerveaux, les esprits aux esprits.

Ils avaient même un mot pour se désigner : les Jointés.

C'était, supposait Bobby, le brillant avenir qui les attendait tous. Pour le moment, cependant, cela se résumait à une jeune fille de dix-huit ans, sa sœur, qui avait un trou de ver dans la tête.

Tu as peur, lui communiqua Marie. *Les horreurs qu'on raconte. Esprit collectif. Perte de l'âme. Du blabla.*

C'est vrai, oui.

Peur de l'inconnu. Peut-être...

Mais soudain, Marie repoussa sa main et se leva. Bobby la chercha à tâtons, rencontra ses cheveux, mais elle lui échappa et il ne la retrouva plus.

Partout dans la salle, au même instant, les autres s'étaient mis à courir, comme des oiseaux s'envolant d'un arbre en même temps.

Il y avait des éclats de lumière à l'entrée. La porte s'était ouverte.

Viens, signala Bobby à Kate.

Il lui saisit le poignet et l'entraîna dans le courant général en direction de la sortie.

Peur, lui signifia Kate tandis qu'ils couraient à perdre haleine. *Toi aussi. Tu transpires.*

C'était vrai. Il avait peur. Mais pas qu'on les découvre. Ce n'était pas la première fois qu'il se trouvait dans cette situation, et les groupes de ce genre avaient toujours un système complexe de sentinelles en alerte équipées de Camvers. Non, ce n'était ni la détection ni la capture qu'il redoutait.

C'était la manière dont Marie et les autres avaient réagi comme une seule personne. Un organisme unique. *Jointé.*

Il enfila son Nanopac.

26

Les grands-mères

À Technivers, David avait pris place devant un grand Écran-souple mural.

Le visage de Hiram s'affichait, jeune, sans rides, mais indubitablement Hiram. Le décor autour de lui était urbain, mal éclairé. Immeubles à l'abandon, réseaux routiers tentaculaires. Un endroit où les êtres humains semblaient déplacés. C'étaient les faubourgs de Birmingham, grande cité du cœur de l'Angleterre, juste avant la fin du XXᵉ siècle, quelques années avant que Hiram décide d'abandonner son vieux pays décati pour partir à la recherche de meilleures opportunités en Amérique.

David avait réussi à combiner le logiciel de poursuite ADN de Michael Mavens avec un système de guidage Camver. Et il avait fait en sorte que cela passe automatiquement d'une génération à l'autre. Après avoir remonté la ligne de vie de Bobby, il suivait maintenant celle de son père, qui était à l'origine de son ADN.

Guidé par la curiosité, il avait l'intention de remonter encore plus loin, afin de trouver ses propres racines, qui étaient, après tout, la chose qui importait le plus pour lui.

Dans la semi-obscurité caverneuse du laboratoire, une ombre se déplaça sur le mur, apparemment sans source. Il la capta dans sa vision périphérique, et fit comme si de rien n'était.

Il savait que c'était Bobby, son frère. Il ignorait pourquoi il était là. Il savait qu'il lui parlerait quand il serait prêt.

David empoigna une petite manette de commande et la poussa en avant.

Le visage de Hiram s'arrondit, de plus en plus lisse. L'arrière-plan devint flou, tel un blizzard où se succédaient jours et nuits, bâtiments à peine visibles, tout d'un coup remplacés par des plaines gris-vert, celles de l'Est de l'Angleterre, où Hiram avait grandi. Puis son visage rétrécit, devint celui d'un jeune garçon à l'air innocent, et ensuite celui d'un bébé.

Soudain, il fut remplacé par un visage de femme.

Elle souriait à David, ou plutôt à quelqu'un qui se trouvait derrière le point de vue invisible du trou de ver en suspens devant ses yeux. Il avait choisi à partir de là de suivre la ligne de l'ADN mitochondrial, transmis inchangé de mère en fille, et c'était, naturellement, sa grand-mère qu'il avait devant lui. Elle était jeune, vingt-cinq ans environ, et cela s'expliquait par le fait que la poursuite ADN était passée de Hiram à elle à l'instant de la conception de ce dernier. David n'avait d'ailleurs aucune envie de la voir vieillir. Elle avait une beauté sereine, avec un look anglais classique : pommettes hautes, yeux bleus, cheveux d'un blond vénitien noués en chignon.

La branche asiatique dont descendait Hiram se situait du côté de son père. David aurait été curieux de savoir quelles difficultés son histoire d'amour avait causées à cette jolie jeune femme compte tenu de l'endroit et de l'époque où elle vivait.

Derrière lui, dans le local de Technivers, il sentit que l'ombre se rapprochait.

Il poussa de nouveau la manette en avant, et le défilement flou des jours et des nuits reprit. Le visage devint celui d'une petite fille. Sa coiffure changeait si vite qu'on ne voyait plus rien. Puis le visage sembla perdre ses traits, noyé dans la rotondité joufflue d'un bébé.

Nouvelle transition abrupte. Son arrière-grand-mère, cette fois-ci, donc. La jeune femme se trouvait dans un bureau, le front plissé de concentration, les cheveux ridiculement sculptés en une pièce montée de tresses étroitement enroulées. À l'arrière-plan, David aperçut d'autres femmes, jeunes pour la plupart, qui travaillaient par rangées devant des machines à calculer élaborées, hérissées de leviers et de manivelles. Probablement les années 1930, avant la naissance des ordinateurs à base de silicium. Il s'agissait sans doute de l'un des centres de traitement de l'information les plus complexes de la planète. Déjà, cette partie du passé, pourtant si proche de son époque, lui était totalement étrangère.

Il libéra la jeune femme du piège du temps où il l'avait saisie, et elle implosa pour laisser place à quelqu'un d'autre.

La fille qui lui faisait maintenant face sur l'écran était vêtue d'une jupe longue et d'un corsage mal fait et mal ajusté. Elle agitait un drapeau du Royaume-Uni, et se trouvait dans les bras d'un soldat au casque plat en fer-blanc. Derrière eux, la rue était pleine de monde, les hommes en complet, casquette et pardessus, les femmes en manteau long. Il pleuvait. C'était une grise journée d'automne, mais personne ne semblait y prêter attention.

— Novembre 1918, déclara tout haut David. L'Armistice. La fin de quatre années de boucherie sanglante en Europe. Excellent moment pour être conçu. (Il se retourna.) Tu ne trouves pas, Bobby ?

L'ombre, immobile contre le mur, parut hésiter. Puis elle se décolla, se déplaça librement et prit des contours humains. Les mains et la tête apparurent, en suspens dans l'air, désincarnées.

— Salut, David.

— Viens t'asseoir à côté de moi, lui dit ce dernier.

Son frère prit place sur un siège dans un froissement de Nanopac. Il semblait mal à l'aise, comme s'il n'avait pas l'habitude d'être si près de quelqu'un à découvert. Mais c'était sans importance. David ne lui fit aucune remarque.

Le visage de la fille de l'Armistice perdit ses traits, rétrécit à la taille de celui d'un enfant. Nouvelle transition : une jeune femme avec quelques-unes des caractéristiques physiques de ses descendantes, les yeux bleus et les cheveux blond vénitien, notamment, mais plus menue, plus pâle, les joues plus creuses. Effeuillant ses années, elle traversa un décor flou, sombre et urbain, formé d'usines et d'alignements de maisons identiques, pour arriver rapidement à l'image d'un enfant, suivie d'une autre génération, une autre fille, dans le même décor sinistre.

— Elles sont si jeunes, murmura Bobby.

Sa voix était éraillée, comme celle de quelqu'un qui n'a pas parlé depuis très longtemps.

— Il faudra qu'on s'y habitue. Nous sommes presque au début du XIXᵉ siècle. Les grandes percées de la médecine n'ont pas encore eu lieu. Les conditions d'hygiène sont rudimentaires. Les gens meurent de maladies très simples, qu'on aurait pu soigner. Naturellement, nous suivons ici une lignée de femmes qui ont vécu au moins jusqu'à l'âge d'enfanter. Nous ignorons tout de leurs sœurs mortes dans leur jeune âge, sans descendance.

Les générations continuaient de s'égrener, les visages de se dégonfler comme des baudruches, l'un après l'autre, avec de subtils changements d'une génération à l'autre, une lente dérive génétique étant à l'œuvre.

Il y avait cette fille dont le visage ravagé était marqué par les larmes au moment de son accouchement. Son bébé lui avait été enlevé, ou plutôt, dans ce mode de visionnement à rebours, lui avait été donné quelques instants après la naissance. Sa grossesse s'était déroulée dans la honte et dans la misère, jusqu'à ce qu'elle arrive au point crucial de son existence : un viol brutal commis, semblait-il, par un membre de la famille, un frère ou un oncle. Libérée de ce noir fardeau, la jeune fille devenait souriante, jolie, et son visage s'illuminait d'espoir malgré le sordide de sa vie. Elle trouvait de la beauté dans les choses simples, dans l'épanouissement d'une fleur ou la forme d'un nuage.

Le monde devait être plein de ces biographies angoissées, se disait David. Elles se déroulaient à l'envers dans le passé, les effets précédant les causes, la douleur et le désespoir s'étiolant à mesure qu'approchait la pureté de l'enfance.

Soudain, le décor changea de nouveau. À présent, autour de ce nouveau visage de grand-mère, distant de dix générations, il y avait un paysage de campagne : des champs, des cochons, des vaches, et une flopée d'enfants au visage barbouillé. La femme était usée, à moitié édentée, ridée comme une vieille, mais David savait qu'elle ne pouvait pas avoir plus de trente-cinq ou quarante ans.

— Nos ancêtres étaient des paysans, murmura Bobby.

— Tout le monde l'était, pratiquement, avant les grandes migrations vers les villes. La révolution industrielle n'a pas commencé. Ils sont probablement incapables de faire de l'acier.

Les saisons défilaient. Étés, hivers, lumière et ténèbres. Les générations de femmes, de fille en mère, déroulaient leur cycle, de parente édentée à adolescente resplendissante puis enfant aux grands yeux. Certaines de ces femmes apparaissaient brusquement sur l'Écransouple le visage tordu de douleur. C'étaient les malheureuses, de plus en plus fréquentes, mortes en couches.

L'histoire reculait. Les siècles s'égrenaient, le monde se vidait de sa population. Les Européens quittaient l'Amérique. Bientôt, l'existence même du grand continent devint inconnue. La Horde d'or – les armées de Mongols et de Tartares – se formait à partir de cadavres surgissant du sol et refluait vers l'Asie centrale.

Rien de tout cela ne touchait ces paysans anglais laborieux, qui n'avaient ni éducation ni livres et travaillaient la même parcelle de terre génération après génération. Pour eux, se disait David, le collecteur de dîmes local devait être une figure plus redoutable que Tamerlan ou Koubilaï Khan. Même si la Camver n'avait servi à rien d'autre, elle aurait au moins démontré cela avec une impitoyable clarté : l'existence de la grande majorité des humains avait été misérable et brève, sans liberté ni joie ni réconfort, et les courts moments de lumière n'avaient signé que des condamnations à endurer.

Finalement, autour du visage d'une petite fille aux cheveux noirs et en désordre, au teint jaune et à l'expression apeurée, il y avait eu un brusque flou dans le décor. Ils virent un paysage désolé, une famille de réfugiés en haillons qui marchait, marchait, interminablement, dépassant de temps à autre des bûchers où brûlaient des montagnes de cadavres.

– La peste, murmura Bobby.

– Oui. Ils sont obligés de partir, mais ils n'ont nulle part où aller.

L'image se stabilisa bientôt sur un autre lopin de terre anonyme situé au milieu d'une énorme plaine. Les générations de dur labeur, interrompues par la calamité, recommencèrent à se succéder.

À l'horizon, on voyait une cathédrale normande, un immense cube de grès rose. Si c'étaient toujours les Fens, les grandes plaines de l'est de l'Angleterre, il s'agissait peut-être de Ely. Déjà vieille de plusieurs siècles, la grande bâtisse ressemblait à un vaisseau spatial en pierre descendu du ciel, et elle avait dû dominer complètement le paysage mental de ces paysans laborieux, ce qui était, naturellement, sa raison d'être.

Mais même l'imposante cathédrale commença à se ratatiner, adoptant avec une soudaineté surprenante des formes plus réduites et plus simples avant de disparaître totalement du paysage.

La population diminuait à un rythme effarant. Les grandes marées humaines balayaient la planète. Les envahisseurs normands avaient déjà dû remballer leurs châteaux et donjons et retourner en France. Bientôt, ceux qui venaient de Scandinavie et d'Europe allaient repartir aussi. Dans d'autres contrées, à l'approche de la mort puis de la naissance de Mahomet, les musulmans se retiraient d'Afrique du Nord. Lorsque le Christ fut descendu de la Croix, il ne restait plus que cent millions d'habitants de par le globe, moins de la moitié de la population des États-Unis à l'époque de David.

Tandis que les visages de leurs ancêtres continuaient de défiler, il y eut un nouveau changement de décor, une brève migration. À présent, ces familles lointaines peinaient pour travailler une terre jonchée de ruines : murs bas, caves éventrées, blocs de marbre et pierres de taille éparpillés.

Puis les constructions surgirent comme des fleurs filmées par une caméra intermittente. Les pierres éparses se réunirent.

David marqua un temps d'arrêt. Il figea l'image sur un visage de femme, son ancêtre lointaine, séparée de lui par quelque quatre-vingts générations. Âgée peut-être d'une quarantaine d'années, elle était d'une grande beauté et avait des cheveux blond vénitien et des yeux bleus. Son nez était droit et proéminent. Très romantique.

Derrière elle, les champs désolés avaient disparu pour être remplacés par un paysage urbain bien ordonné : une place entourée de colonnades, de statues et de grands bâtiments aux toitures de tuiles rouges. La place était grouillante de monde, avec des étals et des vendeurs figés dans leurs transactions. Ils avaient l'air comique, absorbés dans leurs pathétiques occupations, ne pensant qu'à leur profit sans se douter que tout cela allait s'écrouler bientôt, et qu'ils n'allaient pas tarder à mourir.

— Un établissement romain, murmura Bobby.

— Oui, acquiesça David, pointant l'index en direction de l'écran. Ce que tu vois là, c'est le forum, avec, probablement, la basilique, la salle des assemblées municipales et les cours de justice. Ces colonnades mènent aux échoppes et aux bureaux. Et le bâtiment là-bas, c'est probablement un temple...

— Tout est si net, murmura Bobby. Moderne, même. Les rues, les bâtiments, les échoppes, les bureaux... Tout est ordonné selon une trame rectangulaire, comme Manhattan. J'ai l'impression que, si je pouvais entrer dans l'écran, je n'aurais aucun mal à trouver un bar !

Le contraste entre cet îlot de civilisation et l'océan séculaire d'ignorance et de dur labeur qui l'entourait était si frappant que David éprouvait de la réticence à quitter cet endroit.

— Tu prends un risque en venant ici, dit-il.

Le visage de Bobby, en suspens au-dessus du Nanopac, était un masque surnaturel illuminé par le sourire figé de sa lointaine ancêtre.

— Je sais, répondit-il. Et je sais aussi que tu aides le FBI. Ton traceur d'ADN...

David soupira.

— Si ça n'avait pas été moi, quelqu'un d'autre l'aurait mis au point. De cette façon, au moins, je suis au courant de ce qu'ils manigancent.

Il tapa sur le bord de l'écran. Une frange de petites images s'inscrivit autour du visage de l'ancêtre.

— Regarde. La Camver explore en permanence toutes les pièces et tous les couloirs qui nous entourent. Cette vue aérienne te montre le parking. J'ai même intégré un système de reconnaissance infrarouge. Si quelqu'un approche...

— Merci.

— Ça faisait trop longtemps, petit frère. Je n'ai jamais oublié l'aide que tu m'as apportée quand j'ai eu ma crise, que j'ai frôlé la dépendance à vie.

— On a tous des moments difficiles. Ça passe.

— Tu m'as bien aidé quand même. Mais pourquoi es-tu venu ici ?

Bobby soupira. Le mouvement, à l'intérieur de son Pac, créa un flou.

— Je savais que tu nous cherchais. Je voulais te faire savoir que je vais bien. Et Kate aussi.

— Heureux ?

Bobby sourit.

— Si je voulais juste être heureux, je n'aurais qu'à tourner le bouton dans ma tête. Mais il y a des choses, dans la vie, qui sont plus importantes que le bonheur, David. À propos, je voudrais que tu transmettes un message à Heather.

David fronça aussitôt les sourcils.

— C'est au sujet de Marie ? Il lui est arrivé quelque chose ?

— Non, non, pas exactement. (Il se frotta le visage ; il avait chaud à l'intérieur de son Pac.) Elle se Jointe. Nous allons essayer de la faire rentrer chez elle. J'ai besoin de ton aide pour ça.

La nouvelle était consternante.

— Bien sûr. Tu peux compter sur moi.

— Je sais, fit Bobby en souriant. Je ne me serais pas dérangé, autrement.

Et moi, songea David, particulièrement mal à l'aise, je n'ose pas te dire ce que j'ai découvert de monstrueux sur toi.

Il regarda en face le visage ouvert, curieux, de Bobby, éclairé par la lumière d'une journée appartenant à un passé vieux de deux mille ans. Le moment était-il bien opportun pour lui assener une nouvelle révélation sur les tripatouillages incessants de Hiram le concernant, le plus grand crime, sans doute, que ce dernier ait commis ?

Plus tard, se dit-il. Plus tard. Le moment viendra.

De plus, l'image Camver était toujours là sur l'écran, légèrement scintillante, aguichante, exotique et irrésistible. La Camver, sous toutes ses applications, avait transformé le monde. Mais tout cela n'était rien, se disait-il, en comparaison d'une chose : le pouvoir qu'avait cette technologie de révéler des événements que l'on croyait à tout jamais enfouis dans le temps.

Le moment viendrait de s'occuper de leur vie, de leurs affaires complexes, et de gérer un avenir encore informe. Pour l'heure, c'était l'histoire qui leur faisait de grands signes. Il poussa la manette de commande en avant, et les constructions romaines s'évaporèrent comme neige au soleil.

Un autre flou migrateur, et ils eurent affaire à un nouveau type d'ancêtres, toujours avec les mêmes cheveux blond vénitien et les mêmes yeux bleus, mais sans le nez romantique.

Autour des visages qui se succédaient, David pouvait apercevoir des champs, petits, rectangulaires, labourés par des charrues tirées par des bœufs ou même, en des temps plus miséreux, par des humains. Il y avait des greniers en bois, des moutons, des cochons, du bétail et des chèvres. Au-delà des champs, on distinguait des levées de terre destinées à fortifier le village ; mais brusquement, tandis qu'ils s'enfonçaient encore plus dans le passé, les fortifications furent remplacées par des palissades.

— Le monde se simplifie, murmura Bobby.

— Oui. Tu sais ce que disait Francis Bacon ? « Les bons effets entraînés par les fondateurs de cités, les législateurs, les pères des peuples, les renverseurs de tyrans et autres héros de cette trempe ne durent qu'un temps ; alors que l'œuvre de l'inventeur, bien qu'elle représente moins de pompe et d'ostentation, est ressentie partout et éternellement. » À peu près en ce moment, la guerre de Troie est en train de se livrer avec des armes de bronze. Mais le bronze casse facilement, et c'est la raison pour laquelle, en vingt ans, il y a eu relativement peu de victimes. Nous avons oublié comment on travaille le fer. Nous ne pouvons plus nous entretuer aussi efficacement qu'avant.

Le dur labeur des champs continuait, inchangé, de génération en génération. Les moutons, le bétail, bien que domestiqués, ressemblaient de plus en plus à des animaux sauvages.

Cent cinquante générations dans le passé, et les outils en bronze disparurent pour faire place à ceux en pierre. Mais les champs gardaient à peu près le même aspect. Le rythme historique était plus lent, et David accéléra. Deux cents, trois cents générations passèrent. Les visages se fondaient l'un dans l'autre, sculptés par le temps, le labeur et le mixage des gènes.

Bientôt, tout cela ne signifiera plus rien, songea David, morose. Plus rien, après Absinthe. Un beau matin noir, tous ces efforts patients, le travail de milliards d'existences infimes, seront oblitérés d'un coup. Tout ce que nous avons appris et bâti patiemment sera perdu, et il ne restera peut-être même plus un seul cerveau humain pour se souvenir, pour pleurer cette perte.

Le mur du temps était proche, très proche, beaucoup plus que le printemps romain qu'ils avaient entrevu. Le rouleau de l'histoire était arrivé à sa fin.

Soudain, cette pensée lui fut insupportable, comme si c'était la première fois que la réalité d'Absinthe pénétrait réellement son imagination. Il faut absolument que nous trouvions un moyen de détourner ce danger, se dit-il. Pour l'amour du passé, de tous ceux qui nous regardent à travers la Camver. Nous n'avons pas le droit de laisser perdre le souvenir de leurs vies disparues.

Soudain, sur l'écran, le décor devint de nouveau flou.

– On dirait que nous sommes devenus des nomades, murmura Bobby. Où sommes-nous ?

David donna une tape sur un panneau de référence.

– Europe du Nord, dit-il. Nous ne savons plus ce que c'est que l'agriculture. Les villes et les agglomérations n'existent pas. Finis les empires, finies les cités. Les humains sont des animaux plutôt rares, ils vivent en hordes nomades et en clans. Ils ne restent pas plus d'une saison ou deux au même endroit.

Douze mille ans dans le passé, il fit une pause.

Elle devait avoir quinze ans. Il y avait une espèce de sceau rond rudimentaire tatoué sur sa joue gauche. Elle paraissait robuste et saine. Elle portait un bébé emmitouflé dans une peau de bête. Un grand-oncle lointain, songea distraitement David. Elle lui caressait la joue. Elle portait des chaussures, des jambières et un lourd manteau d'herbes tressées. Le reste de ses vêtements semblait fait de peaux de bêtes cousues ensemble à l'aide de lanières de cuir. Il y avait des touffes d'herbe qui dépassaient de ses chaussures et de son chapeau, sans doute pour l'isolation.

Son bébé dans les bras, elle marchait à la suite d'un groupe de femmes, d'enfants et d'hommes. Ils avançaient prudemment sur un versant rocheux, à une allure lente indiquant qu'ils avaient de nombreux kilomètres à faire. Certains adultes brandissaient des épieux à pointe de silex, sans doute plus pour se garder des animaux que d'autres humains.

Elle arriva en haut de la crête. David et Bobby, regardant par-dessus son épaule, aperçurent ce qu'elle voyait.

— Mon Dieu ! s'écria David. Mon Dieu !

Une large plaine s'étendait devant eux. Au loin, peut-être en direction du nord, il y avait des montagnes, menaçantes et noires, rayées de glaciers d'un blanc étincelant. Le ciel était d'un bleu cristallin. Le soleil était haut sur l'horizon.

Pas la moindre fumée. Pas le moindre champ. Aucune construction ni barrière. Toute trace de présence humaine avait disparu de ce monde glacé.

Mais la vallée n'était pas déserte.

C'était comme un tapis, un tapis mouvant de dos en forme de roc, revêtus de longues fourrures brun-roux qui tombaient jusqu'au sol, comme celle du bœuf musqué. Ils avançaient lentement, sans jamais cesser de se nourrir, par groupes épars formant un énorme troupeau. À la lisière de ce troupeau, un jeune s'écarta de sa mère, insouciant, et frappa le sol du sabot. Un loup efflanqué, à la fourrure blanche, apparut aussitôt. La mère du jeune animal fonça immédiatement, faisant briller au soleil ses défenses courbes. Le loup prit la fuite.

— Des mammouths, murmura David.

— Il y en a des dizaines de milliers. Et ça, des chevreuils ? Et là, des chameaux ? Oh, mon Dieu ! Je crois que c'est un tigre à dents de sabre.

— *Des lions, des tigres et des ours*, murmura David. Tu veux qu'on continue ?

— Oui, oui, continue.

La vallée de l'ère glaciaire disparut en brume fine, et seuls les visages humains demeurèrent, tombant l'un après l'autre comme les feuilles d'un calendrier.

David pensait reconnaître encore le visage de ses ancêtres : rond, incroyablement jeune au moment d'enfanter, et toujours avec des yeux bleus et des cheveux blond vénitien.

343

Mais le monde avait changé du tout au tout.

De violentes tempêtes ravageaient le ciel, durant parfois des années. Les ancêtres peinaient pour traverser des paysages de glace ou des étendues arides, parfois des déserts, en proie à la faim, à la soif et aux maladies.

— Nous avons eu de la chance, déclara David. Pendant des millénaires, nous avons bénéficié d'une stabilité climatique relative, suffisante pour inventer l'agriculture, bâtir des cités et conquérir la planète. Avant, voilà ce qu'il y avait.

— Un équilibre si fragile, murmura Bobby.

À plus de mille générations, les visages commencèrent à s'assombrir.

— Nous migrons vers le sud, fit Bobby. Nous perdons notre adaptation au froid. On retourne en Afrique, alors ?

— Oui, répondit David avec un sourire. On rentre au bercail.

En une douzaine de générations, cette migration-là aussi fut terminée, et les images se stabilisèrent.

C'était la pointe méridionale de l'Afrique, à l'est du cap de Bonne-Espérance. La horde des ancêtres s'était réfugiée dans une caverne à proximité d'une plage où de grosses roches sédimentaires émergeaient.

L'endroit semblait généreux : prairies et forêts, où dominaient d'épaisses broussailles et de gros arbres aux fleurs éclatantes de couleurs, qui ressemblaient à des chardons. Cela descendait jusqu'au bord de l'océan, d'un calme serein, au-dessus duquel tournoyaient des oiseaux de mer. Le rivage était jonché de riche varech, de méduses et de seiches échouées.

La forêt regorgeait de gibier. Au début, ils ne virent que des créatures connues : des élans, des springboks, des éléphants, des cochons sauvages ; mais plus loin dans le temps, il y avait des espèces moins familières : des bisons aux longues cornes, des antilopes géantes et une espèce d'équidé gigantesque, rayé comme un zèbre.

Et là, dans ces cavernes anonymes, vivaient les ancêtres, génération après génération.

Le rythme du changement était à présent d'une incroyable lenteur. Au début, les ancêtres portaient des vêtements. Mais plusieurs centaines de générations en arrière, il n'y avait plus que des peaux de bêtes rudimentaires, de simples pagnes attachés autour de la taille, et, bientôt, même pas cela. Ils chassaient à l'aide d'épieux et de haches de pierre. Les flèches avaient disparu. Même les outils de pierre devenaient terriblement simples. La chasse était moins ambitieuse. Souvent, elle se résumait à achever quelque animal blessé.

Dans les cavernes, qui étaient de plus en plus profondes, les couches successives de détritus humains disparaissaient rapidement. La relative complexité d'une société humaine, et même l'art, qui consistait à tracer sur la roche, avec des doigts trempés dans des colorants, des images d'animaux ou d'humains, disparurent au bout de douze cents générations.

David frissonna. Il avait atteint un monde sans images, ni romans, ni sculptures, ni même, sans doute, poésie ni chansons. Un monde vidé de toute activité cérébrale.

Ils continuaient à remonter les générations. Trois mille, puis quatre mille. Dans l'immense désert du temps, ils ne voyaient plus que la chaîne d'ancêtres qui se chamaillaient et se reproduisaient dans leur caverne sans ornement. La succession de grands-mères était toujours la même, mais David crut discerner dans les visages noirs un nouvel air d'effarement, d'incompréhension et de peur.

Finalement, il y eut une cassure soudaine, discordante. Cette fois-ci, ce ne fut pas le décor qui changea, mais les visages eux-mêmes.

David ralentit la descente, et les deux frères contemplèrent leur très lointaine ancêtre à l'orée d'une caverne africaine que ses descendants n'allaient pas quitter durant des milliers de générations.

Son visage était d'une largeur disproportionnée. Ses yeux étaient trop écartés, son nez aplati et ses traits exagérément étirés, comme si on lui avait tendu latéralement le visage. Elle avait les mâchoires épaisses, mais le menton était creux et fendu en arrière. Sur son front, les arcades sourcilières étaient particulièrement saillantes, avec un renflement osseux, comme une tumeur, qui repoussait tout le visage en arrière et lui faisait des yeux profondément enfoncés dans leurs orbites dures. Un autre renflement, à l'occiput, formait le pendant de son front protubérant, mais lui inclinait la tête en avant, de sorte que le menton touchait presque la poitrine et que le cou massif formait une courbe en avant.

Mais le regard était clair et intelligent.

Elle était plus humaine que n'importe quel singe, et pourtant elle ne l'était pas tout à fait. C'étaient cette proximité et cette différence qui troublaient profondément David.

Indubitablement, elle était néandertalienne.

— Elle est superbe, murmura Bobby.

— Oui, souffla David. Voilà qui va renvoyer les paléontologistes à leur planche à dessin.

Il sourit. L'idée n'était pas pour lui déplaire.

Mais il se demanda subitement combien d'observateurs de son lointain futur devaient être en ce moment en train de les étudier, son frère et lui, les premiers humains à contempler leurs ancêtres reculés. Jamais, supposait-il, il ne pourrait commencer à imaginer leur aspect, leurs outils ni leurs pensées, pas plus que cette lointaine grand-mère ne pouvait imaginer l'existence, un jour, de ce labo, de ce frère à moitié invisible et des gadgets étincelants qui les entouraient.

Et derrière ces observateurs, encore plus loin dans l'avenir, il y en avait sûrement d'autres qui regardaient, et d'autres encore, aussi loin que durerait l'humanité – ou ses successeurs.

Cette pensée l'écrasait, le glaçait.

Car elle supposait qu'Absinthe épargnerait au moins une poignée d'humains.

— Oh ! s'exclama soudain Bobby.

Il avait l'air déçu.

— Quoi ?

— Ce n'est pas ta faute. J'étais au courant des risques.

David entendit un froissement de tissu, vit une ombre floue.

Quand il se retourna, Bobby n'était plus là.

Mais Hiram apparut, s'engouffrant dans le labo, claquant les portes et hurlant :

— Je les ai eus. Bon Dieu, j'ai réussi à les avoir !

Il donna une tape sur le dos de David.

— Ce traceur d'ADN marche comme un charme. Manzoni et Marie, toutes les deux. (Il releva la tête.) Tu m'entends, Bobby ? Je sais que tu es là. J'ai fini par les avoir ! Et si jamais tu veux les revoir, il faudra que tu me reviennes. Tu as bien compris ?

David regarda une dernière fois les yeux enfoncés de sa lointaine ancêtre, membre d'une espèce différente, qui avait vécu à cinq mille générations de lui. Puis il éteignit l'Écransouple.

27
Histoire de famille

Quand on lui fit réintégrer par la force la société humaine, Kate fut soulagée de constater que les accusations qui pesaient sur elle étaient levées. Mais elle fut stupéfaite de voir qu'on la séparait de Marie et qu'elle était de nouveau incarcérée – par Hiram Patterson, cette fois-ci.

La porte de l'appartement s'ouvrit, comme c'était le cas deux fois par jour.

Sa gardienne était une très grande femme, flexible, vêtue d'un tailleur-pantalon strict. On pouvait même dire qu'elle était belle, mais elle avait quelque chose d'éteint dans son expression et dans ses yeux noirs qui donnait le frisson à Kate.

Elle avait appris qu'elle s'appelait Mae Wilson.

La gardienne entra en poussant un petit chariot devant elle. Elle ressortit avec celui de la veille, après avoir jeté un rapide coup d'œil professionnel dans la pièce. Puis elle referma la porte. Tout cela sans prononcer la moindre parole.

Kate était assise sur le seul meuble de sa cellule, un lit. Elle se leva, alla soulever le papier blanc qui recouvrait le chariot. C'était un repas froid : tranche de rôti, salade, pain, fruit et boissons – eau minérale, jus d'orange et café. Sur le plateau du bas, il y avait du linge propre : sous-vêtements, combinaison-pantalon, deux draps pour le lit. Les trucs habituels.

Kate avait depuis longtemps épuisé les possibilités du chariot biquotidien. Les assiettes en carton et les couverts en plastique ne pouvaient lui servir à aucun autre usage que celui auquel ils étaient destinés, et encore. Même les roues du chariot étaient en plastique.

Elle retourna sur son lit en grignotant distraitement une pêche.

Le reste de sa cellule ne recelait pas plus de possibilités. Les murs nus étaient revêtus d'un plastique clair dans lequel elle ne pouvait même pas enfoncer un ongle. Il n'y avait pas le moindre appareil d'éclairage. La lueur grisâtre qui baignait la pièce vingt-quatre heures sur vingt-quatre provenait de panneaux fluorescents incorporés au plafond ct hors dc sa portée. Le lit était formé d'un cadre de plastique solidaire du plancher. Elle n'avait même pas réussi à déchirer un drap tant la matière était solide. De toute manière, elle ne se voyait pas en train d'étrangler quelqu'un avec, et surtout pas Wilson.

La plomberie, les toilettes et la douche rudimentaire ne pouvaient guère l'aider non plus à réaliser son grand dessein. Les W.-C. étaient chimiques et probablement reliés à une cuve fermée, de sorte qu'elle ne pouvait même pas espérer lancer un message par ce moyen, à supposer qu'elle sache comment s'y prendre.

Malgré tout, elle avait presque, une fois, réussi à s'échapper. Et elle prenait plaisir à rejouer mentalement le film de son demi-succès.

Elle avait tout calculé dans sa tête, là où même la Camver ne pouvait pas encore aller. Il lui avait fallu plus d'une semaine de préparation. Toutes les douze heures, elle avait laissé le chariot à un endroit légèrement différent, un peu plus loin à l'intérieur de la cellule. Chaque emplacement était chorégraphié dans sa tête : trois pas du lit à la porte, le deuxième étant diminué d'une fraction...

Chaque fois qu'elle venait chercher le chariot, Wilson devait avancer la main un peu plus loin dans la cellule.

Jusqu'au jour où elle avait été obligée de faire un pas entier à l'intérieur. Un seul. Mais Kate espérait que ce serait suffisant.

Deux foulées rapides l'amenèrent sur le seuil. Un coup d'épaule, et Wilson fut projetée au centre de la cellule. Kate eut le temps de faire deux pas de plus à l'extérieur.

La cellule n'était qu'un cube qui se dressait, isolé, au centre d'une énorme salle qui ressemblait à un hangar. Les murs étaient hauts, lointains, mal éclairés. Il y avait d'autres gardiens autour d'elle, des hommes et des femmes qui se levaient précipitamment en dégainant leurs armes. Kate regardait désespérément autour d'elle, cherchant une issue.

La main qui se referma sur la sienne était comme un étau. Son petit doigt fut tordu en arrière, son bras immobilisé dans son dos. Elle tomba à genoux, incapable de s'empêcher de hurler. Elle sentit les phalanges craquer en une explosion de douleur atroce.

C'était Wilson, bien sûr.

Quand elle était revenue à elle, elle gisait sur le sol de sa prison, ligotée avec ce qui devait être du ruban adhésif armé, pendant qu'un médecin s'occupait de son petit doigt brisé. Et Wilson, dont les yeux d'acier lui lançaient des regards meurtriers, était retenue par un autre gardien.

Après cela, le petit doigt de Kate lui fit mal pendant des semaines. Et Wilson, quand elle ouvrait la porte de sa cellule deux fois par jour, la fixait d'un regard plein de haine. Elle était profondément blessée dans son amour-propre. La prochaine fois, se disait Kate, elle me tuera sans hésitation.

Mais il était clair, cependant, que, même après sa tentative d'évasion manquée, la haine de Wilson n'était pas vraiment dirigée contre elle. Kate se demandait contre qui. Elle se demandait aussi si Hiram s'en doutait.

De la même manière, elle savait qu'elle n'était pas la vraie cible de Hiram. Elle n'était qu'un appât. Un appât au centre d'un piège.

Elle était juste quelqu'un de gênant pour tous ces fous aux objectifs impossibles à deviner.

Cela n'arrangeait rien de ressasser ces pensées. Ces temps derniers, étendue sur son lit, elle s'était livrée, pour meubler le vide de ses journées, à des exercices mentaux. En suspens dans cette lumière grise jamais en défaut, elle essayait de faire le néant dans son esprit.

Soudain, une main toucha la sienne.

Au milieu du chaos de protestations furieuses qui suivit le retour de Kate et de Marie, David demanda à voir cette dernière dans la fraîche quiétude des locaux de Technivers.

Il fut aussitôt frappé par l'aspect familier des yeux bleus de la jeune fille, si semblables à ceux qu'il avait suivis jusqu'aux origines en Afrique.

Il frissonna, hanté par le caractère évanescent de toute vie humaine. Marie n'était-elle rien de plus que la manifestation transitoire d'une série de gènes qu'elle avait hérités à travers des milliers de générations, depuis l'époque néandertalienne, et qu'elle devait transmettre à son tour aux représentants d'un avenir incertain ? La Camver avait détruit cette hallucinante perspective. L'existence de Marie était éphémère, mais elle n'en avait pas moins de signification. Maintenant que le passé se lisait à livre ouvert, elle allait sans doute demeurer dans la mémoire de sa lignée, son souvenir chéri par ceux qui suivraient.

Quant à sa vie présente, façonnée dans un monde rapidement changeant, elle pouvait encore lui faire connaître des endroits qu'elle était incapable d'imaginer aujourd'hui.

— On dirait que quelque chose te tourmente, dit-elle.

— C'est parce que je ne sais plus très bien à qui je m'adresse.

Elle renifla. Un instant, il retrouva sa Marie révoltée, agressive.

— Pardonne-moi mon ignorance, lui dit-il. J'essaie simplement de comprendre. Nous essayons tous. C'est si nouveau pour nous.

Elle hocha la tête.

— Et la nouveauté fait peur, c'est ça ? Oui, c'est vrai. Nous sommes là. Le trou de ver dans ma tête ne se referme jamais, David. Tout ce que je fais, tout ce que je vois, que j'entends, que je ressens est...

— Partagé ?

— Oui. (Elle le regarda d'un air songeur.) Mais je sais ce que tu entends par là. Tu veux dire *dilué*, n'est-ce pas ? Mais ce n'est pas du tout ça. Je suis toujours moi-même. Non pas diminuée, mais accrue. À un autre niveau mental. Au niveau du traitement des informations, si tu préfères. Avec plusieurs couches dans mon système nerveux central, de la même manière que le SNC est étagé dans les réseaux plus anciens, comme le réseau biochimique. Mes souvenirs m'appartiennent toujours. Quelle importance, qu'ils soient stockés dans la tête de quelqu'un d'autre ?

– Mais il ne s'agit pas juste d'un réseau bien ordonné de téléphones mobiles, n'est-ce pas ? Vous autres les Jointés, vous avez de plus hautes ambitions que ça. Assiste-t-on à la naissance d'une entité nouvelle ? D'une nouvelle personnalité combinée ? Une mentalité collective reliée par des trous de ver, avec le réseau pour support ?

– À ton avis, ce serait une monstruosité ?

– Je ne sais plus que penser.

Il l'étudia quelques instants, essayant de retrouver la vraie Marie derrière sa carapace de Jointage.

Cela n'arrangeait rien de savoir que les Jointés avaient rapidement acquis une réputation d'acteurs consommés – ou de menteurs, en termes plus directs. Grâce à leurs différents niveaux de conscience, ils avaient une telle maîtrise des langages du corps et de leurs expressions faciales – sans compter leur faculté de communication, qui leur permettait de transmettre n'importe quelle information de manière fiable et honnête – qu'ils battaient sur leur terrain les plus doués des histrions. Mais il n'avait aucune raison de penser que Marie lui mentait aujourd'hui. Le problème venait simplement du fait qu'il n'avait aucun moyen de savoir si elle était sincère ou non.

– Pourquoi ne me demandes-tu pas franchement ce que tu veux savoir ? dit-elle à brûle-pourpoint.

Troublé, il murmura :

– Très bien, Marie... Quel effet cela te fait-il ?

– Rien de particulier. Je me sens... *augmentée*. Comme quand tu sors du sommeil et que tu te sens soudain la tête claire, la conscience éveillée. Tu dois savoir mieux que moi ce que c'est. Je ne suis pas une scientifique. Mais j'ai résolu des problèmes. Je joue aux échecs, par exemple. La science, c'est un peu ça, non ? Tout d'un coup, la lumière se fait. Tu distingues l'agencement des choses. Comme un ciel nuageux qui s'éclaircit soudain, et tu vois loin, bien plus loin qu'avant.

– Je comprends. J'ai eu des moments semblables dans ma vie. On a de la chance quand cela arrive.

Elle exerça une pression sur sa main.

– Il faut que tu comprennes que pour moi, c'est tout le temps comme ça. N'est-ce pas merveilleux ?

– Tu sais pourquoi vous faites peur aux gens ?

– Peur est un faible mot, répliqua-t-elle d'une voix calme. Ils nous traquent. Ils nous persécutent. Mais ils ne peuvent rien contre nous, David. Nous les voyons venir.

Ces mots eurent pour effet de le glacer.

– Et même si l'un de nous se fait tuer – même si je meurs –, nous, l'être global, continuerons.

– Ça veut dire quoi, ça ?

– Le réseau d'informations qui définit les Jointés est vaste. Il grandit continuellement. Il est probablement indestructible, comme un Internet mental.

Il fronça les sourcils, obscurément contrarié.

– As-tu déjà entendu parler de la théorie de l'attachement ? demanda-t-il. Elle décrit notre besoin psychologique de former des relations profondes, d'entrer intimement en contact avec nos proches. Ces relations nous sont indispensables pour cacher l'horrible vérité, que nous devons affronter en grandissant, selon laquelle chacun de nous est désespérément seul. La plus grande bataille, dans l'existence d'un humain, consiste à s'accommoder de ce fait. Et c'est pour cette raison qu'il est si tentant de faire partie des Jointés... Mais ne crois pas que cet implant dans ta tête va t'aider beaucoup, ajouta-t-il brutalement. En fin de compte, tu devras mourir toute seule, exactement comme moi.

Elle sourit, comme pour lui pardonner froidement ses paroles, et il eut honte.

– Ce n'est pas forcément vrai, dit-elle. Je continuerai peut-être à vivre après la mort de mon corps – celui de Marie. Mais ne t'imagine pas que je résiderai, moi, c'est-à-dire mon esprit conscient, mes souvenirs, dans un quelconque autre corps. Je serai répartie, au contraire, partagée entre tous les membres. Tu ne trouves pas ça merveilleux ?

Il répliqua à voix basse :

– Es-tu sûre que ce sera encore toi ? Crois-tu vraiment échapper à la mort de cette manière ? Ce moi réparti, est-ce que ce ne sera pas une simple copie ?

Elle soupira.

– Je n'en sais trop rien. D'ailleurs, la technologie n'est pas encore à la hauteur. En attendant, nous avons toujours des maladies, des accidents et la mort. Et nous sommes les premiers à le déplorer.

– Plus on est intelligent, plus on souffre.

– Oui. La condition humaine est tragique, David. Plus les Jointés grandissent, plus ça me paraît évident. Et plus je le ressens au fond de moi.

Son visage, pourtant si jeune, semblait porter le masque transparent d'un âge bien plus avancé.

– Viens, dit-il. Il y a quelque chose que je voudrais te montrer.

Kate ne put s'empêcher de faire un bond tout en retirant sa main.

Elle transforma in extremis son exclamation involontaire en un toussotement, et prolongea le mouvement de sa main pour couvrir sa bouche. Puis, délicatement, elle remit ses doigts en place, sur la couverture du lit.

Le toucher léger revint. Les doigts étaient chauds, vigoureux, malgré le gant Nanopac qui devait les couvrir. Ils remuèrent pour lui communiquer un message, et elle s'efforça de ne rien laisser paraître. Elle continuait de manger sa pêche.

Désolé de t'avoir fait peur. Impossible avertir.

Elle se pencha légèrement en arrière afin de cacher le mouvement de ses propres doigts derrière son dos.

Bobby ?

Qui d'autre ? Pas mal comme prison.

C'est Technivers, hein ?

Oui. Traceur ADN. Avec l'aide de David. Méthodes des Réfugiés. Marie aidé aussi. Toute la famille réunie.

Aurais pas dû venir, répliqua-t-elle rapidement. *Ce que voulait Hiram. Appât dans piège.*

Pas t'abandonner. Besoin de toi. Sois prête.

Essayé une fois. Gardes malins, toujours sur qui-vive.

Elle risqua un coup d'œil latéral. Il n'y avait pas le moindre signe de sa présence. Pas même une ombre, ni un creux sur la couverture, ni la moindre distorsion. De toute évidence, la technologie Nanopac évoluait aussi rapidement que la Camver elle-même.

Je n'aurai peut-être pas une autre chance, se dit-elle. Il faut que je lui dise maintenant.

Bobby, j'ai vu David. Du nouveau. Sur toi.

Il mit un peu de temps à réagir.

Quoi sur moi ?

Ta famille... Je ne peux pas, se dit-elle. *Demande à Hiram,* signala-t-elle.

Elle se sentait mal à l'aise, pleine d'amertume.

Je demande à toi.

Sur ta naissance.

Quoi ? Quoi ?

Elle prit une profonde inspiration.

Pas ce que tu croyais. Réfléchis bien. Hiram voulait fonder dynastie. David grosse déception, incontrôlable. Mère gênante. Alors avoir fils sans mère.

Comprends pas. J'ai une mère. Heather.

Elle hésita encore.

Non. Pas ta mère, Bobby. Tu es un clone.

David se pencha en arrière dans son fauteuil et ajusta sur sa tête le cercle froid en métal de l'Œilmental. Tandis qu'il plongeait dans la réalité virtuelle, le monde autour de lui devint noir et silencieux. Durant un bref instant, il ne sentit plus son corps, ni la main douce et chaude de Marie contre la sienne.

Puis, tout d'un coup, ils furent environnés d'étoiles. Marie étouffa un cri et lui agrippa le bras.

Il était en suspens au milieu d'un diorama d'étoiles en trois dimensions, réparties sur la toile d'un ciel de velours noir en plus grand nombre que par la nuit la plus dense du désert le plus profond. Pourtant, il s'aperçut progressivement qu'il y avait une structure. Une immense ceinture de lumière, où les étoiles étaient si rapprochées qu'elles formaient de pâles nuages scintillants, courait autour de l'équateur céleste. C'était la Voie lactée, bien sûr, le grand disque d'étoiles dont il était encore prisonnier.

Il regarda vers le bas. Il vit son corps, familier et confortable, qui se détachait clairement dans la lumière aux sources complexes qui tombait sur lui. Mais il flottait dans cette lumière céleste sans cadre ni support d'aucune sorte.

Marie dérivait lentement à côté de lui. Elle s'agrippait toujours à son bras. Son contact le réconfortait. Étrange, se disait-il. Nous sommes capables de nous projeter mentalement à plus de deux mille années-lumière de la Terre, et nous nous sentons quand même obligés de nous raccrocher l'un à l'autre, notre héritage de primates n'étant jamais très loin de la porte de notre âme.

Ce ciel qui leur était si étranger était peuplé.

Il y avait un soleil, une planète et une lune, suspendus autour de lui comme la trinité des corps célestes qui avait toujours marqué l'environnement humain. Mais ce soleil était véritablement curieux. Ce n'était pas une étoile simple comme l'astre du jour qui éclairait la Terre, mais une binaire.

La principale était une géante orange, froide et faiblement lumineuse. Centrée autour d'un noyau jaune incandescent, c'était une masse de gaz orangé qui devenait de plus en plus dilué à mesure qu'on s'éloignait du cœur. On distinguait de nombreux détails à l'intérieur de ce disque morne : une arabesque de lumière jaune-blanc qui fluctuait aux pôles, et les traînées disgracieuses laissées par des points gris foncé autour de l'équateur.

Mais l'étoile géante était visiblement aplatie. Elle avait un compagnon, petit et bleuâtre, à peine un minuscule point de lumière, qui orbitait si près de sa parente qu'il était presque à la limite de l'atmosphère ténue de la géante. En fait, David remarqua qu'un mince filet de gaz arraché à la grosse étoile et encore incandescent s'était enroulé autour du compagnon et tombait à sa surface en une infernale petite pluie fine d'hydrogène en fusion.

David baissa les yeux vers la planète en suspens au-dessous de lui. C'était une sphère de la taille apparente d'un ballon de plage, à moitié illuminée par la lumière complexe, rouge et blanc, de ses étoiles parentes. Mais elle était visiblement sans atmosphère, et sa surface formait un réseau compliqué de cratères d'impact et de chaînes montagneuses. Peut-être avait-elle possédé jadis une atmosphère ou même des océans ; peut-être avait-elle constitué le cœur rocheux ou métallique d'une géante gazeuse, une ancienne Neptune ou Uranus. Il était même possible, supposait-il, qu'elle ait un jour abrité de la vie, auquel cas cette vie devait être aujourd'hui détruite ou disparue, toute trace de son passage effacée de la surface par le soleil agonisant.

Mais ce monde mort et dévasté avait encore une lune. Bien que beaucoup plus petite que sa parente, cette lune brillait avec un éclat plus fort et reflétait une plus grande quantité de la lumière complexe des étoiles jumelées. Sa surface paraissait, au premier coup d'œil, totalement lisse, de sorte que le planétoïde avait l'apparence d'une boule de billard, usinée à l'aide d'un tour géant. Lorsque David y regardait de plus près, cependant, il voyait un fin réseau de craquelures et d'arêtes, certaines faisant probablement des centaines de kilomètres de long, qui recouvrait toute la surface. Cette lune, se disait-il, ressemblait plutôt, tout compte fait, à un œuf dur dont la coquille aurait été patiemment et méticuleusement craquelée avec le dos d'une petite cuiller.

Il s'agissait, en fait, d'une boule de glace. Sa surface lisse attestait qu'elle avait récemment fondu de manière globale, probablement à la suite de l'expansion grotesque de sa parente, et les arêtes marquaient la jonction de deux plaques de glace. Peut-être y avait-il, comme dans le cas d'Europe, le satellite jupitérien, une couche d'eau à l'état liquide située quelque part sous la surface gelée, un océan ancien susceptible d'abriter, encore aujourd'hui, une vie en voie de disparition.

Il soupira. Personne ne pouvait savoir. Et aujourd'hui, plus personne n'avait le temps ni les ressources nécessaires pour essayer de le découvrir. Il y avait simplement trop à faire, trop d'endroits où aller.

Mais ce n'était pas cette boule de roc ni sa lune de glace, ni même l'étrange étoile binaire qui l'avait attiré ici. Non, c'était quelque chose de beaucoup plus grandiose, caché derrière le petit système stellaire.

Il se tourna pour regarder au-delà des étoiles.

La nébuleuse occupait la moitié du ciel.

C'était un badigeon de couleurs qui s'étageaient du bleu-blanc éclatant en son centre au vert et à l'orange, puis au pourpre et au rouge sombre à sa périphérie. Il avait l'impression de contempler une gigantesque aquarelle dont les couleurs se délavaient progressivement les unes dans les autres. Il distinguait différentes couches dans la nébuleuse, à laquelle la superposition des zones d'ombre, avec leur texture particulière, donnait un aspect étonnamment tridimensionnel, avec des structures plus délicates dans la région du cœur.

Le trait le plus frappant de la structure plus grosse était une configuration de nuages sombres, riches en poussières, qui ressortaient distinctement en V contre la masse incandescente, comme un immense oiseau soulevant ses ailes noires devant une flamme. Et devant ce profil d'oiseau, tel un jaillissement d'étincelles issu d'un gigantesque feu de joie, il y avait un mince voile stellaire qui le séparait du nuage. Cette grande rivière de lumière qui était la Galaxie flottait autour de la nébuleuse et passait derrière elle, comme pour l'encercler.

Même en tournant la tête de tous les côtés, il lui était impossible d'avoir une vue globale de cette structure. Par moments, elle semblait assez proche pour qu'il puisse la toucher, comme une gigantesque sculpture murale dynamique où il aurait pu enfoncer la main pour l'explorer. Après quoi elle se retirait, à l'infini, semblait-il. Il savait que son imagination, nourrie à l'échelle de la Terre, était tout simplement incapable d'appréhender les distances énormes dont il s'agissait ici.

Même si le Soleil avait été déplacé vers le centre de la nébuleuse, les humains auraient pu bâtir un empire interstellaire sans jamais approcher du bord de cette nébuleuse.

L'émerveillement surgit en lui, soudain et inattendu. Je suis privilégié, se dit-il, de vivre à une telle époque. Un jour, supposait-il, un explorateur, avec sa Camver, s'envolerait derrière la croûte glacée de cette lune et partirait à la recherche de ce qu'il y avait en son cœur. Des équipes entières de chercheurs, peut-être, ratisseraient la surface de la planète en dessous dans l'espoir de trouver des reliques du passé.

Il enviait à ces futurs explorateurs l'ampleur de leurs connaissances. Pourtant, il savait qu'ils envieraient plus que tout sa propre génération, car lui seul, David, le pionnier de l'exploration Camver, pouvait dire qu'il avait été le premier dans l'histoire à venir ici.

Une longue histoire. Labo japonais. L'endroit où il clonait ses tigres pour les chamans. Heather rien d'autre qu'une porteuse. David a tout enregistré avec sa Camver. Ensuite, tous ces efforts pour contrôler ton cerveau. Hiram ne laisse rien au hasard.

Heather... Voilà pourquoi je ne ressentais aucun lien. Je comprends maintenant. Triste.

Elle eut l'impression de sentir son pouls s'accélérer au contact invisible de sa main.

Triste, oui. Triste.

Puis, tout à coup, sans avertissement, la porte s'ouvrit à la volée.

Mae Wilson entra, pistolet à la main. Sans hésitation, elle fit feu, une fois, deux fois, de part et d'autre de Kate. L'arme était munie d'un silencieux. Les détonations ne firent pas plus de bruit qu'un bouchon qui saute.

Il y eut un cri. Une tache de sang se répandit dans l'air, puis une autre, comme une explosion, lorsque la balle ressortit du corps de Bobby.

Kate essaya de se lever, mais le canon de l'arme de Wilson était pointé sur sa nuque.

— Je ne vous conseille pas de bouger, lui dit sa gardienne.

Le Pac de Bobby faiblissait, en cercles concentriques de distorsions et d'ombres qui grossissaient autour de ses blessures. Kate vit qu'il essayait de gagner la porte, mais les hommes de main de Hiram étaient là, en masse. Il n'avait aucune chance.

Hiram en personne apparut à la porte. Son expression fut déformée par une émotion indéfinissable quand il regarda Kate et la partie visible de Bobby.

— Je savais bien que tu ne résisterais pas. Je t'ai eu, sale petit merdeux.

Kate n'était pas sortie de sa cellule exiguë depuis... combien de temps ? Trente, quarante jours ? Maintenant qu'elle se trouvait de nouveau dans l'espace caverneux et mal éclairé de Technivers, elle se sentait vulnérable, mal à l'aise.

La balle avait traversé l'épaule de Bobby, déchirant le muscle et éraflant l'omoplate. Par chance, ses jours n'étaient pas en danger. Les médecins de Hiram voulaient l'anesthésier pour soigner sa blessure, mais il refusa, regardant Hiram dans les yeux, et endura la douleur en toute lucidité.

Hiram précéda le groupe à travers un grand espace où il n'y avait personne, occupé par d'énormes machines silencieuses. Wilson et les autres gardes encerclaient Bobby et Kate. Certains marchaient à reculons pour ne pas les perdre de vue un seul instant. Ils n'avaient aucun espoir de s'échapper.

Hiram, absorbé par quelque nouveau projet, avait l'air angoissé, traqué. Ses manières étaient étranges, répétitives, obsédées. Il avait passé trop de temps tout seul. Il sert lui-même de cobaye dans une expérience, se disait Kate. Une expérience où le sujet est privé de toute compagnie, abandonné dans le noir dont il a peur, soumis au regard constant, plus ou moins hostile, de toute la population d'une planète dont les yeux invisibles ne le quittent pas une seconde. Il se faisait progressivement détruire par une machine qu'il n'avait jamais imaginée ainsi, jamais désirée, et dont il ne saisissait probablement pas encore toutes les conséquences. Avec un brusque élan de pitié, elle comprit qu'il n'existait pas dans l'histoire un seul être humain qui eût plus de raisons que lui de se sentir paranoïaque.

Mais elle ne pourrait jamais lui pardonner ce qu'il lui avait fait – et aussi à Bobby. Et elle se rendit brusquement compte qu'elle n'avait pas la moindre idée des intentions de Hiram à leur encontre, maintenant qu'il avait réussi à piéger son fils.

Bobby tenait la main de Kate serrée dans la sienne, pour s'assurer qu'ils restaient toujours en contact, qu'ils demeuraient inséparables. Et tout en la protégeant ainsi, il s'appuyait subtilement sur elle sans que les autres s'en aperçoivent, récupérant des forces qu'elle était heureuse de pouvoir lui donner.

Ils arrivèrent dans une partie de Technivers que Kate n'avait jamais vue avant. Ils avaient construit une sorte de blockhaus en plein milieu, un cube massif de béton à moitié enterré. L'intérieur était brillamment éclairé. Il y avait une porte sur le côté, commandée par un lourd volant, comme une écoutille de sous-marin.

Bobby s'avança prudemment, sans lâcher la main de Kate.

— Qu'est-ce que ça signifie, Hiram ? Pourquoi nous amènes-tu ici ?

— Pas mal comme endroit, hein ?

Avec un sourire grimaçant, Hiram, d'un air assuré, donna un coup sur le mur de la paume de sa main.

— Nous avons emprunté une partie de leur technologie aux ingénieurs de l'ancienne base du NORAD, dans les montagnes du Colorado. Ce foutu blockhaus est monté sur d'énormes ressorts amortisseurs.

— Pour quoi faire ? Pour résister à une explosion nucléaire ?

— Non. Ces murs ne sont pas conçus pour arrêter les effets d'une déflagration, mais pour les contenir.

Bobby fronça les sourcils.

— De quoi parles-tu donc ?

— De l'avenir. L'avenir de OurWorld. Notre avenir, mon fils.

— Il y a plusieurs personnes qui sont au courant de ma venue ici. David, Marie, et aussi Mavens, l'agent spécial du FBI. Ils ne vont pas tarder à rappliquer. Et ils me feront sortir d'ici. Avec elle.

Kate observait tour à tour Hiram et Bobby, essayant de comprendre ce qui se passait.

— Tu as raison, déclara Hiram. Je ne peux pas vous garder ici. Mais ça m'amuserait d'essayer quand même. Accorde-moi cinq minutes, Bobby. Laisse-moi t'expliquer.

Il eut un sourire forcé. Bobby dut faire un effort sur lui-même pour bredouiller :

— C'est tout ce que tu veux ? Me convaincre de je ne sais quoi ? C'est pour ça que tu fais tout ce cirque ?

— Laisse-moi te montrer quelque chose.

Hiram fit un signe de tête à ses hommes de main, pour leur indiquer de faire entrer Kate et Bobby dans le blockhaus.

Les murs étaient en acier massif. Le local était exigu. Il n'y avait de place que pour Hiram, Kate, Bobby et Mae Wilson.

Kate regarda autour d'elle, tendue, en alerte, survoltée. Visiblement, il s'agissait d'un labo expérimental. Il y avait des tableaux blancs, des panneaux d'affichage, des Écransouples, des diagrammes en rouleaux, des sièges pliants et des consoles murales. Au centre de la salle étaient fixées des machines parmi lesquelles elle reconnut un échangeur de chaleur et une petite turbine. Le reste consistait en boîtiers blancs anonymes. Sur une tablette, il y avait une tasse de café à moitié pleine et encore fumante.

Hiram s'avança au centre du blockhaus.

– Nous avons perdu le monopole de la Camver plus rapidement que je ne l'aurais voulu, dit-il. Mais nous avons fait pas mal de pognon avec. Et nous continuons à faire notre beurre. Technivers a toujours de l'avance sur toutes les installations du même genre dans le monde entier. Mais nous arrivons à un palier, Bobby. Dans quelques années, les Camvers vont pouvoir aller jusqu'au fin fond de l'univers. Déjà, n'importe quel petit punk a la sienne dans sa poche, et le marché est saturé. Nous n'aurons plus que les mises à jour et l'après-vente, où les marges bénéficiaires sont basses et la concurrence féroce.

– Mais vous avez une nouvelle idée, meilleure, n'est-ce pas ? demanda Kate.

Il la fusilla du regard.

– Ça ne vous concerne pas.

Il fit un pas vers l'une des machines qu'il tapota affectueusement du plat de la main.

– Nous sommes devenus bougrement fortiches pour extraire un trou de ver de l'écume quantique et l'étirer à perte de vue. Jusqu'à présent, nous les utilisions pour transmettre des informations, pas vrai ? Mais ton frère David, qui est le plus fort, t'expliquera qu'il faut une quantité d'énergie déterminée pour enregistrer une information donnée. Par conséquent, chaque fois que nous transmettons des données, nous transmettons en même temps une certaine quantité d'énergie. Pour le moment, elle est infime, il n'y en aurait pas assez pour allumer une ampoule.

Bobby hocha la tête, le cou raide, visiblement en proie à la douleur.

— Mais tu as l'intention de changer ça, murmura-t-il.

Hiram leur montra ses machines.

— Vous voyez ici un générateur de trous de ver. Il fonctionne par compression du vide, mais il est bien plus perfectionné que tout ce que l'on peut trouver actuellement sur le marché. Je veux créer des trous de ver plus gros et plus stables, bien plus, que tout ce qui a été réalisé jusqu'ici. Assez gros, en fait, pour conduire des quantités d'énergie significatives. Et l'énergie ainsi recueillie sera traitée par ces machines, l'échangeur de chaleur et la turbine, afin d'obtenir de l'électricité utilisable. Très simple. Technologie du XIXe siècle. Mais je n'ai pas besoin de plus, du moment que je dispose d'une source ininterrompue. Ces installations sont encore expérimentales, mais elles ne servent qu'à démontrer la justesse du principe et à résoudre certains problèmes, en particulier celui de la stabilité des trous de ver.

— Et... où recueilleras-tu cette énergie ? demanda lentement Bobby.

Hiram eut un large sourire et indiqua un endroit entre ses deux pieds.

— Là. Dans le noyau planétaire, mon fils. Une boule massive de fer-nickel de la taille de la Lune, aussi brûlante que la surface du Soleil. Toute cette énergie est prisonnière depuis la formation de la Terre, c'est elle qui alimente les séismes et les volcans ainsi que les mouvements tectoniques. Voilà où j'ai l'intention de puiser. Vous saisissez la beauté de la chose ? L'énergie que nous autres humains consommons ici à la surface équivaut à la lueur d'une bougie comparée à la fournaise qui est en bas. Dès que nos ingénieurs auront résolu ce problème de stabilité des trous de ver, toutes les techniques de production énergétique existantes deviendront du jour au lendemain désuètes. La fusion nucléaire ? Mon cul ! Et ça ne s'arrêtera pas là. Un jour, peut-être, nous apprendrons à puiser l'énergie dans les étoiles elles-mêmes. Tu comprends, Bobby ? Même la Camver n'était rien en comparaison. Nous allons changer le monde. Nous allons devenir riches...

– Au-delà de tout rêve d'avare, murmura Bobby.

– Le rêve, c'est ça, mon garçon. C'est ce que je veux qu'on réalise ensemble. Toi et moi. On construira l'avenir. OurWorld.

– Papa... (Bobby avança sa main libre.) Je t'admire. J'admire ce que tu es en train de bâtir. Je ne vais pas essayer de t'en empêcher. Mais je n'en veux pas. Rien de tout cela ne compte pour moi. Ton argent, ton pouvoir... La seule chose qui compte, c'est Kate et moi. J'ai peut-être tes gènes, Hiram, mais je ne suis pas toi. Je ne le serai jamais, quels que soient tes efforts pour qu'il en soit ainsi.

Tandis qu'il disait cela, des relations commencèrent à se former dans l'esprit de Kate, comme c'était toujours le cas quand elle se rapprochait du noyau de vérité marquant chaque histoire complexe.

Je ne suis pas toi, avait dit Bobby.

Et c'était cela, elle le voyait maintenant, la véritable question.

Tout en flottant à la dérive dans l'espace, Marie avait la bouche ouverte. Elle souriait. David tendit la main pour lui toucher le menton et lui refermer la mâchoire.

– Je n'arrive pas à y croire, dit-elle.

– C'est une nébuleuse. On l'appelle Trifide.

– Elle est visible de la Terre ?

– Oui, mais elle est si éloignée que la lumière que l'on voit de notre planète date de l'époque d'Alexandre le Grand. (Il pointa l'index.) Tu vois ces points noirs ? (C'étaient de petites boules qui ressemblaient à des gouttes d'encre noire dans de l'eau foncée.) On les appelle des globules de Bok. Le plus petit pourrait englober à l'aise tout notre système solaire. Nous pensons qu'ils abritent la naissance des étoiles : des nuages de poussières et de gaz qui se condensent pour former de nouveaux soleils. Il faut du temps, naturellement, pour constituer une étoile. Mais le stade final, où la fusion est amorcée et où l'étoile expulse sa coquille de poussières et commence à briller, peut arriver de manière très soudaine. (Il jeta un coup d'œil à Marie.) Si tu vivais ici, par exemple sur cette boule de glace au-dessous de nous, tu pourrais voir, durant ton existence, la naissance de plusieurs dizaines, peut-être de centaines d'étoiles.

– Je me demande quelle religion nous aurions inventée pour expliquer ça.

Bonne question.

– Quelque chose de plus doux, peut-être. Sans doute une religion dominée par des images de naissance plutôt que de mort.

– Pourquoi m'as-tu amenée ici ?

Il soupira.

– Tout le monde devrait voir ça au moins une fois avant de mourir.

– Eh bien, c'est fait. Merci, dit-elle d'un ton un peu trop sec. Merci pour tous.

Il secoua la tête, contrarié.

– Je ne voulais pas parler des autres, des Jointés, Marie, mais de toi. J'espère que tu me pardonnes.

– Qu'est-ce que tu essaies de me dire, David ?

Il hésitait. Il montra la nébuleuse du doigt.

– Quelque part là-bas, derrière ce nuage d'étoiles, se trouve le centre de la Galaxie. Il y a un grand trou noir à cet endroit, qui fait un million de fois la masse du Soleil. Et il grossit continuellement. Des nuages de poussières et de gaz et d'étoiles éclatées s'y engouffrent, venus de toutes les directions.

– J'ai vu des images.

– Oui. Il y a déjà sur place toute une série de basilons. Mais ils ont du mal à arriver au voisinage du trou, et la distorsion gravitationnelle massive contrarie la stabilité des trous de ver. Pourtant...

– Basilons ?

– Des points de vue Camver. Des observateurs désincarnés, qui errent à travers l'espace et le temps. (Il sourit, désignant son propre corps flottant.) Quand tu t'habitueras à ce genre d'exploration Camver en réalité virtuelle, tu t'apercevras que tu n'as pas besoin de t'encombrer de tout ça. Ce que j'essaie de te faire comprendre, Marie, c'est que nous projetons des esprits humains comme un nuage de chardons à travers un bloc d'espace-temps de deux cent mille années-lumière de large sur cent millénaires de profondeur et sur une étendue de cent milliards de systèmes stellaires, remontant jusqu'à la naissance de l'humanité. Déjà, cela représente beaucoup plus que ce que nous sommes capables d'étudier, même si nous disposions de mille fois plus d'observateurs qualifiés. Et les frontières s'élargissent continuellement. Certaines de nos théories trouvent une confirmation, d'autres sont impitoyablement déboulonnées. Et c'est une bonne chose. C'est ainsi que la science est censée progresser. Mais je pense que nous sommes en train de recevoir une leçon encore plus profonde.

– Laquelle ?

– C'est que l'esprit humain – la vie – est un bien très précieux, articula-t-il lentement. Incroyablement précieux. Notre quête ne fait que commencer. Mais déjà, nous savons qu'il n'existe aucune biosphère significative dans un rayon de mille années-lumière, et aussi loin dans le passé que nous sommes capables de voir. Il y a peut-être quelques micro-organismes qui s'accrochent à la vie au fond d'une mare tiède et vaseuse ou dans les profondeurs d'un quelconque sillon volcanique, mais *il n'y a pas d'autre Terre.*

La Camver, Marie, a déplacé les limites de ma perception et de mes préoccupations, de manière inexorable, pas à pas. J'ai pu voir le bien et le mal dans le cœur de mon voisin, j'ai pu voir les mensonges de mon propre passé, j'ai pu voir les horreurs banales de l'histoire de mes semblables.

Mais nous avons dépassé ce seuil, à présent. Nous avons dépassé la clameur de nos siècles de brève humanité, cet îlot bruyant auquel nous nous agrippons. Aujourd'hui, nous pouvons dire que nous avons entrevu le vide de l'univers qui nous entoure, le tournoiement inepte du passé. Nous avons cessé de nous reprocher nos histoires de famille, et nous commençons à discerner la vérité plus vaste, qui est que nous sommes environnés d'abîmes, de silences, de forces incommensurables et désespérément aveugles. La Camver, en fin de compte, est une machine à rétablir la juste perspective. Et cette perspective nous écrase.

– Pourquoi me dis-tu toutes ces choses ?

Il lui fit face.

– Si je dois m'adresser à vous, à vous tous, je veux que vous compreniez bien la responsabilité qui sera peut-être la vôtre. Il y avait une fois un Jésuite appelé Teilhard de Chardin. Il était convaincu que, de même que la vie avait couvert la Terre pour former la biosphère, de même l'humanité – la vie dotée de pensée – finirait par couvrir la vie pour former un niveau de conscience supérieur, réflectif, qu'il appelait la Noosphère. Il disait que cette Noosphère s'organiserait de plus en plus, jusqu'à ce qu'elle aboutisse à une entité supérieure à laquelle il donnait le nom de point Oméga.

– Oui, dit-elle en fermant les yeux. La fin du monde. L'introversion interne globale de la Noosphère, lorsqu'elle a simultanément atteint la limite supérieure de sa complexité et de sa centralité...

– Tu as lu Chardin ?

– Nous l'avons lu.

– C'est Absinthe, comprends-tu ? dit-il d'une voix rauque. C'est cela mon problème. Les nouvelles philosophies nihilistes ne peuvent m'apporter aucun réconfort. L'idée que cette infime parcelle de vie et de pensée puisse être anéantie, à son moment de transcendance et de compréhension, par un bolide aveugle, m'est tout simplement inacceptable.

Elle lui toucha le visage de ses jeunes mains.

– Je comprends très bien. Mais fais-moi confiance. Nous y travaillons sérieusement.

Et, plongeant son regard dans ses yeux jeunes-vieux, il la crut.

La lumière était en train de changer, de devenir subtilement mais significativement plus sombre.

Le compagnon bleu-blanc passait derrière la masse plus dense de sa parente. Il vit que la lumière du premier coulait à travers les couches de gaz complexes à la périphérie de la seconde. Lorsqu'il toucha l'horizon flou de la géante, David distingua les ombres projetées par les noyaux de gaz plus denses à l'intérieur des couches extérieures sur son atmosphère diffuse. Elles formaient d'immenses rubans qui s'étiraient dans sa direction, longs de plusieurs millions de kilomètres et parfaitement rectilignes. C'était l'équivalent du crépuscule sur une étoile, se dit-il avec émerveillement, un exercice de perspective et de géométrie céleste.

Pourtant, ce spectacle lui rappelait les couchers de soleil sur l'océan qu'il admirait dans son enfance, lorsqu'il jouait en compagnie de sa mère le long des plages de l'Atlantique, en France. Il y avait des moments où les rayons de lumière filtrés par les épais nuages de l'océan lui donnaient vraiment l'impression de voir la lumière de Dieu.

Les Jointés étaient-ils réellement les embryons d'un nouvel ordre d'humanité, un ordre spirituel ? Était-il en train d'établir ici une sorte de premier contact avec un être dont l'intellect et le pouvoir de compréhension allaient dépasser les siens autant qu'il dépassait ceux de sa lointaine grand-mère néandertalienne ?

Peut-être était-il devenu nécessaire qu'une nouvelle forme d'esprit apparaisse, avec de nouveaux pouvoirs mentaux, pour appréhender les perspectives plus larges ouvertes par la Camver.

Marie, tout le monde te craint et te méprise, et maintenant tu es vulnérable, songea-t-il. Je te crains et je te méprise moi aussi. Mais tel a été le lot du Christ. Et l'avenir lui appartenait. Comme il t'appartient peut-être.

Tu es peut-être l'unique dépositaire de tous mes espoirs, comme j'ai essayé de te l'expliquer.

Mais, quel que soit l'avenir qui nous est réservé, je ne puis m'empêcher de regretter la fille pleine de vie qui se cachait derrière ces yeux bleus de grand-mère.

Ce qui me trouble profondément, c'est que pas une fois tu n'as mentionné ta mère, qui passe en rêve ce qui lui reste d'existence dans des chambres enténébrées. Avons-nous si peu de signification pour toi, nous qui t'avons précédée ?

Marie se rapprocha de lui, passa les bras autour de sa taille et le serra contre elle. Malgré l'état de trouble de ses pensées, ce peu de chaleur humaine fut pour lui d'un grand réconfort.

— Rentrons, dit-elle. Je crois que ton frère a besoin de toi.

Il fallait qu'elle lui dise. Elle le savait.

— Bobby...

— Taisez-vous, Manzoni, aboya Hiram.

Il était furieux. Il allait et venait dans la pièce, levant les bras au ciel.

— Et moi, tu m'oublies ? Je t'ai *fabriqué*, espèce de petit con. Je t'ai construit de toutes pièces pour ne pas avoir à mourir, sachant que...

— Sachant que vous alliez tout perdre, acheva Kate.

— Manzoni...

Wilson fit un pas en avant, s'interposant entre Hiram et Bobby, son regard allant de l'un à l'autre puis à Kate.

Cette dernière l'ignora.

— Vous vouliez fonder une dynastie. Vous vouliez que votre descendance règne sur toute cette foutue planète. Ça n'a pas marché avec David, alors vous avez essayé une seconde fois, sans même l'inconvénient de partager avec une mère. C'est vrai, vous l'avez *fabriqué*, vous avez essayé d'en faire votre créature. Mais pas de chance, il refuse de jouer votre jeu.

Hiram lui fit face, le point levé.

— Ce qu'il accepte ou refuse n'a aucune importance. Personne ne m'arrêtera.

— Non, fit Kate, pensivement. Rien ni personne, hein ? Mon Dieu, Hiram !

— Kate, intervint Bobby d'un ton presque suppliant, tu ferais mieux de me dire de quoi vous êtes en train de parler.

— Oh ! je ne dis pas qu'il avait prémédité la chose depuis le début, mais c'était une solution de repli, pour le cas où tu ne coopérerais pas. Naturellement, il fallait qu'il attende que la technologie le rattrape. Mais c'est chose faite à présent, n'est-ce pas, Hiram ?

Un autre morceau du puzzle venait de se mettre en place.

— Vous financez les Jointés. C'est bien ça, hein ? Sous le manteau, naturellement. Mais ce sont vos immenses ressources qui se cachent derrière la technologie d'union des cerveaux. Vous aviez vos motivations pour cela.

Elle vit, dans les yeux de Bobby, cernés, marqués par la douleur, qu'il avait fini par comprendre.

— Tu es son clone, Bobby. Ton corps et tes structures nerveuses sont aussi proches de lui qu'il est humainement possible de les fabriquer. Hiram veut que OurWorld survive après sa mort. Il ne veut pas que son empire soit dispersé ou, pis encore, tombe dans d'autres mains que celles de sa famille. Tu représentes son seul espoir. Mais si tu refuses de coopérer...

Bobby se tourna vers son clone de père.

— Si je refuse d'être ton continuateur, tu me tueras. Tu garderas mon corps, et tu déverseras le contenu de ton cerveau pourri dans le mien.

— Ce n'est pas ce que tu crois, répliqua vivement Hiram. Tu ne comprends pas ? Ce sera toi et moi ensemble, Bobby. J'aurai vaincu la mort. Bon Dieu ! Et quand tu seras vieux à ton tour, on recommencera. Et ainsi de suite, à l'infini.

Bobby se dégagea du bras de Kate et s'avança vers lui.

Wilson s'interposa aussitôt. Elle repoussa Hiram derrière elle et leva son pistolet.

Kate essaya d'intervenir, de faire un pas vers elle, mais elle avait l'impression d'être engluée dans de la mélasse.

Wilson hésitait. Puis elle sembla prendre une décision. Le canon de l'arme vacilla.

D'un seul mouvement, rapide comme l'éclair, elle pivota sur ses talons, frappa Hiram au-dessus de l'oreille, assez fort pour l'envoyer par terre, et saisit Bobby à bras-le-corps. Il essaya de lui donner un coup de poing, mais elle agrippa son bras blessé et enfonça résolument le pouce à l'endroit de sa blessure à l'épaule. Il hurla, roulant les yeux, et tomba à genoux.

Kate était sidérée, éberluée. Que se passait-il ? La situation devenait trop compliquée. Qui était donc cette Wilson ? Quel jeu jouait-elle ?

D'un mouvement rapide, Wilson étendit Bobby et son père-clone côte à côte, et se mit à manipuler la console de commande au centre de la pièce. On entendit un bourdonnement de ventilateurs, un crépitement d'ozone, et Kate sentit de puissantes forces s'accumuler autour d'eux.

Hiram essaya de se redresser, mais Wilson le repoussa d'un coup sur la poitrine à lui couper le souffle.

— Qu'est-ce que vous foutez ? réussit-il à dire, la voix rauque.

— Je crée un trou de ver, murmura Wilson en se concentrant. Un conduit vers le centre de la Terre.

— Mais c'est impossible, lui dit Kate. Les trous de ver ne sont pas encore stables.

— Tout juste, aboya Wilson. Vous ne comprenez pas encore ?

— Bon Dieu ! s'exclama Hiram. Vous aviez préparé ce coup-là depuis le début !

— Pour vous tuer, oui. Je n'attendais que l'occasion.

— Mais *pourquoi* ?

— Pour Barbara Wilson, ma fille.

— Qui est...

— Vous avez causé sa perte, vous et votre Camver. À cause de vous...

Hiram se mit à rire, d'un rire affreux, discordant.

— Ne dites rien. Inutile. Tout le monde m'en veut. J'ai toujours su qu'à la fin quelqu'un finirait pas avoir ma peau à cause de cette putain de Camver. Mais vous, Wilson, j'avais confiance en vous...

— Sans vous, j'aurais pu mener une vie heureuse.

Sa voix était limpide, sereine.

— Je ne sais pas de quoi vous parlez. Je m'en fiche, après tout. D'accord, vous pouvez me faire ce que vous voudrez. Mais laissez partir Bobby. Et la fille. Ils n'ont rien à voir dans tout ça.

— Détrompez-vous. (Elle semblait sur le point de fondre en larmes.) Vous ne comprenez pas ? C'est *lui* le principal.

Le ronflement de la machinerie s'intensifia, et des chiffres défilèrent sur les écrans des moniteurs muraux.

— Encore quelques secondes, déclara Wilson, et ce sera fini. (Elle se tourna vers Bobby.) N'aie pas peur.

Ce dernier, à peine conscient, fit un effort pour dire :

— Quoi ?

— Tu ne sentiras rien.

— Qu'est-ce que ça peut vous faire ?

— Mais c'est très important, ce que je ressens pour toi. (Elle lui caressa tendrement la joue.) J'ai passé tant de temps à te regarder. Je savais que tu étais un clone. Mais ça n'a pas d'importance. Je t'ai vu faire tes premiers pas. Je t'aime très fort.

— Une putain de voyeuse Camver, grogna Hiram. C'est tout ce que vous êtes ? Une voyeuse minable. J'ai été pourchassé par des prêtres, des maquereaux, des politiciens, des criminels, des nationalistes, des fous et des moins fous. Tous ceux qui voulaient se venger du créateur de la Camver. Je leur ai échappé à tous. Et il faut que ça finisse comme ça. (Il s'agita.) Je ne peux pas l'accepter. Pas comme ça.

D'un seul mouvement, comme un serpent qui darde la tête, il atteignit la jambe de Wilson et lui planta les dents dans le jarret.

Elle poussa un cri et chancela. Hiram s'accrochait avec ses dents à sa jambe, comme un chien. Le sang de Wilson lui dégoulinait au coin des lèvres. Elle roula sur lui en levant le poing. Il ouvrit la bouche pour crier à Kate :

– Sortez-le d'ici ! Sort...

À ce moment-là, Wilson abattit son poing sur sa gorge ensanglantée. Kate entendit craquer les os et le cartilage. La voix de Hiram devint un gargouillement inintelligible.

Kate agrippa Bobby par son bras valide et l'entraîna de force vers la sortie du blockhaus. Il poussa un cri lorsque sa tête cogna l'épais encadrement en métal, mais elle l'ignora.

Dès que ses pieds inertes eurent dépassé la porte, elle la referma d'un coup de talon, et le bruit de la machinerie fut étouffé. Elle commença à tourner le volant pour verrouiller l'accès.

Les gardes arrivèrent pour voir ce qui se passait. Kate, pesant de toutes ses forces sur le volant, leur cria :

– Aidez-le ! Dehors !

Mais la paroi se gonfla soudain vers elle, et elle vit une grande lumière, de la puissance d'un soleil. Aveuglée, étourdie, elle eut l'impression de tomber en chute libre.

De tomber dans les ténèbres du néant.

28

Les âges de Sisyphe

Sous la forme de deux basilons, des points de vue Camver désincarnés, Bobby et David survolaient le sud de l'Afrique.

C'était l'an 2082. Quarante années s'étaient écoulées depuis la mort de Hiram Patterson. Et Kate, l'épouse de Bobby durant trente-cinq ans, était morte aussi.

Un an après avoir accepté cette vérité brutale, il y pensait toujours continuellement, quel que soit le dérivatif merveilleux que lui procurait la Camver. Mais lui était toujours vivant, et il fallait bien continuer à vivre. Il se força à contempler le paysage africain qui s'étendait, somptueux, sous lui.

Aujourd'hui, les plaines de ce très ancien continent étaient couvertes d'un fin maillage de champs cultivés. Çà et là étaient regroupés des bâtiments, des huttes sommaires en plastique, et les machines étaient à l'œuvre, cultivateurs autonomes qui ressemblaient à des scarabées démesurés, leurs carapaces formées de capteurs solaires jetant des éclats intermittents. Des gens marchaient lentement en bordure des champs. Ils portaient généralement des vêtements légers, blancs, des chapeaux à large bord, et étaient enduits de plusieurs couches voyantes de crème écran total.

Dans l'une de ces fermes, à la cour impeccable, jouait un groupe d'enfants. Ils paraissaient propres, bien habillés et bien nourris. Ils couraient en criant, et ressemblaient, de haut, à des galets brillants posés sur un plateau immense. Mais Bobby avait rarement eu l'occasion de voir des enfants ces derniers jours, et leur spectacle rare était un bienfait.

En les observant de plus près, il s'aperçut que leurs mouvements étaient complexes et parfaitement coordonnés, comme si chacun pouvait dire à chaque instant et sans erreur ce que tous les autres allaient faire. C'était peut-être exactement le cas, d'ailleurs. On lui avait dit qu'il y avait des enfants qui naissaient avec un trou de ver dans la tête, qu'ils faisaient partie de la masse de plus en plus grande des Jointés avant même de voir le jour.

Cette pensée le faisait frissonner. Il savait que son corps, délaissé dans les locaux de ce qui était toujours Technivers, réagissait littéralement à cette idée répugnante. Quarante ans après la mort de Hiram, Technivers était la propriété d'une fondation constituée d'un consortium de musées et d'universités.

Tant de teⴊps s'était écoulé depuis le jour fatidique où Hiram avait disparu. Pourtant, le souvenir demeurait vivace dans l'esprit de Bobby, comme si sa mémoire était une Camver, verrouillée sur cette période révolue, un passé qui contenait tout ce qu'il lui restait de Kate, morte un an plus tôt d'un cancer, chacune de ses actions incrustée à jamais dans l'histoire immuable, comme les millions d'individus anonymes qui l'avaient précédée dans la tombe.

Pauvre Hiram, se dit-il. Toute sa vie n'avait tendu qu'à une seule chose, gagner de l'argent. Et aujourd'hui, il était mort, sa compagnie avait cessé d'exister depuis longtemps, et sa fortune avait été saisie. Pourtant, tout à fait par hasard, il avait changé le monde.

David, présence invisible à ses côtés, était silencieux depuis un bon moment. Bobby lança une procédure d'empathie pour partager son point de vue.

Les champs étincelants disparurent, remplacés par un paysage aride et désolé où quelques arbres rabougris luttaient pour survivre.

Sous la clarté cruelle du soleil, une colonne de femmes progressait avec lenteur à travers les terres. Chacune portait sur la tête un énorme bidon en plastique contenant une grande quantité d'eau saumâtre. Ces femmes étaient maigres comme des brindilles, le dos raide, vêtues de haillons.

L'une d'elles tenait un enfant par la main. De toute évidence, la malheureuse créature, nue, aux os saillants, à la peau tendue comme du papier, souffrait de malnutrition avancée, ou peut-être du sida.

Ce qu'ils appelaient ici, se souvint Bobby avec une amère ironie, la « maladie de la maigreur ».

– Pourquoi t'obstiner à regarder le passé, David ? demanda-t-il d'une voix douce. Les choses vont bien mieux, aujourd'hui.

– Mais ça, c'est le monde que nous avons fait, répliqua David.

Sa voix parvenait à Bobby comme s'il n'était qu'à quelques mètres de lui dans une pièce confortable au lieu de flotter au-dessus d'un vide désolé.

– Rien d'étonnant à ce que les jeunes d'aujourd'hui nous considèrent comme une bande de sauvages, dit-il. Cette Afrique-là, c'était un monde en proie au sida, à la malnutrition, à la sécheresse, la malaria, le staphylocoque, la dengue, et les interminables guerres futiles. Une Afrique livrée à la sauvagerie... Mais une Afrique, ajouta-t-il dans un murmure, où il y avait encore des éléphants.

– Il y en a toujours, lui dit Bobby.

Et il ne mentait pas. Il en restait quelques couples en captivité, leur semence et leurs ovules circulant un peu partout pour essayer de reconstituer des populations viables. Il y avait même des zygotes, pas seulement d'éléphants mais de plusieurs autres espèces menacées ou disparues, congelés dans leurs cuves d'azote liquide, à l'ombre immuable de quelque cratère du pôle sud lunaire, dernier refuge de la vie, peut-être, s'il s'avérait finalement impossible de dévier la trajectoire d'Absinthe.

Il y avait toujours des éléphants, oui. Mais pas en Afrique. Il n'en restait plus aucune trace, à l'exception des squelettes découverts de temps à autre par des agrirobots, quelquefois avec des traces de dents laissées par des humains affamés. Du vivant de Bobby, toutes ces espèces s'étaient éteintes : les lions, les tigres et les ours, et même les parents proches des humains, les chimpanzés, les gorilles et autres primates. Aujourd'hui, en dehors des zoos, des labos et de quelques institutions privées, il ne restait plus aucun mammifère de grande taille sur la Terre, excepté l'homme.

Et ce qui était fait était fait.

Au prix d'un effort de volonté, Bobby prit le contrôle du point de vue de David et s'éleva droit dans les airs.

Tandis qu'ils grimpaient ensemble dans l'espace et le temps, les champs étincelants réapparurent, les enfants redevinrent invisibles et les cultures rétrécirent à la taille d'un fin patchwork voilé par les nuages et la brume.

La Terre s'éloigna progressivement, et la forme renflée de l'Afrique se dessina comme dans un livre de géographie.

À l'ouest, sur l'Atlantique, une épaisse couverture de nuages cachait en partie l'océan courbe, formant des replis cotonneux. La planète, en tournant, faisait entrer l'Afrique dans l'ombre, et Bobby distingua un front de cumulus équatoriaux qui empiétait sur des centaines de kilomètres à l'intérieur des terres, lançant des tentacules de ténèbres pourpres.

Mais même de cette hauteur, on distinguait les marques laissées par l'homme.

Il y avait une dépression au large, comme un grand tourbillon de nuages blancs mousseux au milieu de l'océan bleu. Ce n'était pas un phénomène naturel. Il était doté d'une régularité et d'une stabilité qui ne cadraient pas avec son ampleur. Les nouveaux dispositifs de régulation climatique, peu à peu, réduisaient le caractère dévastateur des systèmes cycloniques, particulièrement dans la zone sensible de la ceinture du Pacifique.

Au sud du vieux continent, Bobby voyait les gros vaisseaux-brosses qui progressaient lentement dans l'atmosphère, leurs énormes panneaux conducteurs déployés, brillants comme des ailes de libellule, nettoyant l'atmosphère et lui restituant son ozone depuis trop longtemps appauvri. À l'ouest du continent, des masses pâles suivaient la côte sur plusieurs centaines de kilomètres : c'étaient des récifs à croissance rapide créés par les nouveaux bancs de corail artificiel. Leur rôle était de fixer l'excédent de carbone et de fournir un refuge aux espèces végétales et animales en voie de disparition qui avaient autrefois habité les récifs côtiers naturels depuis longtemps détruits par la pollution, la pêche intensive et les tempêtes.

Partout, il y avait du monde en train de travailler, de réparer, de construire.

Le paysage, également, avait changé. Il n'y avait pratiquement aucun nuage sur le continent, mais la terre avait une couleur gris-brun, le vert de la vie étant gommé par la brume. Au nord, la grande masse du Sahara était morcelée par un réseau de lignes bleu clair. Déjà, le long des nouveaux canaux, des taches vertes commençaient à s'étaler. Par endroits, on apercevait la forme en diamant d'une géocentrale, réalisation du dernier rêve de Hiram : puiser de la chaleur dans le noyau terrestre lui-même, un pactole d'énergie propre et gratuite, qui avait littéralement permis de stabiliser et de transformer la planète. C'était un spectacle remarquable, autant par son échelle que par son unité. David disait que cela lui rappelait le vieux rêve de terraformation de Mars, un monde désert et agonisant restauré par une volonté intelligente.

La race humaine, semblait-il, était devenue mûre juste à temps pour assurer son salut. Mais elle avait eu une adolescence difficile.

Tandis que la population humaine continuait de croître, les changements climatiques avaient détruit une grande partie des sources alimentaires de la planète. L'eau douce en était venue à manquer. Les grands greniers à blé des États-Unis et de l'Asie s'étaient taris, d'immenses zones de production agricole avaient été noyées par la montée du niveau de la mer, les aquifères étaient pollués et les lacs d'eau douce acidifiés ou asséchés. Bientôt, le problème de l'excédent de population avait commencé à s'inverser, en même temps que la sécheresse, la maladie et la famine prélevaient leur dîme sur les communautés de la planète. C'était une catastrophe relative. La plus grande partie de la population humaine avait survécu. Mais, comme d'habitude, c'étaient les éléments les plus vulnérables – les très vieux et les très jeunes – qui avaient payé l'addition.

Du jour au lendemain, l'humanité avait à la fois vieilli et rajeuni.

Les nouvelles générations avaient hérité d'un monde convalescent encore encombré de survivants vieillissants. Et les jeunes, clairsemés, chéris et réunis par la Camver, considéraient leurs aînés avec de plus en plus d'intolérance, de méfiance et d'indifférence.

À l'école, les enfants de la génération Camver étudiaient la période durant laquelle leurs parents et grands-parents avaient grandi. C'était pour eux une ère incompréhensible, marquée par les tabous de toutes sortes, bien qu'elle ne fût éloignée d'eux que de quelques dizaines d'années. L'ère des menteurs, des tricheurs, des criminels impunis, des meurtres pour un rien, un mythe, un ragot, sur une planète systématiquement saccagée par insouciance, cupidité, manque total d'égards pour autrui, indifférence envers l'avenir.

Et pendant ce temps, pour les vieux, les jeunes étaient une bande de sauvages incompréhensibles, avec un langage à eux et à peu près autant de sens de la modestie qu'une tribu de chimpanzés.

Mais ce conflit de générations n'était pas tout. Bobby avait l'impression qu'une cassure plus profonde était en train de se former.

Les mentalités collectives émergentes étaient encore, supposait-il, dans l'enfance, et les non-Jointés des anciennes générations formaient toujours la majorité, mais déjà leur influence se faisait sentir de manière inquiétante sur l'ensemble de la communauté humaine.

Les nouveaux supercerveaux commençaient à relever des défis qui demandaient d'un côté ce qu'il y avait de mieux dans l'intellect humain et de l'autre la suppression de l'égocentrisme et de l'esprit de division qui le caractérisaient trop souvent. La modification et la régulation du climat planétaire, par exemple, constituaient, en raison de la nature intrinsèquement chaotique des systèmes météorologiques mondiaux, un problème qui avait naguère été jugé insoluble. Pourtant, il était maintenant en passe d'être définitivement réglé.

Les nouvelles générations de Jointés s'attaquaient déjà à l'avenir. Dans les années futures, redoutaient les observateurs, la démocratie n'aurait plus beaucoup de place, et même le réconfort de la religion deviendrait secondaire. Car les Jointés étaient persuadés – et leurs arguments n'étaient pas négligeables – qu'ils vaincraient même la mort.

Mais peut-être l'humanité n'avait-elle aucun avenir devant elle.

Tout cela était à la fois merveilleux, impressionnant et terrifiant. Bobby savait qu'il avait de la chance de vivre de tels moments, car il était à peu près certain qu'une telle explosion de l'esprit humain ne se reproduirait pas de sitôt.

Il était également vrai qu'il se sentait – de même que David et le reste de leur génération, les derniers des non-Jointés –, de plus en plus isolé sur la planète qui leur avait donné le jour.

Il savait que cet avenir radieux n'était pas fait pour lui. Un an après la mort de Kate, emportée subitement par la maladie, le présent n'avait plus aucun intérêt pour lui. Il ne lui restait, de même qu'à David, que le passé.

Et c'était ce passé que David et lui avaient décidé d'explorer, aussi loin et aussi rapidement qu'ils le pourraient, comme deux vieux gâteux auxquels plus personne ne s'intéressait.

Il sentit une pression diffuse, presque intangible, sur sa main. Mais elle était très nette.

– David ?

– Tu es prêt ?

Bobby laissa une parcelle de son esprit s'attarder dans son corps inerte, juste l'espace d'une seconde. Puis des membres fantômes se formèrent autour de lui, il prit une profonde inspiration, serra les poings, fit un effort pour se détendre de nouveau, et répliqua :

– Allons-y.

Son point de vue descendit lentement du ciel africain, en tombant vers la pointe sud du continent. Pendant sa chute, les jours et les nuits se succédèrent en accéléré sur la face immuable de l'Afrique. Les siècles succédèrent bientôt aux siècles, comme des feuilles mortes qui tombent d'un arbre en automne.

À cent mille ans de distance, ils marquèrent une pause. Ils étaient pareils à deux lucioles voletant devant un visage : sourcils épais, nez épaté, œil clair, féminin.

Mais pas tout à fait humain.

Derrière elle, un petit groupe de famille – des adultes puissamment bâtis, des enfants qui ressemblaient à des bébés gorilles – entretenait un foyer installé sur le rivage. Plus loin, il y avait une falaise basse sous un ciel limpide, d'un bleu intense. C'était peut-être une journée d'hiver.

Les deux frères s'enfoncèrent plus loin.

Les détails, le groupe de famille, le ciel bleu, s'effacèrent. La grand-mère néandertalienne aussi devint floue et perdit son expression tandis que les générations régressaient, trop rapidement pour que l'œil pût les suivre. Le décor devint un vague contour gris, chaque seconde représentant des siècles d'intempéries et de rondes des saisons.

Le visage ancestral multiple changeait peu à peu. Un demi-million d'années dans le passé, le front s'abaissa, les orbites s'enfoncèrent, le menton recula, les mâchoires et les dents devinrent plus importantes. C'était un visage simiesque que Bobby voyait à présent, mais les yeux demeuraient vifs, curieux et intelligents.

Bientôt, la couleur de la peau changea, par à-coups, du foncé au clair puis encore au foncé.

– *Homo erectus*, murmura David. Il savait fabriquer des outils. Ses migrations lui ont fait faire le tour de la planète. Nous régressons toujours. Cent mille ans en quelques secondes. Mon Dieu ! Et ça change à peine !

La transition abrupte se produisit alors. Le front s'abaissa encore, le visage s'allongea. Le cerveau de la très lointaine aïeule, bien que plus petit que celui d'un humain moderne, était cependant plus gros que celui d'un chimpanzé.

– *Homo habilis*, expliqua David. À moins que ce ne soit l'australopithèque. Les lignes évolutionnaires sont un peu emmêlées. Nous atteignons déjà la cote des deux millions d'années.

Les étiquettes anthropologiques n'avaient pas beaucoup d'importance. Il était profondément troublant de contempler ce visage multigénérations, celui d'une créature ressemblant à un chimpanzé, devant lequel il serait peut-être passé dans un zoo sans se retourner, et de se dire que c'était son ancêtre, la mère de toutes ses grands-mères, dans un lignage ininterrompu. C'était peut-être ce que ressentaient les Victoriens quand Darwin était revenu des Galapagos, se disait-il.

À présent, les derniers vestiges d'humanité étaient en train de disparaître. Le crâne s'étrécissait, les yeux devenaient vitreux, le regard étonné.

Le décor, rendu flou par le défilement des ans, verdissait. Il y avait sans doute des forêts partout en Afrique à cette époque. Et l'ancêtre continuait de diminuer de taille. Le visage, cadré dans le point de vue Camver, devenait plus élémentaire, les yeux plus larges, plus farouches. À présent, il rappelait à Bobby celui d'un tarsier ou d'un lémurien.

Et pourtant, ces yeux, plantés de face au milieu d'un visage aplati, avaient quelque chose de poignant, comme un souvenir, ou plutôt une promesse...

Impulsivement, David ralentit leur descente et les arrêta à quarante millions d'années.

Le visage de musaraigne de l'ancêtre regardait Bobby de ses yeux agrandis et nerveux. Derrière elle, le décor était principalement constitué de feuillage et de frondaisons. On apercevait derrière une plaine, à peine discernable à travers une trouée de lumière verte. Il y avait là un troupeau de bêtes qui ressemblaient à des rhinocéros, mais avec une tête énorme, difforme, garnie de six cornes. Le troupeau se déplaçait lentement. Les dos massifs étaient battus par une queue sans cesse en mouvement. Les animaux broutaient des herbes hautes et des buissons, parfois des branches basses. C'étaient des herbivores. Un jeune animal, qui s'était écarté du troupeau, était guetté par un groupe de bêtes qui ressemblaient à des chevaux, mais avec des dents proéminentes et des mouvements furtifs, aux aguets. Probablement des prédateurs.

– C'est le premier âge d'or des mammifères, murmura David. La planète est couverte de forêts. La prairie a presque disparu, de même que toute la faune moderne, les chevaux, les rhinos, les cochons, le bétail, les chats et les chiens.

La tête de l'aïeule darda nerveusement à droite puis à gauche, comme elle le faisait régulièrement tout en mâchant un fruit ou une plante. Bobby se demandait quels prédateurs recelait ce ciel hostile pour effrayer ainsi une primate innocente.

Sans se concerter avec Bobby, David reprit leur exploration dans le temps. Le décor se fondit dans un flou bleu-vert, et le visage de leur ancêtre rapetissa encore. Les yeux s'agrandirent. Ils étaient noirs, en général. Et ils étaient peut-être capables de vision nocturne.

La végétation telle que pouvait l'entrevoir Bobby était dense, d'un vert foncé, la plupart du temps méconnaissable. La vie animale se faisait rare. Pas d'herbivores de grande taille ni de carnivores pour leur donner la chasse à travers ces grands espaces. Les ancêtres avaient les joues creuses, leurs grands yeux étaient dans l'ombre de leur front. Le monde ressemblait à une cité désertée par ses habitants. Seules les petites créatures comme les rats, les souris ou les campagnols circulaient parmi les ruines gigantesques.

Mais les forêts elles-mêmes se mirent à régresser, à s'estomper comme une brume d'été. Bientôt, les terres devinrent désolées, immenses plaines nues hérissées de rares moignons d'arbres qui devaient, avant cela, s'élever très haut dans le ciel.

La glace se forma brusquement, recouvrant partout le sol. La vie reflua encore, comme une marée très lente.

Puis des nuages cachèrent le ciel, qui s'obscurcit d'un coup. Une pluie fine, incessante, tomba sur les terres noircies. De grands tas d'ossements apparurent dans la boue, et la chair s'assembla autour d'eux par blocs grisâtres.

– Les pluies acides, murmura David.

La lumière apparut, éclatante, aveuglante.

Mais ce n'était pas la lumière du jour. C'était celle d'un incendie qui semblait recouvrir toute la Terre. Sa violence était terrifiante, écrasante.

Puis il s'éteignit.

Sous un ciel plombé, les foyers devinrent isolés, chaque colonne de feu restituant sa verdeur à une branche ou à un buisson. Finalement, il n'y eut plus que des flammes crépitantes, circonscrites, lançant des étincelles vers un ciel noir où elles se confondaient avec les étoiles filantes, nombreuses.

Les nuages noirs s'écartèrent alors comme un rideau de théâtre. Un grand vent souffla, rendant leurs branches brisées aux arbres, faisant revenir d'innombrables créatures volantes sous leur voûte feuillue. À l'horizon, un éventail de lumière se constituait, avec des lueurs rose et blanc, pour se transformer en un faisceau brillant pointé droit vers le ciel.

C'était une colonne de roche en fusion.

Elle se tassa bientôt en une masse orange incandescente. Il y eut comme une seconde aube, et une masse brillante, diffuse, surgit au-dessus de la ligne d'horizon, avec une longue queue lumineuse qui formait à travers la moitié du ciel une grande courbe flamboyante. Masquée par la lumière du jour, brillant de tous ses feux la nuit, la comète s'éloigna, jour après jour, emportant son chaos destructeur dans les profondeurs du système solaire.

Les deux frères s'arrêtèrent de nouveau dans un monde soudain redevenu vivant, un monde d'opulence et de sérénité.

L'aïeule était une créature aux grands yeux apeurés, attardée sur la terre ferme où elle s'était peut-être fait piéger.

Derrière elle, Bobby aperçut ce qui lui parut être le rivage d'une mer intérieure. Des jungles luxuriantes venaient mourir sur les terres marécageuses qui bordaient la côte, et un fleuve très large descendait des montagnes bleutées qui se profilaient à l'horizon. On voyait dans l'eau boueuse, fendant la surface, des dos hérissés appartenant sans doute à des crocodiles. Ici, la vie foisonnait, peu familière dans le détail, mais pas tellement différente, pourtant, des forêts de son enfance.

Le ciel, cependant, n'était pas vraiment bleu. Il tirait subtilement sur le violet. Et même les formes des nuages épars au-dessus de leur tête semblaient anormales. Peut-être l'atmosphère avait-elle eu, à cette époque si reculée, une composition différente, se disait David.

Une horde de créatures à cornes se déplaçait le long de la côte marécageuse. Ces bêtes ressemblaient un peu à des rhinocéros. Mais leurs mouvements étaient bizarres, et faisaient presque penser à des oiseaux. Ils avançaient lourdement, en se dandinant, et se frottaient les uns contre les autres, picoraient, construisaient leur nid, se chamaillaient ou se pomponnaient comme des oiseaux. Et, plus loin, il y avait un groupe de ce qui ressemblait, à première vue, à des autruches. Ces animaux marchaient sur leurs deux pattes, rentrant et sortant alternativement la tête, avec des mouvements nerveux et des regards suspicieux autour d'eux.

Au milieu des arbres, Bobby aperçut une ombre massive qui se déplaçait lentement, comme pour épier les herbivores géants. Peut-être un carnivore, pourquoi pas un *Velociraptor* ? se dit-il avec un frisson d'excitation.

Tout autour du troupeau de dinosaures voletaient des nuées d'insectes.

– Quel privilège ! s'exclama David. Nous sommes aux premières loges pour admirer la faune. L'ère des dinosaures, pour la majorité des touristes temporels, a été une grande déception. Comme l'Afrique, c'est trop grand, trop déconcertant, trop poussiéreux, et il ne s'y passe jamais rien. Il ne faut pas oublier que cela s'étale, après tout, sur des centaines de millions d'années.

— Oui, mais ils ont surtout été déçus, répliqua Bobby, la gorge sèche, de découvrir que *Tyrannosaurus rex* n'était finalement rien d'autre qu'un charognard. Toute cette beauté, David... sans aucune intelligence pour l'apprécier. Tu crois que ce monde nous attendait depuis le début ?

— Oui. Cette beauté cachée. *Les magnifiques coquillages en forme de cône et de volute de l'Éocène ou les ammonites élégamment sculptées de l'ère secondaire ont-ils été créés uniquement pour que l'homme, une éternité plus tard, puisse les admirer derrière la vitre d'une armoire ?* C'est Charles Darwin, dans *L'Origine des espèces.*

— Il ne connaissait donc pas non plus la réponse.

— Je ne crois pas. Ce que tu vois là est très ancien, Bobby. C'est une communauté qui a évolué à travers des centaines de millions d'années. Et pourtant...

— Et pourtant, elle était vouée à disparaître lorsque cette Absinthe du crétacé a tout dévasté.

— La Terre n'est rien d'autre qu'un vaste cimetière. À mesure que nous plongeons plus profond dans le passé, nous ne voyons surgir que des ossements d'espèces disparues.

— Pas tout à fait. Il nous reste les oiseaux.

— Les oiseaux, c'est vrai. Une belle fin pour cette branche particulière de l'évolution. Espérons que nous ferons comme eux. Si on continuait ?

— D'accord.

Ils plongèrent une fois de plus, à travers l'été mésozoïque des dinosaures, jusqu'à ce qu'ils atteignent la cote de deux cents millions d'années.

Des jungles millénaires défilèrent en un flou vert indistinct dans le champ de vision de Bobby, encadrant le regard farouche, éteint, de millions de générations d'ancêtres qui se reproduisaient, espéraient puis mouraient.

Le vert disparut abruptement pour faire place à une plaine poussiéreuse sous un ciel vide.

Ces terres nues étaient un véritable désert craquelé, uniforme, sous un astre du jour qui dardait ses rayons brûlants. Le sol sablonneux et durci avait une couleur rougeâtre. Même les collines s'étaient rabougries en cette époque lointaine.

L'ancêtre n'était plus qu'une petite créature reptilienne qui grignotait les restes de ce qui ressemblait à un bébé rat. Elle était à l'orée d'une forêt de broussailles, de fougères rabougries et de conifères en bordure d'un cours d'eau méandreux.

– Un *Lystrosauridé*, commenta David. La créature la plus chanceuse qui ait jamais existé. Le seul animal relativement grand qui ait survécu à la catastrophe responsable de l'extinction.

Bobby ne savait plus où il en était.

– Tu veux parler de la comète qui a tué les dinosaures ?

– Non, fit David d'une voix amère. Il s'agit d'une autre catastrophe, à laquelle nous allons bientôt arriver, à la cote deux cent cinquante millions. La pire de toutes.

C'était donc pour cela que l'immense jungle luxuriante des dinosaures s'était retirée. Une fois de plus, la Terre se vidait de sa vie. Une profonde angoisse étreignit Bobby.

Ils s'enfoncèrent plus loin dans le passé.

Au bout d'un moment, même les derniers arbres rabougris se rétractèrent en graine, et les dernières traces de vert – quelques herbes et buissons chétifs – se recroquevillèrent pour mourir. La terre nue se reconstitua, jonchée de souches brûlées et de branches cassées avec, çà et là, de petits tas d'ossements. Les rochers, mis à nu par le reflux de la vie, devinrent d'un rouge intense.

– On se croirait sur Mars, fit remarquer Bobby.

– Les mêmes causes produisent les mêmes effets. Mars n'abrite pratiquement aucune vie, et ses dépôts sédimentaires se sont oxydés. Ils brûlent lentement, soumis à l'érosion, au vent, à la chaleur torride et au froid. C'est la même chose pour la Terre à l'époque où elle n'abritait presque plus de vie. Les roches s'érodaient de façon identique.

Mais pendant tout ce temps, la chaîne des ancêtres minuscules s'accrochait à la vie, subsistant dans des flaques d'eau boueuse ou au bord de mers intérieures qui s'étaient presque – mais pas tout à fait – vidées pour devenir de simples cuvettes de poussière martienne stérile.

La Terre, à cette époque, expliqua David, n'était pas du tout la même. La dérive tectonique avait rassemblé tous les continents en une masse unique géante, la plus grande de l'histoire de la planète. Dans les zones tropicales dominaient d'immenses déserts, alors que les latitudes plus élevées étaient dévastées par les glaciations. Dans l'intérieur du continent, le climat oscillait frénétiquement entre une chaleur torride et un froid intense.

La planète déjà fragile était en proie à une autre calamité : l'excès de dioxyde de carbone, qui asphyxiait les animaux et ajoutait un effet de serre au climat déjà presque mortel.

– C'est surtout la vie animale qui a souffert, commenta David. Elle a régressé au niveau de la mare. Pour nous, c'est presque la fin, Bobby. L'excédent de CO_2 retourne à ses origines : les grandes fosses marines qui l'emprisonnent, et les basaltes de Sibérie qui se referment sur les gaz venus de l'intérieur de la Terre pour empoisonner sa surface. Bientôt, le monstrueux continent planétaire va éclater. Mais n'oublie pas une chose : *la vie a réussi à passer quand même*. Nos ancêtres ont survécu. Ne perds pas cette idée de vue. Sinon, nous ne serions pas ici en ce moment.

Tandis qu'il étudiait la mixture variée de traits reptiliens et de petits rongeurs qui occupait le centre de sa vision, il se disait que cette idée ne pouvait guère lui offrir qu'une piètre consolation.

Passé le dernier sursaut d'extinction, ils s'enfoncèrent encore davantage dans le passé.

La Terre convalescente était maintenant un endroit très différent. Il n'y avait plus de montagnes, et les ancêtres s'accrochaient à la vie en bordure d'une énorme mer intérieure qui avançait et reculait selon les époques. Et lentement, au bout de millions d'années, à mesure que les gaz asphyxiants réintégraient les entrailles de la planète, le vert revenait.

L'ancêtre était maintenant une créature basse, dandinante, couverte d'une courte fourrure gris-brun. Mais les générations passant, la mâchoire s'allongea, le crâne se déforma en arrière et elle sembla, pour finir, perdre toutes ses dents pour avoir à la place une sorte de bec. La fourrure disparut à son tour, le museau s'allongea encore et l'ancêtre devint une créature qui ressemblait à s'y méprendre, aux yeux non exercés de Bobby, à un lézard.

Il commençait à se rendre compte qu'ils approchaient d'une époque si reculée que les grandes familles d'animaux terrestres – tortues, mammifères, lézards, crocodiles et oiseaux – se fondaient peu à peu en une classe mère, celle des reptiles.

Passé la cote de trois cent cinquante millions d'années, l'ancêtre changea encore. Sa tête devint plus compacte, ses membres plus courts et plus rudimentaires, son corps plus effilé. Il était peut-être devenu amphibie. À la fin, ses moignons de membres devinrent des nageoires soudées au reste du corps.

– La vie se retire des terres, expliqua David. Le dernier des invertébrés, probablement un scorpion, retourne à la mer. Sur la terre ferme, les plantes vont bientôt perdre leurs feuilles et leur verticalité. Après ça, la seule forme de vie continentale sera constituée d'organismes encroûtants ultra-simples.

Soudain, Bobby fut immergé, sur les traces de sa grand-mère de plus en plus distante, dans une mer peu profonde.

L'eau était grouillante de vie. Il y avait plus bas un récif de corail qui s'étendait dans les lointains bleutés. Il était jonché de ce qui ressemblait à des fleurs géantes à longue tige au milieu desquelles passaient des quantités de créatures à coquille en quête de nourriture. Il reconnut des nautiloïdés, qui ressemblaient à des ammonites géantes.

L'ancêtre était un petit poisson en lame de couteau, sans caractère particulier, qui faisait partie d'un banc aux mouvements collectifs rapides, nerveux et aussi complexes que ceux d'espèces bien plus modernes.

Au loin rôdait un requin à la silhouette nettement reconnaissable, même à travers tout ce temps. Le banc de petits poissons, conscient de sa présence, fila comme un éclair, et Bobby ressentit un élan de sympathie pour sa lointaine ancêtre.

Ils s'enfoncèrent plus profondément dans le temps. Quatre cents, puis quatre cent cinquante millions d'années.

Il y eut un feu d'artifice d'expériences évolutionnaires. Du corps souple des petits poissons naquit toute une série de créatures osseuses, à carapace, certaines ne durant que l'éclair de quelques générations, comme si ces poissons primitifs avaient perdu l'art de constituer un corps viable. Il apparaissait clairement à Bobby que la vie était un assemblage d'informations complexes stockées dans la structure même des créatures et patiemment, péniblement accumulées au fil de millions de générations, au prix d'immenses souffrances suivies d'une mort inéluctable, pour être à présent, dans cette évolution vue à rebours, presque négligemment renvoyées au néant.

Puis, en un instant, les horribles poissons primitifs disparurent. David ralentit de nouveau la descente.

Il n'y avait aucun poisson dans cet océan des débuts. L'ancêtre était maintenant un animal livide ressemblant à un ver, qui se cachait dans un lit de sable ondulé.

— À partir de là, les choses deviennent beaucoup plus simples, déclara David. Il n'y a plus que quelques espèces d'algues, puis, un milliard d'années en arrière, une vie unicellulaire, jusqu'aux origines.

— Combien de temps encore ?

D'une voix douce, David répliqua :

— Nous ne sommes qu'au commencement, Bobby. Il faut descendre encore trois fois plus bas.

La plongée dans le passé reprit.

L'ancêtre était un ver rudimentaire dont la forme fluctuait plus ou moins. Mais, soudain, il se rétracta à l'état de simple point de protoplasme incrusté dans une masse d'algues.

Et quand ils descendirent encore, il n'y eut plus que les algues.

Brusquement, ils furent dans l'obscurité totale.

— Merde ! s'écria Bobby. Que s'est-il passé ?

— Je l'ignore.

Ils plongèrent encore d'un million d'années, puis de deux. Mais les ténèbres universelles persistaient.

Finalement, David rompit le lien avec l'ancêtre de cette période — un microbe ou une algue rudimentaire — et fixa le point de vue au-dessus de la mer, à mille kilomètres du ventre de la Terre.

L'océan était blanc, couvert de glace du pôle à l'équateur. Elle formait de grandes plaques brisées par des replis et des ondulations de plusieurs kilomètres de long. Et derrière le limbe glacé de la planète, un croissant de lune était en train de se lever, sa face martelée identique à celle de l'époque de Bobby, ses traits déjà incroyablement anciens. Mais dans la lumière réfléchie par la Terre, ce croissant brillait avec la même intensité que s'il était éclairé par le soleil.

La Terre était devenue lumineuse, peut-être plus que Vénus, mais il n'y avait personne pour voir cette étoile.

— Regarde, souffla David.

Quelque part près de l'équateur, il y avait une structure de glace circulaire, en cuvette. Les parois étaient érodées, et un monticule faisait saillie en son centre.

— Un cratère d'impact, expliqua David. Il est très vieux. Cette couverture de glace est là depuis très longtemps.

Ils reprirent leur descente. Les détails changeants de la couche de glace — les fissures, les crêtes brisées et les lignes de dunes de neige — se fondirent en une rondeur de perle lisse. Mais la blancheur globale était toujours là.

Brusquement, après une nouvelle descente de cinquante millions d'années, la glace se dégagea, comme du givre qui s'évapore à la chaleur sur un carreau de fenêtre. Mais au moment où Bobby ressentait un frisson de soulagement, la glace se forma de nouveau, couvrant la planète d'un pôle à l'autre.

Il y eut trois autres interruptions dans la glaciation jusqu'à ce qu'elle disparaisse définitivement.

Sous la glace se révéla un monde qui ressemblait à la Terre qu'ils connaissaient, mais sans être tout à fait le même. Il y avait des océans bleus et des continents, mais ceux-ci étaient uniformément nus, dominés par des pics enneigés ou des déserts rouille, et Bobby ne reconnaissait pas leurs formes.

Il contempla la lente valse des continents en train de s'assembler, sous la férule aveugle de la tectonique, en masses planétaires géantes.

— Voilà la réponse, déclara gravement David. Les supercontinents, en se fondant ensemble et en se morcelant alternativement, sont la cause des glaciations. Lorsque la masse se fragmente, elle crée de nouveaux rivages, qui stimulent l'apparition d'une vie nouvelle, celle-ci étant pour l'instant limitée aux algues et aux microbes dans les mers intérieures et les eaux côtières peu profondes. La vie, à son tour, absorbe l'excédent de gaz carbonique dans l'atmosphère. L'effet de serre diminue, et le Soleil devient un peu plus faible qu'à notre époque.

— D'où la glaciation.

— Oui. Elle se produit par épisodes, sur deux cents millions d'années. Il n'a pu y avoir pratiquement aucune photosynthèse sur le globe pendant plusieurs millions d'années d'affilée. Il est incroyable que la vie ait pu résister à ces conditions.

Les deux hommes descendirent de nouveau dans les entrailles de l'océan. Ils laissèrent leur traceur d'ADN cadrer une masse indistincte d'algues vertes. Quelque part au milieu de cette masse était incrustée la cellule remarquable qui était l'ancêtre de tous les humains futurs.

Au-dessus, un petit banc de créatures qui ressemblaient à des méduses rudimentaires traversait l'eau bleue glacée. Plus loin, Bobby distingua des organismes plus complexes : des frondes, des bulbes et des plaques composées accrochées au fond ou flottant librement.

— On ne dirait pas des algues, murmura Bobby.

— Mon Dieu ! fit David, étonné. Ça ressemble à des édiacariens, des formes de vie multicellulaires. Mais les édiacariens ne doivent pas apparaître, en principe, avant deux ou trois cents millions d'années. Il y a quelque chose que ne colle pas.

Ils reprirent leur descente. Les signes de vie multicellulaire se perdirent bientôt. La vie se dépouilla de ce qu'elle avait patiemment appris.

Un milliard d'années plus loin, l'obscurité se referma, aussi soudaine qu'un coup de marteau.

— Encore la glace ? demanda Bobby.

— Je crois comprendre, fit gravement David. C'est une pulsation de l'évolution. Un événement ancien, que nous n'avons pas pu identifier par les fossiles, une tentative faite par la vie pour dépasser le stade de la cellule unique. Mais l'expérience a été balayée par la glaciation, et deux cents millions d'années de progrès vont être perdus d'un coup. Merde alors !

Quand la glace disparut, cent million d'années plus loin, il y eut effectivement des traces de créatures plus complexes, multicellulaires, qui vivaient autour des amas d'algues. Encore un faux départ, qui devait être effacé par la glaciation brutale. De nouveau, les deux frères assistèrent à la régression de la vie sous ses formes les plus primitives.

Tandis qu'ils tombaient à travers une longue éternité informe, à cinq reprises la main froide de la glaciation globale s'abattit sur la planète, tuant les océans, étouffant toutes les formes de vie à l'exception des plus simples dans des environnements marginaux. C'était un cycle de rétroaction sauvage qui se mettait en route chaque fois que la vie faisait un pas significatif hors de la mare qui bordait un continent.

— C'est la tragédie de Sisyphe, murmura David. Dans cet ancien mythe, Sisyphe devait faire rouler un énorme rocher jusqu'au sommet d'une montagne, où il le regardait, impuissant, retomber chaque fois jusqu'en bas. De même, la vie s'efforce ici d'atteindre une certaine complexité, pour être réduite, tentative après tentative, à son niveau le plus primitif. Elle a été écrasée par une succession d'Absinthe, impitoyablement. Les nihilistes ont peut-être raison. Peut-être ne pouvons-nous rien attendre de plus de l'univers qu'un coup de massue régulier sur la vie et l'esprit d'évolution parce que l'état d'équilibre du cosmos est véritablement la mort.

— Tsiolkovski, un jour, a appelé la Terre le berceau de l'humanité. Et c'est, en fait, le berceau de la vie. Mais...

— Mais c'est un drôle de berceau, acheva David, qui étouffe ses occupants. Heureusement, ça ne peut plus se produire aujourd'hui. Pas exactement de la même manière, en tout cas. La vie a su créer des cycles de rétroaction complexes, qui régularisent l'équilibre entre la masse et l'énergie par l'intermédiaire de mécanismes planétaires. Nous avons toujours cru que la Terre vivante était une chose de toute beauté. Mais ce n'est pas le cas. La vie a dû apprendre à se défendre contre la sauvagerie géologique erratique de la planète.

Ils atteignirent finalement une ère plus ancienne que tous les coups de marteau des glaciations.

Cette jeune Terre n'avait que peu de rapport avec le monde qu'elle allait devenir plus tard. L'air y était plus dense, de manière visible, et irrespirable, écrasant. Il n'y avait ni rivage ni collines, ni falaises ni forêts. Presque toute la surface de la planète semblait couverte par un océan peu profond où aucun continent n'émergeait. Le fond était constitué d'une fine croûte craquelée, sillonnée de rivières de lave qui réchauffaient la mer. Souvent, d'épais nuages de gaz assombrissaient la planète durant des années d'affilée, jusqu'à ce que les volcans percent à la surface et les aspirent à l'intérieur.

Quand on l'apercevait à travers ces vapeurs denses, le Soleil avait l'aspect d'une boule de feu éclatante. Et la Lune était énorme, de la taille apparente d'une assiette, bien que de nombreux traits soient déjà gravés à leur place définitive.

Les deux astres semblaient se poursuivre dans le ciel. Cette jeune Terre tournait rapidement sur son axe, plongeant fréquemment sa surface dans les ténèbres, avec son précieux chargement de vie. Des marées monumentales balayaient le globe écorché.

Les ancêtres, dans cet environnement hostile, étaient modestes. Génération après génération, ces êtres monocellulaires sans signe distinctif vivaient en larges communautés proches de la surface. Elles prenaient d'abord l'aspect d'une masse de matière spongieuse pour se rétracter ensuite par couches successives jusqu'à ce qu'il ne reste plus qu'une tache verte flottant à la surface, dérivant lentement sur l'océan avant de se fondre à une autre communauté plus vieille.

Le ciel était le siège d'une activité incessante. Il était traversé par les éclairs de météores géants qui retournaient dans leur espace lointain. Fréquemment, à intervalles terriblement rapprochés, des murailles d'eau de plusieurs kilomètres de hauteur parcouraient le globe, convergeant sur un cratère d'impact embrasé d'où une boule brillante, astéroïde ou comète, bondissait dans l'espace, illuminant brièvement le ciel déchiré avant de disparaître dans le noir du néant.

La sauvagerie et la fréquence de ces collisions inversées semblaient augmenter à mesure qu'ils s'enfonçaient dans le passé.

Abruptement, le vert vivant des tapis d'algues sembla migrer à la surface du jeune océan turbulent, entraînant avec lui la chaîne d'ancêtres et le point de vue de Bobby. Les colonies d'algues se réunirent, se rétractèrent, se réunirent de nouveau, comme si elles regagnaient un noyau commun.

Ils finirent par se retrouver dans une mare isolée au creux d'un profond cratère d'impact, comme à la surface d'une lune inondée. Bobby distingua un cercle de montagnes échancrées, avec un pic central court. La mare était d'un vert vif, grouillant. Quelque part dans cette eau primordiale, la chaîne des ancêtres continuait sa marche aveugle vers l'inanimé.

Soudain, la tache verte se flétrit à son tour, réduite à l'état de petits points isolés, et la surface du lac de cratère se couvrit d'une nouvelle sorte de mousse, écumeuse, épaisse et marron.

— Oh ! s'écria David, comme sous un choc. Nous venons de perdre la chlorophylle. La capacité de fabriquer de l'énergie à partir de la lumière solaire. Tu comprends ce qui s'est passé ? Cette communauté d'organismes a été isolée du reste par je ne sais quel impact ou accident géologique, l'événement à l'origine de ce cratère, peut-être, et elle s'est trouvée à court de nourriture. Les organismes n'ont plus eu qu'à muter ou à mourir.

— Et ils ont réussi à muter. Sans quoi...

— Sans quoi nous ne serions pas ici.

Il y eut alors une explosion de violence, un mouvement flou, irrésistible et irrésolu. C'était peut-être l'événement violent, isolant, que David avait conjecturé.

Lorsque ce fut fini, Bobby se retrouva, une fois de plus, sous la mer, en train de contempler une plaque épaisse d'écume marron accrochée à une faille fumante faiblement éclairée par le feu intérieur de la planète.

— Voilà à quoi nous sommes réduits, murmura David. Nos plus lointains ancêtres étaient des mangeurs de pierre, des thermophiles, peut-être même des hyperthermophiles. C'est-à-dire qu'ils aimaient les très hautes températures. Ils se nourrissaient de substances minérales injectées dans l'eau par les orifices volcaniques : fer, soufre, hydrogène... Un système rudimentaire, peu efficace, mais robuste, ne nécessitant ni la lumière ni l'oxygène, ni même le moindre matériau organique.

Bobby sombra alors dans les ténèbres. Il traversa des galeries et des failles, rapetissé, écrasé, dans une obscurité totale uniquement interrompue par d'occasionnels éclairs pourpres.

— David, tu es toujours là ?

— Je suis là.

— Que nous arrive-t-il ?

— Nous passons à travers le fond de la mer. Nous migrons vers les couches basaltiques poreuses. Toute la vie de la planète est en train de se condenser, Bobby, de se rétracter le long des crêtes océaniques et de la croûte de basalte du fond des mers, pour converger vers un point unique.

— Mais où ? Où allons-nous finir ?

— Au cœur de la roche, Bobby. À un kilomètre de profondeur. C'est la dernière retraite de la vie. Tout ce qui a jamais vécu sur la Terre provient de cette cache, cet abri protecteur profondément enfoui dans le roc.

— Et de quoi la vie avait-elle besoin de se protéger ? demanda Bobby d'une voix lourde de pressentiment.

— Nous allons bientôt le savoir, j'en ai bien peur.

David leur fit regagner la surface, et ils flottèrent dans l'air toxique de cette Terre sans vie.

Il y avait une lumière. Mais elle était faible et rougeoyante, comme une lueur crépusculaire au-dessus d'une ville noyée par le smog. Le soleil devait être au-dessus de l'horizon, mais Bobby était incapable de le localiser, pas plus que la lune géante. L'atmosphère, presque palpable, était lourde, écrasante. L'océan tourbillonnait sous eux, noir et bouillonnant à certains endroits. Le fond de la mer fracturé était parsemé de flammes.

Le cimetière est vraiment désert, à présent, se disait Bobby. À l'exception de cette unique cache profondément enfouie, qui abrite mes ancêtres les plus lointains. Cette roche toute jeune a recraché tous les morts qu'elle contenait.

Une couverture de nuages noirs était en train de se constituer, comme si un dieu impétueux l'avait lancée à travers le ciel. Une pluie inversée commença à tomber, en rideaux qui grimpaient de la surface tourmentée de l'océan pour réintégrer les nuages rebondis.

Un siècle passa, et la pluie montait toujours de l'océan avec la même violence. Elle était si abondante que bientôt le niveau de la mer baissa, formant des flaques isolées dans les creux de la terre meurtrie et craquelée.

Il fallut encore deux mille ans pour que la pluie cesse et que les terres s'assèchent.

Mais le sol commença à se fragmenter de plus belle.

Bientôt, les fissures de la roche nue s'élargirent, devinrent lumineuses. La lave s'y engouffrait à gros bouillons. À la fin, il ne resta plus que quelques îlots isolés, des échardes de roc qui se ratatinèrent et fondirent, laissant un nouvel océan recouvrir la Terre : un océan de roche en fusion, de plusieurs centaines de mètres de profondeur.

Une nouvelle pluie inversée commença à tomber : terrible tempête de roche liquide brillante, jaillissant du sol. Les gouttelettes de roc se joignirent aux nuages de pluie, de sorte que l'atmosphère devint un enfer de vapeur et de pierre en fusion.

– Incroyable ! s'écria David. La Terre est en train de se constituer une atmosphère de vapeur de roche de quarante ou cinquante kilomètres d'épaisseur, qui exerce cent fois la pression de l'air à notre époque. L'énergie thermique qu'elle contient est faramineuse ! Les nuages doivent être brillants. La Terre tout entière doit être lumineuse, comme une étoile de roc et de vapeur !

Mais la pluie minérale puisait toute la chaleur du sol ravagé, et rapidement, en l'espace de quelques mois à peine, la surface refroidit et redevint ferme. Sous un ciel rougeoyant, l'eau retrouvait sa forme liquide, et de nouveaux océans se constituaient sous les nuages en train de refroidir. Mais l'eau, en contact avec la vapeur rocheuse, bouillonnait. Et entre les océans se formaient des montagnes qui se solidifiaient à partir des flaques de magma.

Un mur de lumière passa alors devant Bobby, entraînant derrière lui un front de nuages de vapeur tourbillonnants, dans une explosion d'une violence inimaginable. Bobby se mit à hurler...

David ralentit leur descente dans le temps.

La Terre réapparut.

Les océans bleu foncé étaient calmes ; le ciel, vide de tout nuage, formait une coupole verdâtre. La lune au relief tourmenté était énorme et dérangeante. Il manquait un œil à la face humaine familière à Bobby. Et il y avait un deuxième soleil, une boule lumineuse qui éclipsait la lune, prolongée par une queue sur toute la largeur du ciel.

— Un ciel vert, murmura David. Étrange. Du méthane, peut-être ? Mais comment...

— Et ça, bordel, demanda Bobby, qu'est-ce que c'est ?

— La comète ? Un vrai monstre. De la taille d'un astéroïde moderne comme Vesta ou Pallas, peut-être cinq cents kilomètres de diamètre. Cent mille fois la masse de celle qui a tué les dinosaures.

— La taille d'Absinthe.

— Oui. N'oublie pas que la Terre elle-même a été formée à la suite d'impacts, qu'elle s'est condensée à partir d'une cascade de planétésimaux orbitant autour du jeune soleil. Le plus gros impact a dû être une collision avec un autre monde jeune qui nous a presque fendu en deux.

— L'impact qui a causé la formation de la lune.

— Après ça, la surface a été relativement stable, mais la Terre a tout de même été soumise à des impacts importants, par dizaines, et même par centaines en l'espace de quelques centaines de millions d'années. Un bombardement dont nous avons peine à imaginer la violence. Mais le taux d'impact a baissé lorsque les planétésimaux restants ont été absorbés par les planètes, et il y a eu ensuite une période idyllique de relative tranquillité qui a duré quelques millions d'années. Et puis elle a été suivie par... ça. Manque de chance, nous sommes entrés en collision avec un monstre dans la dernière phase du bombardement. Et l'impact a été assez fort pour faire bouillir les océans et fondre les montagnes.

— Mais nous avons survécu.

— Oui, dans notre caverne profonde et brûlante.

Ils redescendirent dans les profondeurs de la Terre. Bobby se trouva de nouveau immergé dans la roche avec ses lointains ancêtres, simple frottis de bactéries thermophiles.

Il attendit dans le noir que passent d'innombrables générations.

Puis, en un flou subit, il revit la lumière.

Il s'élevait dans une espèce de puits en direction d'un cercle de clarté verte, le ciel de cette Terre étrangère d'avant le bombardement. Le cercle s'élargit, et il se retrouva dans la lumière.

Il eut du mal à interpréter ce qu'il vit ensuite.

Il avait l'impression de se trouver à l'intérieur d'une boîte faite d'une sorte de matériau vitreux. L'ancêtre devait être là avec lui, simple cellule rudimentaire parmi des millions d'autres qui subsistaient dans ce conteneur. La boîte était posée sur une espèce de socle, et de là il voyait...

– Mon Dieu ! s'exclama David.

C'était une ville.

Bobby aperçut un archipel de petites îles volcaniques au milieu d'un océan bleu. Mais elles étaient reliées entre elles par de gros ponts larges et plats. Sur la terre ferme, des murs bas délimitaient des structures géométriques qui ressemblaient à des champs. Mais ce n'était pas un paysage humain. Ces « champs » avaient plus ou moins des formes hexagonales, et il y avait même des constructions basses et rectangulaires, comme des hangars pour avions. Il distingua des mouvements parmi les bâtiments, comme une circulation de véhicules, mais il était trop loin pour distinguer les détails.

Quelque chose s'approchait maintenant de lui.

On aurait dit une espèce de trilobite. Le corps plat et segmenté luisait sous le ciel vert. Il avait des paires de pattes – six, ou peut-être huit – qui jetaient des éclats à chaque mouvement. Et il y avait une sorte de tête à l'avant.

Une tête avec une bouche qui tenait un outil en métal brillant.

La tête était dressée vers lui. Il essaya de distinguer les yeux de cette impossible créature. Il avait l'impression qu'en tendant la main il pourrait toucher son visage chitineux, mais...

Le monde implosa, et ce fut l'obscurité.

Ils étaient deux vieillards qui avaient passé trop de temps dans la réalité virtuelle, et le Moteur de Recherche venait de les expulser. Pour Bobby, couché là à moitié groggy, c'était probablement un bienfait.

Il se leva, s'étira et se frotta les yeux.

Il s'avança lourdement dans le local de Technivers, dont le plancher ferme et la poussière lui semblaient irréels après le spectacle de quatre milliards d'années qu'il venait d'endurer. Il appela un drone, lui commanda deux tasses de café et avala une gorgée brûlante. Puis, sentant son humanité revenir, il retourna là où était son frère. Il lui tendit la deuxième tasse jusqu'à ce que David, la mâchoire pendante, les yeux vitreux, se redresse pour la prendre.

— Les Sisyphéens, murmura-t-il, la bouche sèche.

— Hein ?

— C'est ainsi qu'il faut les appeler. Ils ont évolué sur la Terre des origines, dans la période de stabilité entre les bombardements du début et ceux de la fin. Ils étaient complètement différents de nous. Ce ciel de méthane... Qu'est-ce que ça pouvait signifier ? Peut-être que leur biochimie elle-même était nouvelle, à base de composés sulfurés, ou avec l'ammoniac pour solvant. (Il agrippa Bobby par le bras.) Tu comprends ? Ils n'avaient probablement aucun rapport avec les créatures qu'ils ont sélectionnées pour la planque. La planque de nos ancêtres. Pas plus que nous n'avons de rapport avec la faune et la flore exotiques qui survivent encore aujourd'hui à l'orée des plus profonds évents marins de la planète. Mais eux, les thermophiles, nos ancêtres, représentaient le meilleur espoir de survie.

— Ralentis un peu, David, s'il te plaît. De quoi es-tu en train de parler ?

David lui lança un regard déconcerté.

— Tu veux dire que tu n'as pas encore compris ? *C'étaient des êtres intelligents*. Les Sisyphéens en question. Mais ils étaient condamnés. Et ils le voyaient arriver. Tu saisis ?

— La grande comète.

— Oui. Exactement comme nous voyons arriver Absinthe. Ils savaient très bien ce qu'elle allait faire à leur planète : vaporiser les océans, et même fondre la roche sur des centaines de mètres de profondeur. Tu les a vus. Leur technologie était primitive. C'était une espèce encore jeune. Ils n'avaient aucun moyen d'échapper à la planète, ni de survivre physiquement à l'impact, ni de dévier la comète. Ils étaient condamnés sans aucun recours. Et malgré tout cela, ils n'ont pas succombé au désespoir.

— Ils ont enfoui ce cylindre à une profondeur telle que l'impulsion thermique ne puisse le détruire.

— Précisément. Tu vois ? Ils ont réussi à préserver la vie. La nôtre, Bobby. Face à la plus grande catastrophe que la planète ait jamais connue. Et telle est également notre destinée. De même que les Sisyphéens ont préparé une poignée de microbes pour qu'ils survivent à l'impact, de même que les masses d'algues que nous avons vues ont lutté pour résister aux glaciations sauvages, de même que la complexité de la vie a su évoluer plus tard et s'adapter pour surmonter les catastrophes volcaniques et les accidents géologiques, de même nous devons nous battre pour notre survie. Même les Jointés, les adeptes d'une nouvelle évolution de l'esprit, font partie de la chaîne unique qui remonte à l'aube de la vie elle-même.

Bobby sourit.

— Tu te souviens de ce que disait Hiram ? « Il n'y a pas de limite à ce que nous pouvons réaliser, si nous travaillons ensemble. »

— Exactement, oui. Et Hiram n'avait pas l'habitude de dire n'importe quoi.

Affectueusement, Bobby posa la main sur l'épaule de son frère.

— Je pense...

Et une fois de plus, sans avertissement d'aucune sorte, le monde implosa autour d'eux et les ténèbres retombèrent.

Épilogue

— Bobby, réveille-toi, Bobby, s'il te plaît. Tu m'entends ?

La voix semblait lui parvenir de très loin. Une voix féminine. Il l'entendit et comprit les paroles avant même de recouvrer la sensation de son corps.

Il avait les yeux clos.

Il était étendu sur le dos, apparemment sur un lit moelleux. Il sentait maintenant ses membres, les lents battements de son cœur et le rythme de sa respiration. Tout paraissait normal.

Et pourtant, ce n'était pas le cas, il le savait. Il y avait quelque chose qui n'allait pas, quelque chose d'aussi faux que le ciel violet du crétacé.

Il avait peur, sans savoir pourquoi.

Il ouvrit les yeux.

Un visage féminin était penché sur lui. Un visage aux yeux bleus, à l'ossature délicate. Elle devait avoir quarante, peut-être cinquante ans. Mais il la reconnut.

— *Marie* ?

Cette voix, était-ce bien la sienne ?

Il leva la main. Un poignet osseux dépassait d'une manche en tissu argenté. C'était une main fine, aux doigts longs et effilés comme ceux d'un pianiste.

La sienne ?

Marie – si c'était bien elle – se pencha en avant, le visage encadré entre ses deux mains.

— Tu es réveillé ! Loué soit Hiram. Tu comprends ce que je dis ?

— Euh... oui, je...

— De quoi te souviens-tu exactement ?

403

— David. Technivers. Nous étions...

— En train de voyager, oui. C'est parfait. Tu te souviens. À son Anastasie, David nous a raconté ce que vous aviez vu.

Anastasie. Ce mot voulait dire « résurrection ». Sa peur s'intensifia.

Il essaya de se redresser. Elle l'aida à s'asseoir. Il se sentait faible, léger comme une plume.

Il était dans une chambre aux murs lisses où régnait la pénombre. La porte entrouverte donnait sur un couloir illuminé. Il y avait une seule petite fenêtre, circulaire, qui laissait voir un coin de bleu et de noir.

La Terre bleue, le ciel noir.

L'air de la Terre était transparent comme du verre. Il y avait des arabesques d'argent sur les océans bleus, avec une espèce de structure à des centaines de kilomètres au-dessus de la surface. Était-il en orbite ? Non, la Terre ne tournait pas. Une sorte de tour orbitale, alors ?

Mon Dieu ! se dit-il.

— Je suis mort, Marie ? Ressuscité ?

Elle émit un grognement, et lui passa la main dans les cheveux.

— David m'avait prévenu que tu serais comme ça. Des questions, rien que des questions.

Son intonation était maladroite, sa voix hésitante, comme si elle n'avait pas l'habitude de parler tout haut.

— Pourquoi m'a-t-on fait revenir ? Ah ! C'est à cause d'Absinthe, n'est-ce pas ?

Marie fronça les sourcils, et parut écouter une voix intérieure lointaine.

— Absinthe ? La comète ? Non, il y a longtemps que nous l'avons repoussée, dit-elle nonchalamment, comme si elle écartait un moustique.

Médusé, il demanda :

— Pourquoi, alors ?

— Je peux te dire *comment* tu es arrivé ici, murmura-t-elle d'une voix douce. Quant au pourquoi, il faudra que tu le devines toi-même.

Soixante ans s'étaient écoulés, apprit-il.

C'était la Camver, naturellement. Il était devenu possible de regarder en arrière dans le temps et de lire la séquence ADN complète de n'importe quel individu à un moment donné. On pouvait aussi télécharger une copie de l'esprit de cette personne, qui devenait Jointée pendant un bref instant à travers les années et même les décennies. En assemblant les deux, le corps régénéré et l'esprit téléchargé, on restaurait l'individu.

On le ressuscitait.

— Tu étais en train de mourir, lui dit Marie, à l'instant où nous t'avons copié. Mais tu ne savais rien encore.

— Mon clonage.

— Oui. C'était encore une procédure expérimentale, du temps de Hiram. Il y avait un problème avec tes télomères. Les structures génétiques qui contrôlent le vieillissement cellulaire. Après ça, tu as décliné rapidement.

— Après mon dernier souvenir, à Technivers.

— Oui.

Étrange, de se dire qu'au moment où il avait tendu cette dernière tasse de café à David, sa vie avait effectivement pris fin, le reste, apparemment, ne valant pas la peine d'être vécu.

Elle lui prit la main. Quand il se leva, il se sentit léger, comme dans un rêve, aérien. Pour la première fois, il se rendit compte qu'elle était nue. Mais elle portait tout un appareillage d'implants sous la peau des bras et du ventre, et ses seins bougeaient d'une drôle de manière, mollement, comme si la gravité n'était pas la même ici.

— Tu as tant de choses à apprendre, lui dit-elle. Nous avons toute la place voulue, aujourd'hui. La population de la Terre s'est stabilisée. Nous habitons Mars, la Lune et les planètes extérieures. Nous commençons à nous tourner vers les étoiles. Il y a eu des expériences de transmission d'un esprit humain dans l'écume quantique.

— Toute la place, pour quoi faire ?

— Pour l'Anastasie. Nous avons l'intention de faire revivre *toutes* les âmes humaines, depuis les débuts de l'espèce. Tous les réfugiés, tous les enfants avortés. Nous voulons redresser le passé, vaincre l'horrible tragédie de la mort dans un univers qui durera peut-être des dizaines de milliards d'années.

Un rêve merveilleux, se dit-il. Cent milliards d'âmes restaurées comme les feuilles d'un arbre en automne. À quoi ressemblera un tel monde ?

— Mais, murmura-t-il lentement, est-ce que ce seront vraiment les mêmes personnes ? Suis-je vraiment moi ?

— D'après certains philosophes, c'est tout à fait possible. Le principe leibnizien de l'identité des indiscernables nous apprend que tu ne peux être que toi, mais...

— Mais tu n'y crois pas tellement.

— Non. Désolée.

Il médita un instant.

— Quand nous serons tous ressuscités, que ferons-nous ?

La question parut la laisser perplexe.

— Eh bien, nous ferons tout ce que nous voudrons, bien sûr. (Elle lui prit la main.) Viens, Kate t'attend.

Ensemble, ils s'éloignèrent dans la lumière.

Postface

Le concept de « visionneuse du temps », bien que d'âge vénérable, n'a été traité qu'avec parcimonie dans la science-fiction, peut-être parce qu'il est beaucoup moins spectaculaire que le voyage dans le temps. Il y a eu néanmoins un certain nombre d'œuvres remarquables sur ce thème, depuis *The Vicarion*, de Gardner Hunting (1926) jusqu'à *Pastwatch : The Redemption of Christopher Columbus* [1] d'Orson Scott Card (1996). L'un de nous deux en a brièvement esquissé les implications dans des ouvrages antérieurs (*Childhood's End*, 1953, *The Parasite*, 1953 [2]). Mais peut-être l'exemple le plus connu – et le meilleur – est-il le classique de Bob Shaw sur le « verre lent », dont notre roman porte le titre (*Analog*, août 1966 [3]).

Aujourd'hui, le concept connaît les premières lueurs de plausibilité scientifique, apportées par la physique moderne, et se trouve en résonance avec notre époque, qui baigne de plus en plus dans les moyens de surveillance de toute sorte.

La notion de trou de ver spatio-temporel est magistralement traitée dans l'ouvrage de Kip Thorne, *Black Holes and Time Warps : Einstein's Outrageous Legacy* [4] (1994). L'hypothèse selon laquelle

---

1. Traduit en français sous le titre *L'Observatoire du temps. 1 La rédemption de Christophe Colomb*, L'Atalante, 1998 (trad. A. Mousnier-Lompré).

2. Respectivement : Arthur C. Clarke, *Les Enfants d'Icare*, éditions Opta, puis J'ai Lu (trad. M. Deutsch) et *Le Parasite*, dans l'anthologie *Demain, moisson d'étoiles* (*Reach for Tomorrow*, 1956), Denoël, coll. « Présence du futur » (trad. A. Veillon).

3. Nouvelle publiée dans *Fiction* n° 205, janvier 1971 (trad. B. Martin).

4. *Trous noirs et distorsions du temps, l'héritage sulfureux d'Einstein*, Flammarion, 1997 (trad. A. Bouquet et J. Kaplan).

les trous de ver pourraient être formés en « comprimant le vide » a été émise par David Hochberg et Thomas Kephart (*Physics Letters B*, vol. 268, pp. 377-383, 1991).

La reconstitution très spéculative et, nous l'espérons, respectueuse, de la vie historique de Jésus-Christ est en grande partie inspirée de l'excellente biographie : *Jesus*, de A.N. Wilson (Sinclair-Stevenson, 1992). Et pour son aide concernant les passages sur Abraham Lincoln, les auteurs ont une dette envers Warren Allen Smith, correspondant à New York de *Gay and Lesbian Humanists* (UK).

L'idée que la Terre primitive a été affectée par des périodes de glaciations sévères a été émise par Paul Hoffman, de l'université Harvard, et ses collaborateurs (voir la revue *Science*, vol. 281, p. 1342, du 28/8/1998). Quant à l'hypothèse selon laquelle la vie sur la Terre aurait survécu aux radiations lourdes en s'enfouissant à de très grandes profondeurs, elle a été décrite, entre autres, dans *The Fifth Miracle* de Paul Davies (Penguin, 1998).

Nous devons des remerciements à Andy Sawyer, de la *Science Fiction Foundation Collection*, bibliothèque Sydney Jones, université de Liverpool, pour son aide dans nos recherches, ainsi qu'à Edward James, de l'université de Reading, et à Eric Brown, pour avoir lu les premières versions du manuscrit. Toute erreur ou omission doit naturellement nous être imputée.

Ce livre, par nature, contient un grand nombre de spéculations sur des personnages et des événements historiques. Certaines sont raisonnablement étayées par des sources historiques actuelles ; certaines se situent à la lisière des théories respectables, et d'autres ne doivent leur existence qu'à l'imagination débridée des auteurs. Nous laissons au lecteur le soin de déterminer la nature de chacune, avec la certitude que personne ne nous prendra en défaut jusqu'à l'invention réelle de la Camver.

Impression réalisée sur CAMERON
par BRODARD ET TAUPIN
La Flèche
en septembre 2000

Imprimé en France
Dépôt légal : septembre 2000
N° d'impression : 3860